한국근현대시론사

# 한국근현대시론사

문 혜 원

도서출판 역락

책머리에 ● ● ●

한국 근대 문학 연구에 있어서 시론에 대한 연구는 주로 시사 연구의 일환으로 이루어져 왔다. 백철의 『신문학사조사』나 정한모의 『한국현대시문학사』, 김용직의 『한국근대시사』 등이 대표적인 예로서, 이들은 문학사나 전체 시사를 기술하는 가운데 시론까지를 포괄하여 서술하고 있다. 이후 진행되는 시론 연구들은 이상의 통사적인 고찰에 바탕을 두고 있다.

본격적인 시론 연구는 크게 비교문학적인 연구와 연대기에 따른 연구로 나누어진다. 비교문학적인 연구의 예로는 송욱의 『시학평전』을 들 수 있다. 한국 시인과 외국 시인을 비교 연구하는 방식으로 쓰여 있는 이 책은, 외국 시인들에 대한 비교적 깊이 있는 이해를 바탕으로 하고 있고, 시론을 본격적인 연구 대상으로 한 선구적인 업적이라는 점에서 의의가 있다. 한계전의 『한국현대시론연구』 역시 비교문학적인 입장을 취하고 있다. 이 책은 한국 근대 시론을 시기별로 정리하면서 시론 형성에 영향을 미친 외국 시론과의 관계를 정밀하게 파악하고 있다. 특히 경향파 시론을 연구 대상에 포함시키고 러시아 문학과의 영향 관계를 연구함으로써 연구의 시각을 넓히고 있다. 한편 연대기순의 시론 연구로는 정종진의 『한국현대시론사』, 이승훈의 『한국현대시론사』를 들 수 있다. 정종진의 『한국현대시론사』는 연대기적인 관점을 취하는 가운데 자료를 보완함으로써 일차적인 자료에 충실한 연구라는 장점이 있다. 이승훈의 『한국현대시론사』는 기본적으로는 연대기순을 따르면서 시인별 시론을 간략하게 소개하는 형태를 취하고 있다.

　이 두 가지 연구 방식은 각각 장점과 한계를 동시에 가지고 있다. 비교 문학적인 연구는 한국 시론의 형성 과정에 미친 외국 이론의 영향 관계를 추적함으로써 보다 논리적이고 심도 있는 연구를 할 수 있다는 것이 장점이지만, 자칫하면 한국 시론을 외국 시론에 미달하는 형태로 파악함으로써 한국 시론의 특수성을 간과하는 위험이 있다. 반면 연대기순으로 진행되는 연구는 시대의 변화에 따른 시론의 변화 과정을 일목요연하게 볼 수 있지만 자료의 해석보다 소개와 나열에 치우친다는 단점이 있다.

　필자는 이상의 연구 방식들이 가지는 장점을 받아들이고 단점을 보완하면서 한국 시론의 체계를 정립하고자 했다. 이에 따라 우선 시론들을 낭만주의 시론과 모더니즘 시론, 경향파 시론의 세 갈래로 분류하여 연구를 진행했다. 각각의 시론들은 시인, 독자, 세계의 관계를 어떻게 파악하고 있는가에 따라 변별된다. 낭만주의 시론에서 시인은 천부적으로 부여받은 영감을 소유하고 있는 자이며, 시는 그 천재적인 영감의 소산이다. 세계는 시인에게 영감을 주어 시를 쓰도록 하는 한에서만 의미를 갖는다. 또한 시는 영감에 의해서 발생하는 것이기 때문에 발생 당시부터 독자와 무관하게 쓰인다. 시를 파악할 때 가장 중요한 것은 시인이며, 시를 평가하는 것은 곧 그 시인의 천재적인 감수성을 이해하는 것이다. 한편 모더니즘 시론에서 시인은 세계와 불화하는 개인이며 시는 그 개인의 불화의 표현이다. 세계는 부조리와 억압을 가진 것으로서 시인의 외부에 존재한다. 세계에 대한 시인의 대응 방식은 사회 비판처럼 적극성을 띨 수도 있고, 개인의 내면으로 칩거하거나 분열된 자아를 드러내는 것처럼 소극적일 때도 있다. 그러나 시인이 사회 비판을 하는 경우라 하더라도 그것이 문학적인 범주 안에 한정된다는 면에서, 모더니즘 시론은 경향파 시론과 구별된다. 모더니즘에서 사회 비판적인 요소는 대부분 독특한 문학 형식을 빌려 나타나는데, 이것을 이해하기 위해서는 어느 정도의 지식이 필요하기 때문에 독자층은 한정될 수밖에 없다. 경향파 시론에서 시인은 현실세계의 모순을 고발하고 새로운 방향을 제시하는 임무를 맡는다. 시는 세계를 바라보는 시인의 이데올로기가 반영된 산물이며 동시에 독자를 계몽하는 수단으로 여겨진다. 독자는 계몽의 대상인 동시에 문학작품의 수준을 결정하는 중요한 요소이다. 따라서 경향파 시론에서는 독자가 상대적으로 중요한 지위를 차지한다. 또한 세계는 그것을 파악하는 주체와 무관하게 존재하는 것이며, 시는 그러한 현실 세계를 충실히 반영해야 한다.

이러한 분류에 따라 각각의 시론에 대한 연구를 진행한 후, 그것들을 한국 시론의 형성기와 발전기, 심화기로 나누어 연대기순으로 다시 정리했다. 그럼으로써 각각의 시론들이 문학사적으로 어떻게 변화하고 발전하는지를 볼 수 있도록 하려고 했다. 1부 시론의 형성기는 1910~1920년대에 쓰인 시론들을 대상으로 하고 있다. 이 시기의 특징은 시론이 시와 분리되면서 독립적인 이론의 모습을 갖추기 시작한다는 점이다. 한국 시사에서 시론이 독립된 영역으로 나타나기 시작하는 것은 상징주의 시론이 수용되면서부터이다. 상징주의 시론은 시를 개인의 주관적인 정서와 감정의 표출로 보는 시각을 보여줌으로써 한국 근대 시론의 중요한 전기가 된다. 낭만주의 시론은 이러한 인식을 바탕으로 하고 영감이나 창작 과정 등 창작론적인 부분을 보다 구체화한다. 경향파 시론은 신경향파 시기의 단편적이고 일반론적인 글에서 시작해서 카프 내부의 대중화 논쟁을 거치면서 뚜렷한 방향성을 가진 시론으로 발전한다. 여기에는 시가 사회적인 연관을 가져야 하고 휴머니즘적인 것이라는 일반적인 견해에서부터 이데올로기를 전파하는 도구로서의 시를 주장하는 것까지 다양한 층위의 시론들이 포함되어 있다. 그러나 이 시론들은 시에 대한 구체적인 이론들을 보여주기보다는 단편적이거나 피상적인 생각을 보여주는 글들이 많고, 카프 시론의 경우 독립된 시론이라기보다는 이데올로기적인 방향성과 원칙을 제시하는 글들이 대부분이라서 시론 연구의 주제로 분리시키기에는 무리가 따른다. 임화의 이론을 독립된 연구 주제로 채택하지 않은 이유는 그 때문이다. 이 책에서는 경향파의 입장에 있으면서 시의 장르적인 특징에 관심을 기울였던 팔봉 김기진의 시론을 집중적으로 탐구하고 있다.

근대 초기의 시론들은 1930년대에 이르러 보다 체계화되고, 1950년대에 한 단계 발전된 양상을 보여준다. 따라서 2부 1930~1940년대의 시론부터 3부 1950년대의 시론까지를 한국 시론의 발전기로 설정하고 시론이 발전하고 체계화되는 과정을 살펴보았다. 특징적인 점은 이러한 발전 양상이 모더니즘 시론에 집중되어 있다는 점이다. 이는 낭만주의 시론의 경우 시인들이 이론적인 탐구보다는 창작에 집중함으로써 시론적인 발전이 미미했고, 1930년대 중반 카프가 해체되면서 경향파 시론이 사실상 와해되었다는 점과 관련이 있다. 이것은 낭만주의와 모더니즘, 리얼리즘의 삼각 구도가 모더니즘 시론 쪽으로 치우치게 된다는 것을 뜻한다. 1930년대에는 모더니즘 시론이 이론적인 체계를 갖춤으로써 방법론적인 측면에 대한 연구가 본격화된다. 시란 어떤 것인가에 대한 원론적인 질문을 넘어서, 세부적인 시의 요소들과 창작의 방법까지가 연구의 대상이 되는 것이다. 주지주의 시론은 시 이론과 비평을 객관적인 학문의 수준까지 끌어올리려는 시도를 보여주고 있고, 초현실주의 시론은 창작의 방법을 현실에 대한 대응 양식과 연결시키려고 했다.

1930년대의 시론적인 주제들은 1950년대 시론에서 다시 한 번 반복되면서 발전되는 모습을 보이고 있다. 이 시기의 시론에서 특기할만한 것은 리얼리즘 시론이 잠시 소강상태에 접어들고 대신 전통론이 다른 하나의 축으로 형성된다는 점이다. 이는 해방과 한국전쟁을 거치면서 특정한 정치적 이데올로기를 표방하는 것 자체가 불가능해졌기 때문이다. 따라서 이후 시론의 구도는 리얼리즘과 모더니즘, 낭만주의의 구도 대신 모더니즘 대 전통주의로 바뀌게 된다. 낭만주의 시론은 서정성을 강조하는 것으로서 넓은 의미의 전통주의에 포함된다. 3부의 전통론은 이러한 맥락에서 조명된 부분이다. 한편 모더니즘 문학은 1930년대 문학을 비판하는 가운데 스스로의 정체성을 형성해나갔다. 그것은 현대의 상황에 걸맞은 새로운 문법의 창조로 요약된다. 또 1950년대 주지주의 시론은 전통과 역사의식을 강조하면서도 지성이 가지고 있는 문학 내적 비판성을 중시한다.

4부 1960~1970년대 시론에서는 시와 시론을 겸하는 시인들의 독창적인 시론들을 묶어놓았다. 이 시론들은 시인이 창작을 병행하면서 자신의 창작적 경험을 바탕으로 한 개성적인 시론을 보여주고 있다는 점에서 한국 시론의 심화기에 해당한다고 볼 수 있다. 김광림은 서정성에 주지성을 결합하면서 이미지를 중요한 방법으로 채택하고 있다. 이미지를 사용함으로써 감정이 과다하게 노출되는 것을 방지하고 서정성의 깊이를 확보하는 것이다. 김춘수는 비유적 이미지와 서술적 이미지를 나누고, 이미지 자체가 목적이 되는 서술적 이미지를 자신의 무의미시를 통해 실현해보이고 있다. 오규원은 대상이 보여주는 현상 그대로를 언어로 드러내고자 한다. 이때 이미지는 대상을 묘사하는 것이 아니라 현상에 대한 시인의 이해를 드러내는 것으로서, 대상의 존재성과 시인의 인식을 동시에 보여준다. 송욱은 보들레르의 시에서 추출한 현대성과 내면성, 사회성을 한국 현대시가 갖추어야 할 요소라고 꼽고 있다. 이는 송욱 자신의 시와 시론에서도 공통적으로 발견된다.

이 책은 이상과 같이 전체적으로는 연대기순으로 한국 시론의 발전 과정을 고찰하면서, 한편으로는 해당 시론을 대표하는 시인이나 비평가의 시론을 집중적으로 분석하는 방식을 병행하고 있다. 낭만주의 시론에서는 김억과 박용철의 시론을 집중적으로 분석했고, 경향파의 시론에서는 김기진의 시론에 초점을 맞추었다. 모더니즘 시론에서는 김기림과 최재서, 이시우 등의 시론을 연구하고, 모더니즘과 사회성을 종합하려고 했던 윤곤강의 시론까지를 검토했다. 더불어 고석규와 김광림, 김춘수, 송욱, 오규원의 개별적 시론 연구를 통해 한국 시론이 어떻게 독자적인 시론으로 발전하는지를 밝히고자 했다. 또한 연구를 진행하는 과정에서 필요한 경우 비교문학적인 관점을 부분적으로 수용했다. 김억과 송욱의 시론에 대한 연구가 그 예이다. 이처럼 각각의 연구 방식을 결합함으로써 한국 시론의 전체적인 체계를 정립해보고자 했다.

한국근현대시론사를 새롭게 써보겠다는 것은 필자의 학문적인 목표이자 약속이었다. 석사논문을 쓸 때부터 현재까지 계속되어온 연구인만큼, 개인적으로는 그간의 학문적인 여정과 애환이 배어있는, 특별히 애착이 가는 책이기도 하다. 짧지 않은 시간 동안 계획하고 수정하며 쌓아온 연구의 결과물을 내어놓는다. 자주 돌이켜 생각해보고 보완했음에도 불구하고, 한 권의 책으로 묶고 보니 치밀한 곳보다는 비어있는 부분이 더 눈에 뜨인다. 경향파 시론이나 전통주의 시론을 채 완결 짓지 못했다는 아쉬움이 그것이다. 추후 보완해서 보다 완성된 시론사를 엮을 것을 기약한다. 오랜 시간 동안 시론이라는 어렵고 인기 없는 연구 대상을 고집할 수 있었던 것은, 시에 대한 애정과 좋은 시인에 대한 믿음 덕분이었을 것이다. 이 책이 좋은 시와 시인을 지지하고 고무하는 데 도움이 된다면, 그 이상의 기쁨이 없겠다.

2007년 6월
필자 씀

# 차례

# 상징주의의 수용과 새로운 시론의 성립

## 1. 프랑스 상징주의의 수용 양상

프랑스 상징주의가 한국에 소개, 이입된 것은 백대진의 「이십세기초두(初頭)구주(歐洲)제(諸)대문학가를 추억흠」(≪신문계≫, 1916. 6)과 김억의 「요구와 회한」(≪학지광≫, 1916. 9)에서부터이다. 백대진의 「이십세기초두구주제대문학가를 추억흠」은 상징주의시와 자유시가 대두하는 과정을 설명하고, 앙리 드 레니에, 장 모레아스, 알베르 싸맹, 샤를르 보들레르, 앙드레 셰니에, 프랑시스 잠, 폴 포르 등 상징파 시인들을 다수 소개하고 있다. 이와 비교한다면 김억의 「요구와 회한」은 상징파 시인 중에서도 보들레르와 베를렌느를 집중적으로 소개하고 있다는 면에서 차이가 있다. 특히 이 글은 말미에 베를렌느의 시 「Il pleure dans mon cœur」를 번역해 싣고 있는데, 이는 상징주의시를 번역해서 보여준 최초의 자료이다.

이를 기점으로 해서 1920년대부터 1930년대까지 황석우, 박영희, 양주동, 이헌구, 이하윤 등에 의해 상징주의가 수입, 소개되었다. 황석우는 「일본 시단의 이대 경향」(≪폐허≫ 1, 1920. 7. 25)에서 일본시단의 경향을 상징주의 시가와 민중운동으로 나누어 설명한다. 그리고 당시 일본의 상징주의 연구의 대가인 山宮允의 시론을 바탕으로 상징주의를 지적 상징주의와 정서적 상징주의로 구별하여 소개하고 있다. 박영희는 「중요술어사전」(≪개벽≫ 49, 1927. 7. 1)에서 예이츠와 보들레르의 말을 인용하여 상징주의의 본질을 규명하고 있다. 그에 의하면 상징주의의 본령은 현실의 가시적인 것에서 벗어나 불가시의 상징세계에서 미와 정조를 획득하려는 것이라고 볼 수 있다. 특히 그는 「쏘드레르」(≪금성≫ 1, 1923. 11. 10), 「악의 화(花)를 심은 쏘드레르론」(≪개벽≫ 50, 1924. 6)에서 보들레르를 심도 있게 소개하고 있다. 한편 양주동은 원문에 충실한 직역을 주장하면서 베를렌느의 「Art Poétique」(≪금성≫ 3, 1924. 5. 24)를 번역하고, 보들레르의 시편들을 집중적으로 소개하고 있다. 1930년대에는 해외문학파인 이하윤과 이헌구에 의해 보들레르와 베를렌느의 작품들이 소개되었다. 이외에도 유영일, 김명순, 이원조, 추백파(秋白波), 우이동인(牛耳洞人) 등에 의해 상징주의 시인들의 시가 부분적으로 소개된 바 있다. 이처럼 상징주의는 1910년대 중반부터 1930년대에 이르기까지 지속적으로 소개됨으로써, 한국 근대시의 일 경향을 형성하는데 중요한 영향을 미치게 된다.

한국시에 미친 프랑스 상징주의의 영향은 크게 세 가지 방향으로 나누어 고찰해볼 수 있다. 첫째는 언어에 음악성을 구현하고자 하는 것이다. 이는 주로 베를렌느의 영향을 받아 형성된 것으로, 김억, 주요한을 비롯하여 김소월, 김영랑 등 운율을 중시하는 시인들의 시에서 잘 나타난다. 이 시들은 내용상의 리리시즘을 동반해서, 자연을 주된 소재로 하고 서정적인 어조를 특징으로 한다. 둘째는 악마성을 시의 한 요소로 받아들이기 시작했다는 점이다. 이는 상징주의의 원조인 보들레르의 영향으로 설명할 수 있다. 황석우의 「벽모(碧毛)의 묘(猫)」, 이장희의 「봄은 고양이로다」 등은 악마성과 퇴폐미를 동시에 보여주는 시들이다. 셋째는 상징성에 입각한 신비주의적인 경향을 나타내는 동시에 절대미를 추구하는 것이다. 이러한 특징이 나타나는 대표적인 예로는 한용운의 시를 들 수 있다. 그의 시에 나타나는 상징들은 보이지 않는 절대의 세계를 가시적인 세계로 현현하려는 시도이다.

이상의 서로 다른 특징들은 보들레르를 정점으로 해서 갈라지는 상징주의의 서로 다른 갈래들을 연상시킨다. 베를렌느는 보들레르의 '감성'의 세계를 특히 강조하고 음악적 암시에 의한 순수 서정시, 즉 '정감의 시'를 개척했다. 그는 시구의 음악적인 조화를 강조하면서 시가 음악을 동경한다는 것을 보여주었고, 감상에 가까운 서정의 세계를 비단결같이 곱게 노래한 시인이었다. 이에 비해 랭보는 보들레르의 '감각'의 세계를 물려받아 언어의 주술성을 탐구하는데 큰 업적을 남겼다. 그의 시는 현실 착란과 초현실의 세계를 제시함으로써 초현실주의를 탄생시키는 중요한 역할을 한다. 말라르메는 보들레르가 지닌 지성적 요소, 즉 사유와 형식의 완벽함과 시적 순수성을 물려받아 절대의 세계를 지향한다. 그는 삶과 인간, 우주의 본질에 대한 철학적인 사색을 계속하면서 언어의 순수성을 강조했다.[1] 비교문학적인 관점에서 볼 때, 한국 근대시 초기에 나타나는 서로 다른 경향들은 이같은 상징주의와의 영향 속에 놓여있었을 것이라고 추정해볼 수 있다.

그 중에서도 특히 영향 관계가 두드러지는 것은 베를렌느와 김억이다. 베를렌느는 상징파 시인들 중에서도 가장 많은 작품이 번역되었고, 「Il pleure dans mon cœur」, 「Un grand Sommeil noir」, 「Chanson d'Automne」, 「Art Poétique」 등은 서로 다른 역자에 의해 반복적으로 번역 소개될 만큼 주목을 받았다. 베를렌느가 이처럼 인기를 끌었던 데는 안서 김억의 역할

---

1) 김기봉, 『프랑스 상징주의와 시인들』, 소나무, 2000, 58~59면 참고.

이 단연 두드러진다. 김억은 베를렌느의 시를 번역 소개했을 뿐만 아니라, 그것을 자신의 시와 시론의 모델로 삼고 있다. 애상성의 추구, 음악성 지향 등은 모두 여기서 비롯된 것이다.

## 2. 김억의 상징주의 소개[2]

김억이 상징주의에 대해 깊은 관심을 표명하는 것은 「요구와 회한」에서부터이다. 김억은 이 글에서 베를렌느와 보들레르를 소개하면서 그들의 시가 비애와 회한의 표현이라고 설명하고 있다. 베를렌느의 '뉘우침, 어린 아이같은 참회의 아픈 참 눈물'과 보들레르의 '인공적 향락'은 진, 선, 미를 구하다가 그것을 찾지 못한데서 오는 비애의 표현이라는 것이다. 김억은 이러한 측면에서 베를렌느의 자유분방한 사생활까지를 옹호하고, 그의 비통과 뉘우침, 동경을 강조하고 있다.

「프랑스 시단」(≪태서문예신보≫, 1918. 12. 7~14)은 베를렌느와 보들레르뿐만 아니라 프랑스 상징주의 전반을 소개하고 있는 글이다. 김억은 상징주의가 대두하기 이전의 사조로 고답파를 들고, 그들의 특징이 감정과 상상을 멸시하고 사실(寫實)을 중시하며 자아를 절제하고 냉정한 객관미를 숭앙하는 것이라고 소개한다. 고답파의 공적은 시형의 절대적 완미와 기교의 최고 극치 그리고 시가에 음악과 조소의 미를 더한 것이다. 상징주의는 고답파의 세력이 데카당스파에 의해 깨어진 후 대두한 사조이다.[3] 김

---

2) 김억의 베를렌느 소개에 대한 기존의 연구 업적으로는 김은전, 『한국 상징주의시 연구』, 한샘, 1991 ; 김학동, 『한국 근대시의 비교문학적 연구』, 일조각, 1981 ; 한계전, 『한국현대 시론연구』, 일지사, 1982 등을 들 수 있다.
3) 이 부분에서 김억은 베를렌느와 말라르메, 릴라당 등의 반대 운동에 의해 고답파가 깨어 졌다고 지적하며, 데카당스와 상징주의를 비슷한 시기에 생겨난 거의 동일한 것으로 소개 하고 있다. 그러나 상징주의는 데카당을 자처하던 시인들 중 베를렌느와 말라르메를 중심

억은 데카당스에 호의적인 태도를 취하면서 보들레르의 소개에 초점을 맞추고 있다. 보들레르는 상징파의 선구자이며 시조로서, 전 세계의 근대적 시인은 아름다운 피로와 퇴폐, 음울과 절망, 비조(悲調)를 가진 그의 사상에 바탕을 두고 있다. 그러나 이러한 보들레르의 특징은 동양의 은사적(隱士的)인 심정과는 다른 것이다. 그것은 고원한 이상과 현실의 명리가 한낱 환영에 불과한 것이라는 것을 깨달은 데서 오는 권태이다. 그러므로 마치 몽유병자가 황홀상태에서 행위를 하는 것과 같이 정열에 따라 행동했지만, 늘 하느님을 무서워하며 죄악을 뉘우칠 수밖에 없었다. 따라서 김억은 보들레르의 작품에서 발견되는 퇴폐적인 경향이 결국에는 선과 악의 분별을 넘어선 절대자를 지향할 수밖에 없다고 본다. 이는 보들레르로부터 비롯된 말라르메 계열의 상징주의의 특징을 염두에 둔 것이다.

특히 이 글은 김억이 생각하는 상징주의의 개념이 드러난다는 점에서 주목을 요한다. 그는 상징주의가 플라톤의 이원론적 우주관에서 유래된 정신계와 물상계 사이의 대비로 이루어진다고 설명하고 있다. 이는 보들레르의 조응 개념과도 상통하는 것이다. 또한 언어에 대한 말라르메의 생각과 상징파 시의 음악성에 대해서도 부분적으로 언급하고 있다. 상징파 시의 대표적인 예로 랭보의 「모음 Voyelles」을 들고 있다는 것도 특징적이다.

「스핑쓰의 고뇌」(≪폐허≫ 1, 1920. 7. 25)는 위의 「프란스 시단」과 거의 동일한 내용으로 이루어져 있다. 다만 「프란스 시단」에서는 일부만 소개되었던 랭보의 시 「모음」이 모두 번역되어 있는 대신 베를렌느의 「가을의 노래」의 부분 번역은 빠져있다. 그러나 베를렌느에 대한 찬사는 더욱 상세하고 길게 나열되어 있다. 김억은 베를렌느에 대해 "그는 말을 영화(靈化)식히는 힘을 소유하였다. 잇는듯 업는듯한 유니안쓰, 곡절잇는 다치면 깨어질 듯한 사구(辭句)를 가지고 흘너가는 물과 갓튼 보드랍고 걸님업는

---

으로 하는 새 유파라고 보는 것이 옳다. 김은전은 이를 지적하며 김억의 데카당스에 대한 편향을 지적하고 있다. ─김은전, 위의 책, 25~30면 참고.

시구를 썼다. 그의 시구는 살살 힘업시 부는 미풍의 소리, 달밤의 어두운 곳에서 빗기여나는 간으른 적성(笛聲), 바람에 갈니는 비단의 소리와 갓튼 늣김을 주며, 그 동시에 순실(純實)한 맘의 꿋몰을 환희의 소리, 무서워떠는 듯한 소리, 고통에 발퓌운 영(靈)이 아직 죽지 아니한 배암과 갓치 몸을 틀면서 괴롭아하는 모양을 생각하게 하는듯한 신음과 갓튼 늣김이 잇다. 고통은 그에게 회한을 주며, 음락(淫樂)은 그에게 속죄를 식히며, 환희는 그에게 비수(悲愁)와 절망을 주엇다. 그의 본성은 공포에 진동되야 기도에 정화도 되며 죄악에, 덕의(德義)에, 그의 영(靈)은 불으짖고는 하엿다. 그는 육(肉)의 사람인 그갓튼 때에 영(靈)의 크라이스트엿다. 위대한 아름답은 시인으로 인성의 양면을 불후의 영적 언어를 가지고 노래하엿다.”고 극찬하고 있다. 이는 김억이 베를렌느에 심취하고 있었음을 보여주는 예로, 이러한 경향은 그 후 김억의 시론을 형성하는데 중요한 영향을 미치게 된다.

「근대문예」(≪개벽≫ 12~13, 15~21, 1921. 6~7, 1921. 9~1922. 3)는 서구의 문예사조를 시대순으로 개괄하는 가운데, 상징주의에 대한 김억 자신의 이해를 간략하게 보여주고 있는 글이다. 여기서 김억은 예술지상주의와 인생지상주의의 차이를 설명하고, 고전주의와 낭만주의를 거쳐 세기말 문학과 데카당스, 자연주의와 신낭만주의 등의 사조를 시대적으로 해설하고 있다. 글의 초점은 신낭만주의 혹은 상징주의가 대두하기까지의 과정을 설명하는데 놓여있다. 그는 특히 상징주의를 설명하는데 주의를 집중하고 있다. 예를 들어, 상징을 ‘가시와 불가시의 세계, 물질계와 영계, 유한과 무한의 세계’를 상통시키는 것이며 ‘만상을 통하야 신비무한의 세계를 암시하려는 것’이라고 표현하는 부분이 그것이다. 이는 「프란스 시단」에서 이미 소개된 바 있는 것으로서, 김억이 상징주의의 핵심을 제대로 이해하고 있었음을 보여준다.

이후 실제 행해지는 김억의 시 비평은 상징주의의 이러한 영향을 바탕으로 해서 전개된다. 대표적인 예로 「시단의 일년」(≪개벽≫ 42, 1923. 12. 1)

은 상징주의적인 기준을 들어 박종화, 이상화, 박영희, 김소월 등의 시를 평가한 글이다. 여기서 작품의 평가 기준으로 제시되는 가시와 불가시의 세계의 조화, 하소연하는 듯한 황홀감, 탄식과 오뇌 등은 모두 상징주의 이해에서 비롯된 것들이다. (이에 대해서는 다음 장에서 자세하게 논의하기로 한다.) 따라서 상징주의의 수입과 소개가 김억이 시론을 체계화하는 데 중요한 역할을 미쳤음을 짐작할 수 있다.

## 3. 암시와 환기의 시론

김억이 상징주의를 본격적으로 소개하고 있는 것은 「프란스 시단」에서이다. 그는 이 글의 후반부에서 상징주의의 핵심이 "기술(記述)을 말아라, 다만 암시"에 있다고 지적하고 있다. 그리고 말라르메의 말 중에서 "물건을 가르쳐 분명히 이러이러하다 홈은 시미(詩味)의 사분일(四分一)이나 업시하는 것이다. 조금식 조곰식 추상하여 가는데 시라는 진미가 생긴다. 암시는 곧 환상이다"라는 부분을 인용하고 있다. 그는 이어서 상징은 '눈에 보이는 세계와 눈에 안보이는 세계, 물질계와 영계, 무한과 유한을 상통시키는 매개자'이며 그러므로 '암시이고 신비'라고 정의하고 있다. 이는 상징의 일반적인 정의를 잘 포착하고 있는 부분이다.[4]

---

4) 본래 문학적 상징은 그것의 형식으로서의 기호, 기표, 구체적인 것, 피상적인 것, 즉 상징하는 것이 어떤 필연적인 유추관계나 상호 교합 관계의 힘을 빌려서 그것의 내용으로서의 의미, 기의, 추상적인 것, 본질적인 것 즉 상징되는 것을 환기시키고 표현해내는 문학적·수사학적 방법이다. 상징은 항상 기호, 즉 보조 개념으로서의 존재 구조와 의미, 즉 원개념으로서의 본질 구조 등 이중적인 양가체계로 되어 있다. 상징 형식과 상징 내용간의 상호 관계는 지시적이거나 일의적인 것, 즉 데노테이션(denotation)으로 이루어진 것이 아니라 암시적이거나 다의적인 것, 즉 코노테이션(connotation)으로 이루어져 있다.—김기봉, 앞의 책, 22면. 이는 언어의 유한성을 극복하려는 하나의 방법이기도 하다. 언어는 그 수가 유한한 것이기 때문에, 무한을 표현하기 위해서는 한정된 언어에 중층적인 의미를 부여할 수밖에 없다. 상징은 유한한 언어로 무한의 세계를 표현하고자 하는 것이다. 그러므로 상

이어서 김억은 상징파 시가의 특색이 "찰나 찰나에 자극, 감동되는 정조의 음률"이므로 자연히 '몽롱'할 수밖에 없다고 본다. 상징파 시의 특색은 의미에 있지 않고 언어에 있다. 즉 '음악과 같이 신경에 부딪치는 음향의 자극'이 시가인 것이다. 상징주의시의 암시적인 특징을 음악성과 관련시켜 설명하는 대목이다. 이는 말라르메가 말한 '암시를 통한 환기(evocation)와 음영(nuance)'을 연상시킨다. 시간예술인 음악은 본질적으로 실연되자마자 그것의 형태가 소멸해버리고, 설명되기를 거부한 채 단지 감동적인 울림만이 있기만을 요구하며, 그렇기 때문에 궁극적으로는 모호하고도 순수한 어떤 상태를 환기시키는 특징을 지닌다.[5] 이것이 음악이 지니는 기화성(vaporisation), 환기성(évocation)으로서, 음악이 지니는 이같은 요소는 상징주의시에도 그대로 적용된다. 즉 상징주의시의 애매모호함 혹은 몽롱함으로 표현되는 성격은 음악이 불러일으키는 환기성과 유사한 것이다. 그러므로 그것은 단순히 몽롱한 분위기가 아니라 음악적인 특징과 연결된 특징인 것이다.

그러나 김억의 시론에서 '몽롱'이나 '암시'는 음악적인 것과는 별개로, 시의 내용 혹은 분위기와 관련된 것으로만 설명되고 있다. 그 증거를 볼 수 있는 것이 김억의 실제 작품에 대한 시평들이다. 그는 「시단의 일년」에서 "시라는 것은 이지의 산물이 아니라 감정의 황홀"이라고 전제한 후, 김소월과 주요한, 홍사용, 박영희, 이상화의 시를 각각 평가하고 있다. 여기서 김억이 높게 평가하는 것은 주요한과 홍사용, 이상화의 시이다. 그는 주요한의 「산보」와 「녀름달」, 「흰꼿」, 「손님」 등을 '시혼과 정서, 리듬과 기교가 조화를 이룬 시편'으로 평가하고, 홍사용의 「그것은 모다 꿈이엇지마는」, 「나는 왕이로소이다」는 '시혼과 정조와 리듬'이 한데 어우러져

---

징은 그것 자체가 애매모호하고 다의적일 수밖에 없다. 상징주의시의 '암시'와 '신비'는 이러한 속성에서 비롯된 것이기도 하다.

5) 위의 책, 42면.

프랑스의 상징파 시인 폴 포르를 연상시킨다고 극찬한다. 이상화의 「나의 침실로」는 "내부로 응결된 힘이 있기 때문에 가시를 통해서 불가시의 세계를 볼 수 있다"라고 평가된다. 주요한과 홍사용의 시를 평가하는 기준은 공통적으로 '시혼과 정조와 리듬'으로서, 이것이 김억이 생각하는 상징주의시의 특징임을 알 수 있다. 또한 이상화의 시가 '가시의 대상을 통해 불가시의 세계를 보여주는'이라는 것은 상징의 기본적인 속성을 다시 한 번 강조한 것에 다름 아니다.

흥미로운 것은 김억이 같은 글에서 김소월의 시에 대해서는 부정적인 평가를 보이고 있다는 점이다. 그는 소월의 「님의 노래」와 「옛 이야기」가 리듬과 기교는 시답지만 너무도 맑아서 깊이가 없다고 지적한다. 또한 「사욕절(思欲節)」의 다섯 편 역시 "잃어진 꿈을 찾아 돌며, 하소연하는 서정적 정조와 고운 리듬이 조화된 기교와 함께 얄밉게도 싸아진 고운 시"이지만, 이것 역시 시혼의 내부적인 깊이를 가지지는 못하고 있다고 덧붙이고 있다. 김억은 이를 '문자로 표현된 것밖에 황홀의 시혼의 빛남이 없다'고 비판하고 있다. 이는 박종화의 시를 '아무러한 암시도 주지 못하고 문자가 남는다'라고 평한 것과 같은 맥락이다. 이로 미루어볼 때, 김억이 생각하는 '시혼의 깊이'란 문자로 표현된 것 이상의 암시된 그 무엇이다. 달리 표현하면 그것은 "시혼이나 리듬이나 정조가 무던히도 아릿아릿하여, 저무른 봄날 밤에 흐득여 빗기는 적(笛) 소리처럼 가슴을 울려"주는 것이다. 김소월의 시는 너무도 맑아서 이러한 암시적 효과를 살리지 못한다는 것이다.

이런 측면에서 김억의 생각을 가장 잘 반영하고 있는 것은 주요한의 시이다. 김억은 「시단산책」(≪개벽≫ 46, 1924. 4. 1), 「3월 시평」(≪조선문단≫ 7, 1925. 4) 등을 통해 주요한의 시를 높이 평가하고 있다. 그는 주요한의 「봄만('봄밤'의 오기인 것으로 추정됨-인용자)에 가만히 부른 노래」를 "시혼과 표현이 한덩이가 되야, 고히나 곱게 영(靈)을 다치는 아릿아릿하게 싸아진 멜로디야말로 파르나스의 gemo일 것이다"[6]는 말로 평가하고, 「남국의 눈」 역시 "이럿케 곱은 문자, 더구나 곱고도 산 문자로 리듬과 내용에 여운을 만히 떠돌게 하야 보드랍은 늣김을 주는" 시라고 평가하고 있다.

여기서 강조되는 것은 '아릿아릿함'과 '곱음(고움)'이다. '아릿아릿함'은 시를 읽고 난 후 아련히 남는 감정적인 여운을 의미한다. 그것은 기쁨이나 황홀보다는 애상 즉 설움에서 비롯되는 것이다. 그가 좋은 시가를 표현할 때 자주 사용하는 "고조된 설움의 감정",[7] "시가의 가진 정조의 넘우도 홀어미가튼 설음",[8] "보드라운 정서의 애처로운 곡조"[9] 등의 수사는 모두 설움과 애상에 초점이 맞추어져 있다. 이 '설움'은 원망이나 증오, 분노와 같은 적극적인 감정이 아니라 스스로 물러나서 상황을 바라보는 소극적이고 수동적인 것이다. 애상적이되 원망하지 않고 보드라운 감정, 그것이 바로 '고움'이다. 이러한 김억의 입장은 소월의 시를 평가하는 자리에서 다시 한번 확인된다.

소월이는 순정(殉情)의 사람은 아니외다. 어듸까지든지 이지가 감정보다 승(勝)한 총명한 사람이외다. (중략—인용자) 한마디로 말하면 그는 어듸까지든지 모난편이요 이편저편으로 둥글게는 잇슬수업는 사람이외다. 그리하야 그는 가튼 설움에도 보드라운 설움은 가질수가 업고 원망스러운 설움을 가지든 것이외다. 이십세를 지낸 뒤의 그의 시작에 나타나는 설움가튼 것이 그것이외다.

이러한 사람이 잇스니 그에게는 극기의 힘이 잇섯고 자제의 과단이 잇섯든 것이외다. 소위 재래식으로 말한다 하면 그는 시인으로의 풍미가 적엇든 것이외다. 그러나 한창 꼿가튼 그의 이십세때에는 이 한때의 감정에 움직여진 일도 적지 아니하엿스니 이것은 아직 사상이 고정되지 아니하엿고 체험가튼 것이 적엇기 때문이외다. 돌이어 이 시인의 시작에는 한창 감정


6) 김억, 「시단산책」, ≪개벽≫ 46, 1924. 4. 1.
7) 김억, 「무엇보다도 감명있는 작품을」, ≪동아일보≫, 1930. 1. 1~3.
8) 김억, 「최근의 시평」, ≪삼천리≫ 19, 1931. 11. 1.
9) 김억, 「신미년 시단」, ≪동아일보≫, 1931. 12. 10~12. 19.

이든 이십세전의 것이 순정으로의 포근포근한 보드라운 시가 만헛든 것이
외다.10)

이 글에서 김억은 소월의 시가 '보드라운 설움'이 아니라 '원망스러운
설움'을 가지고 있다고 말한다. 그것은 소월의 시에 나타나는 설움이 애상
적인 정조가 아니라 현실과의 부딪침에서 오는 좌절과 절망에서 비롯된
것이기 때문이다. 이십 세 이후 쓰여진 소월의 시에는 현실적인 절망감에
서 오는 원망이 담겨져 있다. 그러나 이것은 김억이 생각하는 암시나 여운
과는 거리가 있는 것으로서, 김억은 이를 가리켜 소월이 '시인으로서의 풍
미가 적다'고 말하고 있다. 즉 사무친 감정을 노래하거나 사상을 담는 것
은 좋은 시가 될 수 없다는 것이다. 김억이 생각하는 좋은 시는 소월이 이
십세가 되기 전에 썼던 '순정으로의 포근포근한 보드라운 시'이다. 거기에
는 사상이나 체험이 개입되기 이전의 아름답고 순수한 감정이 담겨있기
때문이다. 김억이 생각하는 암시와 몽롱함, 여운이 모두 '보드라운 설움의
감정'을 지칭하는 것임을 알 수 있다.

이는 김억이 상징파 중에서도 특히 베를렌느를 자신의 시론적 모델로
하고 있기 때문이다. 김억은 상징파의 다른 계열, 즉 언어의 주술성과 환
상을 추구한 랭보나 지성적인 요소와 절대미를 추구한 말라르메에 대해서
는 부분적으로 짤막하게 언급할 뿐, 구체적인 시나 시론에 대해서는 깊이
있는 인식을 보여주지 않는다.

그가 베를렌느에 깊이 경도되었던 이유는 첫째, 번역상의 문제 때문인
것으로 추정된다. 김억은 한 글11)에서, 자신은 프랑스어를 모르기 때문에
음절의 변화에 따른 프랑스어의 언어적인 효과를 모른다고 밝힌 바 있다.
이러한 발언이 겸양의 표현인지 사실이었는지는 확인할 길이 없다. 그러

---

10) 김억, 「요절한 박행시인 김소월에 대한 추억」, 《조선중앙일보》, 1931. 1. 22~26.
11) "나는 불어를 모르기 때문에 이러한 음절의 시라도 얼마만한 효과를 주는지 알지 못하거
    니와"―김억, 「격조시형론소고」, 《동아일보》, 1930. 1. 16~26, 1. 28~30.

나 이를 통해 그의 상징주의 시 수입과 번역이 대부분 일본어로 번역된 텍스트에 크게 의존하고 있었음은 짐작할 수 있다. 특히 김억은 「역시론 (譯詩論)」에서 ‘번역은 창작’이라는 주장을 펼치면서, 上田敏의 시집을 예로 들고 있다. 이는 김억이 일본어 텍스트를 통해 상징주의를 이해하고 있었으며, 베를렌느의 번역 역시 그것을 많이 참고했다는 것을 알게 해준다.12)

둘째, 김억 개인의 기호와 취향에서 비롯된 것이다. 설령 일본어 텍스트를 원텍스트로 삼았다고 하더라도, 그 중에서도 유독 베를렌느의 수입과 소개에 집중했다는 것은 그만큼 정서적인 공감을 느꼈기 때문이다. 김억은 베를렌느 외에도 폴 포르나 아더 시몬즈처럼 서정적이고 애상적인 시인들의 시를 소개하는데 앞장서고 있다. 이로 보아서 베를렌느를 소개한 것은 김억 자신의 시적인 취향과 관련이 있음을 알 수 있다. 이는 김억의 창작시가 애상적이고 서정적인 경향을 짙게 내포하고 있다는 사실에서도 근거를 찾을 수 있다.

셋째, 베를렌느의 시풍은 시가 이지의 산물이 아니라 ‘감정의 황홀’이라야 한다는 김억의 시론적 입장과도 일치한다. 그는 예술이 ‘미적 쾌감에 따라서 생기는 몰아적 정서’라고 보고 ‘이해득실의 영역을 벗어난 무관심의 심정’이라고 설명하고 있는데, 이는 철저하게 유희적이고 순문학적인 예술관을 반영하는 것이다.13) 그가 생각하는 시가는 당연히 서정시이며, 가장 간단한 한마디에 전체의 감동이 드러나는 것이다. 그는 이러한 생각을 요약하여, 시는 ① 짧을 것, ② 아무런 의미나 사상도 담지 말 것, ③ 향토혼을 심을 것, ④ 설명하지 말고 암시할 것, ⑤ 감동을 줄 것, ⑥ 용

---

12) 김지영은 이에 대해 上田敏은 베를렌느의 시를 번역할 때 일본시의 정형성을 위주로 했기 때문에 프랑스 시의 정형성이 유지되지 않았던 반면, 김억의 번역은 원시의 음절수를 살림으로써 리듬감을 살리기 위해 여분의 단어를 삽입하는 방식을 통해 원시의 정형률을 맞추려고 했다고 설명하고 있다.―김지영, 「김억의 창작적 번역과 창작시 연구」, 서울대 석사논문, 1996.

13) 김억은 예술 혹은 시가의 의의가 현실적인 것과는 거리가 멀며, 독립적인 것이라는 입장을 고수하고 있다.―김억, 「예술의 독립적 가치」, ≪동아일보≫, 1926. 1. 1~3.

어를 선택할 것, ⑦ 감정의 고조된 리듬을 담을 것이라고 말하고 있다.[14] 그는 베를렌느의 서정적이고 순수시적인 특징에서 자신의 시론적 근거를 찾고 있는 것이다.

넷째, 애상적인 경향은 비단 김억뿐만이 아니라 주요한이나 홍사용, 이상화, 박영희 등 당시의 시인들의 시 일반에서 나타나는 특징이었다. 한국 근대시에서 개인적인 자아의 감정과 정서를 표현한 근대적 의미의 서정시가 나타나는 것은, ≪창조≫에 실린 주요한의 「불놀이」부터이다. 1920년대 초기는 몇 개의 문예동인지들을 통해서 집중적으로 문학 활동이 이루어지는 시기로서, 이 무렵에 활동했던 시인과 작가 대부분은 동경 유학생이었다. 이들을 통해 서구의 서로 다른 문예사조들이 한꺼번에 쏟아져 들어왔다. 또한 사회적으로는 삼일운동이 실패하면서 그로 인한 실망과 좌절감이 만연해 있었다. 이 시기에 애상적인 시들이 많이 발표되는 것은 이러한 사회 문단적 추세에 따른 것이다.[15]

## 4. 격조시형론

이상에서 살펴본 것은 주로 시의 내용적인 측면에 관한 것이었다. 김억은 상징주의의 특징이 '암시'에 있다고 주장했고, 실제 시론에서도 암시적인 분위기를 주장했다. 그러나 이것은 김억 개인의 취향과 당대 사회상과 맞물리면서 애상적인 정조와 동일시되어버린다. 상징주의가 김억의 시론에 영향을 미친 부분은 내용보다는 시의 형식적인 측면에서 더욱 두드러

---

14) 김억, 「<시가집>을 읽고서」, ≪동아일보≫, 1929. 11. 20~23.
15) 김억의 시와 시론에 나타나는 데카당스적인 특질에 대해서는 황종연, 「데카당티즘과 시의 음악」, ≪한국문학연구≫ 9집, 1986. 8 참고. 황종연은 김억이 데카당스를 옹호하고 그 자신의 시 역시 데카당스에 기초한 리리시즘을 지향했다고 지적하고 있다.

진다. 실제 시론에 있어서도 암시적인 측면을 강조하는 것은 1920년대 중반까지의 시론에 집중되어 있다. 이후 김억은 시의 음악적인 측면을 밝히는데 집중하고 있는데, 이는 상징주의의 영향을 그 나름대로 용해하여 우리 시가에 접합시키려는 노력을 보여주는 것이다.

그는 상징주의시가 언어를 중시하는 특징을 가지고 있으며, 시가와 음악을 융합시킨다고 보았다. 그가 음악성에 관심을 가지게 된 데는 특히 베를렌느의 영향이 컸던 것으로 보인다. 그 예로 그는 베를렌느의 시를 번역 소개하는 과정에서 원시의 음악성을 살리기 위해 여러 가지 시도를 하고 있다. 음절수를 고정시키기 위해 원시에는 없는 단어를 역시에 집어넣거나 행절을 반복하고 한자를 사용하는 등의 시도들이 그 예이다. 대표적으로 베를렌느의 「가을의 노래 Chanson d'automne」, 「피아노 Piano」 등의 번역을 들 수 있다.16)

또한 음악적인 측면은 김억이 처음부터 관심을 가져온 주제이기도 했다. 그가 시의 음악성 혹은 운율과 호흡에 관심을 보인 것은, 초기에 쓰인 「시형의 음율과 호흡」(≪태서문예신보≫, 1919. 1. 13)에서부터이다.

> 웨스웬트가 <poetry is breath>라고 하엿슴니다. 대단히 조흔 말이어요. 호흡이지요. 시인의 호흡을 찰나에 표현한 것은 시가이지요. 일반적으로 호흡과 충동이 잘 조화되면 ○○○○ 다 좃타고 하는 것이겟지요. ○○○ 의미의 시가는 표현할 수가 업고 그 호흡과 충동을 늣기는 그 시인에게만 의미를 이해할 수 잇는 침묵의 시밧게는 업슬줄 압니다. 언어 또는 문자의 형

---

16) 김지영은 앞의 책에서, 김억이 베를렌느 시를 번역하는 과정에서 특히 음악성을 중시했으며, 내용면에서는 원래의 시를 동양화시켜 번역하고 있다고 본다. 또한 이러한 번역상의 특징이 그의 창작에도 영향을 미쳐서, 창작시집인 『해파리의 노래』에는 번역에서 시도했던 실험적인 시형과 시어들이 다시 등장하고 있음을 밝히고 있다. 이는 김억이 자신의 시론을 이론화하는데 베를렌느의 영향이 컸음을 보여주는 중요한 단서이다. 조재룡의 「한국 근대시와 프랑스 상징주의 시 사이의 상호 교류 연구」(≪불어불문학 연구≫ 제60집, 2004, 겨울) 역시 이와 유사한 논지를 띠고 있다. 베를렌느 시를 번역하는 가운데 발견되는 음악성의 문제는 이상의 논문에서 이미 논의된 바 있으므로, 본고에서는 김억 시론 자체에 나타나는 음악성에만 초점을 맞추기로 한다.

식을 알게 되면 시미(詩味)의 반분은 업서진 것이오. 언어와 문자는 충동을 그려낼 수 업지요. (중략－인용자) 호흡의 장단에는 생리적 기능에도 관계되는 것이지요마는 다시 말하면 즉 맘이 육체의 조화인 이상에는 그 문장도 그 조화를 구체화한 것인 것을 말씀하여야하겠습니다. 인습에 기인되기 때문에 불문시와 영문시가 달은 것이요. 조선사람에게도 조선사람다운 시체(詩體)가 생길 것은 물론이외다. 내부와 외부의 생활이 달은 것만큼 고동도 달나지지요. 심하게 말하면 혈액 돌아가는 힘과 심장의 고동에 말미암아서도 시의 음률을 좌우하게 될 것은 분명합니다.

음악성과 운율에 대한 김억의 초기 시론적 입장을 볼 수 있는 글이다. 시가 호흡이라는 점, 그리고 그 호흡이 시인의 생리적인 기능과 연관된 것이라는 점에 초점을 맞추고 있다. "언어와 문자의 형식을 알게 되면 시미의 반이 없어진다는 것"은 시 창작과정의 자연 발생성을 강조함과 동시에 시의 음악적인 측면을 고려한 발언이다. 이를 요약해보면 '시는 자연발생적으로 생겨난 시인의 충동을 찰나의 호흡에 담아 표현한 것'이라고 할 수 있다. 그만큼 시는 주관적이고 순간적인 것이다. 또한 호흡은 어느 정도 인습에 기초하기 때문에, 각각의 나라에 맞는 시체(詩體), 즉 운율이 달라지는 것이다. 그러나 아직 조선에는 시인의 호흡과 고동에 맞는 조선의 시형이 아직 만들어지지 않았다고 결론을 맺고 있다.

생리적인 호흡을 강조하는 이유는 그것이 가장 자연스러운 것이기 때문이다. 이러한 생각은 후에 「작시법」에서 보다 체계화되어 나타나 있다.

우주 그 자신이 일정한 박자있는 운동을 하는 것만 보아도 이것을 부정할 수 없는 것입니다. 어둠음이 잇으면 밝음('밝음'의 오기인 것으로 추정됨－인용자)이 잇고, 치움이 잇으면 덥음이 잇는 것도 이것입니다. 그러고 봄뒤에는 녀름이오고 녀름뒤에는 가을이 차자오고 가을뒤에는 겨울이 군림하엿다가 다시, 봄이 되는 것도 큰 의미로 보면 곡조라 할 수 잇겟습니다. 이 곡조야말로 전에 말한 시가의 '리듬'으로 시가에만 존재한 것이 아니고 잇다는 모든 실재에는 다갓치 이 '리듬'이 항상 그 자신을 발견합니다.[17]

그가 시의 가장 중요한 요건이 운율이라고 보는 이유는, 그것이 자연의 리듬을 그대로 반영하는 것이기 때문이다. 위의 인용에서 보이는 것처럼, 김억은 자연 자체가 리듬을 가지고 있다고 설명한다. 자연의 리듬이란 계절의 순환과 같은 우주의 자연스러운 순환의 이치로서, 김억은 이를 '곡조'라고 표현하고 있다. 즉 '곡조'란 '리듬, 저마다의 만물이 지니고 있는 동적인 특징'인 것이다.

예술은 이러한 자연의 곡조를 옮기는 것으로서, 곡조를 옮기는 수단에 따라 음악, 미술, 무용, 문학 등으로 나뉜다. 그 중 일차적인 것은 음악과 무용이다. 왜냐하면 곡조는 그 자체가 동적인 것이기 때문에, 그것을 제대로 옮기기 위해서는 옮기는 수단 역시 동적인 것이 적합하기 때문이다. 이에 비해 문자는 정적인 것이기 때문에, 자연의 동적인 곡조를 옮기기 위해서는 동적인 요소를 따로 갖추어야만 한다. 시가가 음악성을 가져야 하는 이유는 그 때문이다. 운율은 상대적으로 정적인 문자의 한계를 보완하는 리듬인 것이다.

이상의 두 글은 김억의 시론의 방향을 추측할 수 있는 중요한 단서를 제공한다. 그것은 시에서 가장 중요한 것은 운율이라는 점, 새로운 시형은 자연스러운 호흡에 바탕을 두는 것으로서 시조나 한시와 같은 기존의 인위적인 정형률과는 다른 운율을 가질 것이라는 점, 그러나 호흡은 인습에 기인하므로 어느 정도 규칙적인 형태를 가질 것이라는 점, 그 운율은 민족마다 달라질 것이라는 점이다. 후에 김억이 격조시론을 주장하게 되는 기본적인 바탕을 볼 수 있다.

그러나 김억이 처음부터 자유시적인 흐름에 배치되는 정형률을 주장했던 것은 아니다. 그는 운율 외에도 시에서 음악성을 살릴 수 있는 구체적인 방법을 다각적으로 모색했다. 첫째, 언어의 어감을 중시하고 있다. 그

---

17) 김억, 「작시법 (II)」, ≪조선문단≫ 8, 1925. 5.

는 시가를 '조화된 어감의 언어'라고 규정하는데, 어감은 언어의 어의(語意)와 어향(語響), 어미(語美)를 말한다. 운문에서는 같은 의미의 언어 중에서도 음조를 살릴 수 있고 암시를 풍부히 할 수 있는 언어를 사용하여 느낌을 부드럽게 해야 한다는 것이다. 그 예로 그는 우리말에서 언문일치체의 '~다'는 음조와 어감이 부드럽지 않기 때문에 가능한 사용을 피하고, 대신 '~습니다, ~갑니다, ~외다' 혹은 '~어라, ~서라'를 사용할 것을 권장하고 있다.[18] 이것은 '~다'로 끝나는 말이 딱딱하기 때문에 'ㄴ, ㅁ, ㄹ, ㅇ'음을 첨가함으로써 소리를 부드럽게 하는, 일종의 유포니 현상을 염두에 둔 것이다. 가능하면 부드러운 울림을 주는 말을 찾고 있는 것이다.

둘째, 같은 이유로 해서 그는 명사형을 사용하는 것을 가능한 피해야 한다고 생각한다. 그 예로 그는 "陽春二三月, 草與水同色, 琴傾摘香花, 言是歡氣息"의 마지막 줄을 '맑은 냄샌 살틀타, 그대의 입김'이라고 하는 대신, '맑은냄새흘러나 님이 그립고'라고 옮겼다고 말하고 있다. 그 이유는 '그대의 입김'이라고 하면 '음조의 쾌감도 없고 여운 없기'[19] 때문이다. 의미를 위해서는 당연히 해석해야 할 부분마저 버리고 음조미를 고려하여 원시에 첨삭을 가하는 것이다. 박용철의 시를 평가하는 가운데서도 비슷한 생각이 드러나 있다.

> 만일 옥에 허물가튼 비난할 점이 잇다 하면 그것은 이 시인의 용어에 동사를 명사로 만들어 쓰는 것이 만흔 그것이외다. 가령 '흐터진 꼿닙 쉬임 어듸 참는다냐'와 가튼 시구에 '쉬임'과 가튼 것으로 그것을 명사로 만들지 아니하고 달리 어떠케 좀더 묘하게 사용할 수가 업슬가 하는 것이외다.[20]

그는 박용철의 시가 '보드라운 정서의 애처로운 곡조, 표현수법으로서

---

18) 김억, 「어의·어향·어미」, 《조선일보》, 1929. 12. 18~19.
19) 김억, 「어감과 시가」, 《조선일보》, 1930. 1. 1~2.
20) 김억, 「신미년 시단」, 《동아일보》, 1931. 12. 10~1931. 12. 19.

의 청신한 맛과 고요하면서도 속에서는 물살이 지는 것’ 같다고 극찬하면 서도, 명사형 사용에 대해서는 위와 같이 부정적인 평가를 내리고 있다. 그 이유는 명사형으로 끝나는 단어들이 정조의 흐름을 방해하고 내용을 관념화시키기 때문이다.[21] 박용철은 어감을 살리기 위해서 구체적으로 어떠한 소리나 낱말을 선택해야 하는가를 고민하기보다는 자신의 주관적인 인상이나 경험을 중시하고 있다는 것이다.

셋째, 압운을 사용하는 것이다. 김억은 조선말에 남성과 여성의 성의 구별이 없고, 단수와 복수가 따로 없으며, 동사가 인칭에 따라 변화하지 않으므로, 압운을 만들기에 오히려 용이하다고 보고 있다. 다만 조선말에 압운을 사용하기에 불편한 점은 명사의 어미가 일정하지 않다는 것인데, 이는 다른 나라 말도 마찬가지이므로 특별히 불리한 조건이라고 할 수는 없다. 또한 말에 고저가 없어서 영시나 한시와 같이 말에 율동을 줄 수 없고, 동사에 능동태는 있지만 수동태가 없다는 것이 문제점이다. 그는 ‘을 퍼진 가을의 노래’와 같이 수동태를 적극적으로 만듦으로써 이러한 문제점을 해결할 수 있다고 본다. 김억은 조선말에 압운을 사용할 수 있는 조건으로, 모음이 풍부하여 발음하기 어려운 말이 거의 없고, 일정한 격이 있어서 단어가 있는 자리에 상관없이 주격과 목적격을 구분할 수 있고, 축약이 가능해서 요약되고 함축된 언어를 사용할 수 있는 것을 들고 있다. 이렇게 하여 압운을 사용한 예로 그는 “밤마다 찬자리에 홀로 어든 꿈 깨고 보니 무심타 어리운 ○○ 은하수 맑은 물에 떠나가는 님은 어이나 멈출는고 ○정이 없네”를 “밤마다 찬자리에 홀로 깨는 꿈 깨고 보니 무심타 보람업는 맘 은하수 맑은 물에 ○○도는 님 어이나 멈출는고 길은 업는가”로 바꾸어 놓고 ‘꿈, 맘, 님’이 압운을 사용한 것이라고 설명하고 있다.[22] 이처럼 시를 짓는 과정에서 일정한 단어를 선택하면 압운이 가능하

---

21) 언어의 울림에 주목하는 이러한 입장은 1930년대 김영랑의 시에 나타나는 언어의 조탁미와 연결될 수 있다.

다는 것이다.

이상은 김억이 운율 이외에 시가에서 음악성을 나타낼 수 있는 여러 가지 방법을 모색한 것이다. 그러나 김억이 가장 깊은 관심을 보인 것은 자연스러운 호흡과 관련된 운율이었다. 그는 산문과 운문을 구별할 수 있는 기준으로, 운문은 '독창적 시상(詩想)과 정련된 용어와 긴장한 표현'의 세 가지를 갖추어야 하며, "그 세 가지를 어떠한 약속으로써 제어 통일하여 조화시켜놓으면 음악과 같은 미음(美音)을 얻게" 되는 것에 초점을 맞추고 있다. 그리고 그 방법으로 "언어를 규칙적 정제 속에다 조화있게 배치해 노흐면 그 곳에는 형용하기 어렵은 쾌감이 생깁니다 이것이 음률이외다"라고 말하고 있다.[23] 문제는 배치를 어떻게 할 것인가 하는 점인데, 이는 언어 자체의 성질로 결정된다. 예를 들어 모음의 장단이 특성인 고대 그리스어, 라틴어 같은 시는 음절의 장단에 의해서, 그리고 액센트가 특징인 영어나 독어는 음절의 고저로 이러한 음률을 얻을 수 있다. 그러나 조선말은 이같은 고저장단이 없기 때문에 불어와 같이 음절수를 제한함으로써 정형시형을 갖출 수밖에 없다.[24] 정형률을 갖춘 새로운 시는 '격조시'라는 용어로 지칭되는데, 이는 음절수에 바탕한 정형률을 가진 시를 뜻한다.[25]

22) 김억, 「시형·언어·압운」, 《매일신보》, 1930. 7. 31, 8. 1·3, 5~10.

23) 김억, 「격조시형론소고」, 《동아일보》, 1930. 1. 16~26, 1. 28~30.

24) 김억은 이후 여러 글에서 시를 쓰려면 정형시를 써야 한다고 주장하고 있다. 그 이유는 정형시를 씀으로써 산만한 시상을 통일시키고 습작 기간을 거쳐 음악성을 획득하게 되기 때문이다. 정형시를 쓴 후에는 자유시를 쓰는 것이 용이하지만, 자유시를 쓰고 난 후 정형시를 쉽게 쓰지 못하는 것은 그 이유 때문이다.─김억, 「시가를 스려면은」, 《신인문학》, 1936. 1. 10.

25) 조재룡은 앞의 글에서 김억이 격조시론을 통해 자유시의 내재율을 추구했다고 설명하고 있다. 그러나 격조시론이 자유시와는 전혀 다르다는 것은 김억의 글 자체에서 분명하게 드러난다. 조재룡이 인용하고 있는 부분인 "自由詩形에 이르러서는 音數律도 아모 拘束도 없는 그야말로 自由詩形인 것만큼 흘러나오는 詩感 그대로 가장 자유롭게 長短도 돌보지 아니하고 記錄하야 한 句 한 句 만들었기 때문에 詩人 그 自身의 內在律을 尊重하는 點으로 보아서는 조흔지 몰르겟습니다 만은 (중략) 內在律을 尊重하지 아니할 수 없다 하더라도 自由詩形의 가장 무섭은 危險은 散文과 混同되기 쉬운 것이외다. 나는 自由詩를 볼 때에 너무도 散漫함에 어느 點까지가 散文이고 어느 點까지가 自由詩인지 알수가 없어 놀래는 일도 많습니다"라는 대목은, 자유시형에 대한 김억의 비판을 핵심적으로 보여주고

격조시를 이루는 바탕은 호흡의 단위에 바탕한 율격이다. 그는 '음력(音力)'을 단위로 정하고 두 음절이 한 음력을 이룬다고 보고 있다.[26] 이 때 음력은 호흡의 단위 혹은 휴지부와 유사한 개념으로서, '음보(foot)'와 유사한 개념으로 추정된다.

> 이 음률의 단위란 인력으로서는 어찌할 수 없는 그야말로 천정(天定)이외다. 이 음률의 단위요 음력의 음군(音郡)들이 같은 시간적 약속 다시 말하면 등시성 반복을 하면 그곳에 어떤 율동이 생기니 이것이 음율(운율)이외다. 이에는 물론 그 음군들이 내용의 의미와 함께 구별도 되고 집합도 되는 동시에 한편으로는 음률적 요구와도 구별되고 또는 집합되어 전체로의 둘이면서 하나되는 조화 속에 말할 수 없는 쾌감을 느끼게 되는 것이외다.[27]

'음력의 음군들의 등시성 반복'을 통해 생겨나는 율동은 음보와 유사한 것이다.[28] 이것은 호흡과 휴지부의 위치에 따라 생겨난다. 사람에 따라 휴

---

있는 부분이다. 김억은 자유시형이 산문과 크게 다르지 않음을 지적하며, 따라서 자유시형과는 구별되는 '격조시형'을 주창하게 되는 것이다. 김억은 인용된 대목 이하에서 "그러타고 나는 자유시형을 내어버리자는 것은 아니외다 자유시형에는 자유시형 그 자신으로의 존재 이유가 충분히 잇는 이상 어대까지든지 새길을 개척해 나아갈 것이고 내가 압흐로 말할 격조시형은 격조시형으로 자기의 길을 충실히 밟아나아가면 그만이외다"(이상 인용문—「격조시형론소고(이)」, 《동아일보》, 1930. 1. 17)라고 하여, 자유시형과 격조시형이 서로 다른 것임을 분명히 하고 있다. 조재룡의 견해는 이 부분을 상세하게 검토하지 않은 데서 빚어진 오류이다.

26) "발성기관의 성질로 보아 한 음절이나 두 음절 가진 말은 예하면 '산'이나 '하늘' 가튼 것은 한 번의 음력으로 발음할 수가 있으나 세 음절로 된 것부터는 예하면 '어린이' 가튼 것은 그 중앙 '린'에다가 힘을 주어 높히지 아니하는 이상에는 한 음력으로 발음할 수가 없고 반드시 두 음력이 필요하다. 이것으로 보아 음률의 단위는 한 음력에 있는 것이고 두 음력에 있는 것이 아니다."—김억, 「격조시형론소고」, 《동아일보》, 1930. 1. 16~26, 1. 28~30.

27) 위의 글.

28) 김억 역시 자신이 생각하는 운율의 단위가 '음보'와 유사하다는 것을 말하고 있다.—"좀 느리게 읽든지 그렇지 아니하면 읽은 뒤에 조금 휴식을 하든지 또는 좀 긴 휴식을 하든지 여하간 음보에 조화가 되면 그만이외다. 왜냐하면 운율적 율동이 음보의 등시성에서 생기기 때문입니다. 이 '음보'라는 것은 영시 같은 데서의 소위 시각(詩脚)이라는 것으로 가령 오사조이면 오음절과 사음절이 합하여 한 절이 된 오개 음률 단위를 가르친 것이외다."—위의 글.

식을 취하는 부분에는 차이가 있겠지만, 시에서 중요한 것은 이러한 휴지부가 '심경에 있는 환상을 그릴 수 있는 시간적 약속'으로 이루어진다는 것이다. 즉 내용을 그대로 읽는 것이 아니라, 독자의 마음에 그 내용이 환기되고 받아들여지기까지 필요한 시간적인 여유를 가지고 쉬는 단위, 그것이 음력이요, 음보인 것이다.

김억은 이처럼 호흡의 단위를 나눈 후에, 각각의 운율의 형태를 나누고 그에 어울리는 시가를 예로 들고 있다. 그에 따르면, 3·4, 4·4, 4·5, 5·5조는 경쾌하고 가련한 시상에 어울리고, 6·5조와 7·5조는 아름답고 흐르는 듯한 정서를 담아 노래할 때 어울린다. 또한 8·5조와 7·7조는 묵상적이어서 결코 양기(陽氣)롭고 쾌활한 느낌을 줄 수 없다. 그리고 한 행 15음절 이상의 시각(詩脚)들은 깊은 사상과 추회(追懷), 사상적 시상을 묵직하게 노래할 때 적당하다는 것이다.[29] 그는 「'조선시형에 관하야'를 듣고서」(《조선일보》, 1928. 10. 18~21, 23~24)에서 자신의 창작시를 예로 들어 각 시형의 특징을 직접 설명하고 있다.

이 중에서 김억이 생각하는 서정시에 가장 잘 어울리는 이상적인 음수율은 7·5조이다.[30] 그 이유는 독자가 시를 읽고 마음속에 어떠한 환상을 그리며 암시받을 수 있는 정도의 시간을 보유하고 있기 때문이다. 시를 읽는 묘미는 "조화로운 단순성의 음군(音群)이 이리 흐르고 저리 도는 곳에 비로소 시경(詩境)이 열리며 맘에는 감동이 생겨 무어라 표현할 수 업는 것을 늣기게 되는데 잇는 것"인데, 7·5조는 그럴 만한 시간적인 여유를 준다는 것이다. 김억은 형식적인 음악성이 가장 잘 드러나는 예로 소월을 들고 있다.

---

29) 김억, 「시형·언어·압운」, 《매일신보》, 1930. 7. 31, 8. 1~3, 5~10.
30) "그리고 이 음절들이 음력(발성기관)으로는 오음에서 칠음이라는 가장 서정적이요 기수적되는 점을 보입니다 이 때문에 이 시가 보드랍고 곱은 음률미를 가지게 된 줄 압니다." —김억, 「격조시형론 소고」.

그리고 시고(詩稿)의 수정에 대하야 여간 고심치 아니하든 것이외다. 그야말로 휙덕 써버리지 아니하고 어듸까지든지 세심(細心)의 주의를 다하야 고첫다지엇다 지엇다고첫다 하기를 여러번 하고 하고 곱하든 것이외다. 그러고 될 수 잇는대로 음조 그것에다 새롭은 생명을 주기 위하야 가령 가튼 칠오조(七五調)라도 그것을 그대로 쓰지 아니하고 행을 이럿케도 나호고 저럿케도 찍어서 그것에다 움직일 수 업는 음조미를 주든 것이외다.

> 그립다
> 말을할가
> 한니 그리워
> 그냥 갈가
> 그래도
> 다시 더한들……

이것은 소월이의 「가는길」의 두 절이거니와 이 시구가 이럿케 되기까지에는 상당한 고심이 잇섯스니, 시구의 수정이 다 끗난 뒤에도 이 시구의 행별은 지금의 그것과는 자못 달랏든 것이외다.

> 그립다 말을할가 하니 그리워
> 그냥갈가 그래도 다시더한들
> ……

이러든 칠오조를 소월이는 음조미를 돕기 위하야 두 절로 난호아 지금의 것과 가티 만들어 노핫스니, 이 시가튼 것은 누구가 읽는다 하드래도 작자의 행별에 따라 구별해노흔 음조미래도 읽지 아니할 수 업는 일이외다. 그는 그만치 세심의 주의를 호흡에다 관련시켜 그 음조를 생각하든 것이외다.[31]

소월의 시는 한국인의 호흡을 가장 잘 살릴 수 있는 7·5조의 형식을 갖추고 있어서, 김억이 생각하는 격조시형에 걸맞은 예를 보여준다. 소월

---

31) 김억, 「요절한 박행시인 김소월에 대한 추억」.

은 7·5조를 사용하는 것은 물론이고, 이것을 음조에 맞게 적절히 나누어 배치함으로써 음조미를 살리고 있다. 이것이 김억이 생각하는 가장 바람직한 정형률이다. 김억은 소월의 이러한 솜씨가 민요에 바탕한 것이라고 설명한다. 소월의 시 중에서도 후기의 시들은 민요적인 운율과는 다른 형태를 보여주고 있는데, 이 시들은 민요조를 띤 시들에 미치지 못하는 것으로 평가된다. 예를 들어 소월의 「나의 집」은 "민요형의 시에 비하여 딱딱스러워 이지(理智)를 거쳐 나온 것"으로서, 순정의 빛이 적기 때문에 민요조 시형보다 못하다는 것이다. 이는 김억이 생각하는 음악성이 순정한 내용까지를 포함하는 개념임을 알 수 있게 한다. 조선인이 호흡할 수 있는 가장 편한 음조에 어울리는 순정하고 감정적인 내용을 담은 시, 그것이 김억이 생각하는 새로운 정형시인 것이다.

이렇게 만들어진 '격조시'는 김억의 시론의 완결판이라 할 수 있다. 그것은 내용상 애상적이고 부드러운, 아름다운 감정을 담고, 그것을 가장 잘 표현할 수 있는 7·5조를 사용하여 표현한 새로운 시 형식인 것이다.

이상에서 살펴본 바와 같이, 상징주의는 김억의 시론을 형성하는 데 중요한 역할을 했다. 김억은 그 중에서도 서정적이고 애상적인 정조와 음악성을 중시하는 베를렌느의 시에서 크게 영향을 받고 있다. 내용적인 측면에서 김억이 강조하는 시의 암시성은 '기술을 하지 말고 암시'하라는 말라르메의 말을 염두에 둔 것이다. 이러한 암시성은 주로 아릿아릿하고 고운, 애상적인 정조를 표현하는 가운데 발생한다. 김억은 이러한 암시성이 잘 드러나는 예로 주요한, 홍사용 등의 애상적인 시들을 꼽고 있다. 이 때 암시성은 몽롱하고 애상적인 분위기와 동일시된다. 김억은 이러한 특징들을 베를렌느 시의 번역을 통해서 더욱 심화시키고 있다.

상징주의가 김억의 시론에 영향을 미친 부분은 시의 형식적 측면에서 더욱 두드러진다. 그는 상징파 시의 특색이 시가와 음악의 융합에 있다고 보고, 베를렌느의 시를 번역, 소개하는 과정에서도 음절수를 맞춤으로써 리듬을 최대한 살리려고 노력했다. 음악성에 대한 관심은 특히 김억이 초기 시론에서부터 관심을 보여 온 주제이기도 하다. 음악성을 살리는 방법은 울림이 좋은 언어를 선택하고 딱딱한 명사형을 피함으로써 어감을 살리거나 압운을 사용하는 것, 정형률을 만들어 새로운 리듬을 만드는 것 등이다. 그 중에서 김억이 특히 강조하는 것은 새로운 정형률을 창조하는 것이다. 이는 '격조시'라는 명칭으로 지칭되는데, 이는 조선인의 호흡에 맞는 새로운 정형률을 갖춘 시를 의미한다. 이것은 시대에 뒤떨어진 정형률을 복원하자는 것이 아니라, 조선인의 호흡에 맞고 감정에 맞는 새로운 서정시를 만들고자 하는 시도였다는 점에서 의의가 있다. 이러한 생각은 김소월과 김영랑으로 이어지는 한국 서정시의 경향을 이론적으로 뒷받침하는 중요한 근거가 된다.

# 제 2 장

# 경향파 시론의 전개와 발전

## 1. 신경향파 시기의 시론

우리 시사에서 경향파 시론이 처음 나타나는 것은 카프가 공식적으로 결성되기 이전인 1920년대 초반이다. 이 시기의 시론들은 시론과 소설론, 문학 일반론이 섞여 있고, 내용 또한 개인의 주관적인 생각들을 바탕으로 하고 있다. 예를 들어 김형원의 시론은 일반적인 휴머니즘을 바탕으로 하고 있고, 근원(槿園)이나 박영희의 글은 경향적인 색채는 두드러지지만 시라는 특수성을 감안한 것이 아니라 전반적인 문학 일반에 관해서 쓴 글이다. 또한 박종화나 이상화의 글은 시에 대한 단상을 보여주기는 하지만 독립된 시론이라고 보기에는 소략한 감이 없지 않다. 그러나 이 시론들은 그때까지 시의 평가 기준으로 인식되어 왔던 운율이나 비유, 상징만으로는 파악하기 힘든 요소들 예컨대 서사성이나 이데올로기, 작가의 세계관 등과 같은 것들을 시의 요소로 끌어들이고 있다는 점에서 중요한 의미가 있다. 이는 기존의 서정시와는 다른 새로운 경향의 시들을 설명할 수 있는 기준을 제시하고, 나아가 카프 이후의 경향파 시론을 전개하는 데 있어서 단초 역할을 한다.

신경향파 시기의 시론을 검토할 때 가장 먼저 눈에 뜨이는 것은 석송 김형원이다. 그는 휘트먼의 『초엽집(草葉集)』을 소개하는 글에서, 휘트먼을 좋아하는 이유가 '역(力)의 시'를 쓰기 때문이라고 밝히고 있다.[1] 이는 시란 아름다운 것이라는 당시의 일반적인 생각과는 다른 견해이다. 그의 시론은 1925년에 쓰여진 「민주문예소론」에 집약되어 있다. 이 글에서 김형원은 귀족주의 문예와 민주주의 문예를 대립되는 것으로 파악하고, 전자가 인습적이고 배타적이며 보수적인데 반해 후자는 비인습적이고 포괄적이며 진보적이라는 점을 강조하고 있다. 그가 귀족문예에 반대하는 것은, 그것이 고정된 형식과 내용을 강요함으로써 변화하는 인생에 부응하지 못하기 때문이다. 한 예로, 귀족문예에서 예술의 주인공은 항상 왕후장상이고 일반 서민은 중심이 되지 못한다. 이에 비할 때 민주주의 문예의 가장 큰 특질은 '자유'이다.

> 민주주의의 특색은 제일 '자유'에 있다. 이 자유라 함은, 모든 형식과 속박을 떠나서, 사람의 천품(天稟)을 제별로 발휘시키는 것을 의미함이다. 문예상으로 옮겨 말하면, 형식과 제재를 구속없이 선택하고, 개성의 솔직한 표현을 위주하며, 따라서 각 개인의 생활을 그대로 승인하여, 시인의 입을 빌어 만인으로 하여금 발언할 자유를 허여하는 점에 민주적 문예의 참된 사명을 발견할 수 있는 것이다. 이와 같이 분방한 내용을 가진 민주적 문예는 고정된 형식을 탈출하여 극히 단순하고, 또 복잡하고 유동적 형식을 취하게 되는 것은 피치 못할 일이요, 소위 형식상 불규칙을 나타내게 되는 것이다.[2]

---

1) C. Whitman(김성송 역), 『초엽집(草葉集)』, 《개벽》 25호, 1922. 7.
2) 김형원, 「민주문예소론」, 《생장》, 1925. 5.

이 때 자유는 '표현의 자유'라는 일반적인 의미로 사용되고 있다. 내용만이 아니라 그것을 표현하는 형식까지 개인이 자유롭게 선택할 수 있는 것이 김형원이 생각하는 '민주문예'이다. 민주 문예는 우선 일반 서민들의 생활 그대로를 시의 소재로 한다. 귀족문예의 주인공은 특별한 사람들이었지만, 민주문예는 각 개인의 생활을 승인하는 것이다. 이 때 생활이란 '각각 저마다의 살아가는 모양'이라는 일반적인 의미이다. 그가 생각하는 평등은 이처럼 소재 상에 제한을 두지 않고 모든 것을 대상으로 하는 것을 의미한다. 따라서 자유나 평등은 계급의식과는 무관한 것이다. 이러한 입장은 「조선 신문학 건설의 급무를 제창함」이라는 글에서도 동일하게 나타난다.

> 실생활은 쉬웁게 말하면 인생의 전 생활에서 문학적 생활을 제외한 생활을 운(云)함이다. 개인의 의식주, 신앙, 수양, 오락, 여행 등 모든 행동을 운함이요, 사회의 도덕, 법률, 풍속, 정치, 전쟁, 평화 등 모든 현상을 운함이다. 총(總)히 인생의 활동을 이름이다.[3]

이 글에 나타난 '실생활'은 인간이 살아가는 전반을 말하는 것이요, 특별히 경제적인 측면을 염두에 두고 있는 것은 아니다. 김형원은 이 실생활이 결국은 감정이라는 원동력에 의해 지배되고, 이 감정은 청년의 생활로서 이지(理智)와 의사(意思)로 상징되는 노년과 대립되는 것이라고 주장한다. 즉 이지와 의사에 반대되는 생명력, 열정, 집중력 등 삶을 동적으로 만드는 젊은 시절의 열정을 '감정'이라는 말로 표현하고 있는 것이다. 또 그는 "감정을 몰각한 작품은 가(假)문학이며, 이것이 바로 공상을 그대로 기록한 이야기 문학"이라고 밝혀놓고 있다. 이것을 종합해보면, 그가 생각하는 감정이란 공상에 반대되는 현실적인 삶이며, 생명력과 열정을 가진 어

---

3) 석송생, 「조선 신문학 건설의 급무를 제창함」, ≪동아일보≫, 1920. 4. 20~4. 24.

떤 것이다. 그 생명력과 열정이 실생활을 지배한다는 것이다. 이 감정은 지극히 자연스럽고 비의도적인 것이다.

> 문학은 감정의 예술화한 것이오 실생활은 감정의 활동이다. 문학은 감정의 태양임으로 오직 자신의 광선을 방사함이 천직이오, 인생의 실생활을 위하야 고의로 광선을 여(與)함은 아니나, 인생은 이 광선을 스스로 취하야 자기의 생활에 층일층(層一層) 활력을 가하는 것이다. 어찌하였든지 인생생활에 없지 못할 것은 무엇보다도 문학－이것이다.[4]

즉 감정이 실생활을 지배하고 문학은 이 감정을 예술화한 것이긴 하지만, 어떠한 목적을 달성하기 위해서 문학이 존재하는 것은 아니라는 것이다. 설령 그것이 독자들에게 영향을 준다 하더라도 그것은 의도적으로 한 것이 아니라 독자가 제 스스로 그렇게 받아들였을 뿐이다. 그러므로 문학은 그 자체만으로는 아무런 편향을 지니지 않는다. 이는 김형원의 입장이 이후 전개되는 카프의 그것과는 변별되는 것이며, 엄밀히 말하자면 신경향파 단계 이전의 것이었음을 보여준다. 이는 몇 년 뒤에 쓰여진 근원(槿園)의 글과 비교해보면 더욱 선명하게 드러난다.

> 생활은 각각의 찰나에 추이(推移)하는지라, 연(然)이나, 그것은 다만 추이하야갈 뿐만이어서는 아니될 것이라. 추이하야가는 것이 곧 성장하야가는 것이며, 심원(深遠)하야가는 것이라야만 될 것이다. 그리고 생활의 그것이 성장하고 심원하야가는데는 비평의 정신과 창조의 력(力)이 잠시 동안이라도 서로 떠나지 못할 힘이 되어 생활의 내부에서 발동치 않으면 아니될 것이다.[5]

이 글에서 강조되는 것은 '성장'과 '심원'이다. 즉 생활은 단지 변화하

---

4) 위의 글.
5) 근원, 「자유비평의 정신」, 《신생활》 9, 1922. 9.

는 것만이 아니라 발전한다는 것이다. 생활을 발전시키는 데는 예술의 창
조적인 힘이 필요하다. 근원은 자연주의 문학의 무방향성을 "진정한 부정
도 없고 진정한 긍정도 없으며 비평도 없고 창조도 없으며 작자의 생활에
통일이 없음을 표시하는 것"이라고 비판한다. 이것을 넘어서기 위해서는
"생활에 대한 다이나믹한 자유비평의 정신"이 갱신하고 긴장해야 한다는
것이다.

이와 비교할 때 민주적 문예를 주장하는 김형원의 입장은 오히려 넓은
의미의 휴머니즘에 가깝다고 볼 수 있다. 그는 민주주의를 "피치자(被治者),
즉 백성만을 위주하는 문학을 의미하지 않으며, 여기에는 치자(治者), 피치
자, 강자, 약자 등도 물론이고, 사람은 모두 균등한 기회에서 생장할 수 있
다는 것을 부르짖는 것"이라고 보고 있다. 그는 문예가 한 계급을 위해 쓰
여지는 것이 아니라, 모든 계급을 초월해서 누구에게나 공평하고 누구나
그 대상이 될 수 있다고 생각했던 것이다.[6]

박종화 역시 '력(力)의 시'와 '력(力)의 예술'을 주창했다는 면에서 김형
원과 비슷한 출발을 보여준다. 그는 초기에 감상적인 시들을 발표했으나
김기진의 영향으로 조선에 새로운 시가 필요함을 역설하게 된다.

> 앞으로 우리가 가져야 할 예술은 '력(力)의 예술'이다. 가장 강하고 뜨거
> 웁고 매운 힘있는 예술이라야 할 것이다. 헐가의 연애문학, 미온적의 사실
> 문학(寫實文學) 그것만으로는 우리의 오뇌를 건질 수 없으며 시대적 불안을
> 위로할 수 없다. 만 사람의 뜨거운 심장 속에는 어떠한 욕구의 피가 끓으며
> 만 사람의 얽혀진 뇌 속에는 어떠한 착란의 고뇌가 헐떡이느냐 이 불안이
> 고뇌를 건져주고 이 광란의 피물을 녹여줄 영천(靈泉)의 파지자(把持者)는
> 그 누구뇨 '力의 예술'을 가진 자이며 '力의 시'를 읊는 자이다.[7]

---

6) 이러한 견해는 그의 시의 가장 중요한 주제이기도 하다. 「이향(離鄕)」이나 「가난뱅이의 부
  르짖음」, 「미래를 위하야」 등은 석송의 생각을 잘 보여주는 시들이다.
7) 박종화, 「문단의 일년을 추억하야」, ≪개벽≫ 31, 1923. 1.

그는 이 글에서 자연주의 문학을 "현실을 그대로 베껴내는 사실문학"이라고 비판하며 힘이 있는 예술이 도래해야 함을 주장하고 있다. 또한 일본 문단에서의 부르주아 예술과 프롤레타리아 예술 간의 투쟁을 언급하면서, 표면적으로 논의된 바는 없으나 조선에서도 이같은 논쟁이 배태되고 있음을 지적하고 있다. 감상주의와는 다른 새로운 문학 경향이 싹트고 있으며, 그것은 자연주의 단계를 넘어선 어떤 것이라는 것이다.

그러나 박종화의 이러한 주장은 그 스스로가 새로운 흐름을 파악하고 동조한다기보다는 외부적인 충격에 의한 일시적인 변모였던 것으로 보인다. 이는 당시 시인들의 시에 대한 그의 평가에서 여실히 증명된다. 그는 김소월의 「진달래꽃」을 "가장 사람으로 하여금 눈물 솟는 그리고 또다시 섭섭하고도 무엇을 잃은 듯한 마음을 갖게 하는 묘작(妙作)"이라고 높게 평가한 반면, 김형원의 「가을이 오랴 할 때」 등 세 편에 대해서는 "한치도 못되는 얕고 엷은 시상을 얻어가지고 가장 거룩한 명상의 법탑(法塔) 속에서 얻은 노래인 것 같이 스스로 고음자호(高吟自護)하는 풍격이 보인다"[8]고 혹평하고 있다. 결국 박종화가 시를 평가하는 기준은 시상의 흐름이나 리듬과 같은 가장 전통적인 것이었음을 알 수 있다. 그가 '힘있는 시'라고 고평한 박영희의 시를 보자.

밤은 쓸쓸한
비오는 거리로, 떨면서
한숨쉬는 그림자를 나는 쪼치다.

밤은 구슬픈
눈물에 젖는 폐원(廢園)으로 날으는
헐어진 꽃그림자를 나는 쪼치다.

---

8) 위의 글.

> 햇빛에 번쩍이든
> 대지 우에 그림자가 없어질 때에
> 어둠의 거리로 비틀거리는
> 눈물 우에 그림자를 나는 또 쪼치다.
>
> —박영희, 「그림자를 나는 쪼치다」 부분

이 시는 한숨, 폐원, 눈물, 헐어짐, 어둠 등 감상적인 단어를 나열하여 센티멘탈한 분위기를 자아낸다. 그러나 정작 눈물과 한숨이 나오는 이유는 제시되어 있지 않고 한숨과 눈물에 젖어있는 화자의 심경만이 두드러진다. 그럼에도 불구하고 박종화는 이 시를 "외로웁고 쓸쓸한 젊은 사람의 가장 귀여웁고도 뜨거운 혼의 울음"이라고 하고, 이와 유사한 박영희의 「유령의 나라」를 "뜨거운 노래이며 힘있는 노래"라고 평가하고 있다. 이것은 그가 주장했던 '력의 예술', '력의 시'의 실체가 결국은 센티멘탈리즘의 범주를 벗어나지 못하고 있음을 반증하는 것이다.

이러한 박종화의 한계는 '민중'을 이야기하고 있는 「갑자문단종횡관」에서도 마찬가지로 나타난다. 그는 여기서 "문학은 민중을 위한 것이라야 한다"라고 주장하고 있지만, 그 인식의 정도는 "마치 태양과 달이 민중의 것인 그것과 같이 예술도 곧 그들의 것이 되어야 하고 청풍과 열천(冽泉)이 민중의 것인 그것과 같이 문학도 반드시 그들의 것이 되어야 한다"는 피상적이고 감정적인 것에 불과하다.

한편 이상화는 「문단측면관」에서 현재의 문단에 '관찰'이 없음을 지적하고, "조선의 작가들은 조선의 생명을 관찰하고 거기서 새로운 양식을 구성할 만한 곧 실감있는 생명의 창조를 시험할 창작가가 나올 때"[9]라고 말하고 있다. 이때 '관찰'은 '개성과 사회와 시대에 관한 것'으로서, 그것 자체가 특별한 방향성을 가지고 있는 것은 아니다. 그러나 이 글에서 이상

---

9) 이상화, 「문단측면관」, ≪개벽≫ 58, 1925. 4.

화는 염상섭과 현진건, 나도향 등에 대해 "유탕생활(遊蕩生活)을 버리고 될 수 있는데까지는 오늘 조선의 생활을 관찰"해서 작품을 쓸 것을 촉구하는 한편, 박영희와 박종화, 조명희, 김석송, 김기진 등에 특별한 기대를 걸고 있음을 밝힘으로써 자신의 경향을 암시하고 있다.

이상화의 경향이 비교적 선명하게 드러나는 것은 「무산작가와 무산 작품」이다. 이 글은 조지 기싱, 크누트 함순, 요한 보엘, 막심 고리끼와 그 작품을 소개한 것인데, 그 서문에서 작가의 소속 계급과 계급적 지위에 따라 나타나는 작품의 차이에 대해서 주목하고 있다.

> 현대와 같은 시대에서 유산계급에 나서 질서있는 학교 교육을 받은 예술가와 무산계급에서 나서 눈물과 땀 속에서 아름다운 심령을 가지게 된 그 예술가와의 차별로 말미암아 현대의 사회 제상(諸相)이 인생 의의가 얼마나 틀리는 각도로 표현이 될 것인가.[10]

이어진 글에서 이상화는 크누트 함순의 「기아」와 「방랑자」를 소개하면서, "여기에는 굶주린 자의 모습이 세밀하게 그려지지만, 기아에 대한 사회적인 깨달음이 없다"고 비판하고 있다. 이 작품은 마치 '굶주린 이의 임상일지' 같은 느낌을 줄 뿐이고, 따라서 현대의 계급투쟁을 그린 작품들과는 다르다는 것이다. 이것은 막심 고리끼의 「어머니」가 가지고 있는 혁명성과 비교해보면 더 잘 드러난다.

이러한 시각은 이상화가 자연주의적인 묘사와 리얼리즘을 구분하고 있었음을 보여주는 것이다. 「무산작가와 무산 작품」의 종결편인 「세계 삼시야(三視野)」에서는 이러한 견해를 더 구체화시켜 무산 작가와 작품을 세 가지 유형으로 나누고 있다. 그것은 무산자의 상태에 동정과 분노를 보내는 경우와 유산계급을 문명비평의 차원에서 해석해서 결국 자연으로 돌아가

---

10) 이상화, 「무산작가와 무산작품」, ≪개벽≫ 65~66, 1926. 1~2.

려는 경우, 이와는 달리 인도적 정신으로 통찰하거나 유산 계급자가 무산 계급에 들어가는 경우, 무산자 스스로가 투쟁 속에 들어가는 각각의 경우들이 있다.

이로 미루어 볼 때, 이상화는 작품을 작가와의 관계 특히 시인의 계급적인 지위와 연결시켜 파악한다는 면에서 리얼리즘적인 인식을 보다 뚜렷이 가지고 있었다고 할 수 있다. 그러나 실제 시 비평에서는 이같은 인식이 뚜렷하게 드러나지는 않는데, 그것은 이상화가 평론가라기보다는 시인으로서 작품 활동에 치중했기 때문이었던 것으로 짐작된다. 그러나 계급 문제를 한 단계 더 깊이 있게 인식하고 작가의 계급적 지위까지를 검토한 것은, 이상화의 시론이 김석송이나 박종화보다 한 단계 더 발전된 것이었음을 입증해주는 것이다. 이들에 의해 기초가 놓여진 경향파 시론은 팔봉 김기진에 의해 본격화된다.

## 2. 팔봉 김기진의 시론

김기진의 시에 대한 입장을 보여주는 첫 번째의 본격적인 평론은 「현시단의 시인」이다. 여기서 김기진은, 근대의 시는 서정시이며 서정시란 '감정을 표현하는 것'이라는 전제를 내세운다. 그에 따르면 감정은 "감정과 정서, 감각과 직각(제6각)을 기초로 한 감정"을 말하는 것이다. 중요한 것은 이 정의에 '사상'이 빠져있다는 점이다. 그런 면에서 김기진의 시각은 '서정시는 개인의 주관적인 감정을 표출한 시'라는 소박한 의미의 서정시 개념을 그대로 수용하고 있다. 그는 서정시가 '일개의 막연한 기분'을 표현한 것이라고 보는데, 이는 시의 본질이 주관적이고 주정적이라는 생각을 보여주는 것이다. 이 때 시는 슈타이거가 말한 '회감(回感)의 형식'[11]에 해당하는 극히 개인적인 장르이다.

이러한 생각은 특히 시의 음악성을 말하는 데서 뚜렷하게 나타난다. 그는 시의 가장 중요한 측면을 음악성이라고 본다. 시란 음악적이라야 하며 노래할 수 있어야 한다. 그러나 노래할 수 있다는 것은 "감정이 노래한다는 뜻이지 결코 창가한다는 뜻은 아니"다.

> 현대의 자유시는 그 리듬이 외적 형식에 있지 아니하고 그 '말'의 리듬 그것에 있다. 음악적이라야만 한다는 것은 이것을 의미하는 것이다. 감정이 노래하고 마음이 노래하는 경지—그것을 일컬음임은 물론이다.[12]

즉 그가 말하는 음악성은 일반적으로 느껴지는 말의 리듬 같은 것이지 노래로 불린다거나 특정한 운율을 가지는 것은 아니라는 것이다. 이 글의 마지막 부분에서 시란 "마음이, 정서가, 온 영혼이 노래할 수 있는 것이 아니어서는 안된다"고 표현한 것 역시 같은 맥락이다.

이러한 생각은 「시가의 음악적 방면」[13]에서 좀더 구체화된다. 여기서 김기진은 현대의 시가 서정시이며 음악성을 가져야 한다는 논지를 반복하고 있다. 서정시의 '정'은 감정이며 그것은 '일개의 막연한 기분'과 같은 것이다. 이 '막연한 기분'을 표현하기 위해서는 색채나 음향을 필요로 한다. 시에서 그러한 역할을 하는 것이 언어의 '음영'인데, 그것은 단어의 분위기 혹은 소리적 측면을 뜻한다. 그 예로 김기진은 베를렌느의 시를 인용하고 불란서 시의 발성과 리듬에 대해 설명하고 있다. 그러나 조선어는 엄격한 의미에서 리듬이 없기 때문에, 자모음의 선택으로 시적 효과를 돋울 수밖에 없다. 즉 'l'이나 'r'음을 사용함으로써 언어의 음색을 강조할 수밖에 없다는 것이다. '갈거나'보다 '가려나'가 부드럽다는 느낌을 주는 것이

---

11) E. Staiger(이유영, 오현일 역), 『시학의 근본 개념』, 삼중당, 1976.
12) 김기진, 「현시단의 시인」, ≪개벽≫, 1925. 3~4.
13) 김기진, 「시가의 음악적 방면」, ≪개벽≫, 1925. 8.

그 예이다. 그가 시어의 중요한 요소로 꼽은 발성 역시 선동에 필요한 어조나 호흡을 의미하는 것이 아니라, 시가 되기 위한 언어의 기본 조건으로서 행과 연 혹은 휴지부와 같이 일반적인 요소라고 해석될 수 있다. 한마디로 그것은 단어의 '어감'을 중시하는 것이다. 이처럼 시에 대한 김기진의 입장은 극히 전통적인 것이다. 이것은 카프시의 모델로 제시된 단편서사시를 설명할 때도 마찬가지이다.

단편서사시론의 근거를 볼 수 있는 글들은 「프로시가의 대중화」(≪문예공론≫, 1929. 6), 「단편서사시의 길로」(≪조선문예≫, 1929. 5), 「예술의 대중화에 대하여」(≪조선일보≫, 1930. 1. 7~8, 10, 14) 등이다. 단편서사시의 구체적인 특징은 '우리의 시의 양식 문제에 대하여'라는 부제가 붙은 「단편서사시의 길로」에 상세하게 나타나 있다. 이 글은 임화의 「우리오빠와 화로」에 대한 감상에서 시작해서, 프롤레타리아 시인이 시를 창작할 때 유의해야 할 점을 제시하고 있다. 그것은 ① 내용상 소재가 사건적·소설적인 것으로서, 그 중 소재의 필요한 부분만 적당하게 압축하여 제시할 것, ② 문장은 연마 조각한 것이 아닌 프롤레타리아의 용어를 사용할 것, 그리하여 노동자들의 낭독에 편하도록 호흡을 조절할 것 등이다. 이런 면에서 임화의 「우리 오빠와 화로」는 "그 골격으로서 있는 사건이 현실적이요 실재적이요 오빠를 부르는 누이동생의 감정이 조금도 공상적·과장적이 아니며 전체로 현실·분위기·감정의 파악이 객관적 구체적으로 되었고 그리고 그것은 한 개의 통일된 정서를 전파하는 동시에 감격으로 가득찬 한 개의 생생한 소설적 사건을 안전에 전개하고 있다"[14]는 점에서 프로시가의 전형으로 평가된다.

「프로시가의 대중화」는 김기진이 대중소설론에서 주장한 바를 시가에 확대시킨 것이다. 그는 프로시가의 목적이 "대중을 소부르조와적 내지 봉

---

14) 김기진, 「단편서사시의 길로」, ≪조선문예≫, 1929. 5.

건적 취미로부터 구출하여 가지고 그들의 의식을 진정한 의식에까지 앙양·결정"15)하게 하는데 있다고 보았다. 따라서 대중에게 흡수되지 못한다면 아무런 의미가 없는 것이다. 그는 프로시가 대중에게 흡수되지 못하는 이유로 ① 우리가 그들에게 가지고 가서 보여주지 못했고, ② 그들이 알아보기 쉬운 말로 쓰지 못했고, ③ 그들이 흥미를 느끼고 외우도록 그들의 입맛을 맞추지 못했다는 점 등을 들고 있다. 이런 이유로 해서 프로시가는 재래 가요와 비교해볼 때, 교양이 저급한 독자들에게 호소하는 정도가 상대적으로 낮을 수밖에 없다는 것이다.

김기진은 「예술의 대중화에 대하여」에서 임화의 시 「우리 오빠와 화로」나 한설야의 소설 「과도기」, 「씨름」 등 프로문학의 입장에서 평가할만한 작품이 대중을 붙잡지 못한다는 것을 지적하고, 그 이유를 발표기관과 기회의 문제, 그리고 작품의 형식에서 찾고 있다. 형식의 측면에서 본다면, 프로시가를 대중화시키기 위해서는 그 형식을 '가곡의 형식'으로 함으로써 노래를 부를 수 있어야 하고, 내용면에서는 "재래의 시가의 퇴폐적·향락적·이기주의적 사상과 취미로부터 대중을 격리·구출하고 그들의 구체적 생활상과 그들의 사회적·계급적 지위를 인식케 하고 나아가서는 그들의 불평불만의 감정을 추출하여 이것을 마르크스주의적 투쟁 정신에까지 앙양·결정케 하는 감정과 정신을 담아야 할 것"16)이다. 그런 의미에서 단편서사시는 김기진이 생각하는 시의 대중화 문제를 반영한 중요한 양식이다. 그가 「예술운동의 일년간」에서 임화의 「네거리의 순이」, 「우리 오빠와 화로」, 「우산받은 요꼬하마의 부두」 등을 뛰어난 작품이라고 평가하고 있는 것은, 이 시들이 자신이 주장한 프로문학의 대중화 방안을 구체화시킨 것이라고 생각했기 때문이다.

단편서사시는 그 중에서도 임화의 「우리오빠와 화로」를 근거로 한 명칭

---

15) 김기진, 「프로시가의 대중화」, 《문예공론》, 1929. 6.
16) 김기진, 「예술의 대중화에 대하여」, 《조선일보》, 1930. 1. 1~14.

으로서, 사건적·소설적 소재를 가진 시들을 지칭한다. 즉 주관적인 감정을 중시했던 기존의 서정시와는 달리 서사지향성을 가진 것이다. 김기진은 단편서사시의 소재가 사건적·소설적인 것이라고 한정하고, 될 수 있는 한 그 소재를 시적으로 필요한 부분만을 추려내어 압축해야 한다고 본다. 그럼으로써 "사건의 내용과 사건을 중심으로 한 분위기는 극히 인상적으로 선명·간결하게"[17) 만들어야 한다는 것이다. 그 이유는 "시로서의 맛이란 설명의 인상적·암시적 비약에, 즉 행과 행간의 정서의 비약에 대부분 있는 까닭이다." 결국 그가 초점을 맞추고 있는 것은 비유, 압축과 같은 시의 요건들인 것이다. 이러한 평가 기준은 「우리오빠와 화로」를 설명한 부분에서도 찾아볼 수 있다.

> 사랑하는 우리 오빠 어저께 그만 그렇게 위하시던 오빠의 거북 무늬 질 화로가 깨어졌어요.
> 언제나 오빠가 우리들의 피오넬 조그만 기수(旗手)라 부르는 영남이가
> 지구에 해가 비친 하루의 모든 시간을 담배의 연기 속에다
> 어린 몸을 잠그고 사온 그 거북 무늬 화로가 깨어졌어요
> 그리하여 지금은 화젓가락만이 불쌍한 영남이하고 저하고처럼
> 똑 우리 사랑하는 오빠를 잃은 남매와 같이 외롭게 벽가에 나란히 걸렸어요

여기서 오빠의 경우와 어린남매의 경우와 이 일가족의 생활의 분위기가 드러난다. 그리고 장차로 고백할 누이동생의 감정과 사건의 전제로서 이와 같은 시작은 극히 자연한 것이요 또는 가장 적당한 기교이다. 그러나 이 시작으로부터 즉시 옮겨가는 사건의 전말에 대한 설명, 너무 둔하고 지저분하다. "사랑하는 오빠를 잃은 남매와 같이 화젓가락만이 외롭게 벽 위에 걸려있다"는 간결하고 선명하고 인상적인 수법이 제2단에 와서는 둔하고 탁하여졌다.[18)

---

17) 김기진, 「단편서사시의 길로」.
18) 위의 글.

김기진이 둔하고 탁하다고 지적한 제2단은, 사회주의 운동을 하던 오빠가 잡혀가는 대목을 그린 부분이다. 김기진은 이에 대해 문장법이 틀렸고 사구(辭句)를 무의미하게 중첩시킴으로 인해 뜻이 분산되었다고 지적한다. 이와 대조적으로 "사랑하는 오빠를 잃은 남매와 같이 화젓가락만이 외롭게 벽 위에 걸려있다"는 부분을 잘 되었다고 평가하는 것은, 오빠를 잃은 남매의 처지와 화로가 깨어져 쓸모가 없이 남겨진 화젓가락의 처지를 잘 비유함으로써 시적 효과를 얻고 있다는 점에 근거한 것이다.[19]

압축적이고 간결한 인상을 평가기준으로 한다면, 단편서사시에 채택될 수 있는 사건적인 소재 역시 한정되지 않을 수 없다. 즉 단편서사시의 소재로 적합한 것은 소설적이면서도 그 내용을 압축된 언어로 전달할 수 있는 에피소드적인 것이라야 하는 것이다. 또한 이를 전달함에 있어서도 직접적인 방법을 피하고 암시적이고 간접적인 분위기에 의해 전달해야 한다는 것이다. 이 경우 단편서사시로 쓰일 수 있는 내용은 극히 제한된 에피소드일 수밖에 없다. 서사를 지향하지만, 그 서사적인 내용을 암시와 압축이라는 시적인 테크닉을 표현해야 하기 때문이다. 따라서 김기진의 시론에 따르면, 단편서사시론은 그 자체가 이율배반적인 요소를 가질 수밖에 없다. 그가 대중화론을 주장하면서도 시에 대해서는 예외를 둘 수밖에 없었던 것은 이같은 이유 때문이다.

대개 시가에 있어서 완전히 한 개의 의식, 한 개의 ××적 정신을 가득히 담는다는 것은 곤란한 일이다. 왜 그러냐 하면 한 개의 관념을 추상적으로

---

19) 이러한 입장은 비단 프로 시인의 시만이 아니라 민족주의 진영 시인의 시를 비판할 때도 마찬가지로 적용된다. 그는 「현시단의 시인」에서, 변영로의 시 「버러지도 싫다 함을」의 "찢기이는 옷같이 우리는 갈렸걸습니다"라는 부분을 인용한 뒤, "찢기이는 옷같이"라는 부분을 없애고 짤막하게 썼다면 효과가 배가될 부분을 불필요하게 산문적으로 설명했기 때문에 전체의 농후한 무드를 방해함으로써 시를 실패하게 하는 원인이 되고 있다고 지적한다. 산문적인 설명을 피하고 압축된 언어로써 시의 전체적인 분위기를 살리는 것에 주목하고 있는 것이다.

설명하고 혹은 정치적 의미의 구어를 나열함으로 시가의 효과를 가져오는 것이 아니라 구체적 생활과 그 생활 내용에서 생기는 감정 그 물건을 극히 감동적으로 묘사함으로써만 시가의 효과는 얻을 수 있는 것이므로 항상 시가 그 물건의 효과는 정치적으로는 그다지 크게 드러나지 못하는 것이다. 즉 시가는 전혀 감정의 전달과 선동의 임무를 마칠 수 있는 물건이오, 정치적 의견의 전개의 임무를 마칠 수 있는 물건이 아닌 까닭이다.[20]

즉 시가는 즉각적이고 감정적인 효과를 줄 수 있을 뿐, 깊이 있고 전문적인 사상을 전달하기에는 부족한 장르라는 것이다. 그러므로 시는 정치적인 힘을 가질 수 없다. 따라서 시가가 노래의 수준이 되어야 하며 <아리랑>처럼 대중에게 불리워져야 한다는 그의 말은, 소설 장르와 균형을 맞추기 위한 의례적인 표현에 불과한 것임을 알 수 있다. 그의 대중화론은 사실상 소설에 한정된 것이었던 셈이다.

## 3. 단편서사시론의 이론적 근거

이상과 같은 모순을 가지고 있기는 했지만, 김기진의 시론은 경향문학의 이론적인 틀을 보여주는 동시에 경향시가 나아가야 할 방향을 구체적으로 지시하고 있다는 점에서 의의가 있다. 특히 단편서사시론은 카프 내부에서 마련된 시 창작방법론으로서, 대중화론의 한 방안으로 제시된 것이었다.

대중화론은 카프 내부에서 내용·형식 논쟁 이후에 벌어진 가장 큰 논쟁으로서, 박영희와의 내용·형식 논쟁에서 자설을 철회했던 김기진이 제기한 창작방법론이라는 점, 이를 계기로 임화를 중심으로 한 소장파가 카

---

20) 김기진, 「예술의 대중화에 대하여」.

프의 실권을 장악하게 된다는 점에서 중요한 의의를 가지고 있다. 논쟁은 김기진의 「변증적 사실주의」(≪동아일보≫, 1929. 2. 25~3. 7)에 대한 염상섭의 반론인 「토구·비판 삼제」(≪동아일보≫, 1929. 5. 4~15)에 임화가 「탁류에 항(抗)하여」(≪조선지광≫, 1929. 8)라는 글을 통해 재반론을 펴면서 시작된다.

김기진은 「변증적 사실주의」에서 프롤레타리아 소설을 어떻게 쓸 것인가 하는 원칙을 제시했다. '변증적 사실주의'란 프롤레타리아 작가가 객관적·역사적 사실에 대한 정확한 인식을 가지고 있어야 하며 나아가 발전의 가능성까지를 그려야 한다는 것이다. 김기진은 김동인의 「감자」와 염상섭의 「윤전기」를 비판하면서, 소설 제작에 있어서의 작가의 태도는 사회현상을 바라보는 그의 태도를 반영하는 것이라고 본다. 그는 프로작가가 취해야 할 요건으로서 ① 현실사물을 있는 그대로 객관적·현실적으로 보는 태도, ② 사건의 발단이나 귀결을 추상적 원인에서 끌어오지 말 것, ③ 사물을 운동 상태에서 그리고 전체에서 볼 것, ④ 추상적 인간성의 묘사가 아니라 물질적 사회 생활의 분석, 대조, 비판에 초점을 맞출 것, ⑤ 제재에서 귀족 자본가 소시민들의 생활을 묘사할 때는 반드시 노동자, 농민의 생활과 대조시킬 것, ⑥ 묘사수법은 객관적, 현실적, 실재적, 구체적일 것, ⑦ 초계급의 태도가 아닌 프롤레타리아의 전위인 태도를 취할 것, ⑧ 이것들은 작가의 실험에 따라 개정될 수 있는 것 등 여덟 가지 항목을 꼽았다. 더불어 그는 '작금 1년 이래로 극도로 재미없는 정세'를 타개하기 위해 "우리들의 '연장으로서의 문학'은 그 정도를 수그려야 한다"고 주장했다.

이러한 김기진의 견해는 임화에 의해 마르크스주의 원칙을 포기한 것이라는 비판을 받게 된다. 임화는 「탁류에 항하여」에서 김기진의 「변증적 사실주의」에 대한 반론을 편 염상섭을 비판하면서, 동시에 김기진의 주장이 원칙적인 오류를 범하고 있다고 지적했다. 임화는 김기진이 '연장으로서의 문학은 고개를 수그리어야 한다'고 말한 것은 "우리들의 예술운동을 지배하는 맑스적 원칙의 포기를 강요하는 것"이며, "이보전진을 위한 일보 퇴각이 아니라 기계적 이입"[21]이라고 신랄하게 비판하고 있다.

이에 대해 김기진은 「예술운동에 대하여」(≪동아일보≫, 1929. 9. 20~22)에서, 자신의 주장을 마르크스주의 원칙의 포기라고 주장하는 임화가 "작품행동과 정치 투쟁의 동일시! 일반적 공식의 기계적 연결! 전략 문제에 대한 극도의 무지와 혼란!"의 오류를 범하고 있다고 비판한다. 만약 임화의 말대로 프롤레타리아 소설을 창작한다 하더라도 검열에 걸려 발표되지 않는다면 아무런 효과도 기대할 수 없기 때문이다. 또한 김기진은 예술운동을 정치운동과 동일시하는 것은 색맹과도 같은 발상이며, 예술운동은 어디까지나 그 특수성을 인정하지 않으면 안 된다고 주장하고 있다.

또한 그는 「예술운동의 일년간」(≪조선지광≫, 1930. 1)에서 "연장으로서의 문학은 그 정도를 수그리어야 한다"는 발언이 표현상의 어세나 문맥 등 기술의 문제일 뿐 내용에 포함된 사상을 덜하라는 것이 아니라는 점을 설명하고, 임화의 재반론이 인신공격에 가깝다고 반박하고 있다. 또한 그는 여기서도 "예술상의 특수한 문제(예 : 표현 수법 문제)를 일률로 정치 이론으로서 규정하려는 오류"를 지적하고 있다. 김기진이 기본적으로 문예의 특수성을 인정하고 있음을 보여주는 대목이다.

또한 김기진은 대중화논쟁이 시작되기 이전의 글인 「감상을 그대로」(≪동아일보≫, 1927. 12. 10~12. 15)에서부터, 독자를 작품 창작에 영향을 미치는 중요한 요소로 간주하고 있다.

> 그러나 기실 예술가는 그의 사상, 그의 예술을 그가 서식하는 그 사회에서 일반적으로 독자라고 말할 수 있는 민중의 '움직임' 속에서 얻었다는 것이다. (……) 그리고 동시에 그것은 예술가가 유행을 짓고 독자가 그 유행

---

21) 임화, 「탁류에 항하여」, ≪조선지광≫, 1929. 8.

에 맹종했던 것은 아니오, 독자가 예술가로 하여금 그러한 것을 유행하도록 하였던 것이라고 설명하지 아니하여서는 안된다.[22]

이 글에 따르면, 독자는 단지 예술가를 따라가는 것이 아니라 오히려 예술가에게 방향성을 제시하는 능동적인 입장에 있다. 독자가 문예의 방향을 지시하는 역할을 한다면, 모든 문예 창작은 독자를 염두에 두지 않을 수 없다. 그러므로 "문학이 독자에 의해 성육되고 발전된다는 사실은 문예작품의 형태에 대하여 결정적인 중대한 영향을 가져온다"는 김기진의 주장은 이론의 흐름상 자연스러운 발상이라고 할 수 있다.

그는 민족적·감각적·문학적 전통이 독자 사회를 어느 정도 규정한다고 본다. 그 중에서도 우리 역사상 독자들에게 영향을 미쳐온 문학적 전통은 우리의 고유한 언어의 리듬, 단순한 감격성, 즉 센티멘탈리즘, 기교에 있어서 간결한 묘사의 수법 등이다. 이러한 전통들은 무산문예에도 영향을 미치며 특히 "민족에 있어서 심리적 효과의 축적으로 된 문학적 전통의 기분은 거의 결정적으로 그 문학적 효과를 나타내기 위해서 중요한 요소로서 새로운 문학 형식 속에 채택"[23]된다.

이때 '문학적 전통의 기분'이란 독자에게 읽히는 작품의 요인들, 즉 독자의 심리에 호소해서 그것을 읽게 만드는 심리적인 요인들을 뜻한다. 또 그가 문학적 전통의 다른 하나로 지적한 '문예형식의 역사적 약속'이란 시조나 민요와 같은 전통적인 양식이다. 김기진은 문학적 전통의 심리적인 기분의 전통은 받아들이면서도 전통적인 양식을 되살리는 것에는 반대 입장을 취하고 있다. 즉 독자들을 확보하기 위해 그들에게 영향을 미칠 수 있는 심리적인 효과 부분은 인정하지만, 그렇다고 해서 재래의 문학 형식들을 복원하자는 것은 아니라는 것이다.

---

22) 김기진, 「감상을 그대로」, 《동아일보》, 1927. 12. 10~15.
23) 위의 글.

김기진이 이처럼 독자에게 적극성을 부여하는 것은, 독자가 가지고 있는 진취적인 성격을 믿기 때문이다. 그는 독자로서의 '대중'을 "농민 및 노동자 출신의 급진분자―아직 무산계급의식을 갖지 못한―와 청년학생과 실직군"으로 한정짓고 있다. 이들의 특징은 아직 무산계급의식이 투철하지는 못하지만, 계급의식을 가지고 계급투쟁에 동조할 수 있는 가능성을 가진 집단이라는 점이다.

이러한 '대중' 개념은 「문예시대관 단편―통속소설고」(≪조선일보≫, 1928. 11. 9~20)에서는 두 부류로 나누어지면서 그 적극성을 상실하고 있다. 이 글에서 김기진은 '대중'을 보통인의 견문과 지식, 사상 등을 가진 부인, 소학생, 봉건적 이데올로기를 가지고 있는 노년, 청년 농민 대중의 집단과 문학적 수양, 사회의식, 시대에 대한 각성 등을 갖춘 각성한 노동자, 진취적 학생, 실업 청년, 투쟁적 인텔리겐챠의 집단으로 나누고 있다. 이 중 김기진이 대중화의 대상으로 삼고 있는 것은 전자로서, 이들은 예술가들에게 방향성을 지시하는 것이 아니라 작품을 읽는 과정에서 자신들의 사회적인 현실과 계급적인 지위를 깨닫는 수동적인 존재이다. 이들에게서 어떠한 적극성을 기대하기는 어렵다. 김기진은 수동적이고 프롤레타리아적인 교양이 결여된 이들 독자를 위해 통속소설을 쓸 것을 제안하고 있다. 그러기 위해서는 우선 '대중의 통속 작품에 대한 기호를 분석하고 취사'하여 우리의 것으로 만들어야 한다.

그런데 어떤 작품이 통속소설일 수 있는 근거는 내용 제재의 측면에 있다. 일반적인 대중은 자신들의 생활과 밀접한 내용에 관심을 가지게 마련인데, 예를 들면 돈이나 사랑 등이 그것이다. 김기진은 이 점에 착안해서 새로운 통속소설의 제재 또한 보통인의 견문과 상식을 벗어난 것을 취해서는 안 된다고 주장한다. 왜냐하면 독자는 실재를 통해서만 관념을 터득할 수 있기 때문이다. 그러므로 새로운 통속소설은 제재의 측면에서는 재래의 통속소설과 동일하다. 새로운 통속소설과 재래의 통속소설을 구별짓는 기준은, 제재의 이면에서 역사적, 사회적, 물질적인 제 조건을 폭로하고 있는가의 여부이다. 예를 들어, 새로운 통속소설은 부귀, 공명, 연애나 거기서 생겨나는 갈등, 남녀간의 갈등과 같은 재래 통속소설의 제재를 취한다고 하더라도, 그 근본적인 원인이 개인적인 것이 아니라 역사적이고 사회적인 불합리 속에 있음을 밝힌다는 것이다. 또한 그 표현은 직접적이고 공격적인 것보다 암시적인 편이 더욱 효과적이다.

김기진은 이렇게 쓰여진 통속소설이 보통인의 견문과 지식, 사상 등을 가진 부인, 소학생, 봉건적 이데올로기를 가지고 있는 노년, 청년 농민 대중의 집단에 필요한 것이라고 보고 있다. 이들에게 필요한 소설은 암시적이고 간결하며 평이한 표현으로서 보통인의 견문을 담은 것이다. 이와는 달리 각성한 노동자, 진취적 학생, 실업 청년, 투쟁적 인텔리겐챠의 집단에게는 투쟁적이면서도 심각하고 구체적이며 전문적인 표현을 사용하고, 제재 또한 보통인의 견문의 범위를 뛰어넘는 것이라야 한다. 김기진은 그러나 이 두 부류의 문학작품은 '마르크스주의적 이데올로기를 주입하려는 목적'에 있어서는 동일한 것이라고 주장하고 있다. 그러므로 마르크스주의 문예가가 통속소설을 쓰는 것을 타락이라고 보는 견해는 잘못이며, 프롤레타리아 소설을 쓰는 것이 불가능한 경우 문예는 통속소설의 수준까지 낮추어서라도 대중 속으로 들어가야 한다는 것이다.

독자층을 두 개로 구분하는 김기진의 논지는 「대중소설론」(《동아일보》, 1929. 4. 14~20)에서도 반복되어 나타난다. 그는 「문예시대관 단편」에서 언급했던 이분법을 보다 뚜렷이 하는 동시에, 자신이 말했던 '통속소설'이라는 개념에 손질을 가해서 '대중소설'이라는 명칭을 붙이고 있다. 대중소설과 통속소설의 가장 큰 차이는 대중의 범위를 어디까지로 제한하는가 하는 점이다. 통속소설의 독자인 대중은 부인, 소학생, 봉건적 이데올로기를 가지고 있는 노년 등 프롤레타리아적 교양을 갖추지 못한 거의 대부분의 계층을 망라하고 있음에 비해, 대중소설의 독자인 대중은 노동자와 농민으로 한정되어 있다.

이 글에서 김기진은 노동자와 농민을 제외한 부녀자나 노인 등을 대상으로 하는 소설을 '가정소설'이라는 명칭으로 분류하고 대중소설과 분리시킨다. 대중소설은 "금일의 노동자와 농민의 예술적 요구, 혹은 향락적 요구에 응하면서도 그들을 봉건적·퇴영적 취미와 숙명론적 사상과 지배자에 대한 봉사의 정신과 노예근성과 몽환의 향락으로부터 구출하고 그들로 하여금 자기들의 사회적 지위를 자각하게 하고 현실에 대한 정확한 인식을 갖게 하며 ×××의식을 배양하여 그들로 하여금 세계사의 현단계의 주인공의 임무를 다하도록 끌어올리고 결정하게 하는 작용을 하는 것"이다. 김기진은 이것 역시 프롤레타리아 소설의 하나이지만, 대중의 교양 정도에 따라 분류한 것이라고 설명하고 있다. 즉 종래의 프롤레타리아 소설이 교양있는 노동자 및 농민, 실업자, 청년학생층을 대상으로 함에 반해 대중소설은 무지한 농민, 노동자를 대상으로 하는 것이다. 그러나 이는 "문예적 취미가 고급으로 진보된 특수한 독자를 제한 보통인에게 읽히기 위한 가정소설"과는 구분된다. 독자층의 범위에 약간의 수정이 가해지긴 했지만, 독자층을 두 개로 분리하고 두 부류의 소설이 모두 프롤레타리아 소설에 속하며, 근본적으로 마르크스주의 이데올로기를 주입하려는 목적은 동일하다는 김기진의 논지 자체는 변화하지 않았음을 알 수 있다.

단편서사시론은 이같은 입장을 시가에 적용한 것이라고 할 수 있다. 그러나 단편서사시론은 근거가 되었던 「우리 오빠와 화로」를 임화 자신이 "불행히도 종이 위에서 흥분하였으며 머리속에서 노동자를 만들고 철필을 쥐고 ××의 심리를 분석하였을 뿐이다. 비가 와도 5월의 태양만 부르고 누이동생과 연인을 까닭없이 ×××를 만들어서 자기 중심의 욕망에 포화되어 나자빠졌다. 네가리(街里)의 순이를 부르고 꽃구경 다니며 동지를 생각했다. 이러한 프로레타리아가 사실로 있을 수 있는가? 이 조선의 급전하는 현실 속에"[24]라고 스스로 비판을 가함으로써 논의의 근거 자체가 위협받게 된다.25) 게다가 대중화 논쟁 후, 카프의 지침이 예술운동과 정치운동을 동일시하는 방향으로 고정되면서, 예술운동의 특수성을 고집해온 김기진은 더 이상 자신의 의견을 개진할 수 없게 된다.

이후 경향파의 시론은 카프의 소장파인 임화, 권환, 백철 등에 의해 전개된다. 그러나 이들 시론들은 카프 자체의 방향성과 목적의식에 의해서 쓰여진 것으로서, 시론으로서의 독립성보다는 카프 자체의 문학적인 지향성을 설명하는 일반론적 성격이 짙다.

신경향파 시기에서부터 김기진에 이르기까지의 시론들이 중요한 의미를 갖는 것은, 이념적인 내용을 시라는 장르 안에 어떻게 구현할 것인가를 탐구함으로써 새로운 시론의 정립 가능성을 보여주기 때문이다.

---

24) 임화, 「시인이여, 일보 전진하자」, ≪조선지광≫, 1930. 6.
25) 김윤식은 단편서사시론이 실패로 끝난 원인을, 단편서사시가 임화 한사람의 작품에서 확산되지 못했다는 점, 서정시와 소설의 중간 단계에서 장르적 성격을 부여받지 못했다는 점에서 찾고 있다(김윤식, 『한국근대문학사상사』, 한길사, 1984, 176~178면). 그러나 당시의 작품 중에는 임화의 「우리 오빠와 화로」와 유사한 형식적 특색을 가진 작품들이 상당수 제작되었다는 점으로 볼 때, 단편서사시론의 실패 원인이 작품의 수적인 문제에 있다고 할 수는 없다.

# 제3장

# 낭만주의 시론의 형성과 특징

문예사조상 낭만주의는 고전주의의 합리적이고 기계적인 요소에 대한 반발에서 비롯된다. 고전주의가 이성을 중시하고 규칙과 절제를 중시하는 반면, 낭만주의는 주관적인 감정과 비합리적이고 자유분방한 상상력을 중시한다. 합리적인 것 대신 자연적인 것, 계산된 것 대신 자연발생적인 것이, 규제 대신 자유가 강조되는 것이다.[1] 또한 낭만주의는 꾸미지 않은 인간 본연의 정신과 본능을 자연 속에서 발견하고자 했다. 자연이야말로 가장 자연스럽고 그 자체가 자유를 상징하는 것으로 여겨졌기 때문이다. 이는 예술작품을 평가함에 있어서도 인위적인 분할이나 기계적인 규칙 대신 대상을 하나의 유기체로 파악하는 견해로 연결된다.

이같은 특징은 낭만주의 시론의 특징을 설명하는 데도 유용한 기준이 된다. 자연발생성과 자유로움은, 시인이 시를 창작하는 과정을 설명하는 용어로 사용된다. 시라는 것은 엄밀하게 계산된 의도 하에 인위적으로 만

---

1) L. R. Furst(이상옥 역), 『낭만주의』, 서울대출판부, 1978, 78면.

들어지는 것이 아니라 시인에 의해 자연스럽게 흘러나오는 자연적인 것이
다. 그러므로 낭만주의 시론은 작품을 창작하는 시인의 내적인 충동과 상
상력, 내면 심리 등을 중시하게 된다. 또한 시는 제작된 것이 아니라 자연
스럽게 흘러나온 것이므로 그 자체가 살아있는 유기체와 같아서, 함부로
수정하거나 삭제할 수 없다. 그만큼 자연스러움과 시 전체의 유기적인 관
련을 중시하는 것이다. 일반적으로 낭만주의 시론의 공통된 특질은 다음
과 같은 일곱 가지로 요약된다.

① 시는 감정의 표현 또는 유출이며, 감정이 중요한 부분에서 움직일
때 상상력의 과정에서 나타난다.
② 시는 마음의 정서적인 상태의 매체로서, 산문에 대립되는 것이 아니
라 사실 또는 과학 등의 비정서적인 주장과 대립된다.
③ 시는 열정의 원시적인 발화에서 유래하며, 유기적인 원인들로 해서
자연적으로 리드미컬하고 비유적인 것이 된다.
④ 단어들이 자연적으로 시인의 감정을 표현하고 전달함으로 인해, 시는
말의 수사와 리듬이라는 자원을 통해 정서를 표현하는 데 유용하다.
⑤ 시의 언어는 고안되거나 흉내 낸 것이 아니라 자발적이고 선천적인
것이며, 시인의 정서 상태의 표현이다.
⑥ 타고난 시인은 강렬한 감수성과 열정에 민감한 유전적 성질로 인해
다른 사람들과는 구분된다.
⑦ 시의 가장 중요한 기능은 독자의 감수성과 정서, 공감을 촉진하고
정교하게 하는 것이다.[2]

이 특징들은 시인을 어떻게 보는가 하는 관점의 문제(⑥), 시가 창작되
는 과정(①, ②, ④, ⑤), 시 작품 내적인 요소(③), 독자와의 관계(⑦)로 나눌
수 있다. 시인은 태어날 때부터 강렬한 감수성과 민감한 유전적 성질을 가
진 특별한 존재이다. 시는 시인의 정서 상태를 자발적으로 표현하는 것으

---

2) M. H. Abrams, *The Mirror and the Lamp*, Oxford Univ. Press, 1979, p.101.

로서, 인위적으로 고안되거나 무언가를 베껴내는 것이 아니다. 즉 특별한 존재로서의 시인에 의해 자연스럽게 흘러나오는 것이 시인 것이다. 이렇게 만들어진 시는 독자의 감수성과 정서를 자극한다. 낭만주의적인 입장에서 본다면, 독자는 시를 창작하는 과정에서는 일단 배제된다. 시는 독자를 위해서 만들어지는 것이 아니라 시인의 자유로운 정서 상태의 표현일 뿐이며, 그 결과물인 시가 독자에게까지 자연스럽게 영향을 미치게 되는 것이다. 극단적인 경우 독자는 시인의 시에 공감할 수 있는 특별한 소수에 한정되기도 한다. 따라서 낭만주의 시론에서 중점을 두는 것은 시인이 시를 창작하기까지의 과정과 시작품까지로 한정된다. 시는 독자를 겨냥해서 쓰여지는 것이 아니라, 시인에 의해 발화된 독립된 유기체로 설정되기 때문이다.

우리 시론에서 이러한 낭만주의적 입장은 근대 초기부터 나타난다. 초기 시론은 주로 김억, 황석우 등에 의해 전개되었다. 이들의 시론은 프랑스 상징주의 시를 소개하는 것에 초점을 맞춘 것으로, 그 중에서도 특히 베를렌느의 시를 집중적으로 소개하고 있다. 운율의 측면을 강조하는 것 또한 초기 시론의 특징이다. 이는 상징주의 시의 음악적인 요소에서 영향을 받은 때문이기도 하지만, 일차적으로는 시를 노래와 유사한 것으로 생각하고 가락을 중시했던 전통적인 관점에 바탕을 둔 것이다. 이렇게 형성된 초기 시론은, 시를 자연스럽게 흘러나오는 개인의 주관적인 감정의 표출이라고 본다는 면에서 낭만주의적인 입장을 취하고 있다. 황석우의 「시화(詩話)」, 김억의 「시형의 음률과 호흡」, 신식의 「문학의 본체」, 「문학의 영감」 등은 근본적으로 낭만주의 시론에 바탕한 글들이다. 이 흐름은 정지용, 이은상 등의 시론으로 연결되고, 1930년대 박용철에 이르러 체계를 갖추게 된다.

## 1. 시인천재설

낭만주의 시론의 특색은 우선 시인을 천재와 동일하게 보는 것이다. 한국 근대 시론에서 이런 견해가 나타나는 것은 황석우의 「시 작가로서의 포부」에서부터이다.[3] 이 글에서 황석우는 시인이 갖추어야 할 요소로서 풍요한 '체험'과 '천재'를 들고, 해박한 학문은 시 창작에 직접 도움을 주는 것은 아니라고 말한다. 왜냐하면 시인은 "인간 창조의 사명을 지닌, 신 이상의 자랑스러운 자"이기 때문이다. 이는 시가 지성에 의해 인위적으로 만들어지는 것이 아니라, 자연스럽게 흘러나옴을 강조하는 것이다. 이때, 시인의 천재성은 타고난 것으로서, 노력에 의해 만들어지는 것이 아니다.

유춘섭의 「시와 만유」에서 역시 이같은 입장이 동일하게 나타난다.

> 시는 모든 것의 극치올시다. 종교 도덕 법률 이 모든 것의 우에 있습니다. 시인은 예언자외다. 자연의 심오한 묘리와 우주의 진리를 천진난만하게 노래하는 자외다. 시인은 택함을 받은 인간이올시다.[4]

이 글에서 시인은 예언자인 동시에 택함을 받은 인간이다. 시인은 특별한 능력으로 자연의 이치와 우주의 진리를 노래하는 자로서, 그의 노래는 '천진난만'하다고 표현된다. 그것은 종교나 도덕, 법률과 같은 인간적인 기준으로는 설명할 수 없는 '극치'의 자리에 위치한다. 시를 바라보는 예술지상주의적인 발상이 돋보이면서, 동시에 시인을 천재와 동일한 개념으로 파악하고 있다. 김억은 이를 '순진성'의 차원으로 설명한다.

> 시가를 쓰는 이는 항상 어린 아기다운 황홀의 소유자로, 모든 것에 대하여 소조(小鳥)처럼 노래하여야 합니다. 시신은 감정의 황홀과 경이의 맘 우

---

3) 황석우, 「시 작가로서의 포부」, ≪동아일보≫, 1922. 1. 7.
4) 유춘섭, 「시와 만유」, ≪금성≫ 1, 1923. 11.

에 그 보드라운 자리를 잡고 앉아 귀에 들리는 것이나 눈에 띄우는 것을 곱게 미화시켜 기다리고 있습니다. 시에는 이론이 없습니다. 시에 만일 과학적 사상이 있다 하면, 그것은 시가가 아니고, 철리(哲理)입니다. 사상이라든가 고찰 같은 것은 시인으로 하여금 철학자를 만드는 것입니다. (……) 냉정한 사색에는 시가가 없고 다만 뜨겁고 또 뜨거운 열정에만 있습니다.[5]

시인이 과학적인 지식이나 철학적 사상 없이 어린 아이다운 황홀함을 가진다는 것은, 모든 인위적이고 지적인 과정을 배제하고 선천적인 영감에만 의지함으로써 훌륭한 시인이 된다는 것이다. 이는 시인을 선천적인 시감의 소유자로 본다는 면에서 시인천재설과 같은 맥락에 있다. 시인은 시를 제작하는 것이 아니라 본래의 순진함을 그대로 표출하는 것뿐이다.

이같은 입장은 시인을 자연적인 상태에서 자라나는 식물에 비유한 애디슨(J. Addison)의 견해를 연상시킨다.[6] 자연의 조건 아래서 자라나는 야생의 식물과 같이, 자연적인 천재는 어떤 질서나 규칙에 갇히지 않은 채 작품을 생산한다. 이것은 루소가 말한 '자연적인 시인(poets by nature)' 혹은 '타고난 시인(poets who are born)'에 해당한다. 루소에 따르면, 시인은 자발성이 있고 없음에 따라 '타고난 시인'과 '만들어진 시인(poets who are made)'으로 구분되는데, 전자가 제일급의 시인이라면 후자는 '문화적인 시인(poets by culture)'으로 제2급에 속한다. 그만큼 재능의 천부성과 자연성을 강조하는 것이다.

코울릿지 또한 시의 두 가지 유형을 구별하고 있다. 그 하나는 기계적인 용어에 의해 설명할 수 있는 시이다. 이것은 기억의 이미지와 감각의 특별성에 기초를 두어 생겨나는 시로, 공상(fancy)의 능력, 즉 이해하고 경험적으로 선택하는 능력에 관련된다. 이렇게 지어진 시는 '재능있는(talent)' 작품이다. 이와 달리 유기적인 시는 살아있는 사고에서 생긴 것으로 고도

---

5) 김억, 「조선심을 배경 삼아」, 《동아일보》, 1924. 1. 1.
6) M. H. Abrams, 앞의 책, 197면.

의 상상력, 이성과 의지라는 능력에서 만들어진 '천재적인(genius)' 작품이다. 왜냐하면 전자는 다른 이들의 지식을 받아들이고 적용하는 능력이지만, 후자는 창조적이고 그 자체가 충족된 고유의 힘이기 때문이다. 따라서 코울릿지는 '공상'보다 '상상'을 더 우월한 위치에 둔다.

정지용 역시 시가 시인의 내면의 표출이라는 견해에 동의하고 있다. 시는 언어를 일부러 구성하는 것이 아니라 "정신적인 것의 열렬한 정황 혹은 왕일(旺溢)한 상태 혹은 황홀한 사기"이다. 표현의 기술적인 측면은 시인의 숙련 중에 얻은 부차적인 소득일 뿐이다. 진정한 시인은 언어를 다듬는 것이 아니라 그 내면에서 시가 저절로 흘러나오는 것이다.

> 시의 기법은 시학 시론 혹은 시법에 의탁하기에는 그들은 의외에 무능한 것을 알리라. 기법은 차라리 연습 숙통(熟通)에서 얻는다. 기법을 파악하되 체구에 올리라. 기억력이란 박약한 것이요, 손끝이란 수공업자에게 필요한 것이다. 궁극에서는 기법을 망각하라. 탄회에서 우유(優遊)하라. 도장에 서는 검사(劍士)는 움직이기만 하는 것이 혹은 거저 섰는 것이 절로 기법이 되고 만다. 일일이 기법대로 움직이는 것은 초보다.[7]

이 글에서 정지용이 중시하는 것은 시인의 타고난 재능이다. 그는 시의 기교는 수공업자의 그것처럼 손끝에서 이루어지는 것이라고 보고, 시는 이러한 연습 이전에 존재하는 절대적인 경험이라고 보고 있다. 아울러 시의 생리를 "안으로 열(熱)하고 겉으로 서늘옵기"라고 정의한다. 그러나 그렇다고 해서 시가 한 개의 변설이나 감격벽을 표출하는 것이라는 말은 아니다. 정지용은 시인의 천부적인 재능을 강조한다는 면에서는 낭만주의적인 시각을 보이지만, 그것을 표출하는 데서는 가능한 거리를 확보해야 한다고 생각한다. "시가 솔선하여 울어버리면 독자는 서서히 눈물을 저작할 여유를 갖지 못"[8]하기 때문이다. 따라서 정지용은 낭만주의적인 입장을

---

7) 정지용, 「시의 옹호」, 『정지용 전집』 2, 민음사, 1988, 245면.

취하고 있지만, 여타의 시인들과 비교해볼 때는 상대적으로 객관적인 거리를 취하고 있다.

박용철은 시인의 '개성'9)을 중시하는데, 이는 ≪시문학≫ 3호에 구르몽의 다음과 같은 말을 빌려 표현된다.

> 글 쓰는 일이 값있는 일이 되는 유일한 조건은 자기를 표출한다는 데 있다. 자기의 개성의 거울에 비친 세계를 남들에게 나타내여 보인다는 것 즉 독창적이 된다는 데 있다. 아직 남이 만들어내지 못한 형식으로 남들이 말해보지 못한 것을 말해야 한다. 시인은 각기 자기의 심미안을 지여내야 하고 울리는 독창적인 심성의 수대로의 독립한 심미학의 존재를 긍정하여야 한다.

이 글에 따르면, 시란 '독창적인 심미안을 가진 개인의 심성의 표출'이라고 설명될 수 있다. 독창적인 심미안은 시인의 천재성을 강조한 것으로서, 극단적일 경우 '광기'와도 일맥상통한다. 박용철이 번역한 하우스만의 「시의 명칭과 성질」에서, 하우스만은 지(知)가 시의 원천이 아님을 지적하고 시인의 요소로서 '광기'를 들고 있다. 즉 시가 이성의 산물이 아니라 감정과 정서의 자연적인 표출에서 발생하는 것임을 강조한 것이다. 박용철이 이 글을 번역한 것은, 그 역시 시를 바라보는 입장이 낭만주의적인 것이었다는 점을 증명하는 것이다.

그러나 박용철은 시인의 존재를 하나의 나무에 비유함으로써, 시인천재설에서 한 단계 더 진전된 자신만의 독특한 시론을 전개하고 있다.

---

8) 정지용, 「시의 위의(威儀)」, 위의 책, 250면.

9) 이 때 '개성(personality)'는 '성격(character)'과는 구별된다. 성격이란 어떤 유형으로 형성된, 견고하고 일관성 있고 믿을 수 있는 '일관된 타입(consistent type)'을 뜻한다. 그러므로 그것은 비개인적인 것이다. 개성 역시 일관성의 의미를 포함하고 있지만, 그것은 성격의 고정성(fixity)과는 다른 것이다. 그것은 단지 사고의 활동적인 과정 그리고 우리의 다양한 감정(feeling)과 감상(sentiments) 사이에서 유지되는 관계들의 균형을 의미한다. ─H. Read, *Form in Modern Poetry*, Vision Press, 1948, pp.20~24.

시인은 진실로 우리 가운데서 자라난 한포기 나무다. 청명한 하늘과 적당한 온도 아래서 무성한 나무로 자라고 장림(長霖)과 담천(曇天) 아래서는 험상궂인 버섯으로 자라날 수 있는 기이한 식물이다. 그는 지질학자도 아니요, 기상대원일 수도 없으나 그는 가장 강렬한 생명에의 의지를 가지고 빨아올리고 받아들이고 한다. 기쁜 태양을 향해 손을 뻗치고 험한 바람에 몸을 움츠린다. 그는 다만 기록하는 이상으로 그 기후를 생활한다. 꽃과 같이 자연스러운 시, 꾀꼬리같이 흘러나오는 노래, 이것은 도달할 길 없는 피안을 이상화한 말일 뿐이다. 비상한 고심과 노력이 아니고는 그 생활의 정을 모아 표현의 꽃을 피게 하지 못하는 비극을 가진 식물이다.[10]

여기서 시인은 고생스럽게 꽃을 피우는 나무에 비유된다. 주변의 환경이 좋으면 무성하게 자랄 수 있지만 궂은 환경에서는 전혀 다른 형태로 클 수도 있는 것이 시인이다. 이에 따르면, 시인은 태어날 때부터 천재적인 재능을 부여받은 소수의 천재가 아니라 주위 환경의 영향을 받으며 고통스럽게 노력하는 존재가 된다. 시인은 천재가 아니라 각고의 노력 끝에 생활에서 얻어지는 감정들을 시로 표현하는 것이다. 이는 시인천재설에 비해 인간적인 측면을 훨씬 더 강조하는 것이다.

## 2. 유기체론적 관점

낭만주의 시론에서는, 시인이 시를 창작하는 것이 근본적으로 '영감'에 의한 것이라고 본다. 영감은 시의 창작을 설명하는 가장 오래되고도 일관된 요소로서, 천재가 신에게서 받은 은총이다. 따라서 그것의 본질은 이해할 수도 없고 설명할 수도 없는 것이며, 비평적인 이해의 한계까지를 넘어선 것이다. M. H. Abrams는 영감이 규칙적인 관념 작용과 다른 면을 다

---

10) 박용철, 『박용철 전집』 2, 시문학사, 1940, 8면.

음 네 가지의 성질로 설명하고 있다.

① 작시는 갑작스럽고, 노력을 들이지 않고, 예상되지 않은 것이다. 시나 시 중의 한 구절은 시인의 우선적인 의도나 고려, 거부, 의도와 완성 사이에 끼어드는 선택 없이 이루어진다.

② 작시는 부지불식간에 이루어지고 자동적인 것이다. 그것은 그 자체의 즐거움으로 오갈 뿐, 시인의 의지와는 독립적인 것이다.

③ 작시 과정에서 시인은 의기양양하고 황홀한 상태로 묘사되는 강렬한 흥분을 느끼지만, 그 입문 단계에서 고통을 느낀다. 나중에는 더없이 즐거운 안도의 순간이 오더라도 마찬가지이다.

④ 완성된 작품은 마치 다른 누군가에 의해 쓰여진 것처럼 시인에게 놀랍고 낯선 것이 된다.

우리 시론에서 영감을 시 창작의 원천으로 보는 견해는 꽤 일찍부터 발견된다. 그 예로 신식은 「문학의 본체」에서 문학이 '신성(神聖)'에서부터 비롯된 것으로 파악하고 있다. 즉 문학은 시간과 공간, 인과의 제한은 물론 시대나 각 국민성의 관계를 초월하고 있으며, 절대 유일의 동력과 신성 불가침의 권위를 가지고 있다는 것이다. 「문학의 영감」에서 '신성'은 '영감'으로 바뀌고, 영감은 "모든 것을 일면에 집중한 영적 심안을 가진 인격자"만이 얻을 수 있는 것으로 규정된다. 이는 유춘섭이 'pain'이라는 말로 표현한 것과 흡사하다.

다만 내의 행복은, 모든 제재와 구속을 잊고 황홀히 시상에 도취하여 무아몽중의 현묘한 미경에서 자유로이 방황할 때 가슴에 밀려오는 delicate한 pain(고통)을 감하는 이것이 곧 나의 행복이외다. 옳소이다. 이 pain과 pain을 감하는 그 순간 이것 둘만은 곧 나의 생명이외다. 또한 시인의 생명이외다. 이것만에 비최여야 비로소 모든 것의 진이 그대로 시적으로 힘있게 표현될 것이외다.11)

11) 유춘섭, 앞의 글.

여기서 공통되는 것은 시가 어떤 목적에서 쓰여지는 것이 아니라, 자연스러운 상태에서 순간 다가온 영감에서 쓰여진다는 점이다. 즉 시는 시인의 의도와는 무관하게 신에 의해서 어느 순간 잉태된다. 양주동이 "감탄하는 소리, 정서의 격동"[12]이라고 말한 것이나, 이은상이 "사물에 직감될 때 그 찰나의 긴장된 영감—시상—의 진실된 미적 정조"[13]라고 표현한 것 역시 같은 맥락에서 해석될 수 있다. 즉 시를 쓰게 하는 힘은 인위적인 노력에 의한 것이 아니라 사물을 대한 순간에 시인에게 부여되는 영감이고, 이는 우리가 어떤 광경을 대했을 때 즉흥적으로 발하는 탄성, 감탄하는 소리와 같은 것이다. 이를 느낄 때 시인은 시를 만들어 내기 위한 고통을 받게 된다. 이상의 이론들은 하나같이 시가 창작되는 과정에서 영감이 중요함을 강조하고 있다. 그러나 영감을 받은 시인이 시를 쓰기까지의 과정에 대해서는 별다른 설명이 없다.

이에 비해 박용철의 시론은 창작 과정까지를 설명하려 한다는 점에서 주목된다. 그는 우선 릴케의 『말테의 수기』의 일부분을 인용하여, 창작이 얼마나 고통스러운 노력의 과정을 거쳐야 하는지 말하고 있다.

> 사람의 전생애를 두고 될 수 있으면 긴 생애를 두고 참을성 있게 기다리며 의미와 감미를 모으지 않으면 안된다. 그러면 아마 최후에 겨우 열줄의 좋은 시를 쓸 수 있게 될 것이다. 시는 보통 사람이 생각하는 것같이 단순히 애정은 아닌 것이다. 시는 체험인 것이다. 한가지 시를 쓰는 데도 사람은 여러 도시와 사람들과 물건들을 봐야 하고, 즘생들과 새의 날아감과 아침을 향해 피어날 때의 적은 꽃의 몸가짐을 알아야 한다. 모르는 지방의 길, 뜻하지 않았던 만남, 오래 전부터 생각던 이별, 이러한 것들과 지금도 분명치 않은 어린 시절로 마음 가운데서 돌아갈 수가 있어야 한다.
>
> 이런 것들만을 생각하는 것으로는 넉넉지 않다. 여러밤의 사람의 기억(하나와 하나가 서로 다른) 진통하는 여자의 부르짖음과 아이를 낳고 햇슥하

---

12) 양주동, 「시란 어떠한 것인가」, ≪금성≫ 2, 1924. 1.
13) 이은상, 「시의 정의적 이론」, ≪동아일보≫, 1926. 6. 3~12.

게 잠든 여자의 기억을 가져야 한다. 죽어가는 사람의 곁에도 있어봐야 하
고, 때때로 무슨 소리가 들리는 방에서 창을 열어놓고 죽은 시체를 지켜도
봐야 한다(……)[14]

영감이 우리에게 와서 시를 잉태시키고는 수태를 고지하고 떠난다. 우리
는 처녀와 같이 이것을 경건히 받들어 길러야 한다. 조금이라도 마음을 놓
기만 하면 소산해버리는 이것은 귀태이기도 하다. 완전한 성숙이 이르렀을
때 태반이 회동그란이 돌아 떨어지며 새로운 창조물 새로운 개체는 탄생한
다. 많이는 다시 영감의 도움의 손을 기다려서야 이 장구한 진통에 끝을 맺
는다.[15]

시가 탄생하는 순간은 출산의 순간에 비유되고, 시인은 시를 잉태한 임
산부에 비유된다. 하나의 생명이 성장을 마치고 스스로 자궁을 빠져나오
기 위해서는 고통의 시간이 필요하듯이, 시 또한 시인 안에서 충분히 성숙
해서 나오기까지 오랜 시간의 진통과 인내를 필요로 한다. 시는 천재의 머
리에서 어느 날 자연히 흘러나오는 것이 아니라, 잉태한 아이를 낳는 것과
같이 시간과 노력을 필요로 하는 일이다. 영감은 시가 배태되기까지만 필
요한 것이 아니라, 시가 완성되기까지의 과정에도 필요한 것이다.

박용철에게 있어서 시는 시인이라는 자궁 안에 배태된 영감이 성숙되어
맺은 새로운 생명과 같다. 고통을 참고 시가 탄생되는 순간, 시인과 시의
구분은 더 이상 존재하지 않는다. 즉 "말을 재료삼은 꽃이나 나무로 어느
순간의 시인의 한쪽이 혹은 왼통이 변용하는 것"으로, 시를 씀으로써 시
인은 시와 완전한 일치를 이루는 것이다. 그의 시론을 특히 유기체 시론[16]

---

14) 박용철, 앞의 책, 5면.
15) 위의 책.
16) 유기체 시론이란, 시를 하나의 식물에 비유해서 그 자체가 하나의 생명을 가지고 있다고
   보는 견해를 지칭한다. 식물은 종자에서 생겨나서 흙, 공기, 수분, 광선 등의 요소를 실체
   에로 동화하며 자라난다. 식물의 완성된 구조는 유기적 통일체를 이루게 되어 이들을 부
   분으로 나눈다는 것은 불가능하게 된다. 마찬가지로 시 역시 일단 각 요소들이 상상력을
   통해 결합되고 시로 완성되면 각 부분은 유기체와 같이 연결되어 있어 한 부분이라도 고

이라고 할 수 있는 것은, 영감을 시로 표현하는 과정을 이처럼 유기체의 성장에 비유하고 있기 때문이다.

박용철의 시론에서 핵심이 되는 것은, 창작과정에 대한 통찰이다. 그것은 작자와 독자, 시작품 사이의 관계에서 시인과 시작품 사이로만 좁혀지는 양식이며, 말하자면 시창작에 관한 원론적인 탐구의 영역에 속하는 것이다.17) 박용철의 시론에서 중요한 위치를 차지하는 '변용'은 바로 이 창작과정을 설명한 말로서, 영감이 시로 옮겨질 때 그 과정을 의미한다. 이것이야말로 창작에 필수적인 과정이며 시인에게 요구되는 중요한 조건이다.

> 현실의 본질이나 각각의 전이를 민속(敏速) 정확히 인지하는 것은 인간 일반에게 요구되는 이상이요 시인은 이것을 인지할 뿐 아니라 영혼의 가장 깊은 곳에서 그것을 체험하는 사람이어야 한다. 그러나 이것까지도 사고자(思考者) 일반에게 요구될 수 있는 것이요 그 우에 한걸음 더 나아가 최후로 시인을 결정하는 것은 이러한 모든 깊이를 지닌 자신을 한송이 꽃으로 한 마리 새로 또는 한 개의 독용(毒茸)시킬 수 있는 능력에 있다.18)

이런 변용의 과정을 거쳐서 생겨난 시는 "물과 쌀과 누룩을 비져넣어서 세가지가 다 원형을 잃은 다음에야 술이 생기는" 것과 같은 이치로 만들어진다. 문제는 물과 쌀과 누룩을 어떻게 빚어 넣는가에 따라 시가 달라진다는 점이다. 이 과정에 참여하는 것은 시인뿐이다. 영감과 경험과 인식 내용들을 충분히 소화해서 새로운 시 한 편을 만들어내는 것이 시인의 역할이며 능력이다. 이처럼 박용철은 시인의 개성을 중시하고 영감의 필요성을 인정한다는 면에서 낭만주의 시론의 입장을 취하고 있지만, 영감이 창작 과정을 거쳐서 시로 표현되는 과정에 주목하고 노력을 강조한다는

---

치거나 없앨 수 없다는 것이다. ─M. H. Abrams, 앞의 책, 171~174면.
17) 한계전, 『한국현대시론연구』, 일지사, 1983, 139면.
18) 박용철, 앞의 책, 87면.

면에서 여타의 시론과 차이점이 있다.


## 3. 리듬의식과 호흡률


낭만주의 시론에서 중요한 요소 중 하나는 리듬을 중시한다는 것이다. 리듬은 시가 발생할 때 흘러나오는 자연발생적인 음악적 요소에서부터 인위적인 운율까지를 지칭하는 광범위한 개념이다. 우리 시론에서 리듬에 관한 구체적인 견해를 맨 처음 밝힌 것은 김억이다. 그가 리듬에 관심을 가지게 된 것은 상징주의 시의 번역과 긴밀한 관계가 있다. 그는 상징주의 시가 언어를 중시하는 특징을 가지고 있으며, 시가와 음악을 융합시킨 것이라고 보았다. 그 예로 김억은 베를렌느의 시를 번역 소개하는 과정에서, 음악성을 살리기 위해 원래 시에 없는 단어를 집어넣거나 행절을 반복하고 한자를 사용하는 등 다양한 시도를 하고 있다.

리듬에 대한 김억의 관심은 호흡률로 요약된다. 그는 시를 인격(내용)과 육체(형식)의 조화로 보고, 시에서 육체의 힘을 끌어내는 것이 곧 호흡이라고 보고 있다. 이 때, 호흡률은 P. Claudel의 'verset' 개념을 이어받은 것으로, "한 번의 호흡으로 리듬을 이루는 구" 또는 "힘껏 들이쉬다가 나오는 호흡과 일치되는 리듬 언어의 파동"에 의해서 생겨난다. 따라서 그 기준은 자연스러운 상태에서 사람의 생물학적인 요인에 따라 결정되는 것이다. 황석우가 "인간의 호흡 그 맥의 고동"이라고 규정한 것 역시 같은 궤에 놓인다.


시에는 '영률(靈律)'한 맛이 있을 뿐이다. 기교라 함은 결국 '영률의 정돈'에 불외(不外)하다. 다시 말하면 율이라 함은 기분의 직목(織目, 오리매)을 이름일다. 이 기분의 기(機)의 기미(機微)를 앎에 이르러야 비로소 일인의 시인됨을 얻는다 (……) 시는 회화적 요소와 공히 음악적 요소와의 정(精)을 악(握)한 예술일다. 그러므로 '음향'의 절제 세련이 시의 가장 요긴한 공부일다. '음향'은 시란 참 인격의 호흡 그 맥의 고동일다. 이것이 보통시의 음률성 등이라고 하는 자(者)일다.[19]

이에 따르면, 시인은 미묘하고 섬세한 기미를 알아차릴 수 있어야만 비로소 시인이라는 이름을 얻게 된다. 그 섬세한 '기미'는 시에서 '율(律)'이라는 음악적인 요소를 통해 드러난다. 황석우는 '율'이 기본적으로 개인의 호흡과 맥에서 나온다고 보고, 특별히 그것을 '영률'이라고 지칭하고 있다. 그만큼 시의 음향 혹은 음률이란 자연스러운 것이며 호흡에 바탕을 둔 것이다. 이는 김억과 마찬가지로 호흡을 중시하는 호흡률을 강조한 것이라고 볼 수 있다.

한편 현철은 리듬이 '감정 자체의 절주(節奏)'에 의해 생겨나는 것이며, 이것을 의식상에 떠올려 형식상의 미를 준 것이 시에서 느껴지는 율격이라고 본다.

> 그러면 시상(詩想)이 정(情)에서 나오는 이상에는 율어(律語)의 형식이라고 하는 것이 결코 인위적이 아니요 내면의 필연적으로 생기는 것이다. 대개 정이 극렬하면 어떠한 리듬(절주)이 잇는 형식을 표현하는 것은 우리가 실지로 홍소(哄笑), 허희(歔欷), 분노, 희열이 다소의 현저한 절주를 가지지 아니함이 업는 것을 보아도 알 것이다. 여사(如斯)히 문학에 현출(現出)되는 기다(幾多)의 적절한 정의 표현은 우리가 의식의 조상(俎上)에 올려서 형식의 미를 주는 것이니 딸아서 율격을 문자로 표시하여 운문이라고 하는 것이다.[20]

현철은 시가 내면에서 우러나오는 것이며 그것은 리듬(절주)이 있는 형

---

19) 황석우, 「시화」, ≪매일신보≫, 1919. 9. 20.
20) 현철, 「비평을 알고 비평을 하라」, ≪개벽≫ 6, 1920. 12.

식으로 나타난다고 보고 있다. 그것은 홍소나 분노, 희열과 같은 감정이 밖으로 표출될 때 것처럼 자연스러운 것이다. 리듬이란 그러한 내면적인 감정의 흐름에 형식상의 아름다움을 부가한 것이라는 것이다. 이는 더 나아가 리듬을 유기체의 생물학적인 요소와 연결시키는 것으로 볼 수 있다.

양주동 역시 리듬을 시의 가장 중요한 특성으로 부각시키고 있다. 그는 리듬의 근본이 "사람의 감정의 격동에서 우러나오는 소리"[21]라고 본다. 리듬의 있고 없음에 따라 시와 산문이 구분되며, 시의 리듬은 산문보다 긴장된 것이라는 것이다. 리듬에 대한 양주동의 생각은 「시와 운율」[22]에서 좀더 구체화된다. 그는 전통으로 굳어진 것을 '형식 운율', 개성적인 것을 '내용 운율'이라고 구분하고, 후자가 개성적인 것은 그것이 시인 자체의 호흡이요 생명이기 때문이라고 설명한다. 그럼으로써 그는 외형상 드러나는 운율만이 아니라, 숨어있는 운율까지를 리듬에 포함시키고자 한다.

리듬을 시의 가장 중요한 요소로 꼽는 양주동의 입장은 구체적인 작품평에서도 반복된다. 한 예로 그는 김창술의 시를 "나는 이 시작자의 역량과 호흡이 큰 것을 본다. 십장에 나뉜 이들의 시편에서 나는 작자의 굵다란 목소리와 우렁찬 외침을 듣는다. 리듬도 장중함과 급박함에 그 마땅함을 얻었다. 힘있는 작임을 의심치 않는다"[23]라고 평가한다. 이는 호흡률처럼 구체적인 요소를 지목하고 있는 것은 아니지만, 리듬이 시인의 내면에서 우러나오는 유기적인 원인들로 인해 생겨난다고 보는 면에서 낭만주의 시론의 기본 입장과 일치한다.

한편 박용철의 시론에서는 리듬에 대한 고찰이 깊이 있게 나타나지 않는다. 그가 생각했던 리듬은 인위적이지 않고 자연스럽게 흘러나오는 시인의 호흡과 같은 것이었다. 그렇지만 여기서 더 심화된 이론적인 근거는

---

21) 양주동, 「시란 어떠한 것인가」.
22) 양주동, 「시와 운율」, 《금성》 3, 1924. 5.
23) 양주동, 「삼월시단총평」, 《조선문단》 15, 1926. 4.

발견되지 않는다. 창작 상으로 볼 때 그의 시는 오히려 운율이 느껴지지 않고 사변적인 인상을 준다. 따라서 그의 시는 투명한 울림이나 음악적 감각 대신 사변적인 내용을 담음으로써 다소간 서술적인 쪽으로 기울어졌다거나,24) 몇 편을 제외한 대부분의 시가 율조에는 상관없이 너무 많은 사상성을 집어넣으려는 경향25)을 보인다고 비판된다. 그의 시가 자신의 시론과 괴리를 보이며 관념적인 것으로 떨어지는 것은 이처럼 음악성에 대한 인식이 결여되었기 때문이기도 하다.

## 4. 상상력의 이론

이후, 낭만주의 시론은 창작과정에 작용하는 상상력을 설명하는 것으로 확대된다. 조지훈은 시인이 시를 창조하는 것이 다만 영감에만 의존하는 것이 아니라, 영감과 주의력이 동시에 작용하는 것이라고 주장한다. 영감은 '무의식의 경이'이며, 주의력은 '의식의 성찰'이다. 영감이 외부에서 오는 경이를 발견하는 것이라면, 시인에게는 이 영감을 성찰하는 주의력이 먼저 있어야 한다. 게다가 영감은 아무에게나 주어지는 것이 아니요, 제 자신의 피나는 수련이 내적 생명 속에 응결되어 있는 사람이, 자기 내부에서 우러나온 생명의 소리를 타자의 계시와 같이 받는 것이다. 시인을 선천적인 영감의 소유자로 보는 견해는 그의 문학론에서 보다 적극적인 것으로 변모된다. 영감은 외부에서 오는 경이의 발견이지만, 이를 받아들일 수 있는 주의력이 없으면 아무 소용이 없다. 이 영감을 얻기 위해서는 '피나는 수련이 내적 생명 속에 응결되어 있는 사람'이어야 하고, 이는 작가의

---

24) 김용직, 「높고 깊은 차원의 모색—박용철론」, ≪문학사상≫, 1987. 1.
25) 정태용, 「문제작가 문제작품—박용철」, ≪현대문학≫, 1967. 1.

정신적 고행과 고뇌에서 얻어지는 것이다. 그러므로 조지훈에 이르러서 시인을 은총을 입은 천재로 보는 견해는 약간의 차이를 보여준다. 여기서 시인은 선천적인 영감의 소유자가 아니라, 노력하는 인간의 위치로 내려온다.

영감을 시로 옮기는 과정에 작용하는 힘이 '상상력'이다. 조지훈은 영감과 주의력이 협동하는 창조적 무의식을 '상상력'이라고 지칭하고 있다.

> 상상력은 심상을 의식 뒤에 비추는 작용, 다시 말해서 무의식을 의식하는 기능이다. 이 상상력에 의한 감성적 심상은 기억내용과 같이 시간과 함께 변용하는 것이 아니요, 항상성을 지니고 있을 뿐만 아니라, 사고내용 같이 추상적 개념적이 아니고 언제나 구체적이고 직관적인 것을 특색으로 한다. 백일몽과 같은 비현실적 표상의 부침이라든가, 외부 자극을 기연으로 연락도 없이 계기하는 것은 수동적 상상이다. 이러한 것은 광범한 시적 정서는 될 수 있으나 정련된 시정신은 아닌 것이니, 이러한 군소의 수동적 상상이 일정한 방향으로 관련을 가지면서 전진하는 수동적 상상에 포섭되고 제약될 때 비로소 시가 잉태된다.[26]

여기서 상상력은 꿈의 상태와는 다른 어떤 것으로 설정된다. 물론 상상력이 꿈의 상태에서 출발하는 것은 자명한 사실이지만, 이는 단지 수동적인 것일 뿐이다. 이에 비해 적극적 상상은 이것이 어떠한 방향성을 획득해서 구체적이고 직관적으로 나타날 때이다. 이는 상상력에 대한 코울릿지의 생각과 유사하다. 코울릿지는 상상력을 성장하는 유기체에 비유하고 있다. 상상력이란 동떨어져 있는 물질적이고 화학적인 조합으로부터 빌려온 용어들을 그 과정에 의해 재생산해내는 것이므로 통합적(synthesis), 침투적(permeative)이다.[27] 이는 그 자체가 동화력을 지니고 있으므로 유기체가 영양분을 흡수해서 자신의 물질로 바꾸어내는 과정에 비유될 수 있다

---

26) 조지훈, 『조지훈 전집』 3, 일지사, 1973, 42면.
27) M. H. Abrams, 앞의 책, 168면.

는 것이다. 낭만파에게 있어서 상상력이란 이처럼 내면적이고 추상적인 것을 외면적이고 구체적인 것으로 표현하는 방법으로 여겨졌다. 이런 면에서 상상력의 이론은, 근대 초기의 낭만주의 시론을 지속 심화시키고 있다고 볼 수 있다.

# 제2부

## 한국 시론의 발전기(Ⅰ)

| 1930~1940년대의 시론 |

# 제 1 장

# 1930년대 주지주의 시론의 특징

## 1. 주지주의와 이미지즘

주지주의는 주정주의적인 낭만주의, 상징주의 등에 대해 지성을 강조하고, 질서와 전통을 회복하여 현대 문명의 혼돈과 위기를 구제하려는 모더니즘의 한 경향이다. 어떠한 작품이 '주지적'이라는 것은, 그 작품이 표현하고 있는 세계가 지적 세계라기보다는 대상에 대한 작가의 인식 태도가 지적임을 뜻한다. 이러한 인식 태도는 표현 방법에서 기술적인 측면을 중시하는 것으로 나타난다. 요약해 말하자면 주지주의는 반낭만주의, 기술과 의식적 방법, 합리성과 질서의 추구 등으로 특징지을 수 있다.[1]

주지주의 시론은 한국 근대 모더니즘 시론의 한 갈래로서, 이미지즘 시의 이론적인 근거를 제공한다. 우리 문학사에서 주지주의 이론에 대한 관심은 이미 1930년대 초반부터 있어왔다. 이하윤은 1931년 「새로운 <시와

---

1) 문덕수, 『한국모더니즘시연구』, 시문학사, 1981, 58면.

시론>, <시의 연구>를 읽음」(≪동아일보≫, 1931. 9. 14)에서, 일본의 주지적 경향을 대표하는 잡지인 ≪시와 시론≫을 소개하고, 『시의 연구』의 목차를 소개하고 있다. 이는 당시 우리 문단에 주지주의가 이미 알려져 있었다는 것을 말해준다. 이를 필두로 백낙원, 이양하, 이하윤, 정인섭, 이헌구 등에 의해 주지주의 이론이 소개되고 있다. 이 과정을 거쳐 주지주의 이론을 본격적으로 체계화한 것은 김기림과 최재서였다. 이들은 비평을 학문적인 수준으로 체계화함과 동시에 지성에 근거한 지식인의 사회 참여를 주장했다는 공통점을 가지고 있다. 그간의 주지주의 연구가 김기림과 최재서의 비평에 집중되어 온 것은 그들의 이론이 차지하고 있는 비중을 반영하고 있는 것이다.[2]

　1930년대 주지주의 시론의 특징은 다음 몇 가지로 요약된다. 우선 주체인 인간만을 중시하는 시각이 대상인 사물에 초점을 맞추는 것으로 변화된다는 것이다. 이는 이미지즘과 공통적인 특징으로서, 인간의 이지적인 측면을 강조하는 것이다. 그러나 이미지즘이 대상을 강조하면서도 실제적으로는 대상을 바라보는 주체의 감정을 표현하는데 주력하는 반면, 주지주의는 대상 자체의 성격을 객관적으로 파악하고자 한다. 말하자면 대상의 주관성을 주목하려는 것이다. 이미지즘이 창작에 나타나는 기법적인 특징을 지칭하는 것이라면, 주지주의는 그러한 특징을 체계화하고 그것의 정신사적인 근원을 밝히는 것이다. 또한 이미지즘과 주지주의는 시의 대상인 사물에 주목하고 그것을 해석하는데 초점을 맞추고 있다는 점에서도 동일하다.

---

2) 주지주의에 대한 대표적인 연구 업적으로는 김용직, 『한국현대시연구』, 일지사, 1974 ; 서준섭, 「한국현대문학비평사에 있어서의 시비평이론체계화작업의 한 양상」, ≪비교문학≫ 5집, 1980. 12 ; 문덕수, 『한국모더니즘시연구』, 시문학사, 1981 ; 김유중, 「김기림의 주지주의 시론 연구」, 서울대 대학원, 1989 등을 들 수 있다. 이외에 김기림과 최재서의 비평을 텍스트로 한 많은 연구 논문들이 부분적으로 주지주의를 언급하고 있다. 이에 대한 주석은 필요할 경우 따로 첨가하기로 한다.

그러나 주지주의는 사물의 본질 자체에 주목하고 그것을 객관적으로 파악하려는 것에서 이미지즘과 구별된다. 이미지즘 시인들은 대상에 관심을 가지긴 하지만, 실제로는 대상을 바라보는 주체의 감정을 어떻게 표현하는가에 집중하고 있다. 이에 대해 주지주의는 주체의 주관성이 아니라 대상의 주관성을 파악하고자 하는 것이다. 또한 지성에 의거하여 대상을 인식하려는 태도가 생겨나면서 과학이 중요한 방법론으로 부각된다. 과학적 사고와 방법은 대상을 객관적으로 파악할 수 있을 뿐만 아니라 시를 창작하고 감상하는 과정까지를 해명할 수 있는 것으로 받아들여졌다. 비평에서 과학적 사고는 비평의 객관성과 거의 동일한 개념으로 받아들여졌다. 그러나 대상과 인간의 관계를 텍스트로 할 수밖에 없는 인문과학의 특성상 비평은 결국 인간을 중심으로 한 문제로 귀결될 수밖에 없다. 여기에 시대적인 상황이 결합되면서, 1930년대 중반 이후 주지주의 시론은 시대성과 사회성을 강조하는 방향으로 전개된다.

## 2. 사물의 본질 탐구와 '말'의 발견

주지주의 시론의 첫 번째 특징은 시적인 중심을 인간 중심에서 사물 중심으로 전환하려는 시도를 보인다는 것이다. 주지주의는 감정과 본능에 가려서 발견되지 못했던 사물의 질서 또는 본질에 대한 탐구를 중시했다.[3] 비로소 인간인 '나'의 감정만이 아니라 대상에 관심을 가지게 된 것이다. 이러한 측면에서 주지주의 시론은 이미지즘과 공통점을 가지고 있다. 시의 대상을 중시하는 것은 이미지즘도 마찬가지이기 때문이다. 이미

---

3) 문덕수는 春山行夫의 견해를 빌려 "주지(主知)는 사물의 질서 또는 관계에 관한 지식"이라고 밝히고 있다.—앞의 책, 57면.

지스트들에게 중요한 것은 사물을 어떻게 적확하게 제시하는가 하는 점이다.[4]

이하윤은 「현대시인연구—사상파(寫象派) 시인들」(≪동아일보≫, 1930. 11. 30)에서 "사상파(寫象派)라는 영어 Imagism, Imagist는 그들이 새로이 사용한 말로 Image라고 하는 영상이나 혹은 발자(潑剌)한 회화적 묘사의 의미에서 나온 것이니, 모든 사물의 영상을 적확여실하게 표현 내지 묘사하는 주의(派) 또는 작가의 뜻"이라고 밝히고, 이미지즘 시의 강령을 소개하고 있다. 여기서 이미지즘은 첫째, 평상시에 쓰는 언어를 사용하되 항상 적확한 언어를 사용할 것, 둘째, 새로운 기분의 표현으로서 새로운 리듬을 만들 것, 셋째, 시제(詩題)의 선택에 대해서는 절대의 자유를 줄 것, 넷째, Image(영상)를 나타낼 것, 다섯째, 몽롱하거나 막연한 시를 쓰지 말고 견고명료한 시를 지을 것, 여섯째, 집중이라는 것이 시가의 본질에 틀림없음을 믿음 등을 골자로 한다. 이는 1915년 발간된 『이미지스트 시인 선집(Some Imagist Poets : An Anthology)』 서문에 실린 원칙을 그대로 옮겨놓은 것이다.

이는 당시 이미지스트 시인들의 시의 특징을 설명하는데 그대로 적용된다. 그 예로 김기림은 조선에서 모더니즘이 발현된 경우로, 정지용, 김광균, 신석정, 장만영, 박재륜, 조영출의 시를 들고 있다.[5] 이 시인들의 시는 이미지를 유려하게 구사하고 있다는 공통점을 가지고 있는데, 이것은 이들을 이미지즘으로 묶을 수 있는 가장 기본적인 요건이다. 그 외에 정지용은 말의 음의 가치를 알고 그것을 적절히 사용하고 문명에 대한 감성을

---

4) 그 근거로 F. S. 플린트는 *The Poetry* 1913년 3월호에서 이미지스트 시인의 원칙을 1) 주관적이거나 객관적이거나 간에 사물을 직접적으로 다룰 것, 2) 사물 제시에 도움이 되지 않는 말은 절대로 사용하지 말 것, 3) 리듬은 메트로놈의 연속이 아니라 음악적인 어절의 연속으로 지을 것 등을 들고 있다.—"Imagism," *Poetry*, Vol. Ⅰ, No.6, 여기서는 S. K. Coffman, *Imagism*, p.9에서 재인용.

5) 김기림, 「모더니즘의 역사적 위치」, 『김기림 전집』 2, 57면. 이 부분은 1933년에 쓰인 「1933년의 시단의 회고」의 내용을 그대로 반복하고 있다. 따라서 이러한 평가의 기준과 시각은 김기림의 초기 시론을 설명하는 근거로 해석되어야 한다.

가지고 있다는 점, 김광균은 시각적 이미지의 적확한 파악과 구사에 능하다는 점, 장만영은 조소적인 깊이를 가진다는 점에서 각각 긍정적인 평가를 받고 있다. 특히 여기서 두드러지는 것은 신석정의 경우이다. 일반적으로 전원시인이라고 평가되는 신석정을 한자리에서 나란히 평가하고 있는 이유는, 신석정이 운문적 리듬을 버리고 아름다운 '회화(會話)'를 시에 사용하고 있기 때문이다. 이 "소박하고 자연스러운 회화(會話)의 리듬"6)은 이미지스트 선언문에 나온 '일상용어와 새로운 리듬'을 만족시키는 것이다. 이미지 구사와 문명에 대한 감성, 조소성 역시 주제와 기법 면에서 이미지스트의 강령에 부합되는 특징들이다.

따라서 주지주의 시론이 실제 작품에 적용되는 경우, 그 모델은 이미지즘 시론이라는 것을 알 수 있다. 이미지즘이 주로 창작에서 나타나는 특징들을 지칭하는 것이라면, 주지주의는 이러한 시적인 특징들을 이론적으로 설명하고 체계화하는 것이다. 즉 주지주의는 정신사적인 맥락을 포함한 이론적인 바탕을 형성하고, 이미지즘은 그러한 이론이 실제 시에 나타나는 양상이라고 설명할 수 있는 것이다. 한국 모더니즘 시가 이미지즘에서 비롯된다는 견해7)는 이러한 점에 근거를 둔 것이다.

그러나 주지주의는 한편으로 이미지즘과 선명하게 구별된다. 양자의 차이점은 여러 가지8)이지만, 그 중에서도 주지주의 시론과 구별되는 근거로

---

6) 김기림, 「촛불을 켜놓고」, 위의 책, 374면.

7) "한국의 모더니즘시 운동이란 1930년대 중반에 크게 신장한 시단의 경향이며, 그 시론상의 거점은 이미지즘"이라고 한 김윤식의 견해(「모더니즘시 운동양상」, 『한국현대시론비판』, 일지사, 1975)는 이런 면에서 어느 정도 타당성이 있다. 주지주의 시론이 실제 비평에 적용되는 경우, 그 대상은 이처럼 대부분 이미지즘 시들이었기 때문이다. 그러나 주지주의 시론은 이미지즘과 공통된 요소를 가지고 있는 한편, 이미지즘이 가지고 있는 한계를 극복하는 방향으로 전개된다. 사회성과 가치의식을 시에 도입하려는 것이 그 예이다.

8) 문덕수는 서구의 이미지즘과 모더니즘의 차이점을, 관여한 시인들과 이론 및 작품의 특징으로 나누어 설명하고 있다. 그에 따르면 양자는 공통적으로 '전통'에 관심을 가지지만, 이미지즘의 전통이 시작(詩作)에 직접적인 모범이 될 수 있는 과거의 작품을 의미하는 반면, 파운드나 엘리어트의 모더니즘에서 전통은 황폐화된 현대 문명을 구제할 질서와 가치에 관련된 것이다. 또한 이미지스트가 주장하는 '사물의 직접적 처리'는 파노포이아에 해

지적되는 것은 이미지즘의 주관적인 성질이다. 이하윤은 앞의 글에서 "적확한 언어라는 것은 사물 그 자체를 적확하게 서술한다는 말이 아니고 시작(詩作) 당시에 시인의 마음에 나타난 물체의 Image(영상)를 독자 안전(眼前)에 ○○하는 뜻을 말한 것"이므로 사실주의나 자연주의에 비해 훨씬 내면적이고 주관적인 것이라고 말하고 있다.9) 주지주의와 이미지즘 모두 대상을 적확하게 묘사하려고 하는 것은 마찬가지이지만, 이미지즘의 경우 그 적확성은 사물 자체의 본질을 향하고 있는 것이 아니라 시인의 마음에 떠오른 이미지를 어느만큼 그것에 가깝게 전달하는가에 맞추어져 있는 것이다. 엄밀한 의미에서 그것은 대상이 아니라 대상을 파악하는 시인의 내면을 중시하는 것이다.

김기림이 이미지즘시를 옹호하면서도 결국 그를 비판하게 되는 것은 이미지즘의 이러한 특징 때문이다. 그에 따르면 이미지즘은 조소성의 추구를 목적으로 하며 회화(繪畫)를 동경한다. 그러나 그런 한편 이미지즘은 정서까지를 완전히 떨쳐버리지 못하고 영상의 감각을 통해 감정의 세계를 상징10)하려고 하는 한계를 갖는다. 그 결과 이미지즘 시에서 쓰여진 사물은 "시인의 투영이오, 사물 자체의 성격은 아니었다."11) 즉 이미지즘시에서 사물은 그것 자체의 본질을 드러내는 것이 아니라, 시인에 의해 주관적으로 해석된 이미지로서 독자에게 전달되는 것이다.12) 이것이 주지주의

당하는 일종의 사물시인 반면, 파운드와 엘리어트의 시는 로고포이아를 지향하고 있다는 것, 양자 모두 객관적 태도를 중시하는 것 같지만 이미지즘 시에서는 내재성이 개입되어 객관적 태도가 불철저하다는 것 등도 차이점이다.―문덕수, 앞의 책, 44~53면.

9) 이는 이미지스트들이 1916년도에 발간된 시집 서문에서 자신들의 입장을 보다 명확하게 하기 위해 밝힌 내용이다.

10) 김기림, 「시의 회화성」, 앞의 책, 103면.

11) 김기림, 「객관세계에 대한 시의 관계」, 위의 책, 119면.

12) 당시에 쓰여진 이미지즘시들이 기법과는 무관하게 슬픔과 애상의 정조를 가지고 있었다는 것은 주목할 만한 부분이다. 대표적인 이미지즘 시인 정지용의 「카페 프란스」, 「파충류 동물」, 「슬픈 인상화」나 김광균의 「추일서정」, 「와사등」 등은 공통적으로 애상적인 감정들을 바탕으로 하고 있다.―문혜원, 「정지용 시의 모더니즘적 특질」, 『한국 현대시와 모더니즘』, 신구문화사, 1996 참고.

시론과 이미지즘의 차이이다.

김기림은 이미지즘과 구별되는 새로운 시는 '객관적'이어야 한다는 점을 강조한다. 이미지즘이 '사물에 대하여 또는 사물에 부딪쳐서 시인의 마음을 노래하는 것'이라면, 그가 생각하는 객관적인 시는 '시 자체의 구성을 위한 사물의 재구성'이다. 이러한 '객관주의시'는 "사물에 의하여 주관을 노래하거나 사물의 인상을 표현하는 것이 아니라 시가 사물을 재구성하여 시로서 독자의 객관성을 구비하는 그러한 새로운 가치의 세계"이다. 즉 시인의 주관적인 인상이나 느낌을 강조하는 것이 아니라, 사물 자체의 성격을 객관적으로 파악하고자 하는 것이다.

최재서 역시 주지주의란 결국 사물을 있는 그대로 보는 방식이라고 주장한다. 그는 "인습적인 관찰 방식을 떠나서 사물을 있는 그대로 보는 일과 그 본 바를 정확하게 표현하는 일"[13]을 시인의 올바른 예술적 활동이라고 규정하고, 이것이 낭만적인 시와 고전적인 시를 구별하는 기준이 된다고 본다. 낭만주의자들은 시 속에서 충족되지 못한 감정의 영탄을 구하지만, 고전주의자들은 사물을 있는 그대로 정관(靜觀)하고 그렇게 해서 얻는 상상을 정확하게 표현한다. 이는 "미적 정관의 대상은 주위의 사물들로부터 분리하여 형성되며, 기억이나 예상이 없이 단순히 그 자체로서 고찰되며, 수단으로서가 아니라 목적으로서, 보편적으로서가 아니라 개별적으로 고찰되는 그 무엇이다."라고 규정한 T. E. 흄의 견해를 그대로 옮겨 놓은 것이다. 그리고 이 '정관'은 산문과는 구별되는, 시만의 독특한 언어적 특징이다.

그런데 주지주의 시론은 세계를 어떻게 지적으로 인식하는가에서 끝나는 것이 아니라, 인식의 내용을 어떻게 주지적으로 표현하는가 하는 방법론에 주목한다. 기술적인 측면을 특히 중시하는 것이다. '말'은 사물의 본

---

13) 최재서, 「네오 클라씨시즘」, 『최재서 평론집』, 청운출판사, 1961, 103면.

질을 파악하고 그것을 표현하는 재료로서 중요한 역할을 부여받는다. 앞에서 살펴본 바와 같이, 김기림은 모더니즘 시의 중요한 특징으로 말에 대한 자의식을 꼽고 있다. 새로운 '말'은 새로운 리듬과 어법을 가지고 있으며, 무엇보다도 일상적인 회화(會話)의 어법을 담아야 한다. 그럼으로써 현대성을 확보하게 되는 것이다.

> 모더니즘은 이리하여 전대의 운문을 주로 한 작시법에 대항해서 그 자신의 어법을 지어냈다. 말의 함축이 달라졌고 문명의 속도에 해당하는 새 리듬을 물결과 범선의 행진과 기껏해야 기마행렬을 묘사할 정도를 넘지 못하던 전대의 리듬과는 딴판으로 기차와 비행기와 공장의 소음과 군중의 규환을 반사시킨 회화(會話)의 내재적 리듬 속에 발견하고 또 창조하려고 했다.14)

한편 최재서는 사물을 표현하는 방법으로서의 이미지에 주목한다. 이미지는 사물에 대한 객관적인 관찰을 실현하는 구체적인 한 방법이다. 그러나 그것은 단순한 테크닉이 아니라 '말'이라는 측면에서 새롭게 조명된다. 현대 시인의 중요 임무는 '말의 표면을 뚫고 들어가서 새로운 의미와 생명을 획득하는 일'이며 그럼으로써 '우리의 생활을 새로운 각도로부터 관찰하고 새로운 감각 위에 그 모형을 만드는 일'15)이다. 그러기 위해서 시인은 자신이 사용하는 재료인 말과 끊임없이 싸워야 한다. 자기의 상상(vision)을 정확하게 하려면 말들과 격투를 벌여야 하기 때문이다. 그가 흄을 인용16)하면서 '정확 직재(直裁) 명석(明晳)한 묘사'를 강조한 것 역시 표

---

14) 김기림, 「모더니즘의 역사적 위치」, 앞의 책, 56면.
15) 최재서, 『문학과 지성』, 인문사, 1938, 279면.
16) "예술가는 이러한 '대체로 근사하다'는 관념에는 도저히 인내하지 못하는 인종이다. 예술가는 그가 그리고자 하는 바가 자연계의 물상이든 혹은 머리 속에 떠오른 관념이든 간에 자기의 상상과 분리(分厘)도 틀리지 않는 선을 얻어내지 않고서는 만족하지 않는다. 시인의 정신 활동은 오히려 탄력성 있는 강철 운형(雲型)자를 가지고, 자기가 구하는 곡선을 얻어내려고 열 손가락을 이리저리 움직이는 사람의 노력으로써 대표될 수 있다. 그 결과

현 재료로서의 말의 중요성을 강조한 것이다.

이양하 역시 말에 대해 관심을 보이고 있다. 그는 "말이 우리의 생활경험의 치적인 동시에 우리의 신경조직의 균형 우리 마음의 안○질서, 즉 우리의 전 생활경험의 조화와 통일과도 밀접히 관련된 것"17)이라고 하여, 말이 생활과 밀접하게 연결되어 있음을 지적한다. 언어는 자연발생적인 것이 아니라 시인의 전 생활 경험이 관련된 질서와 조화의 결산물이라는 것이다. 그런 면에서 그는 언어의 기호적인 측면 외에 그것이 거느리고 있는 정적인 요소를 중시해야 한다고 지적했다. 이는 말을 '경험을 통일하고 경험에 일정한 구조를 부여하여 그것이 지리멸렬한 충동의 혼돈이 되는 것을 방지하는 경험의 일부'라고 보는 리차즈의 언어관에 바탕한 것이다. 이러한 이양하의 생각은 언어를 질료로서 새롭게 인식했다는 의의를 가지고 있다.


## 3. '~학'으로서의 과학과 비평의 체계화


주지주의 시론의 또 한가지 특징은 '과학'을 강조한다는 것이다. 이 때 과학은 'science'라기보다는 '~학'이라는 의미의 'scholarship'에 가깝다. 즉 자연과학이 아니라 학문적인 태도 혹은 학문적 성격 일반을 지칭하는 것이다. 주지주의 비평가들의 과학에 대한 지향이 인간적인 측면과 연결되는 이유는, 인문과학 자체의 속성에 연유한 것이다. 인문과학은 자연과학과 달리 주체와 객체(대상) 사이의 관계를 중시하며, 대화적이고 상호적이기 때문이다.

---

는 물론 그 자 본래의 형태와는 다르지만, 시인의 상상에 훨씬 접근할 것이다."(최재서, 「네오 클라씨시즘」에서 재인용)
17) 이양하, 「말 문제에 대한 수상」, ≪동아일보≫, 1935. 4. 21~4. 24.

이양하의 경우 과학은 자연과학적 세계관을 지칭한다. 그는 과학이 우리의 생활과 욕구, 신념, 감정, 태도 등에 큰 영향을 끼치는 것을 인정하지만, 과학적 세계관은 "과학의 본질상 사람이 물활적 세계관 가운데 발견하던 안도의 염(念)도 주지 아니하고 감정적 만족 또는 우리의 생활을 지도할 만한 확실한 지침도 주지 아니하는 것"18)이라고 비판한다. 그에 따르면 과학적 자연주의자는 인간을 자연 일반과 동일시하여 인간의 모든 것을 양적, 유동적, 상대적인 것에 환원시켜버린다. 그럼으로써 그 이면에 있는 단원(單元)의 세계, 절대의 세계를 보지 못한다. 그렇기 때문에 과학적 세계관이 지배하는 현대는 물활적 세계관이 지배하던 생활 통일의 중심 원리를 잃게 된다는 것이다. 이 때 그가 비판하는 과학적 세계관은 자연과학적인 세계관과 그에 바탕한 기술중심주의의 사고를 가리킨다. 그는 시와 과학이 배타적인 관계에 놓여있는 것은 아니라고 설명하고 있지만, 그럼으로써 그가 강조하고자 하는 것은 과학이 아니라 시의 중요성이다. 즉 과학의 한계를 비판하면서 '시야말로 오늘 우리 생활에 질서와 통일을 부여하는 유력한 수단'19)임을 강조하려는 것이다. 이양하가 배비트의 신인본주의를 "'인간의 참다운 탐구는 인간에 있다'는 것을 신조로 참다운 인간을 탐구하고 참다운 인간성을 실현하고 발휘함으로써 현대를 그의 곤란에서 구원하고자 하는 주의"20)라고 설명하고 그에 대한 동의를 표하는 것 역시 같은 맥락이다. 그는 자연과학적 세계관에 바탕한 기술중심주의적 사고가 현대의 위기를 초래한다고 생각하고, 그에 대한 대응책으로 인간성의 회복을 주장하고 있는 것이다.

이와는 달리 김기림에게 있어서 과학은 '객관적이고 지적인 요소를 강조하는 비평적인 태도'로 해석된다. 객관적인 비평 태도를 확립하기 위해

---

18) 이양하, 「리차즈의 문예가치론」, 《조선일보》, 1933. 1. 22~1. 31.
19) I. A. 리차즈(이양하 역), 『시와 과학』, 을유문화사, 1947, 서문.
20) 이양하, 「루소와 낭만주의」, 《인문평론》, 1940. 4.

서는 작품의 해석에서부터 시작해야 한다. 비평가는 작품을 판단하기 전에 작품 해석에 충실해야 하며, 그것을 바탕으로 판단에 임해야 한다는 것이다. 이는 사실의 면밀한 관찰과 분석을 중시하는 과학의 특징에서 그 모델을 구하고 있는 것이다.[21] 그러나 1950년 발간된 『시의 이해』에 이르면 과학은 비평의 방식이나 태도가 아니라, '시적인 경험을 설명하는 과학적인 이론'이라는 의미로 사용되고 있다. 과학의 개념은 시가 독자에게 미치는 효과까지를 밝히는 학문적인 영역으로 변화된다. 지성과 결합된 사물의 본질에 대한 탐구와 그것을 지향하는 비평적인 태도였던 것이, 심리학이라는 의미로 좁혀지는 것이다.

김기림이 특별히 심리학에 관심을 가지는 이유는, 그의 시론적인 바탕이 독자를 전제로 한 것이기 때문이다. 그는 초기 시론부터 시인과 독자의 관계를 중시하고, 양자가 분리되지 않는 사회를 유토피아라고 생각했다.[22] 심리학은 시인뿐만 아니라 독자의 심리까지를 대상으로 하는 학문으로서, 시가 독자에게 미치는 전달의 효과를 설명할 수 있다. 김기림이 I. A. 리차즈[23]의 이론에서 주목하고 있는 것은 이 부분이다. 리차즈의 이론에서

---

21) "오늘의 비평가들의 공통한 심리는 대체로 판단하기에 조급한 것이다. 판단은 물론 비평의 최후의 직능이지만 판단하기 전에 우선 한번은 대상을 분석·설명하는 최초의 직능을 비평은 잊어서는 아니된다고 생각한다. 그것은 근대의 과학이 가르치는 방법론이다."—김기림, 『김기림 전집』 3, 123면.

22) 문혜원, 「김기림 문학론 연구」, 서울대 석사논문, 1990.

23) I. A. 리차즈는 비평 활동이 주관적 감상에 치우쳐 있는 것을 비판하고 현대의 새로운 학문인 심리학, 의미론, 언어학 등을 비평이론에 도입해서 객관적인 비평이론을 전개하려고 했던 비평가이다. 그는 예술경험을 일상의 경험과 다른 별개의 경험이라고 주장했던 칸트의 예술미학에 반대해서, 예술경험이 일상의 경험과 연속되어 있는 것이라고 이해했다. 시적 경험은 일상경험에 비해 더 조직적이고 질서가 잡혀있는 것일 뿐이다. 그는 예술이 산출하는 가장 가치있는 경험은 충동들을 조절하여 평형 상태에 이르는 것이라고 보았다(리차즈의 이론에 대한 대략적인 내용은 김인성, 「I. A. Richards의 비평론 연구」, 이화여대 석사논문, 1981 참고). 우리나라에서 리차즈가 본격적으로 소개된 것은 1932년 이양하가 리차즈의 『시와 과학』을 일어로 번역하면서부터이다. 그 후 이양하는 「리차즈의 문예가치론」을 통해 리차즈 이론의 대체적인 내용들을 소개하고 있다. 뿐만 아니라 김기림과 최재서의 글에서도 리차즈의 이론은 중요한 비중을 차지하고 있다. 1950년에 발간된 김기림의 『시의 이해』는 리차즈의 이론을 소개하고 그에 대한 김기림 자신의 이해를 덧붙

시의 '경험'은 시를 창작하는 과정에서 시인이 겪게 되는 경험일 뿐만 아니라 이를 읽는 독자의 경험까지를 포함하고 있다. 즉 그것은 "시인에게 있어서는 그가 어떤 시의 동기에 관심을 일으키는 순간에서 시작해서, 말을 통해서 그것을 발전시키고 조직하고 통일하는 경로 전부이며, 읽는 편에 있어서는 말이라는 기호 조직의 해석을 통해서 한 시가 대표하는 어떤 독특한 경험의 이해에서 끝나는 경로 전부"[24]인 것이다. 이에 따르면, 시가 독자에게 감동을 줄 수 있는 것은 역경험과 추경험의 과정 때문이다. 독자는 시를 거쳐서 시인의 경험까지 소급해간 후(역경험), 그 순로를 따라 시인의 경험을 다시 경험한다(추경험). 이 역경험과 추경험의 전 과정이 해석작용이다. 이러한 과정을 보여주는 시는 "사람과 사람이 경험을 서로 바꾸는 사회적인 방식"[25]이다. 여기서 과학은 심리학을 넘어서 사회학과 연결될 수 있는 계기를 확보한다. 따라서 과학에 대한 지향은 김기림 시론의 학문적 근거를 밝히는 일인 동시에, 그의 해방기 정치활동의 이론적 근거를 보여주는 것이다.

최재서에게서 과학은 작품 창작의 과정을 설명하는 도구이다. 그는 현대가 기댈 만한 전통과 신념을 상실한 시기이며, 그것을 대체할 대용물을 과학에서 구하려 한다고 본다. 리차즈와 H. 리드 등 현대의 비평가들이 과학의 하나인 심리학을 원용하고 있는 것이 그 예이다. 그러나 최재서는 과학적인 비평이 심리학자나 사회학자의 목표와는 달라야 함을 지적한다. 심리학자는 정신 과정에 도달하는 것이 목적이지만 문예비평가의 임무는 심리학을 원용하여 창작과정을 밝히는 것이 목적이다. 그가 H. 리드에 관심을 가지는 이유는 그가 '작품이 되기까지의 창작 과정을 분석하고 설명

---

인 것이다. 최재서 역시 주지주의 이론에서 흄과 엘리엇, 리드의 이론과 함께 리차즈의 이론을 중요하게 언급하고 있다. 따라서 리차즈의 이론은 주지주의 시론을 형성하고 체계화하는데 적지 않은 영향을 미친 것으로 생각된다.

24) 김기림, 『김기림 전집』 2, 215면.
25) 위의 책, 226면.

하는 이론적 비평가'[26]이기 때문이다. 즉 최재서가 생각하는 과학은 문학 작품을 분석할 수 있는 틀인 것이다. 리드와 더불어 리차즈의 『시와 과학』을 비중 있게 소개하고 있는 것도 마찬가지 이유 때문이다. 그런 면에서 그의 생각은 김기림의 후기의 입장과 유사하다.

그러나 김기림이 비평의 해석적 기능에 주목하고 있음에 대해 최재서는 비평의 판단적 기능을 중시한다. 그는 현대 비평의 성격이 위기에 처한 현대에 '판단적 직능'을 확보하는 것[27]이라고 주장하고 있다.

> 비평가는 작품이 가지는 바 예술적 전달을 과학적으로 분석하는 것만으론 부족하다. 그는 그 작품이 속하여 있는 보다 넓은 에토스를 제시하는 동시에 또 그것을 행하는 그 자신의 정신적 영역도 명확히 제시하여야 한다. 만약 그 비평 전체가 그 자신의 주관적 방향에 의하여 동기가 부여되지 않았다면 그것은 얼마나 허망한 일이랴! 과학적 비평가라 불리워지는 사람들은 법칙의 완성에 열중하는 나머지에 직접 대상과는 너무나도 거리가 먼 개념을 만들어 과학의 이름 밑에서 그 무감각한 주형을 우리에게 강요한다. 그리고 이것이야말로 리얼리티라 말한다. 그러나 리얼리티는 생동하는 것이라야 한다. 그것은 생명과 변화성이 많은 것이 아니어선 안된다.[28]

최재서가 비평의 판단적인 직능을 중시하는 것은, 비평이 다루고 있는 텍스트가 중성적이고 물화된 대상을 다루는 자연과학의 대상과는 다르기 때문이다. 자연과학은 '대상'을 중시하지만 인문과학은 결국 대상을 다루는 '주체'를 알고자 한다.[29] 결국 비평은 주체인 비평가의 가치관과 태도를 드러낼 수밖에 없는 것이다. 그리고 그 가치는 '윤리성의 충전'[30]에 있다. 최재서가 시와 신념을 분리한 엘리엇의 비평의 한계를 지적하고, 비평

---

26) 최재서, 「비평과 과학」, 『최재서 평론집』, 69면.
27) 최재서, 「현대비평의 성격」, 위의 책, 1면.
28) 최재서, 「비평과 모랄의 문제」, 위의 책, 23면.
29) T. 토도로프(최현무 역), 『바흐찐 : 문학사회학과 대화이론』, 까치, 1987, 38면.
30) 최재서, 「현대 비평의 성격」, 앞의 책, 7면.

에 도그마를 세울 것을 주장하는 것은 이러한 근거에서 비롯된다.31)

## 4. 문학의 정치성 강조

주지주의 시론의 또 하나의 특징은 시대의식과 사회성을 강조하고 있다는 점이다. 여기서 강조되는 시대의식은 코스모폴리탄적인 문명 일반에 대한 각성과 비판이다. 외면적으로 이는 1930년대 중반의 서구사회의 불안과 위기의식을 반영한 것이다. 당시 지식인들은 경제공황과 대량실업, 파시즘의 대두, 지식인 탄압 등 서구 사회에 팽배한 불안감과 위기의식을 당대의 공통적인 세계사적 문제로 생각하고 그것에 동참해야 한다고 생각했다.

지식인의 사회 참여라는 명제는 당시 비평가들에게도 중요한 비평적인 기준으로 작용하고 있다. 비평이 작품 분석에서만 그칠 것이 아니라 시대에 대해 발언을 해야 한다는 생각이 그것이다.32) 그러나 지식인이 시대에 참여하는 방식은 제한적인 것일 수밖에 없다. 이는 인텔리겐챠의 중간적인 속성 자체에서 비롯되는 것이다. 김기림은 인텔리겐챠가 '노동자로서 최상의 노동조건에 관여하고 자본의 소유자로서는 최저의 노동조건에 관계하는' 애매모호한 위치에 있으며 계급상으로는 소부르조와와 같은 위치에 있다고 본다. 이같은 위치에 처한 인텔리가 할 수 있는 일은 소피스트의 일군으로 남는 것이며,33) 따라서 인텔리의 사회 참여는 제한적일 수밖

---

31) 이양숙, 「최재서 문학비평 연구」, 서울대 박사논문, 2003, 41~42면.
32) "예술비평도 금일에 있어서는 단순한 고증 단순한 감상에만 국척(跼蹐)하고 있을 수가 없다. 그것은 한 걸음 더 나아가 혹은 재래의 모든 예술을 현재의 정세에 비추어 새로이 평가하며 혹은 새로운 예술의 출현을 위하여 기타를 ○비하고 방향을 지시하는데 용○하는 한편 우리의 생활 통일의 문제에 관하여서도 기여하는 점이 없어서는 아니될 것이다." —이양하, 「리차즈의 문예가치론 3」, ≪조선일보≫, 1933. 1. 25.

에 없다.

최재서 역시 인텔리의 특징을 비행동성에 두고 있다. 그는 현대와 같이 가치가 붕괴되고 불안할 때 지식인이 할 수 있는 최고의 역할을 '사색'이라고 규정한다. 그에게 있어서 '행동'은 '서로 반대되는 충동을 상호 조정하여 계통을 짓고 외부에 표출되는 것'이다. 즉 행동은 충동의 만족한 외면적 형식이다.[34] 그러나 가치관이 표출될 만한 상징물을 외부세계에서 발견하지 못한다면, 행동은 외면적으로 표출되지 않고 내면적인 것에서 그치고 만다.

> 지식인의 유일한 자랑꺼리는 그가 내부에 가치감을 가졌다는 것이다. 그래서 그 가치관의 씸볼을 외부세계에 발견하지 못할 때 그의 행동은 육체적 행동 이전에 그치고 만다. 그것이 결국 자기 보전에 더 적절하다고 생각하기 때문이다. 아무 행동도 아니하는 것이 제일 바른 행동일 때도 있고, 웅변은 은이고 침묵은 금인 경우도 있다. (……) 충동의 만족이 외면화되지 않고 발단적 행동에 그치고 마는 상태-그것은 예술가의 태도이며 그런 세계를 제공하는 것이 예술의 임무이다.[35]

지식인이 가지고 있는 가치감이 시대적인 주제를 염두에 두고 있는 것이라 하더라도, 그것이 외부에 어떤 식으로 표출되는가는 결국 외부세계의 상황에 달려있다. 만약 외부세계의 조건이 갖추어져 있지 않다면, 행동은 밖으로 표출되지 않고 지식인은 자기보전의 상태에 머무르게 된다. 이것이 현재 인텔리들의 상황이다. 즉 인텔리는 외부세계를 적극적으로 변화시키려는 것이 아니라 외부세계의 상황에 따라 자신의 행동양식을 결정

---

33) 김기림, 「인텔리의 장래」, 『김기림 전집』 6, 24~33면.
34) 이러한 생각은 리차즈의 이론을 그대로 옮겨놓은 것이다. 최재서는 리차즈의 심리학적인 입장을 수용해서 '행동'을 근육의 운동이라고 정의하는데, 이 근육운동은 감각중추의 이니시아티브에 의해 발생하는 운동중추에서 생겨난다. 이 때 감각중추의 '이니시아티브'란 충동의 조정이다.
35) 최재서, 「현대적 지성에 관하여」, 『최재서 평론집』, 149~150면.

하는 소극적인 존재인 것이다.

김기림과 최재서의 이러한 생각은 I. A. 리차즈의 이론에 바탕을 둔 것이다. 리차즈는 '태도'를 '행동을 지향하는 상상 속의 초발붙임(端初的)인 활동 또는 경향'36)으로 정의한다. 즉 '태도'는 실제적인 근육운동까지는 가지 않는 상상속의 행동인 것이다. 그것은 '어떤 방향으로 행동하거나 반응운동을 하려는 마음의 준비'이며, 따라서 밖으로 나타나는 '행동'에 대해 내부적인 것이다. 리차즈는 '태도'를 설명하면서 미적 경험의 특징과 한계가 그것이 밖으로 나타나는 행동의 바로 직전에서 끝난다는 점을 강조하고 있다.37) 주지주의 비평가들이 생각하는 비행동성은 리차즈의 '태도'와 유사한 맥락에 있다.

그러나 시대에 대한 이러한 소극적인 대응방식은 주지주의이론 자체 내에서 자기비판의 과정을 밟게 된다. '가치'라는 것은 시대 정의와 무관할 수 없는 것이기 때문이다.38) 비평은 단지 작품을 해석하고 감상하는 문학 권내의 것이 아니라 전 문명적인 혼돈기에 새로운 질서를 부여할 수 있는 기준을 제공해야 한다. 그러기 위해서 비평은 시대적인 문제에 적극적으로 대응할 것을 요구받았다. 이는 당시 사회의 전반적인 분위기와 일치하는 면도 있지만, 보다 근본적이고 직접적인 이유는 비평에 대한 인식이 체계화되면서 그것이 결국 인간의 문제를 지향할 수밖에 없다는 결론에 도달했기 때문이었다.

김기림은 자신의 비평을 체계화하는 데 중요한 영향을 미친 리차즈의 이론을 비판하면서 적극적인 실천의 필요성을 주장하고 있다. 그는 리차

---

36) 김기림, 『김기림 전집』 2, 245면.
37) 위의 책, 244~248면.
38) 리차즈가 말하는 '가치'는 '보다 많은 의욕을 만족시키는 것'이고, 의욕의 내용은 특별히 문제가 되지 않는다. 즉 그것이 바람직한 것을 의욕하는 것이든, 그렇지 않은 것을 의욕하는 것이든 상관없이 의욕을 충족시키는 양만을 문제삼는 것이다. 리차즈의 이론이 후대 비평가들에 의해 공격을 받게 되는 것은 이 부분이다. 김기림과 최재서가 리차즈의 이론을 비판하게 되는 것도 마찬가지 이유이다.

즈의 심리학적 이론이 시창작의 과정과 그것을 읽는 독자의 경험을 설명
해내는 데는 중요한 기준을 제공하지만, 행동에까지 나아가지 않는 소극
적인 '태도'를 견지하는 한계를 가지고 있다고 비판한다. 또한 시와 신념
을 분리했던 리차즈를 비판하고, 예술작품의 태도는 '신념'을 요구하며,
신념은 '역사에 있어서 일정한 내용을 가진 생활체계를 실현할 것을 굳게
믿으며, 또는 그 실현을 위한 노력을 긍정할 뿐 아니라 실천으로써 추진하
는 데까지 가고 마는 것'[39)]이라고 설명하고 있다.

김기림의 글에서 '풍자(새타이어)'는 시인이 시대적인 문제에 동참하는
적극적인 방법이며, 문학의 정치성을 드러내는 가장 효과적인 방법이다.
그것은 "현실을 붙잡고 몸부림할 용기는 감히 없으나 현실의 싸움터에서
한걸음 물러서서 변환하는 현실의 모순·추악·허위·가면에 대하여 차
디찬 조소를 퍼붓는 그러한 문학"이다.

> (……) 애상, 비탄, 체읍(啼泣), 절망, 단념, 그것들은 허무의 나래 밑에서
> 길러난 얼마나 잔약(殘弱)한 병든 병아리들이냐. 그것은 모두다 드디어 삶
> 의 의욕을 단념한 상태다. 이것들보다도 조금 진보된 병아리가 있다. 그것
> 은 조소다. 어떠한 시대이고간에 그 시대의 「새타이어」의 문학의 근저를
> 흐르고 있는 저류는 이것이다. 「엘리엇」, 「헉슬레」, 「웨스트」 등의 오늘의
> 「새타이어」 문학에서 울려 나오는 것도 문명에 대한 이 조소의 소리임에
> 틀림없다. 하나 그들은 분노의 소리까지는 가지 못하였다. 그것은 보다 더
> 적극적인 것이다. 그것은 다음 순간에 가질 행동의 준비자세거나 그렇지
> 않으면 적어도 행동에의 가능성을 가지고 있다.[40)]

풍자는 '그 어느 것보다도 강한 분노를 그 뿌리에 두고 있는 것'으로서,
소시민적 지식인의 자기분열을 조소하는 것과는 구별되는 적극적인 의미
로 받아들여지고 있다. 독자들은 이 새타이어의 문학을 통해 어떠한 사회

---

39) 김기림, 앞의 책, 249면.
40) 김기림, 「속 오전의 시론—몇개의 단장(斷章)」, 앞의 책, 177면.

적 행동으로 나아가려는 준비를 하게 된다. 여기서 문학작품이 가지는 효과는 독자의 정서적 측면에 한정되는 것이 아니라, 실천의 가능성까지를 내포하게 된다.

최재서 역시 풍자를 문단 위기의 타개책으로 꼽고 있다. 그는 현대가 문학적 위기이며 과도기라고 전제하고, 이러한 시기에 작가가 가질 수 있는 태도를 수용적, 거부적, 비평적 태도로 나눈다. 현대의 특성상 가장 잘 어울리는 것은 비평적 태도이다. 현대는 전통을 그대로 수용할 수도 없고 그렇다고 실질적으로 거부할 수도 없는 곤란한 시대이기 때문이다. 비평적 태도는 이러한 시기에 모든 사회현상의 진위선악을 변별하여 이론적 판단을 도울 뿐만 아니라, 센티멘탈한 정서를 냉각시켜 실재성을 보게 하는 것이다. 그것은 "장래할 사회를 그리기보다는 현실에서 우리가 목격하면서도 잘 인식하지 못하는 모든 결함과 악을 확대하고 혹은 적출하고 혹은 야유하고 혹은 매도한다."[41] 풍자와 유모어는 이렇게 생겨난다. 최재서는 이런 맥락에서 풍자를 중요한 기법으로 하는 김기림의 「기상도」와 이상의 「날개」를 "우리 문단에 주지적 경향이 결실을 보이기 시작했다는 증거"[42]라고 높게 평가한다. 그 중에서도 최재서가 특히 주목하고 있는 것은 자기풍자이다. 그는 자기 풍자의 예로 W. 루이스와 T. S. 엘리엇, A. 헉슬리 등을 들고, 그것이 현대에 생겨난 독특한 것이며 자기분열에서 생겨난 자의식의 작용이라는 점에 주목하고 있다.

그러나 풍자에 대한 최재서의 생각은 1937년 쓰인 「센티멘탈론」에서는 상반된 것으로 나타난다. 그는 여기서 풍자를 지성의 한계이며, '외부적 정세를 변혁하려는 적극적 의사는 갖지 않고 다만 정세가 이 이상 악화하는 일도 없으리라는 조소적 인지를 가지고 사물을 있는 그대로 수용하는 태도'라고 비판하고, 그것을 센티멘탈리즘과 동일한 근원을 가진 것으로

---

41) 최재서, 「풍자문학론」, 『최재서 평론집』, 192면.
42) 최재서, 「<천변풍경>과 <날개>에 대하여」, 위의 책, 319면.

평가한다. 이 시점에서 최재서는 엘리엇, 헉슬리 등 그때까지 자신의 이론적 근거가 되었던 이론가들을 비판하고 대신 H. 리드의 이론을 들어 문학의 사회성을 강조하고 있다. 그는 리드의 '개성'과 '성격'의 구분에 의거해서 현 시대에 중요한 것은 '개성'이 아니라 사회적인 측면이 반영된 '성격'이라고 강조한다. "개성은 심적 조직의 내면적 통일이요, 성격은 이 심적 조직이 어떤 외부의 이상에 맞도록 제한되고 고정된 것"[43]이다. 즉 개성이 작가 개개인의 고유한 내면의 발현이라면, 성격은 그러한 특성들을 사회적인 틀에 맞추어 다시 조직한 것이다. 좋은 작품은 이 두 가지를 적절히 조화시키고 있는 것이다. 자기내적이고 심리적인 요소들 역시 사회성의 측면에서 바라볼 때에만 가치가 있다고 보는 것이다.

　이러한 맥락에서 그는 현재의 세계 정세상 개인적 의식과 심리 탐색은 시대적이지 못하며, 현대는 행동적 휴머니즘의 문학, 힘의 문학이 도래해야 한다고 주장했다.[44] "문학을 심리와 의식의 세계로부터 사건과 행동의 세계로" 전개시켜야 한다는 것이다. 최재서는 이러한 경향으로 헤밍웨이와 포크너, 윈담 루이스 등의 시도가 있었다고 하고 있지만, 실제로 그 구체적인 예는 들고 있지 않다. 이후 행동성에 대한 강조는 막연한 의미의 지성과 모랄에 대한 강조로 흐르게 된다.

　흥미로운 것은, 똑같이 문학의 사회 참여를 주장하고 풍자를 그 중요한 방법으로 선택했던 김기림과 최재서가 서로 다른 귀결을 보인다는 점이다. 김기림이 리차즈의 비행동성을 비판하면서 오든 그룹의 정치적인 지향에 기대를 걸었던 반면, 최재서는 문학의 영역을 넘어선 막연한 '지성'과 '모랄'을 추구하는 것으로 방향을 바꾼다. 이는 시인과 비평가라는 입장의 차이에서 온 것일 수도 있다. 김기림은 풍자를 수단으로 해서 문명비판적인 시 「기상도」를 썼지만, 비평가인 최재서는 풍자의 효용적 가치를

---

43) 최재서, 「비평과 모랄의 문제」, 위의 책, 22면.
44) 최재서, 「현대 세계문학의 동향」, 위의 책, 377면.

스스로 만들어낼 수 없었고 따라서 문학의 정치성에 한계를 느꼈던 것으로 추정된다. 이러한 한계에 부딪친 최재서는 문학적 태도인 '지성'을 '모랄'과 '교양'으로 확대시키면서 시대와 연결시키려 하고, 그 결과로 국책문학에 적극적으로 가담하는 결과를 낳게 된다. 해방기에 김기림이 적극적인 정치활동을 펼쳤던 것에 반해, 최재서가 침묵했던 이유는 그 때문이다.

# 제 2 장

# 한국 근대 초현실주의 시론의 두 가지 경향

## 1. 조선에서의 초현실주의 소개

1920~30년대에 조선에서 전개된 모더니즘은 새로운 질서에 대한 의욕, 문명 비판 등을 목표로 하는 주지주의적인 요소가 강한 것이었다. 이것이 창작에 반영되어 나타난 것이 주체의 감정을 배제하고 대상을 즉물적으로 그려내는 이미지즘적인 경향이다. 즉 식민지 시대의 조선에서의 모더니즘은 주지주의적인 정신적 지향에 이미지즘적인 테크닉이 결합된 형태로 전개되었다고 할 수 있다. 이것이 영미를 중심으로 한 신고전주의적 요소가 두드러지는 것이라면, 초현실주의는 프랑스 중심의 자유분방하고 주관적인 모더니즘을 대변하는 것이었다. 그것은 질서와 조화 대신 논리와 이성으로는 설명되지 않는 주관적인 무의식의 세계를 표출하려고 했다. 외부의 대상을 시로 옮기는 차원을 넘어서, 대상 자체를 무화시키고 무의식의 세계까지를 시적인 소재로 끌어들임으로써 전통적인 시의 영역을 확대한

것이다. 이런 면에서 초현실주의는 주지주의적 경향과 대응을 이루면서, 한국 근대 모더니즘시가 다양한 스펙트럼을 가질 수 있도록 하는 데 일조했다고 볼 수 있다.[1]

조선에서의 초현실주의의 특징은 다다이즘과 직접적인 연관이 없고 정치적인 활동과도 무관하다는 것이다. 잘 알려져 있는 것처럼, 서구의 초현실주의는 다다이즘에서 출발해서 그것과 결별하면서 성립되고, 루이 아라공 등은 직접 정치운동에 가담하기도 했다. 그러나 조선에서 다다이즘과 초현실주의는 전혀 다른 맥락에 있다.

다다이즘은 1920년대 중반에 고한용, 김화산, 임화 등에 의해 소개되었다. 이들은 현실에 대한 절망과 부정을 강조하면서 퇴폐적인 경향을 일부 드러내기도 했는데, 이러한 경향은 자체 내의 비판을 거쳐 사회주의적인 경향으로 옮겨가게 된다. 이는 김화산, 임화 등 다다이즘적 특징을 보이는 시인들이 의식적으로 그것을 표방한 것이 아니라 허무와 절망, 반항을 표현하는 가운데 자연스럽게 다다적 경향을 드러낸 것이기 때문이다. 즉 이들은 다다이즘의 세계관에 공감한 것이 아니라 반항과 부정의 시적인 기법들을 빌리고 있었던 셈이다. 그러나 기법의 실험이 단지 문학 내적인 반항에 그친다는 것을 깨달으면서, 이들은 적극적인 의식 아래 아나키즘적인 경향으로 옮겨가거나(김화산), 목적의식이 강화된 경향 문학을 지향하게 된다(임화).

이와 비교할 때, 초현실주의는 다다이즘과 무관할 뿐만 아니라 비정치

---

1) 그러나 한국 근대시 전반에 비추어 볼 때, 초현실주의는 그다지 큰 성과를 거두고 있지는 못하다. 창작의 측면에서 초현실주의적 성향이 강하게 드러나는 것은 이상과 《삼사문학》 동인들 일부에 한정된다. 또한 이론적인 측면에서도 초현실주의를 소개하는 차원에 그치는 글들이 대부분이다. 초현실주의를 주제로 한 기존의 연구들이 대부분 초현실주의의 소개 양상을 정리하는데 집중되어 있는 것은, 텍스트가 가지는 이같은 한계에 일차적인 원인이 있다고 할 것이다. 참고로, 초현실주의를 주제로 한 대표적인 저서로는 구연식,『한국시의 고현학적 연구』, 시문학사, 1979 ; 박인기,『한국 현대시의 모더니즘 연구』, 단국대학교 출판부, 1988 ; 간호배,『초현실주의시 연구』, 한국문화사, 2002 등이 있다.

적이고 주관적인 문예사조로 인식되고 있다. 그것은 기법의 혁신과 새로운 감각 등의 면에서는 다다이즘과 유사하지만, 순수한 주관의 세계를 추구하다는 면에서 다다이즘과는 정반대의 지향을 보인다. 초현실주의는 오히려 이러한 비정치성, 순수성 때문에 비판의 대상이 된다.

이처럼 초현실주의와 다다이즘이 전혀 다른 것으로 인식된 데는 두 가지 이유가 작용하는 듯하다. 하나는 초현실주의가 소개될 무렵은 다다이즘적 경향을 보였던 시인들이 이미 사회주의적인 경향으로 변화한 후였기 때문에, 다다이즘과 초현실주의 사이에 실질적인 연관성을 찾기가 어려웠다는 것이다. 다른 하나는 초현실주의가 실제 창작과는 별개로 외국 이론의 단편적인 소개로 시작되었다는 점이다. 작품에서 초현실주의적인 경향이 나타나는 것은 1930년대 중반 이상과 ≪삼사문학≫ 동인들의 작품에서이다. 그러므로 초현실주의를 다다이즘과 비교할 만한 작품상의 근거 또한 확보되지 못했던 것이다. 그 결과 조선에서 초현실주의는 다다이즘과 무관한 경향으로 남아있게 된다.

조선에서 초현실주의가 소개되는 것은 1920년대 말로, 해외문학 전공자들이 본격적으로 문단에 등단하는 것과 시기를 같이한다. 가장 먼저 초현실주의를 소개한 이하윤은 비교적 객관적인 사실을 바탕으로 해서 초현실주의를 소개하고 있다. 그는 「현대불란서 시단」[2]에서 프랑스 문학을 전체적으로 개괄하는 가운데, 기욤 아폴리네르에게서 초현실주의 시적인 조짐을 발견하고 있다. 그는 르와이에르의 말을 인용하여, 아폴리네르가 형상이나 감각보다 착상에 치중했으며, 그의 시에 나타나는 모든 인물이나 사물이 현실과는 무관하게 자신 안에서 생겨난 것이었다고 말한다. 즉 아폴리네르의 시에서 현실은 중요하지 않으며, 그가 감각하는 것은 자신의 생각인 것이다. 이하윤은 이 부분을 인용하고, 이것이 아폴리네르 시의 특징

---

2) 이하윤, 「현대 불란서 시단」, ≪동아일보≫, 1931. 9. 30~10. 14.

이라고 말하고 있다. 이는 이하윤이 초현실주의의 기본적인 속성을 어렴풋이나마 알고 있었다는 것을 보여준다.

그러나 이후에 발표되는 적지 않은 글에서, 초현실주의는 다다이즘과 거의 동일한 사조로서 자본주의 말기의 병리 현상을 드러내는 것으로 설명된다. 이헌구와 홍효민의 글이 대표적이다. 이헌구는 20세기의 부르조와 인텔리겐챠가 물질과 기계로 이루어진 현대문화를 향락하고 거기에 도취되어 있는데, 이러한 상황을 배경으로 초현실주의가 탄생했다고 지적한다. 그런 면에서 초현실주의는 '모데르니즘의 넌센스'3)라는 것이다. 그는 초현실주의가 '모든 인간의 행동을 저지하는 정신적 압박에서 ○탈하여 최고 자유의 ○련 속에서 오인(吾人)의 의식을 해방하여 새로운 완전한 인간의식을 형성하자는 것'임에는 분명하지만, 과학적 혁명적 이론이 없음으로 해서 초현실로 비상해버린다고 비판한다. 초현실주의자들의 이러한 시도는 결국 "보들레르와 랭보의 정신을 계승하여 더 적극적으로 현실을 유리(遊離)하여 또 모든 정신적 압박의 축적인 잠재의식을 해방하려는 과도기의 반역적인 인텔리겐챠의 단말마적인 정신행동이요 그 전신(全身)적 규함(叫喊)"4)에 지나지 않는다는 것이다.

이러한 생각은 해외문학을 소개하는 조선의 문학인들에 대한 비판으로 연결된다. 그에 따르면 초현실주의자들은 데카다니즘, 모더니즘과 더불어 "마음만으로는 적극적으로 그 사회에 ○○하면서 그 행동에 있어서는 소극적 태도를 취하는 자"5)에 해당한다. 그들의 시론은 결국 이론의 유희에

---

3) "그리하야 문학은 극단의 스피드로 구구하고도 번쇄한 설명적 내지 웅변적 기술을 떠나 신랄하고도 감각적이며 직재적 표현을 가진 모데르니즘(근대주의)이 발생하였으니 소설가로써는 포올 모랑, 앙드레 모로아, 루이 에몽 등이 문단적 총아로 등장하였다. 그네들은 평면적 정적 감정을 근대적 입체적 명쾌한 이지성과 교대시켰으며 절망적 우울과 고적감을 강렬한 색광과 군중적 훤소 속에 용해시키고 말았다. 이러한 모데르니즘의 넌센스는 슈르레알리즘이라는 새로운 기치를 들고 일어나게 하였다."—이헌구, 「불란서문단종횡관」, 《문예월간》 2, 1931. 12.
4) 이헌구, 「불시단의 삼경향」, 《조선일보》, 1933. 5. 2.
5) 이헌구, 「조선에 있어서 해외문학인의 임무와 장래 (삼)」, 《조선일보》, 1932. 1. 7. 이헌

불과하며 인생을 무목적적 환영세계로 유도할 뿐이다. 왜냐하면 그것은 결국 말초적인 기계문명이 만들어놓은 환영일 뿐이기 때문이다.[6] 앙리 브르통이나 필립 수포, 루이 아라공 등의 초현실주의자들이 행동주의로 옮겨가는 것은 이러한 초현실주의의 한계 때문이다. 그러나 이들이 주창하는 행동조차도 비현실적인 것일 뿐이다. 초현실주의는 몰락기의 인텔리겐챠의 예술이며, 따라서 이것은 강렬한 감동과 박력을 가진 새로운 문학으로 바뀌어야만 한다. 이러한 이헌구의 생각은 행동주의에 대한 적극적인 지지로 연결된다.[7]

홍효민의 입장 역시 이헌구와 유사하다. 그의 글에서 초현실주의는 행동주의를 도래하게 한 문학적인 경향으로 설명되고 있다. 그가 관심을 가지는 부분은 프랑스 초현실주의가 행동주의와 구별되는 지점이다.[8] 다다이즘 혹은 초현실주의가 인간성의 본질을 '잠재의식의 자연적 유동의 측면'으로부터 보려고 한 결과 결국 '일종의 파다리즘과 페시미니즘'에 봉착

---

구의 「불국(佛國) 초현실주의」(≪동아일보≫, 1933. 6. 18)는 이와 대동소이한 글이다.

6) "그네들의 현실 부정은 실천에 있어서 하등 위력과 전율을 느끼게 하지 못한다. 그러므로 그는 현실도피를 결과할 뿐이다. 그네들이 아무리 명쾌한 이지로 현대 메카니즘을 이해하고 그 속에서 현대적 문명의 정화를 호흡하며 비행기로 대양과 백운(白雲)과의 몽환적 세계를 자유자재로 왕래한다기로니 어디 영원한 현실세계를 발견할 수 있으랴? 그네들이 낭만주의가 현실도피적 난소(難所)를 문학에 구한다는 것을 부정하고 있으나 그네들의 피난소는 역시 말초적 첨단적 기계문명의 몽환세계가 아닌가? 그네들이 아무리 균형의 세계를 구가한다 하여도 자체의 생명이 나날이 비말(飛沫)과 같이 분산하며 그 전 심신이 전자와 같이 대기 속에 환멸되는 것 이외의 하등 결과를 얻지 못하고 마는 것이 아닐까?"－이헌구, 「조선에 있어서 해외문학인의 임무와 장래 (삼)」, ≪조선일보≫, 1932. 1. 7.

7) ① 「불문단 사조의 동태」(≪조선일보≫, 1935. 1. 1~2), 「행동정신의 탐조」(≪조선일보≫, 1935. 4. 12~19) 등이 행동주의를 소개한 이헌구의 대표적인 글이다.

② 「대전과 불란서문학」(≪조광≫ 49, 1939. 11) 역시 비슷한 맥락에서 초현실주의를 비판하고 있는 글이다. 여기서 이헌구는 프랑스 문학을 현실부정의 경향과 인류를 위한 새로운 경향으로 구분하고, 초현실주의는 그 중 전자에 포함된다고 본다. 여기서 이헌구는 일차대전 이후에 발생한 다다에 뿌리를 두고 있는 초현실주의가 '전쟁의 흥분에서 점차 멀어져 정신적인 안도를 찾기 위한 모색의 표현'이었지만 결국 현실도피의 무목적적인 환영세계를 유도하는데 불과했다고 비판하고 있다. 또 후자에 속하는 예로 앙리 바르뷔스를 중심으로 하여 일어난 클라르테 운동을 소개하고 있다.

8) 이헌구, 「행동주의 문학운동의 검토」, ≪조선문단≫ 24, 1935. 7.

한 것과 달리, 행동주의는 인생에 대한 창조적 성능과 행위성을 열의와 흥분적 상태까지 자극한다. 잠재의식은 자연적이고 수동적인 것이지만, 에스프리의 작용은 자동적이고 또한 적극적인 것이기 때문이다. 또 반주지주의로서의 초현실주의는 주관적 내용의 표현에서 일종의 심리의 논리를 좇지만, 행동주의는 창조에 가담하는 다분의 우연적인 동기를 인정하는 정신적 자유주의이다. 그리고 다다이즘과 초현실주의가 '해체적인 반종합의 경향'을 가지고 있는데 반해, 행동주의는 종합적인 인성의 파악을 의도한다. 홍효민은 초현실주의와 다다이즘을 거의 동일한 경향으로 이해하고 있으며, 그것과 행동주의의 차이를 적극적인 창조의 의지 여부, 반종합(해체) 대 종합의 의지로 설명하고 있는 것이다.

이헌구와 홍효민의 글의 공통점은 초현실주의를 비판하기 위한 목적으로 쓰여졌다는 것이다. 여기서 초현실주의는 다다이즘과 거의 동일한, 자본주의 말기의 퇴폐적인 상황을 반영하는 것이며, 필연적으로 부정되어야 할 사조로 인식되고 있다. 초현실주의 소개에서 양적으로 많은 부분을 차지하는 이 글들이 초현실주의를 부정하기 위한 것이었다는 점은 아이러니칼한 일이 아닐 수 없다.

이와는 달리 김기림과 정현웅은 다다이즘과 초현실주의를 구별하고 초현실주의에 일정 정도 긍정적인 가치를 부여하고 있다. 김기림은 초현실주의가 발생하게 된 외적인 상황으로 자본주의 말기의 퇴폐적인 시대상을 들고,9) 그것이 근대시에 구원의 길이 없다는 것을 보여주는 비극적인 상징이라고 해석한다.10) 그러나 그는 같은 글에서 다다이즘과 초현실주의를 구별하고, 다다가 파괴로만 일관하는데 비해 초현실주의는 새로운 포에지에 도달하려고 했다는 사실을 인정함으로써 초현실주의에 대해 긍정적인 태도를 취하고 있다. 특히 그는 초현실주의를 새로운 창작의 방법으로 제

---

9) 김기림, 「시인과 시의 개념」, 《조선일보》, 1930. 7. 24~30.
10) 김기림, 「상아탑의 비극」, 《동아일보》, 1931. 7. 30~8. 9.

시하면서, 그것이 무의식의 세계를 탐구하는 분석적이고 탐구적인 것이라는 점을 강조하고 있다.

정현웅 역시 다다이즘과 초현실주의의 차이를 지적함으로써, 초현실주의의 시론적 입장을 정리하고 있다. 그는 초현실주의를 20세기의 신낭만주의라고 규정한 후, 그것이 다다이즘의 파괴정신을 이어받았다고 지적한다. 그러나 "다다가 너무나 ○○적이고 무반성적인데 비해 초현실주의는 다다가 가진 심리상태의 분석과 그 활동의 자유를 ○○한 예술적 ○○에 적용하려 한 것"11)이라는 차이점이 있다. 다다가 부딪친 모순은 모든 것을 파괴하고 부정하는 것에는 예술적인 방법이 있을 수 없다는 것이었다. 그러므로 다다는 예술 사조임에도 불구하고 실제 작품으로 자신들의 논리를 증명해보일 수 없다는 한계가 있다. 초현실주의는 다다의 이러한 한계에서 출발한다. 그것은 다다의 파괴와 부정의 정신을 예술적으로 표현하려고 할 때 발생한 것으로서, 심리상태를 표현할 것을 주장하며 '외계의 형상과 자기의 심적 상태를 ○○시키는 것으로써 기이한 세계를 만들려 하는 것'이다.12)

그러나 문예사조로서의 초현실주의를 소개하는 이상의 글들은 초현실주의를 언급하기는 하지만, 그것을 이론적으로 체계화하거나 특징짓는 단계까지는 이르지 못하고 있다. 따라서 본격적인 초현실주의 시론은 그것을 나름대로 재구성한 글들을 중심으로 새롭게 정리되어야 한다.

---

11) 정현웅, 「초현실주의개관」, 《조선일보》, 1939. 6. 11.
12) 이는 초현실주의가 심리 상태의 표현이라는 것을 지적하고 있다는 면에서, 이시우의 생각과 상통하는 측면이 있다.

## 2. 현실에 대한 이중적 태도

초현실주의 시론에서 특징적인 것은 현실과의 연관성에 대해 이중적인 시각을 취하고 있다는 것이다. 초현실주의를 소개하는 글들에서, 초현실주의는 비정치적이고 순수한 예술 사조로 인식되고 있다. 그러나 이와는 정반대로 초현실주의가 현실과의 관련성을 가지고 있음을 주장하는 글도 다수 발견된다.

조약슬은 쉬르레알리즘의 명칭이 1924년 10월 파리에서 간행된 잡지 ≪쉬르레알리즘≫의 명칭에서 나왔다고 전제하고, 이반 골의 초현실주의 강령을 소개하고 있다.[13] 그 강령은 현실은 위대하다는 것, 초현실주의는 극히 상상적인 재료를 가지고 시적 심정을 표현하는데 그 심정이 포에지의 기초가 된다는 것, 부르조와에 대한 반감에서 비롯된 다다이즘과는 다르다는 것, 프로이트의 학설을 적용하여 예술과 시정신을 혼합하려 했다는 것 등으로 요약된다. 여기서 초현실은 현실과 무관한 무의식의 세계가 아니라 대상을 표현하는 형태 혹은 테크닉으로 이해되고 있다. 즉 초현실과 현실의 관계는 표현의 형태와 표현의 대상의 관계이다.[14] 초현실적 작품을 창작할 때는 반드시 현실이라는 대립적 영역 내에서 실현되어야 한다. 초현실이 중요한 것은, 초현실적 관계의 사고와 현실적 관계의 사고가 우리들의 주관을 통하여 비교됨으로써 새로운 사고가 심리적 존재로서 성

---

13) 조약슬, 「초현실주의 문학」, ≪매일신보≫, 1934. 3. 3~11.

14) "그럼으로 '슈레아리즘'에 대한 초현실과 현실은 표현의 형태와 표현의 대상의 문제를 구별함에 사용하는 사상이다. 초현실주의로 대상으로 관찰한다면 이상주의(理想主義)가 될 것이다. 물론 그 작품으로 비판한다면 그 표현 형태와 그 표현형태가 상징하고 잇는 대상을 우리는 주목하여서 관찰하지 아니하면 안될 것이다. 형태가 초현실이라면 어떠한 대상을 통하여 사고한 세계는 곧 현실이라는 세계를 의미할 것이다. (중략) 그러므로 현실을 중요시한다 함은 현실이 곧 예술이라고 말함은 아니다. 그것은 작가의 주관을 통하여 발생하는 생의 표현이라는 작품을 구성함으로서다. 환언하자면 표현의 대상이 현실이라면 그 표현 방법은 초현실이라는 말이다."—위의 글.

립되기 때문이다. 현실이 강조되고 초현실은 현실을 표현하기 위한 수단적인 기교로 인식되고 있다. 그러나 조약슬은 초현실주의가 어떻게 그만한 가치관을 줄 수 있는가에 대해서는 의문이라는 말로 글을 마치고 있어서, 구체적인 실현 방법에 대해서는 언급하지 않고 있다.

노춘성의 글은 이반 골의 초현실주의에 바탕하고 있다는 면에서 조약슬과 유사하지만, 보다 구체화된 내용을 담고 있다. 그는 초현실주의를 다다에서 출생한 것과 입체파에서 온 것 두 가지로 나누고, 전자에는 앙드레 브르통을 후자에는 이반 골을 예로 들고 있다.15) 먼저 그는 앙드레 브르통류의 초현실주의가 다다에서 나온 것으로 보고, 로트레아몽을 쉬르레알리즘의 선구자라고 보고 있다. 그는 초현실주의의 표현방식이 인간의 심리적 내면 활동이 전부라고 설명하면서, 브르통의 자동기술법을 "꿈이나 수면이나 반사적 언어를 통하여 존재 그것의 자동적인 직접적인 표현을 추구하는 것이다. 그것은 즉 무의식적인 것을 무의식적으로 쓴다는 것인데, 정신의 자치적인 창조를 주장으로 한다."고 설명한다. 그렇지만 노춘성은 브르통의 말대로 '무의식을 무의식적으로 쓴다'는 것은 그 자체만으로는 예술 활동은 되지 않는다고 지적한다. 꿈을 기술하려면 깨어서만 그것을 기술할 수 있기 때문이다. 그러나 그것은 새로운 문학적 방법의 발명이라는 의미를 가지며, 실제로는 새로운 질서를 작성하기 위한 수사법으로 사용된다.

초현실주의의 또 다른 한 경향은 이반 골의 초현실주의로서, 입체파에서 온 것이다. 이반 골은 1924년 10월 잡지 ≪초현실주의≫를 발간한 인물로서, 그 책에 따르면 '슈르레알리즘'이란 말은 알벨 비토와 기욤 아폴리네르가 최초에 결정한 이름이라고 되어 있다. 노춘성은 이반 골의 선언의 내용을 간략하게 소개하면서, 골의 초현실주의가 표현의 대상을 현실

---

15) 노춘성, 「슈르레알리즘 시론」, ≪신인문학≫, 1936. 3.

에 둔다는 면에서 무의식적인 심리상태에 기초를 둔 브르통이나 아라공 등의 쉬르레알리즘과 반대된다고 설명하고 있다. 이반 골의 '초현실'은 현실을 초월한 표현 재료로서 현실을 표현하는 것이다. 즉 추상적인 낡은 관념을 논리를 배척하고 '새로운 예술적 재료'로서 현실을 조직한다는 것이다. 그러면서 노춘성은 앙드레 브르통의 초현실주의 역시 잠재의식의 상태를 표현의 대상으로 허락한다는 면에서 역시 다른 종류의 현실을 인정하는 것이라고 보고 있다. 즉 앙드레 브르통이나 이반 골의 초현실주의는 서로 다른 것 같지만, 현실을 인정한다는 면에서는 유사한 점을 가지고 있다는 것이다. 여기서 노춘성이 강조하고자 하는 것은 초현실주의의 현실과의 연관성이다.

조약슬과 노춘성의 글의 공통적인 특징은 현실과의 상관성을 강조한다는 것이다. 이반 골이 지적한 것처럼, 여기서 강조되는 것은 현실로부터의 자유가 아니라 현실을 표현하기 위한 방법이다. 이 때 초현실주의는 현실에서의 도피가 아니라 현실이 전제된 상태에서 테크닉으로서 채택되는 것이다. 그러나 이들의 글에서는 초현실주의가 구체적인 테크닉으로서 어떻게 나타나는지에 대한 언급이 빠져 있어서, 구체적인 방법론의 단계까지는 이르지 못하고 있다.16)

16) 노춘성과 조약슬이 앙드레 브르통이 아닌 이반 골을 중심으로 한 초현실주의 소개에 집중하고 있는 것은, 西脇順三郎의 초현실주의 시론에서 영향을 받았기 때문으로 추정된다. 조약슬은 글의 말미에서 서협순삼랑의 의견을 받아들이고 있음을 밝혔고, 노춘성의 글 또한 이와 무관하지 않다. 일본에서의 초현실주의는 1924년 「쉬르레알리즘 제1선언」이 나온 직후 이식되었고, 1929년에는 ≪시와 시론≫에서 대대적으로 초현실주의를 소개한 바 있다(송재영, 「다다이즘과 쉬르레알리슴 개관」, 『다다 / 쉬르레알리즘 선언』, 문학과지성사, 250면). 서협순삼랑은 그 후 초현실주의를 확산시키는 데 중요한 역할을 했다. 또한 그의 시론집에서도 초현실주의 시론이 한 장을 차지하고 있다(西脇順三郎, 『西脇順三郎 詩論集』, 思潮社, 1964).

## 3. 새로운 질서 추구

초현실주의에 대한 당시의 글 중에는, 초현실주의를 새로운 방법론으로 이해하려는 움직임도 나타난다. 대표적인 것이 김기림이다. 그는 초현실주의의 가치를 인정하는 차원에서 한 단계 더 나아가 그것을 이론적으로 재구성하고 있다. 그는 초현실주의가 개인적이며 머릿속에서만 꿈의 집을 짓는다고 비판하면서도, "단어가 가지고 있는 제2의(숨은) 의미와 단어와 단어 사이의 제2의(숨은) 관계, 전연 생각하지 않던 어떤 단어와 단어 사이의 새로운 관계, 이러한 방면에 시인을 기다리는 영역이 처녀림대로 가로누어 있는 것이 아닐까"[17]라고 하여 새로운 의미 창출의 가능성에 대한 기대를 보여주고 있다.

초현실주의에 대한 김기림의 생각이 체계화되어 나타나는 것은 「현대시의 발전」(《조선일보》, 1934. 7. 12~22)에서이다. 그는 이 글에서 현재 조선 시인들 대부분이 초현실주의를 표준점으로 하고 그것에 못 미치거나 넘어서고 혹은 그 속에 있다고 지적한 뒤, 초현실주의는 사조면에서는 사멸했지만 새로운 시의 창작 방법론으로는 여전히 유효하고 의미 있는 것이라고 강조한다. 그가 말하는 초현실주의의 특징은 다음 몇 가지로 요약된다.

첫째, 초현실주의는 꿈을 추구하지만, 그것은 로맨티시즘의 아름다운 꿈과는 다르다. 초현실주의자는 결코 아름다운 꿈만을 찾지 않으며, 꿈에 파묻히는 것이 아니라 꿈의 본질까지를 탐구하고자 한다. 상징주의가 불가해한 신비의 세계를 암시하는데 그친 데 비해, 초현실주의는 무의식의 세계를 탐구하여 보여주려고 하는 것이다. 그러므로 그것은 일견 무질서하고 혼란스러워 보이지만, 실은 탐구적이고 분석적이다. 초현실주의는 의

---

17) 김기림, 「피에로의 독백」, 《조선일보》, 1931. 1. 27.

미와는 무관한 무의식의 세계를 투명하게 드러내고자 하는 것이며, 따라서 이것을 있는 그대로 보아야 한다는 것이다.[18]

둘째, 꿈을 분석하고 기술하고자 하는 이들의 의지는 자동기술법이라는 구체적인 창작의 기술을 낳았다. 자동기술법은 단순히 꿈을 기술하는 것에 그치지 않고, 꿈의 상태를 고의로 불러오는 방법이기도 하다. 이는 자동기술이 이성을 배제한 상태에서 자연스럽게 흘러나오는 상상들을 표현하는 것만이 아니라, 시인 자신이 꿈의 상태를 지향할 때 사용하는 의식적인 방법이라는 것을 지적하는 것이다. 이러한 해석은 자동기술법을 주관적인 심리나 정서 상태를 옮겨놓는 수동적인 테크닉이 아닌, 창작의 적극적인 방법론으로 해석하고 있다는 데서 주목을 요한다.

김기림은 그 예로 자신의 시 「서반아의 노래」를 인용하고, 이 시가 '이미지의 비약'에 의해 속도를 나타내려 한 것이라고 설명하고 있다. 즉 '연상 작용에 의해 이 이미지는 다른 이미지를 그 이미지는 또 다른 이미지를 불러'오는 방식을 사용했는데, 이것이 초현실주의의 방법을 이용한 것이라는 것이다. 이 때 초현실주의는 새로운 시를 창작하는 의도적인 방법론이 된다.

셋째, 초현실주의의 언어는 문장의 의미나 단어보다 그 자체의 기호적인 기능을 높이 산다. 상식적으로 볼 때는 지극히 관계가 먼 단어들을 결합시키거나 반발시킴으로써 얻어지는 돌연한 효과를 중시하는 것이다. 또한, 언어는 어떠한 정신적인 내용을 가지는 것이 아니라, 문자의 형태의 음영, 수효, 변화, 통일 운동 등의 효과를 추구한다. 즉 언어의 음과 형, 청

---

18) "초현실주의의 내용의 세계란 무의식의 세계니까 지극히 투명하지 못하다. 그것을 가리켜서 비밀을 가장하는 일종의 의태(擬態)라고 비난하지만 그들 자신으로 하여금 변명시킨다면 그것은 이 위에 없이 투명하다고 할 것이다. 그들은 시에서 의미같은 것을 문제삼고 있지 않다. 거기에 알 수 없는 비밀이 있다고 생각하는 것은 낡은 시학의 영향 아래서 길러난 감상자의 기대라고 할 것이다."-김기림, 「의미와 주제」, ≪조선일보≫, 1935. 10. 1~10. 4.

각적 가치와 시각적 가치가 높게 평가되는 것이다. 이는 초현실주의를 형태의 면과 연관시켜 설명하고 있다는 점에서 흥미롭다.[19] 그러나 김기림이 실제 비평에서 이같은 생각을 실현하고 있는 예는 발견되지 않는다. 그는 이상을 평가하는 자리에서도, 언어의 형태면이 아니라 내면적 에너지를 포착하려 했다는 면에서 '초현실주의적'이라고 본다.

> 이상은 사실 우리들 중에서 누구보다도 가장 뛰어난 슈르리얼리즘의 이해자다. 이 시도 역시 슈르리얼리즘의 시라고 규정해도 좋을 것같다. 그러나 이 시인은 슈르리얼리즘의 가장 현저한 방법상의 특색인 형식(폼)에 대한 추구―즉 가시적인 그리고 가청적인 언어의 외적 형태에는 얼마 비약적 시험을 하지 않고 그보다도 오히려 언어 자체의 내면적인 에너지를 포착하여 그곳에서 내면적 운동의 율동을 발견하려고 한 점에 그 독창성이 있는가 한다. 그러한 점에서 이상은 스타일리스트다.[20]

김기림이 이론상으로는 언어의 형태적인 측면에 주목하면서도 실제 비평에서는 그 특징을 살리지 못했던 이유는, 그 자신이 주지주의적인 입장에 서 있었기 때문이다. 그는 지성에 근거한 문명 비판과 이를 담은 새로운 시를 현대에 필요한 시라고 보았다. 그는 자신이 생각한 현대시의 모델을 주지주의적인 측면을 강조하는 영미 모더니즘에서 발견하게 된다.[21]

---

19) 박인기 역시 김기림이 초현실주의를 형태의 측면에서 인식하고 있었다는 점을 지적하고 있다(박인기, 앞의 책, 179면). 그는 김기림이 초현실주의를 단순히 새로운 시형태의 발전 또는 혁명으로만 보려고 했다는 점에서 한계가 있다고 지적하고 있다. 그러나 본고에서는 형태에 주목하고 있는 김기림의 시각이, 피상적인 소개에 그친 다른 글들보다 구체적이고 방법론적인 것이라고 본다. 오히려 문제는 김기림이 형태적인 측면에 주목하면서도 실제 비평에는 이러한 기준을 적용하지 못했다는 데 있다.

20) 김기림, 「현대시의 발전」, 《조선일보》, 1934. 7. 12~7. 22. 박인기는 위의 책에서, 인용된 부분을 김기림이 초현실주의를 형태상으로만 파악하고 있는 예로 제시하고 있다. 그러나 인용 부분에서 김기림이 강조하고 있는 것은, 이상 시의 언어의 형태적인 측면이 아니라 오히려 내적인 측면이다.

21) 초현실주의에 부분적으로 관심을 보였던 김기림은, 일본으로 건너가 동북제대(東北帝大)를 다니는 1936년 이후부터 영미계의 모더니즘 시론에 대해 관심을 보이게 된다.―박인기, 앞의 책, 181면.

그가 초현실주의를 일정 정도 긍정할 수 있었던 것은, 그것이 모든 것을 부정하는 다다이즘과 달리 새로운 질서를 의욕하고 있었기 때문이다. 즉 이성적인 질서를 완전히 부정하는 과격하고 전위적인 실험이 아니라, 문명의 위기를 극복할 수 있는 새로운 질서, 새로운 가치 체계를 염두에 두고 있었던 것이다. 초현실주의 역시 새로운 가치 체계를 지향한다는 면에서 이러한 김기림의 생각과 맞는 부분이 있었던 것이다. 그는 초현실주의를 논하면서도 '새로운 질서의 추구'라는 원칙에서 벗어나지 않는다.

## 4. 주관적인 심리의 표출

이시우 역시 초현실주의를 새로운 방법론 혹은 새로운 이론으로 보고 있다. 그러나 그는 초현실주의를 새로운 질서의 추구로 이해한 김기림과는 달리, 연상과 무질서 등 초현실주의의 기본적인 창작의 원칙을 거론하고 있다. 그는 초현실주의와 리얼리즘을 구별하고, 리얼리즘이 한 개의 사물에 한 개의 문자를 대입시키는 것과 달리, 초현실주의는 절단된 이미지, 고정되지 않은 리얼리티를 가지고 있다고 본다.

> 절연하는 논리. 절연하는 센텐스. 절연하는 단수적 이메이지의 승(乘)인 복수적 이메이지. 절연체와 절연체와의 질서있는 승(乘)은 절연하지 않는 우수한 약수(約數)를 낳은다. 그리고 절연체와 절연체와의 거리에 정비례하는 Poesie Anecdote의 공간(Baudlaire이 말한 신과 같이 숭고한 무감각 혹은 moi의 소멸) 이리하야 절연되는 논리에서 스사로 소설과의 절연은, 포에지이의 순수함은 실험되는 것이다.[22]

22) 이시우, 「절연하는 논리」, ≪삼사문학≫ 3집, 1935. 3. 1.

'절연하는 논리', '절연하는 센텐스'라는 것은 일반적인 논리로 보면 함께 묶일 수 없는 이미지들을 각각 늘어놓았을 때 충돌과 부조화 속에서 새로운 이미지들이 발생한다는 것을 말한다. 각각의 이미지들의 단절 정도가 클수록 거기에서 발생하는 이미지들은 더욱 풍성해진다. 이시우는 연이어 "고정한 레아리테와 고정하지 않은 레아리테. 레아리테는 이마아쥬의 단절이다. 고정된 레아리테는 이마아쥬의 죽음이다."라는 루이 아라공의 말을 인용하고 있다. 그가 생각하는 초현실주의는 고정되거나 산술하지 않는, 그대로의 연상의 결합이다. 그는 ≪삼사문학≫ 2집에 발표된 한천의 「프리마돈나」에게 라는 시를 예로 들고, 거기에는 "추리(推理)의 거리(距離)가 있다"고 표현하고 있다. 즉 각각의 이미지들을 이성적인 논리로 추적할 수 없다는 것이다.

이시우는 이러한 초현실주의의 특성이 현재의 질서를 파괴하기만 하는 것이 아니라 새로운 방법론적인 질서 차원이 되어야 한다고 주장한다. 그는 "단지 파괴한다고 하는 정신적인, 반항의 태도로서만 파괴하는, 직접의 정신에 의한 질서의 파괴는 왕왕(往往) 반(反)포에지이가 된다"라고 하면서, 자신들의 초현실주의적인 수법이 다다이즘과는 구별된다는 것을 밝히고 있다.

이러한 주장은 표면상 김기림의 그것과 크게 다르지 않은 것처럼 보인다. 그러나 이시우는 정지용, 임화, 김기림, 이상 등의 시를 정면으로 비판하고 있다. 그는 정지용의 이미지즘시가 서정시의 본질인 '내포적인 깊이'를 가지지 못한 채 객관적인 사상(捨象)의 세계를 그리는 것에 불과하고, 임화는 그러한 정지용의 서정시에도 미치지 못하는 시를 쓰고 있다고 비판한다. 그 중에서도 이시우가 집중적으로 비판하고 있는 것은 김기림이다.

요컨대, 감성을 심리적으로 본다는 것은 한개의 주지의 작용이지만, 김씨는 우리들이 감성을 심리적으로 본다는 것을 이해하지 못하므로 (나는 이점을 김씨에 대하야, 주지의 결여로서 지적하고 싶다) 이메이지의 단편적 결합이니 인상주의니 주관의 무어니 하야 자기는 객관주의를 주창하시는 것 같으나, 내가 먼저 말한 주지의 작용이야말로 순수하게 객관적인 작용이며, 나는 여기서 김씨의 객관에 대한 사고의 통속적인 점을 지적하고 싶다. 주지의 작용이라고 하면 우리에게 거기서 반드시 질서라는 것을 생각게 하나, 인상주의라고 하면, 우리들은 거기서 아무런 질서도 생각할 수 없으므로 이 점은 김씨의 판단력이 아직 비평적으로 훈련되지 못하였다는 비난을 할 수밖에 없다. 김씨는 객관이라는 말을 주관에 대하는 객관, 즉 현실(광범위로는 정치라든가, 사회라든가를 포함함)으로서 현상적으로 해석하신 것 같으나, 내가 말한 객관은 객관성이라고 하는 즉 순전히 철학적인 해석이다. 따라서 그가 말하는 객관의 추구는, 철학적으로는 순전히 주관의 추구에 불과하며, 나아가서는 그가 만약 그곳에 질서를 요구한다면 이것도 물론 주지의 작용에는 틀림없으나, 그것은 Anthropology의 문제에 속하므로 문제 밖이다.23)

이시우는 '감성을 심리적으로 보는 것' 자체가 주지의 작용이라고 본다. 그가 말하는 '객관'이란 감성을 심리적으로 볼 수 있는, 시각의 변화를 강조한 것이다. 즉 감성을 그대로 분출했던 종래의 방식에 '심리'를 개입시켜 거리를 두는 것이다. 그러므로 '객관'은 주체 밖에 동떨어져 따로 존재하는 것이 아니라, 사물을 보는 방식 혹은 태도로서, 현실이나 사회라는 의미의 객관과는 다른 것이다. '김기림이 객관을 현실이라는 말과 혼동하고 있다'는 비판은 이러한 맥락에서 나온 것이다. 그는 김기림의 전체주의가 주관과 객관을 기계적으로 연결시키는 한갓 매너리즘에 불과하다는 것을 지적하면서, '심리와 형태를 분리시킬 것'을 주장하고 있다. 심리와 형태의 독립은 필연적으로 '실재와 방법'의 독립을 낳는데, 그것이 하나의 방법론이 될 때만 창조적인 가치를 가지게 된다. 그것은 "이메이지의 방법으로 실재의 흐름에 저항할냐고 하는 즉 한 개의 방법성"을 말하는 것

---

23) 이시우, 「SURREALISM」, ≪삼사문학≫ 5집, 1936. 10.

이다.

그는 이런 면에서 김기림의 「기상도」가 "경사(傾斜)의 면이 아닌 경사의 각도에 흥미가 있다"는 점에서 주목할 만하지만, 결국 경사의 '각도와 면과의 사이'가 너무 얇아서 스노비즘에 떨어지고 말았다고 지적한다.24) '경사의 면'이 내용적인 요소를 말한다면, '경사의 각도'는 그것을 바라보는 시각 혹은 방법론이라고 설명될 수 있을 것이다. 따라서 이시우의 비판은 「기상도」가 이미지의 연결로 이루어져 있긴 하지만 방법론적인 자리를 고수하지 못하고, 결국 내용에 치중해버렸다는 것으로 요약된다. 이 때 이시우가 주장하는 방법론은 의도적인 시 제작이 아니라 시인의 심리를 그대로 드러내는 것이다. 즉 그는 초현실주의가 의도된 질서나 주지적인 결합 등과는 다른, 심리적이고 생리적인 것이라는 점을 강조하고 있는 것이다.

결국 이시우가 생각하는 것은 의도에 의해 왜곡되지 않은, 주관적인 심리의 표출이다.25) 그러나 자연발생적이고 주관적인 심리는 어떠한 창작의 원칙이나 계획을 가지고 있는 것이 아니기 때문에 이론화될 수 없다는 한계를 지닌다. 따라서 심리 상태로서의 초현실주의를 어떻게 창작에서 구체화할 것인가 하는 문제는 해결되지 못한 채 남게 된다.

---

24) "기상도에 대하야. 기상도는, 나는 아름다운 각도로 경사하지 않을까 하얏다. 그러나 경사면에 없고, 경사의 각도에 흥미가 있다는 것은, 주의할만하다. 요행으로 경사한다면, 각도가 포에지이를 조각하야 나가나, 실로 각도와 면과의 사이는 종이 한 겹이어서 튀어나온대면, 그의 스노비슴은 이 사이에서 튀어나오겠다."—위의 글.

25) 생리적인 것을 강조하는 이시우의 입장은 그 자신의 시에서도 발견된다. ≪삼사문학≫ 2집에 실려있는 「제1인칭시」는 그가 생각하는 시적인 지향점이 암시되어 있다. 여기서 '나의제비초리의三人稱의悲劇'은 '제비초리'로 상징되는 3인칭인 '그'의 비극을 말하는 것 같지만, 사실은 '나'의 비극이다. '나'는 3인칭인 '제비초리'로 위장한 채, 제비초리는 가을이어서 슬프다고 말한다. 그러나 실제 '나'는 자꾸 형이상학에 치우치는 자신의 '불순함'이 두려워서 하품을 해서 일부러 눈물을 짜내려고 한다. 비극은 자신의 감정을 그대로 솔직하게 드러내지 못하고 자꾸만 형이상학의 틀에 맞추어 생각하려는 데서 비롯된다. 이처럼 이시우는 형이상학에 짓눌리지 않은 있는 그대로의 감정 상태를 그려내는 것을 지향하고 있다.

이상에서 살펴본 것처럼, 초현실주의 시론은 소개한 사람에 따라 서로 상반되는 내용을 포함하고 있다. 이헌구나 홍효민이 초현실주의를 다다이즘과 동일시하면서 비판하고 있음에 대해, 김기림이나 정현웅은 초현실주의를 다다이즘과 분리시켜 문학사적인 위치를 인정하고 있다. 이 때 다다이즘과 초현실주의와의 차이는 '질서에의 의욕'이다. 또한 이론적인 원천에 따라 초현실주의는 현실과 유리된 비정치적이고 현실도피적인 것으로 해석되는가 하면, 현실과 연관성을 가진 새로운 방법론이라고 해석되기도 한다. 초현실주의를 창작의 테크닉으로 보는 경우에도 구체적인 시각에서는 차이가 있다. 김기림이 초현실주의를 이미지의 불연속과 단절로 나타나는 창작의 수단으로 생각한 것과 달리, 이시우는 초현실주의를 새로운 방법론이라고 주장하면서도 창작에 어떤 식으로 적용될 것인지를 밝히지는 못한 채, 시인의 주관적인 심리 상태를 강조하고 있다.

이러한 이론들은 공통적으로 실제 창작과 괴리되어 있었다. 초현실주의를 구체적인 창작의 테크닉으로 인식했던 김기림 역시 구체적인 시 분석에는 이르지 못하고 있다. 그가 생각하는 이미지의 불연속과 단절은 모더니즘 일반의 속성을 재확인하는 것일 뿐, 이상이나 ≪삼사문학≫ 동인들의 초현실주의적인 시들을 비평하는 도구가 되지 못한다. 이후 김기림은 자신이 생각하는 불연속과 단절의 이론적인 근거를 영미 주지주의에서 발견하게 된다. 이시우의 비판을 받게 되는 주관과 객관을 결합시킨 '전체시'는 이러한 변화의 과정에서 나타나는 것이다.

한편 이시우는 초현실주의의 우연성과 무질서함, 단절 등을 강조하기는 하지만, 그것을 어떻게 시에 응용할 것인가에 대한 부분은 '심리 상태의 표출'이라는 말로 대신하고 있다. 이는 초현실주의를 심정적인 차원에서 이해한 것으로서, 그가 강조한 자연발생적이고 생리적인 차원은 시에서도 유사하게 드러난다.

창작과 이론의 이같은 괴리는 초현실주의적 경향을 나타내는 시들이 그

다지 많지 않았다는 데도 이유가 있지만, 그것들을 분석하는 정신분석학적인 이론 역시 미비했기 때문으로 보인다. 김기림의 글에 프로이트에 대한 언급이 나타나긴 하지만, 그는 정신분석 대신 심리학으로 옮겨가면서 I. A. 리차즈의 이론에 기대게 된다. 이는 본능이나 개성의 자유로운 분출보다 질서와 균형을 중시했던 사회적인 상황과도 연관이 있다.

# 제 3 장

# 인식의 전환과 비평의 체계화

••• 김기림의 시론

김기림의 시론은 1930년대 한국 모더니즘 시의 이론적인 근거를 제공하고 있다. 그의 시론은 1930년대 초반에는 이미지즘적인 것이었다가 1930년대 중반에는 시대성과 가치의식을 결합한 주지주의적 경향을 나타내고, 1940년 이후에는 과학적 시학을 주된 특징으로 한다. 그러나 이러한 시기별 특징은 어느 시점을 중심으로 경향이 완전히 바뀌는 것이 아니라 일정 정도 혼재하며 발전과 변화 양상을 보인다. 하나의 예로, 해방 후 『시의 이해』에서 체계화된 과학적 시학은 1940년 이후에 갑자기 생겨난 것이 아니라 1935~6년의 시론에서부터 단초가 발견된다. 그는 문학의 가치의식과 시대참여를 주장하는 한편으로, 비평의 태도로서의 과학에 대한 관심을 가지고 있었던 것이다. 다만 1930년대 중반기의 '과학'이 비평적인 객관적 태도와 거의 동일한 의미였음에 비해, 1940년 이후의 '과학'은 독자심리학적인 측면이 강조되고 있어서 내용상의 변화를 보이는 것은 사실이다. 이는 그의 시론이 기본적인 틀을 유지하면서 시기에 따라 변화한다는 것을 증명한다.

기존의 연구들은 김기림의 시론의 각 시기별 특징을 중시해왔다. 이미지즘 시론, 주지주의, 과학적 시학 등에 대한 각각의 연구들은 각 시기의 시론의 특징들을 면밀하게 검토하고 있다.[1] 이같은 연구들은 각 시론의 내용을 정리하고 설명하는데 큰 공헌을 하고 있지만, 각각의 시론들의 상호관계와 그것을 뒷받침하고 있는 인식을 설명하는 데는 상대적으로 미흡하다. 또한 각각의 시론들을 단절된 별개의 이론으로 취급함으로써, 시론상의 변화와 지속의 양상을 설명하지 못하는 한계를 가지고 있다. 이 경우 김기림의 시론은 외부적인 요인에 종속되는 일시적이고 제한적인 것으로 설명될 수밖에 없다. 그러나 김기림의 시론은 단계별로 단절된 것이 아니라 변화와 발전의 과정을 밟고 있다.

김기림의 시론에서 발견되는 가장 새로운 점은 대상에 대한 인식의 전환이다. 1920년대까지 시의 주류를 형성했던 낭만적인 서정시의 가장 큰 특징은, 시를 시인의 주관적인 정서와 감정의 표출로 본다는 것이다. 이에 따르면 시는 대상에 대한 시인의 감상이나 생각을 적은 것이고, 대상은 시인의 내면적인 상황에 따라 주관적으로 해석되는 것이다. 이에 반해 김기림은 주체와 대상간의 주종관계를 부정하고, 대상 자체에 초점을 두고자 한다. 세계를 객관적으로 관찰하고 그것을 객관적으로 묘사하는 것이 그가 생각하는 새로운 시이다. 이는 시를 시인의 주관적인 감정의 표출로 보는 일방적인 인간중심적 시각을 극복하고 대상을 독립적인 것으로 설정하고 있다는 면에서, 획기적인 인식의 전환을 보여주는 것이다. 이 때 강조되는 것은 객관적인 태도와 시각이다. 사물을 있는 그대로 바라보려는 객

---

1) 김기림의 시론에 대한 대표적인 연구 논문으로는, 김윤식, 『한국근대문학사상사』, 한길사, 1984 ; 김윤태, 「한국모더니즘시론연구」, 서울대 석사논문, 1985 ; 김학동, 『김기림 연구』, 새문사, 1988 ; 김유중, 「김기림의 주지주의 시론 연구」, 서울대 석사논문, 1989 ; 문혜원, 「김기림 문학론 연구」, 『한국 현대시와 모더니즘』, 1996 등이 있다.

관적인 인식 태도는 그의 비평 전반을 바탕하고 있는 중요한 입장이다. 그는 비평이 주어진 텍스트와 거리를 두고 그것을 분석하는데서 출발해야 하며, 이 과정을 거친 후에 비로소 가치 평가가 이루어진다고 생각한다.

또한 그것은 비단 대상을 분석하고 파악할 때만이 아니라, 그것을 시로 표현하는데 있어서도 지켜져야 하는 원칙이다. 시를 제작된 산물로 바라보는 김기림의 입장은 시 창작에 객관성을 도입하고자 하는 노력의 일환이다. 이 과정에 필요한 것이 수단으로서의 지성이다. 그가 생각하는 '이미지'는 시인의 주관적인 생각과 감정을, 지성을 사용하여 절제하고 다듬어낸 결과물이다. 이미지는 시각적인 테크닉과 동일한 것이었다가 점차 새로운 시를 만들어내는 방법론적인 것으로 발전한다. 즉 그것은 독자의 머릿속에 가시적인 영상을 만들어내는 수단이었다가 점차 현대성을 표현해내는 형태상의 방법론으로 부상하는 것이다.

이는 모더니즘과 현대에 대한 김기림의 인식이 보다 구체화되면서 더불어 나타나는 변화이다. 그가 생각하는 현대성은 내용과 형태의 측면으로 나누어지며, 내용상의 현대성이 소재와 주제적인 측면이라면 형태상의 현대성은 시에 사용되는 말의 운용과 관련된 언어적인 것이다. 김기림은 새로운 시대에 어울리는 새로운 리듬과 회화(會話)를 중시하고 있다. 이러한 측면에서 그의 시론은 인식상의 전환과 새로운 형태의 모색을 동시에 추구한 이론적인 시도라고 평가될 수 있다.

## 1. 대상에 대한 인식의 전환

김기림의 시론은 '현대'라는 시대적 특징을 반영한 새로운 시의 창조를 목표로 하고 있다. 이를 위해서는 일차적으로 시의 소재가 급속도로 변화하는 현대의 도시 문명에서 구해져야 한다. 그러나 더욱 중요한 것은 대상을 새롭게 파악하려는 인식의 전환이다. 새로운 시가 새로운 소재에서 나오는 것은 당연한 일이지만, 그보다 더욱 중요한 것은 기존의 대상까지를 새롭게 파악하는 인식의 새로움이기 때문이다. 설령 도시 문명을 시적인 소재로 삼고 있다 하더라도, 그것을 바라보는 시인의 태도가 감상적인 것이라면 그것은 '새로운 시'의 범주에 들지 못한다. 소재는 새로운 것이되 시적인 인식은 19세기적인 감상과 영탄의 수준을 넘지 못하기 때문이다.

그의 주지주의 시론이 이미지즘과 구별되는 것은 이 대목이다. 이미지즘이 대상을 강조하면서도 그것을 바라보는 주체의 감정이 어느 만큼 표현되었는가를 중시하는 반면, 주지주의는 대상 자체의 주관성을 중시한다. 즉 대상 자체의 성격을 객관적으로 파악하고자 하는 것이다. 김기림은 이미지즘이 영상을 창조하려는 면에서는 현대적이지만, 그러한 영상의 감각을 통해 결국에는 감정의 세계를 상징하려고 했다고 지적한다. 이런 이유로 이미지즘은 여전히 낡은 서정시의 범주에서 벗어나지 못한 것으로 평가된다.

> 우리 시단에 이미지의 향연과 에스프리의 향기가 대량적으로 발로된 것은 아마 30년대 이래의 일인 것같다. 많은 젊은 시인들이 끝이 없는 주관의 영탄에 불만을 가지고 새로운 시의 왕국을 동경한 까닭이었다. 그것은 이 일만으로도 충분히 높이 평가되고 논의되어야 할 의의있는 역사적 사건이었다. 그런데 이는 모두 주관의 인상의 영역을 거진 벗어나지 못하였다. 그것이 모두 너무나 단편적이라는 점에 있어서는 모든 표현주의시와 마찬가지였다. 이러한 사상파적 시는 결국은 신비나 감흥 대신에 이미지를 애완함에 그치기 쉽다. 거기 쓰여진 사물은 시인의 투영이오, 사물 자체의 성격은 아니었다.[2]

---

2) 김기림, 「객관세계에 대한 시의 관계」, 『김기림 전집』 2, 심설당, 1988, 118~119면. 이하, 김기림의 글은 필자를 생략하고 제목과 출전, 면수만을 밝히도록 한다.

이미지즘이 주관적인 인상을 표현한 것이라면, 이는 낭만주의 시의 특징인 신비와 감흥을 이미지로 바꾼 것일 뿐이다. 이미지 역시 주관적인 인상의 영역에 있기는 마찬가지라는 것이다. 김기림은 이에 대해 새로운 시는 '객관적'이어야 함을 강조한다. '객관주의 시'는 "사물에 의하여 주관을 노래하거나 사물의 인상을 표현하는 것이 아니라 시가 사물을 재구성하여 시로서 독자의 객관성을 구비하는 그러한 새로운 가치의 세계"3)이다.

이 구절에서 알 수 있는 것은 첫째, 사물 자체의 성격을 객관적으로 드러내고자 한다는 것이다. 사물은 시인의 생각이나 인상을 의탁하기 위해 동원되는 것이 아니라 새롭게 재구성되는 것이다. 그러기 위해서 시인은 필수적으로 대상에 대해 객관적인 거리를 유지해야 한다. 사물을 재구성하기 위해서는 그것을 자신의 주관과 철저히 분리시켜 분석해야 하기 때문이다. 사물을 재구성하기 위해서는 대상이 되는 사물의 독립성을 인정해야만 하는 것이다. 이는 대상을 바라보는 주체의 시선이 인간중심적인 것에서 대상 중심적인 것으로 이동하고 있음을 보여준다.

둘째, 사물을 재구성한다는 것이다. 이는 시는 자연스럽게 흘러나오는 것이라고 생각하는 19세기의 생각과 정반대의 입장이다. 시는 시인의 내면의 것이 그대로 표출되는 것이 아니라 만들고 다듬어지는 것이다. 이로써 '시=제작'이라는 공식이 성립된다. 김기림에게 있어서 '제작'한다는 것은 자연발생성에 대립되는 창조적이면서 이성적인 행위에 해당한다. 설령 시인이 세계를 객관적으로 인식했다 하더라도 그것을 어떻게 시로 만들어내는가 하는 문제는 여전히 남아있다. 인식의 내용을 어떻게 표현하는가가 중요한 관건이 되는 것이다. 이는 자연스럽게 표현의 방법론적인 측면을 탐구하게 한다.

셋째, 시의 독립성을 인정한다는 것이다. 시는 일단 제작된 후에는 그

---

3) 위의 글, 118면.

자체가 독립성을 갖는다. 한편의 완결된 시는 시인과는 무관한 하나의 객관적인 대상으로 놓여지게 된다. 시의 독립성 혹은 존재성을 주장하는 이 대목은 언뜻 시의 유기체설을 연상시키지만, 둘은 엄격하게 구별된다. 유기체설은, 시는 마치 생장하는 유기체와 같아서 그것을 마음대로 수정하거나 해체할 수 없다고 보는 것이다. 이러한 생각의 바탕에는 시가 천재의 영감의 소산이라는 낭만주의적인 발상이 깔려있다. 시는 천재에게서 흘러나온 것이므로 일상인이 그것을 분석하거나 판단하는 것은 불가능하다고 보는 것이다. 그러나 시를 독립된 존재로 보는 김기림의 생각은 시가 시인과 분리된 제작물임을 강조하는 것이다. 그것이 객관성을 구비한다는 것은, 시가 비평의 객관적인 대상이 된다는 것을 의미한다. 한 편의 시는 시인과 분리되어 그 나름의 미학과 방법을 가지고 있으며, 비평은 그것을 대상으로 하는 것이다.

객관주의시에 대한 그의 생각을 구체적인 비평으로 보여주는 것은 장서언의 시를 설명하고 있는 부분이다. 그는 장서언의 「고화병」을 극찬하면서 여기서 두드러지는 것이 '시인의 인식의 각도'라고 지적한다. 시인이 대상을 어떻게 바라보는가에 따라 대상은 전혀 다른 모습으로 살아나기도 한다.4) 그것은 사물을 그대로 베끼는 것이 아니라 새롭게 살려내는 것이다. 이것이 바로 김기림이 말하는 객관주의시인 것이다. 이러한 생각은 파악된 대상을 어떻게 시로 표현하는가 하는 문제와 연결되면서 창작의 방법에 대한 연구로 이어진다.5)

---

4) "그러나 시인의 독특한 시각의 각도의 광폭 속에 들어올 때 죽었던 화병은 갑자기 숨을 쉬기 시작한다. 아주 별다른 모양을 갖추고 살아난다. 거기에는 한 평범한 대상을 초점으로 하고 풍부한 이미지가 꽃을 피운다."―「현대시의 발전」, 위의 책, 332면.
5) 김학동은 이같은 변화를 "초기시론에선 주로 시작법에 관련된 것이라면, 제2기에 이르러서는 작품의 이해와 감상을 위한 분석방법에다 초점을 두고 과학적 원리와 태도를 강조하고 있는 것이다"라고 설명하고 있다(김학동, 「김기림 시론의 시사적 의미」, 위의 책, 391면).

## 2. 비평의 객관성 강조

대상에 대한 객관적인 인식은 비평의 가장 기본적인 요건이기도 하다. 그는 비평가는 작품을 판단하기 전에 작품 해석에 충실해야 하며, 그것을 바탕으로 판단에 임해야 한다고 주장한다.[6] 이는 사실의 면밀한 관찰과 분석에서 시작하는 '과학'에서 모델을 구하고 있는 것이다. 이 때 과학은 객관적이고 지적인 요소를 강조하는 방법 혹은 태도로 해석된다. 즉 비평가의 입장에서 작품을 대하는 객관적인 태도인 것이다.

이러한 생각은 『시의 이해』에 이르면 좀더 확대되어 비평가를 포함한 독자의 경험을 설명하려는 시도로 연결된다. 비평가가 분석과 판정을 내리기 이전에, 작품이 독자에게 읽힐 수 있는 근거를 찾고자 하는 것이다. 독자가 시인이 쓴 시를 읽고 공감할 수 있는 것은 심리의 보편성, 역사·사회성, 경험의 동일성 때문이다. 결국 독자와 시인이 시를 사이에 두고 소통할 수 있는 것은 그들이 사회적·정서적인 환경을 공유하고 있기 때문인 것이다.[7]

여기서 시의 경험은 "시인에게 있어서는 그가 어떤 시의 동기에 관심을 일으키는 순간에서 시작해서, 말을 통해서 그것을 발전시키고 조직하고 통일하는 경로 전부이며, 읽는 편에 있어서는 말이라는 기호 조직의 해석을 통해서 한 시가 대표하는 어떤 독특한 경험의 이해에서 끝나는 경로

---

6) "비평은 장단간 그 작품에 대한 서술을 해야 한다. 그 서술은 그 작품에 대한 실로 그작품에 대한 것이라야 한다. 다시 말하면 그 작품이 일으키는 효과를 사실에 즉해서 기술해야 한다. 그래서 그것은 작품이 일으키는 효과와 대체로 일치해야 한다. 비평가가 판정을 내리는 것은 실로 그러한 준비가 십분 되었을 때 그 위에서 비로소 하는 것이다. 다시 말하면 비평가는 그의 판정을 보일 뿐 아니라 그 판정의 이유를 보여주어야 한다. 비평은 분석과 판정을 그 일의 부분으로 삼는다. 그러면서도 분석은 그 일의 가장 중대한 대부분을 차지한다."—「과학과 비평과 시」, 위의 책, 29면.
7) "시라는 것은 사람과 사람이 경험을 서로 바꾸는 한 사회적인 방식"—『시의 이해』, 위의 책, 226면.

전부"8)이다. 즉 시의 경험은 시를 창작하는 과정에서 시인이 겪게 되는 경험일 뿐만 아니라 이를 읽는 독자의 경험까지를 포함하고 있는 개념인 것이다.

시의 경험의 특징은 조직성과 전달성을 갖는다는 것이다. 시의 경험은 다른 경험과 마찬가지이지만 보다 잘 정돈된 조직 상태이다(조직성). 그리고 그것은 말이라는 기호 조직을 통해 서로 교환될 수 있다(전달성). 또한 시의 경험은 다른 예술 경험과 동일한 전체적인 경험의 영역 안에 있다(전체성).

중요한 것은 시가 정의(情意)의 작용이라는 점이다. 정의 작용은 몸의 기관의 체계를 통해 이루어지는 반응으로서, 결정적인 종류의 한 때의 행동을 가지려는 경향이다. 즉 그것은 일정한 생리작용의 종합인 것이다. 김기림은 시의 경험의 정의적인 특징을 설명하기 위해 I. A. 리차즈의 이론을 끌어들이고 있다. 시인과 독자에게 일어나는 생리작용은 신경계통과 연결된 것이며, 이것을 심리학으로 설명함으로써 과학화할 수 있다고 생각한 것이다. 특히 김기림은 첫째, 경험을 분석하고 있고, 둘째, 가치 판단의 실제를 분석하고 있으며, 셋째, 시가 문명 속에서 차지하는 위치와 역할을 밝히고 있다는 점에서 리차즈의 이론을 높이 사고 있다.

이는 그가 처음부터 독자와 시인의 상호관계를 전제하고 있었기 때문이다. 그는 주지성을 강조할 때부터 이미 독자의 측면을 강조하고 있다. 그에 따르면 주지성은 그것 자체가 시 창작의 과정과 독서의 과정에서 생겨나는 것이다.9) 즉 주지성은 시인이 시를 창작하는 과정에서만 작용되는 것이 아니라, 독자가 그 시를 읽고 감상할 때에도 똑같이 기능한다. 결국

---

8) 위의 글, 215면.
9) "다시 말하면 시 속에는 시인이 기도한 한 개의 가치의 세계가 시인의 의도대로 실현되어 있을 것이다. 그 속에는 시인이 제시한 가치가 오직 하나 있을 뿐이다. 독자는 그 유일한 가치를 붙잡아야 할 것이다. 즉 시작(詩作)의 과정에 있어서도 그 일은 매우 주지적이며 그것을 읽는 방법도 역시 지극히 주지적이라는 말이다."—「현대시의 발전」, 위의 책, 320면.

그것은 '시의 경험'을 통해 주지성을 전달하고 받는 과정이라고 설명될 수 있다.

작품에 대한 해석은 시의 경험 중에서 역경험과 추경험의 단계에 속한다. 시인은 일상적인 속에서 남다른 경험을 가질 수 있는 자이며, 다음으로는 그 경험의 혼돈 상태를 통제하여 그것에 질서를 주고 조직해서 한 편의 시로 만들어낸다. 그것이 시인의 경험이다. 독자는 그렇게 만들어진 시를 읽어가는 과정에서 시인의 경험을 추체험하게 되는데, 그러기 위해서는 그는 시를 거쳐서 거꾸로 시인의 체험에까지 거슬러 올라가야 한다. 그것이 역경험이다. 즉 그것은 독자가 시인의 경험을 추정해가는 과정인 것이다. 그 후 독자는 시인이 간 길을 좇아서 다시 시인이 경험한 방향대로 경험을 거치게 된다. 이것이 추경험의 과정이다.

해석은 이 역경험과 추경험의 전 과정을 일컫는 것이다. 즉 독자가 시를 읽으면서 시인의 경험의 근원을 소급해 올라가서 상상하고, 시인이 그것을 시로 표현하기까지의 과정을 재차 밟는 것이다. 비평가가 작품을 평가하기까지의 과정 역시 이같은 순서를 밟는다. 비평가는 시를 읽을 때 우선 시인이 시를 쓴 과정과 동기 등을 따라 거슬러 올라가야 하고(역경험), 그 후 그것을 다시 경험함으로써(추경험) 작품을 먼저 이해하도록 해야 한다. 판단은 그러한 과정을 거친 연후에 주어진다.

이 때 과학의 개념은 시를 독립적인 존재로 보고 그것을 해석하는 태도에서, 시가 독자에게 미치는 효과까지를 밝히는 학문적인 영역으로 변화된다. 즉 과학은 처음에는 지성과 결합된 사물의 본질에 대한 탐구와 그것을 지향하는 비평적인 태도였다가 이 시기에 이르러 심리학으로 대체되고 있는 것이다. 이 때 김기림이 주목하는 것은 독자이며, 과학은 시가 어떻게 독자에게 전달될 수 있는가 하는 것을 밝히는 일로 간주된다.

## 3. 이미지의 발견과 환상의 도입

시가 제작되는 것이라고 한다면 제작의 구체적인 방법이 필요한데,[10] 이 과정에서 필요한 것이 수단으로서의 지성이다. 지성은 시와 시인 사이에 거리를 설정하고, 문학 자체에 질서를 준다. 김기림은 새로운 시대에 어울리는 시의 방법으로 이미지를 들고 있다. 이미지는 수단으로서의 지성이 발현될 때 나타나는 구체적인 결과물이다. 시인의 주관적인 감정을 직접 표출했던 것을 이미지화함으로써 시와 시인 사이에 객관적인 거리를 부여하는 것이다. 이런 면에서 이미지는 김기림의 객관주의적인 시각이 방법으로 구체화된 것이라고 할 수 있다.

이미지는 '신체의 지각작용에 의해 제작되는 감각의 마음 속 재생' 중에서도 특히 시각적인 부분과 거의 동일시된다. 에즈라 파운드의 분류에 따르면, 시각적 영상을 만들어내는 시는 '파노포에이아'에 해당한다. 그것은 '독자의 가시적인 상상 위에 영상의 무리를 가져'[11]오는 것이다. 독자가 시를 읽었을 때 머릿속에 어떠한 영상이 떠오르게 함으로써, 시를 감상하게 하는 것이다. 이 때 영상은 '머릿속에 떠오르는 시각적 이미지'라는 말과 크게 다르지 않으므로, 회화적인 요소와도 유사하다.

이러한 생각은 이후 영화라는 장르와 결합되면서 보다 구체적이고 자유로운 이미지의 창조로 발전된다. 김기림은 현대예술의 한 장르로서의 영화에 관심을 가졌는데, 이는 당시 조선 사회에 영화에 대한 관심이 널리

---

10) 객관성의 추구를 바탕으로 하는 김기림의 주지주의 시론은 크게 내용적인 면과 형식적인 면으로 나뉜다. 내용상 그것은 시가 시대정신을 담아 가치 의식을 지향하는 것이고, 형식상으로는 감정의 유출을 억제하고 철저히 제작할 것을 주장하는 것이다. 시론상으로 볼 때, 그의 시론은 이미지즘적인 테크닉을 강조하는데서 점차 시대정신을 강조하는 것으로 변모한다. 즉 초기에는 시의 제작성에 초점을 맞추다가 시를 통한 가치의 창조를 중시하는 방향으로 전개되는 것이다. 김기림 시론의 가치의식과 시대성에 관한 자세한 내용은 문혜원, 「김기림 문학론 연구」, 앞의 책 참고.

11) 「시의 회화성」, 앞의 책, 103면.

퍼져있기 때문이기도 했다. 당시 영화는 민중이라는 소외된 집단에 더욱 어필할 수 있는 장르라고 인식되고 있었다.[12] 김기림 역시 이와 유사한 생각을 가지고 있었다. 그는 영화가 현대 예술의 중요한 장르이고 특히 집단의 생활을 다루는 면에서 유용하다고 생각했다.[13] 그러나 이 때 민중은 프롤레타리아라는 개념이 아니라 막연한 서민 혹은 대중이라는 의미로서, 프로측의 생각과는 구별된다.

그가 초현실주의를 주관적인 것이라고 비판하면서도 방법상으로는 초현실주의 이미지의 발생과정을 긍정적으로 검토하고 있는 것은 영화에 대한 이해가 바탕이 되고 있기 때문이다. 이 때 초현실주의는 '사멸해버린 정신운동'으로서가 아니라 '새로운 시의 형태의 발전 위에 결정적인 영향과 암시를 던져준 방법론'으로서 의의를 갖는다. 그는 「프로이트와 현대시」라는 글에서 인간의 무의식과 초현실주의적 수법에 대해 상세하게 설명하고 있는데, 프로이트는 무의식의 세계를 소개함으로써 소재의 고갈에 허덕이는 현대시에 환상(꿈)의 세계를 제시한 것으로 평가된다. 무의식이 현대시에 미친 영향은 무시간성, 에너지의 전이, 비논리성이다.

새로운 시는 시간의 문법적 질서의 무의미를 비웃는다. 신화는 역사를 초월한 곳에 그 위엄을 세운다. 그리해서 새로운 시는 스스로 신화이고자

---

12) 당시의 영화와 문학의 상관관계는 문혜원, 「1930년대 모더니즘 문학에 나타난 영화적 요소에 대하여」, 앞의 책 참고.

13) "그런데 지극히 최근까지도 예술비평이나 미학자가 예술로서 취급하는 것을 불유쾌하게 생각하고 있던 '키네마'가 오늘날 시뿐이 아니라 소설까지를 능가하려는 의기는 가경할 형세에 있읍니다. 소설이 사람의 의식 우에 '이미지'(영상)를 현출시키려고 애쓸 때 '키네마'는 '이미지' 그것을 관중에게 그대로 던집니다. '읽을 수 있는 일' 이상으로 더 보편적인 사람의 시각에 '키네마'는 소하는 것이외다. 그것은 시의 세계를 유린하고 진탕하기에 충분한 조음으로 충만합니다. 시가 대영제국의 '란스베리' 공작 부인과 담소할 때에 '키네마'는 '칼캇타'의 무식한 방적녀공의 가난한 마음을 위로하고 있읍니다. 시는 결국 귀족과 승려의 문학이었고, 소설은 시민의 문학이었으며, '키네마'는 한층 더 내려가서 제4계급의 반려가 되고 있읍니다. 그래서 민중이 시의 문전에 도달하기 전에 소설과 키네마는 중로에서 고객의 전부를 빼앗아 버렸습니다."—「청중 없는 음악회」, 『김기림 전집』 5, 413면.

한 것이다.

시간성의 구속을 잃어버린 새로운 시는 동시에 논리를 버렸다느니보다는 오히려 비논리의 미를 발견한 것이다. 19세기의 피안에 서서 한 새로운 시에 향한 비난은 주로 이 점이었다. (……) 그리해서 관념과 관념은 시간적 계열과 논리를 무시하고 서로 끌어오고 끌려가고 튀기고 움직인다.14)

이러한 생각은 신석정의 시를 "환상 속에서 형용사와 명사의 비논리적 결합에 의하여 아름다운 상징적인 이미지들을 빚어내고 있다"15)고 고평하는데서도 나타난다. 목가적 혹은 전원적이라고 평가되는 신석정의 시를 이처럼 평가할 수 있는 것은, 그것을 소재 차원에서가 아니라 그러한 소재를 형상화하는 방법인 이미지에 주목한 결과이다.

김기림은 '상상'이 각 부분들이 서로 조화를 이루어 하나의 전체를 이루는 데 반면, '환상'은 각 부분의 한정된 성격만이 들어오는 것이라고 설명한다. 상상이 중앙집권제적 조직이라면 환상은 연방제적 구조이다. 상상에서 의미구조의 각 단위는 공통의 목적을 위해 바쳐지지만, 환상에서 각 단위는 서로 독립한 것이다.16) 그 예로 김기림은 엘리엇의 「푸르프록의 연가」와 스펜더의 「Poem 39」를 비교 설명하고 있다.

(엘리엇의 시—인용자) 첫 세줄에 나오는 '수술대', '마취된 환자', '저녁' 등의 영상, 그리고 다음 몇줄의 「반나마 사람 떠난 거리」, '값싼 여관집', '굴껍질', '톱밥', '음식점', '중얼거리는 구석배기(피난처)' 등의 영상은 각각 뜀박질하는 영상들의 현란한 뒤따르는 등장을 보여주나, 앞에서는 '저녁', 뒤에서는 '황량한 거리'라는 두 중심되는 테마가 있어서 그것에로 향하여 다른 영상들이 서로 껴안으며 관련을 맺으면서도 집중하는 것이다. 하나하나의 영상은 그것대로는 그리 의미가 없다. 떼놓고 보면 왜 거기 있는지도 모르는 집잃은 아이처럼 멍해 보인다. 그러나 한번 중심 주제가 제시되고

---

14) 「프로이드와 현대시」, 앞의 책, 133면.
15) 「모더니즘의 역사적 위치」, 위의 책, 57면.
16) 『시의 이해』, 위의 책, 237~240면 참고.

거기 대한 제 임무를 받으면 곧 그 이웃의 다른 영상들과도 서로 작용하면서 공통된 중심 제목으로 향하여 협동하는 것이다.

(중략)

여기서는(스펜더의 시―인용자) 영상들 사이의 이동이 전개라느니보다는 비약이라고 할 정도로 매우 급해진다. 그 영상들은 하나하나가 뚜렷하며 분명하여 의심할 여지가 없다. 처음에는 오직 제각기 늘어서는 것같이만 보이며, 벽돌을 쌓아올리듯 주어놓는 것만 같다. 두 번 되풀이되는 '이 모든 사건들'이라는 문구로써 겨우 한 대 얽혀 놓아서 현대문명의 급한 템포에라도 비길 총총한 템포 때문에 무너질 듯 무너질 듯 위태롭던 영상의 무더기는 한데 쌓인 채, 같은 위치에서 전의 자세를 유지하는 것이다. 이는 환상이 미약한 초보적인 상상의 오라기에 겨우 얽매어져 오로지 붕괴를 면한 경우라고 해도 무방하겠다.

김기림의 설명에 따르면, 엘리엇의 시에서 서로 전혀 연관이 없는 각각의 영상들은 하나의 주제 아래서 서로 협동하고 의미를 갖는다. 하나하나의 영상들은 그것만으로는 아무런 의미도 없지만, 중심된 주제를 향하여 집중되고, 주제와의 관련 하에서 각각의 의미를 가지게 된다. 이것이 그가 말하는 '상상'의 예이다. 이에 비해 스펜더의 시는 한층 과격한 이미지들로 구성되어 있다. 의미 단위들은 각각 독립성을 가지고 있고, 특정한 주제를 향해있기보다는 그 자체로 존재한다. 이것이 '환상'이다. 김기림은 두 시를 비교하면서 '환상'이라는 면에서 스펜더의 시에 좀더 긍정적인 평가를 내리고 있다.

이러한 김기림의 견해가 옳은 것인가에 대해서는 재론의 여지가 있지만, 여기서 주목할 만한 것은 그가 환상을 시의 영역에 포함시키고 있으며, 이를 설명하는 부분에서 영화의 몽타쥬 수법을 연상시키는 해석을 가하고 있다는 사실이다. 인용된 두 편의 시는 모두 각각의 무관한 장면들을 결합시켜 효과를 얻어내는 몽타쥬 효과와 유사한 수법을 사용하고 있다. 영화에서는 이질적인 두 가지의 사건들이 시간을 초월해서 병렬되기도 하고, 과거와 현재, 미래가 자유롭게 전개되며, 사건들의 진행은 공간적 질서의 원칙에 따라 배합된다. 초현실주의 시에 나타나는 이질적인 이미지들의 나열, 단어와 단어 사이의 단절, 서로 다른 이미지의 폭력적인 결합 등은 영화의 특성을 차용한 이미지의 제작 방식이다. 여기서 이미지는 시각적인 영상을 만들어낼 뿐만 아니라 환상의 영역까지를 포함하는 개념으로 확대된다.

## 4. 언어에 대한 자각

이미지에 대한 관심은 궁극적으로는 시적인 언어란 무엇인가에 대한 생각과 같은 맥락에 있다. 김기림은 모더니즘의 특징을 "말의 음으로서의 가치, 시각적 영상, 의미의 가치, 또 이 여러 가지 가치의 상호작용에 의한 전체적 효과를 의식하고 일종의 건축학적 설계 아래서 시를 썼다"[17)는 데서 찾고 있다. 말의 의미와 형식, 그것에서 파생된 이미지가 상호작용을 한다는 것은 언어의 운용의 측면을 강조하고 있는 것이다.

김기림은 '현대성'이 사상적인 전환과 형태의 전환을 동시에 만족시키는 것이라고 생각했다. 사상이 내용상의 소재나 주제를 의미하는 것이라면, 형태상의 현대성은 결국 언어의 문제로 귀결된다. 그는 신시의 발전이 오늘의 문명에 대한 태도의 변천의 결과라고 전제하고, 우리 시사에서 이러한 발전을 보인 예로 경향파와 모더니즘을 들고 있다. 두 경향은 조선에 팽배한 센티멘탈 로맨티시즘에 대한 반격이라는 공통점을 가지고 있다. 김기림은 경향파의 시가 로맨티시즘에 대한 사상적인 반격이었다는 점을 인정하고 있다. 그러나 경향파의 시는 이러한 사상성을 뒷받침할만한 형

---

17) 「모더니즘의 역사적 위치」, 위의 책, 56면.

태에 대한 인식이 결여되어 있었다. 즉 시의 언어에 대한 고찰이 부족했다는 것이다.

이에 비한다면, 모더니즘은 시가 언어예술이라는 자각 아래 형태적인 전환에는 크게 기여했지만 사상성을 도외시함으로써 결국 기교주의로 흐르게 된다. 모더니즘이 언어의 형태적인 전환을 가져왔다고 보는 것은, 그것이 운문을 위주로 하던 전대의 작시법을 극복하고 문명의 속도에 해당하는 새로운 리듬을 담아냈기 때문이다. 그것은 기차와 비행기, 공장의 소음으로 상징되는 기계적인 미와 군중의 생활에서 오는 일상회화의 리듬이자 어법이다.

그러나 이러한 언어적인 특징만을 가지고 있는 것일 뿐이라면, 모더니즘은 한낱 기교주의에 지나지 않는다. 바람직한 것은 언어에 대한 자각이 사회성과 맞물려질 때이다. 그가 '경향파와 모더니즘의 종합'이라고 표현한 대목은 이를 지칭하는 것이다. 그는 "사실로 모더니즘의 말경에 와서는 경향파 계통의 시인 사이에도 말의 가치의 발견에 의한 자기반성이 모더니즘의 자기비판과 거의 때를 같이하여 일어났다고 보인다"고 말하고 있다. 이에 해당하는 시인이나 시가 구체적으로 제시되지는 않았지만, 전후 맥락으로 볼 때 이는 1930년대 후반기에 등장하는 백석, 이용악, 오장환 등을 의미하는 것이라고 추정된다.

김기림은 백석의 『사슴』을 설명하면서 "백석은 우리를 충분히 애상적이게 만들 수 있는 세계를 주무르면서도 그것 속에 빠져서 어쩔 줄 모르는 것이 얼마나 추태라는 것을 가장 절실하게 깨달은 시인이다. 차라리 거의 철석(鐵石)의 냉담에 필적하는 불발한 정신을 가지고 대상과 마주선다. 그 점에 『사슴』은 그 외관의 철저한 향토취미에도 불구하고 주착없는 일련의 향토주의와는 명료하게 구별되는 모더니티를 품고 있는 것이다"[18]라

---

18) 「『사슴』을 안고」, 위의 책, 372~373면.

고 평가한다. 백석 시의 향토성이나 민중성 대신 그것을 드러내는 언어에 주목하고 있는 것이다. 결국 현대성은 소재에서 오는 것이 아니라 소재를 다루는 방법, 즉 언어를 운용하는 방식의 문제인 것이다. 그가 신석정의 시를 고평하고 있는 이유는 말에 시에 일상적이고 자연스러운 회화의 리듬을 사용하고 있기 때문이다. 시에 일상어를 차용하는 것은, 시어가 일상의 생활과 동떨어져 고급하고 음악적인 것에 치중하는 것을 비판하고 현대적인 일상의 호흡을 담기 위한 방법이다. 현대는 이미 노래가 불가능한 시기이기 때문이다, 김기림이 생각하는 형태의 전환은 이처럼 시각적인 형태나 묘사의 테크닉뿐만이 아니라, 시의 재료인 언어, 즉 말에 대한 인식을 포함하고 있는 것이다.

김기림의 시론은 현대의 특징을 반영한 새로운 시의 창조를 목표로 한 것이었다. 그러기 위해서는 새로운 소재를 선택하는 것뿐만 아니라, 소재, 즉 대상을 새롭게 바라보려는 노력이 선행되어야 한다. 김기림은 이러한 맥락에서 대상에 대한 객관주의적인 시각을 가질 것을 촉구한다. 그것은 시는 주체의 감정의 자연스러운 표출이라고 생각했던 기존의 생각과는 전혀 다른 인식의 전환을 보여준다.

그가 말하는 '객관주의 시'는 시인의 생각이나 감정을 표현하기 위해 사물을 동원하는 것이 아니라 사물의 본질을 그대로 드러내는 것이다. 그러기 위해서 시인은 필수적으로 대상에 대해 객관적인 거리를 유지해야 하고, 이 과정을 통해 사물을 새롭게 재구성할 수 있는 시각을 확보하게 된다. 이렇게 만들어진 시는 시인과 분리되어 독립된 새로운 존재로 기능한다.

대상을 객관적으로 바라보려는 생각은 그의 비평의 출발점이기도 하다. 그는 비평이 작품을 해석하는데 충실해야 하며, 그것을 바탕으로 판단에 임해야 한다고 주장한다. 이 때 과학은 객관적인 비평의 방법 혹은 태도와 유사한 의미로 사용된다. 이러한 생각은 『시의 이해』에 이르면 비평가를 포함한 독자의 경험을 설명하려는 시도로 연결된다. 비평가가 분석과 판정을 내리기 이전에, 작품이 독자에게 읽힐 수 있는 근거를 찾고자 하는 것이다. 즉 과학은 처음에는 지성과 결합된 사물의 본질에 대한 탐구와 그것을 지향하는 비평적인 태도였다가 독자의 경험을 설명하는 심리학으로 변화하고 있는 것이다.

김기림의 객관주의적인 시각이 방법으로 구체화된 것이 '이미지'이다. 시인의 주관적인 감정을 직접 표출했던 것을 이미지화함으로써 시와 시인 사이에 객관적인 거리를 부여하는 것이다. 처음에 이미지는 시각적인 영상이라는 의미로 사용되지만, 영화라는 장르와 결합되면서 보다 구체적이고 자유로운 이미지의 창조로 발전된다. 여기서 이미지는 시각적인 영상을 만들어낼 뿐만 아니라, 환상의 영역까지를 포함하는 개념으로 확대된다.

이미지에 대한 관심은 궁극적으로는 시적인 언어란 무엇인가에 대한 생각과 같은 맥락에 있다. 김기림은 현대성이 내용과 형식 양 측면에서 나타난다고 보았는데, 그 중 형식의 현대성은 곧 언어에 대한 자의식으로 나타난다. 말의 의미와 형식, 그것에서 파생된 이미지가 상호작용을 한다는 것은 언어의 운용의 측면을 강조하고 있는 것이다. 또한 시에 일상어를 차용하는 것은, 현대적인 리듬과 어법을 표현한 것으로 평가된다. 김기림의 시론은 이처럼 대상에 대한 객관적인 인식을 바탕으로 해서 언어의 형식에 대한 구체적인 모색으로 귀결된다.

# 제 4 장

# 모더니즘과 사회성의 종합

### ••• 윤곤강의 시론

윤곤강의 시론은 그의 개인사적인 삶의 변화와 밀접한 관련을 가지면서 전개된다. 그는 1911년 충남 서산에서 출생해서 보성고보를 졸업하고 혜화전문을 중퇴한 후, 일본 센슈우(專修) 대학에 입학했다. 20세가 되던 1931년 ≪비판≫ 7호에 시 「넷성터에서」를 발표하면서 작품 활동을 시작했고, 일본에서 귀국한 1933년 ≪신계단≫에 「반종교문학의 기본적 문제」를 발표하면서 비평 활동을 시작했다.[1] 1934년 2월에 KAPF(이하, 카프)에

---

[1] 조병도는 윤곤강이 쓴 최초의 평론이 「1933년도의 시작 육편에 대하여」(≪조선일보≫, 1933. 12. 17~21)라고 하고 있고(조병도, 「윤곤강 시의 전개양상 연구」, ≪한국어문학연구≫ 10, 1999. 12), 김지연은 1930년에 발표된 「시의 옹호」를 최초의 평론으로 상정하고 논리를 전개하고 있다(김지연, 「윤곤강의 시론과 시에 관한 연구」, ≪성심어문논집≫ 26, 2004. 2). 그러나 「반종교문학의 기본적 문제」가 이미 1933년 5월에 발표되었으므로 조병도의 주장은 잘못된 것이다. 또한 1948년 정음사에서 간행된 『시와 진실』 원본에 따르면, 「시의 옹호」는 1939년 1월에 ≪조선일보≫에 발표된 것으로 되어 있다. 김지연의 주장은 1996년 한누리미디어에서 발간한 『시와 진실』을 텍스트로 한 데서 빚어진 오류로 보인다. 따라서 「시의 옹호」를 윤곤강 비평의 출발점으로 하고 있는 김지연의 논리는 상당 부분 오류를 범할 수밖에 없다.

가담하고, 제2차 카프 검거사건에 연루되어 5개월간 옥살이를 했다. 그의 초기 시론은 카프의 맹원으로서 그것의 문학적 입장을 반영한 것으로서 현실과 생활을 강조하는 리얼리즘적인 성격이 강하다. 이러한 특징은 최초의 평론인 「반종교문학의 기본적 문제」부터 카프가 해체된 후인 1936년까지의 글에서 일관되게 나타난다.

그 후 윤곤강은 1937년 서울 화산학교에 근무하면서 첫 시집 『대지』를 발간한 것을 시작으로, 『만가』(1938), 『동물시집』(1939), 『빙화』(1940)까지 1년에 한 권씩 시집을 발간하면서 시인으로서도 활발한 활동을 보이게 된다. 이 시기(1937~1939)의 시론들은 모더니즘에 대해 어느 정도 긍정적인 시각을 보여주는 것이 특징이다. 그는 근대 초창기 시들의 가장 큰 문제점이 감상적이고 즉흥적이라는 점이라고 지적하면서, 현대시가 이러한 센티멘탈리즘에서 벗어나야 한다고 강조한다. 이성은 자연발생적인 감정에 질서를 주는 것으로서 한정적인 가치를 부여받게 된다. 이런 면에서 이 시기의 시론은 모더니즘 비평가였던 김기림의 시론과 유사한 측면이 있다.

실제로 윤곤강은 시론 곳곳에서 김기림을 의식하며 비판하고 있다. 이는 문학적 지향점이 달랐다는 이유 외에도, 동시대의 비평가로서의 경쟁의식이 강하게 작용했던 것으로 보인다. 비슷한 시기에 비평 활동을 했고[2] 시를 쓰는 시인이기도 했다는 점, 그리고 각각 프로문학과 모더니즘을 대표하는 시론가라는 점 등에서 둘은 자연스럽게 비교가 되는 위치에 있었던 것으로 짐작된다. 윤곤강의 『시와 진실』이 김기림의 『시론』에 이어 발간된 우리 문학사의 두 번째 시론집이라는 점은, 양자 사이의 미묘한 대응 관계를 뒷받침하는 증거이기도 하다. 그러나 김기림이 처음부터 정치적인 측면과는 무관하게 시론을 전개했던 것에 비해, 윤곤강은 비평가

---

2) 김기림은 1930년 처음으로 비평을 발표(「시인과 시의 개념」, 《조선일보》, 1930. 7. 24~30)한 이후, 1933년 무렵에는 「시에 있어서의 주지적 태도」, 「현대예술의 원시에 대한 욕구」 등의 비평을 발표하며 활발한 활동을 하고 있었다.

로 활동하기 시작한 다음해인 1934년 카프가 강제 해산되면서 영어(囹圄) 생활을 겪고 평론의 방향성을 상실하게 된다. 그가 시대의 변화에 따라 평론적인 입장을 계속 바꿀 수밖에 없었던 것은 이러한 연유 때문이기도 하다.

1940년을 기점으로 해서 윤곤강의 시론은 갑작스럽게 시인의 주관적인 생리를 강조하는 것으로 변화한다. 여기서 시는 시인의 직관에 의거해서 쓰인 논리 이전의 것이 된다. 이러한 변화는 시대적인 정황과 무관하지 않은 것으로 추정된다. 일제의 탄압이 극심했던 문단의 암흑기에 비평 활동을 계속할 수 있는 길은, 시대나 정치와는 무관한 순수 일변도의 문학을 주장하는 길밖에 없었기 때문이다. 시인으로서의 윤곤강의 기질 또한 무관하지 않을 것이다. 그는 서정주, 오장환 등과 더불어 ≪자오선≫ 동인으로 활동한 바 있고, 두 번째 시집인 『만가』에서는 보들레르적이고 생명적인 경향을 나타내기도 했다.

이후 윤곤강은 1943년에 조선문인보국회에 가담하여 시부의 간사를 지냈다. 해방 후, 상경해서 조선프롤레타리아문학동맹의 중앙집행위원으로 활동했고, 1946년 조선문학가동맹 시부 위원으로 활동하다가 탈퇴했다. 1947년 편주서(篇註書) 『근고조선가요찬주』를 발간했고, 1948년에는 중앙대 교수로 부임해서 시집 『피리』, 『살어리』를 발간, 평론집 『시와 진실』, 찬주서(撰註書) 『고산가집』을 발간했다. 1950년 사망했다. 이 시기에 몇 편의 글을 남기기는 했지만, 본격적인 시론이라고 할 수는 없다. 따라서 윤곤강의 시론은 리얼리즘에 근거한 1933~1936년까지의 시론과 창작 방법론을 모색한 1937~1939년까지의 시론, 그리고 시인의 주관적인 생리를 강조한 1940년 무렵의 시론으로 크게 나누어질 수 있을 것이다.

## 1. 생활의 강조와 계급적 관점

초기 윤곤강의 시론은 카프 맹원으로서의 기본 입장에 바탕을 둔 것이다. 그는 현재 상황을 '전 세계를 풍미하는 정신적 불안과 식민지로서의 특수 조건'[3]이 겹친 억압적인 상황이라고 규정하고, 이러한 현실을 반영한 시를 창작할 것을 주장하고 있다. 생활의 호흡이 결여된 곳에서는 시가 탄생될 수 없다. 시는 있는 그대로의 실생활을 사생(寫生)하는 것은 아니지만 적어도 생활하는 인간의 모습을 담고 있어야 한다는 것이다. 그는 바람직한 시의 모델이 '시대적 진실이라는 인간적 사상과 위대한 생명성의 완전한 결합으로서의 발현'이라고 본다.[4]

그러나 이 때 시대적 진실 혹은 현실이란 '있는 그대로의 현실'을 그저 베끼는 것과는 다르다. 거기에는 현실을 계급적으로 바라보는 눈이 필요한 것이다. 이러한 생각은 구체적인 작품을 비평하는 데서 잘 나타난다. 한 예로 송순일의 「눈오는 밤」은 인도주의적인 견지에서 사회적 모순을 그리는 데는 성공하고 있지만, 그것을 계급적 견지에서 파악하지 못하고 인간의 천성인 마음의 악에서 우러나오는 것으로 보는 한계를 가지고 있다고 비판된다.[5] 그 결과 표현 기술은 우월하지만 기술이 결국 시적인 내

---

3) 윤곤강, 「현대시평론」, ≪조선일보≫, 1933. 9. 26~10. 3, 194면.
   (*이하, 시론의 변화 과정을 살펴보기 위해 각각의 글들의 원래 발표 지면과 발표 날짜를 병기한다. 여기서 인용하는 텍스트는 송기한·김현정 편저, 『윤곤강 전집』 2권, 다운샘, 2005이며, 주석의 면수는 이 책의 면수를 말한다.)
4) "시인이 한 개의 시를 쓴다는 것―그것은 참으로 시인이 호흡하고 있는 바 현실의 광맥에 돌입하여 적나라한 싸움을 제기하는 의지적 열정의 표현이요, 시인이 처한 바 시대의 운명 그것까지를 자부하고 나아갈 열정의 표현이라는 점에서 추리할 때, 우리들의 시인들의 시적 창조의 정신적 고갈이 어떠한 특질을 내재하고 있는가를 능히 알 수 있을 것이다."― 「포에지이에 대하여」, ≪조선일보≫, 1936. 2, 71면.
5) "이 시인의 눈에는 한상 인도주의적인 렌쓰가 번쩍거릴 따름이다. 그리하여 그의 시에는 다만 사회악이라는 것이 인간의 천성인 '마음의 악'에 있다는 기독교적 해설에 그치고 만다―그것을 벗어버리고 그 이상으로 뚜어나가지 못하고 궁극에는 그 속으로 침식해버리고 말기 때문이다. 그러므로 그곳에서는 사회적 제모순을 관념적 추상적 관점에서―마치 인

용과 모순을 빚는 결과를 낳게 된다. 그것은 시인이 사회적 제 모순을 관념적 추상적 관점에서 파악하고 그것에 만족해버렸기 때문이다. 중요한 것은 현실의 객관적인 모순을 정확히 파악하는 것이고, 기술적인 가치는 그런 한에서만 의미가 있는 것이다.

이러한 생각은 현실을 계급적인 관점에서 파악하려는 사회주의 리얼리즘의 입장에 바탕을 두고 있는 것이다. 실제로 윤곤강은 「쏘시아스틱 리얼리즘론」에서 사회주의 리얼리즘이 대두하기까지의 과정을 소개한 바 있다. 여기서 소개된 리얼리즘의 과정은 다음과 같이 요약된다.

1928년 소련 연방 프로작가대회의 결의로 '산 인간'을 그리는 것을 모토로 하는 '심리주의적 리얼리즘'이 강조된다. 이는 종래 프로문학의 결함인 도식주의를 배제하고 개인을 구체적으로 그림으로써 인간 개인의 내부와 현대와를 통일시키고자 하는 것이다. 그러나 이러한 경향은 실제적인 작품 창작에서 사회적 진전으로부터 분리된 개인의 묘사와 심리 탐구에 치중하게 되어 '현실의 피동적 관조'에 기울어지게 된다. 1930년 이후 이러한 한계들을 지적하면서 여기에 로맨티시즘적 요소를 결합시킨 '혁명적 로맨티시즘'이 출현한다. 이것은 사회주의 건설자로서의 프롤레타리아트의 계급적 문제를 정당하게 인식하는 데서 출발하며, 이들을 미래에 꽃필 인간상으로 제시하는 것이다. 이것을 목표로 하는 작품들은 당연히 긍정적이고 낭만적인 색깔을 지니게 된다. 그 후 소비에트의 5개년 계획이 성공하고 혁명적 로맨티시즘의 정신이 고양되면서 리얼리즘은 이를 종합한 사회주의 리얼리즘으로 변화하게 된다. 그것은 사회적 집단 현실의 묘사를 개개의 인간의 일반적인 '산 인간'이나 '인상'으로서가 아니라, '계급적으로 규정된 층의 대표자로서 그 사상적 감정을 묘사하는 방법'[6]이다. 현

---

간의 문제 대신에 천체의 문제부터 생각해내려든 옛 철인(哲人)들처럼 사회악을 다만 인도적인 눈을 통하여 '비관'할 뿐이다. 그리고 그것에 그치고 만다."–「33년도의 시작 6편에 대하야」, 《조선일보》, 1933. 12. 17~24, 211~212면.
6) 「쏘시알리스틱・리알리슴론」, 《신동아》, 1934. 10, 252면.

실의 이면을 계급적인 시각에서 파악해야 한다는 윤곤강의 생각은 이러한 사회주의 리얼리즘의 창작 방향과 일치한다.

나아가 윤곤강은 시는 현실을 수동적으로 반영하는 차원에서 한 단계 더 나아가 그것을 선도해야 한다고 주장한다.7) 현실 그 자체만으로는 아무리 훌륭하다고 해도 시가 되지 못한다. 있는 그대로의 현실은 피상적이고 정지된 것이기 때문이다. 시는 "사물의 현재적인 것만이 아니라, 일보 혹은 수보 앞길에 나서서 뒤떨어진 절름발이(사물)를 초호(招呼)"해야 한다. 즉 시란 현실을 수동적으로 반영하기만 하는 것이 아니라, 현실보다 몇 발 앞서서 현실을 그 방향으로 유도 혹은 개척해나갈 수 있어야 한다는 것이다. 윤곤강은 이런 맥락에서 '좀더 두터운 의지적 명랑성과 좀더 원대한 이상의 세계가 표출'되기를 희망한다.

이런 측면에서 그의 생각은 혁명적 로맨티시즘의 경향을 나타내는 것처럼 보인다. 그러나 그는 이것이 시적인 환상이나 근거 없는 낙관으로 흐르는 것을 경고하고 있다. 그 예로 그는 조벽암의 「아침」이라는 시를 비판하면서 "섣달그믐날 굶고 안젓다가 시장ㅅ기에 삭으러젓든사람도 소서나는햇발만 처다보고 아모리마시어도 무용한 '공기'만 마시기만하면 '깃붐의냄새가' 날는지?"8)라고 묻고 있다. 설령 민중의 생활을 그린다 할지라도 현실성이 결여되어 있고 무조건적인 낙관으로 일관하고 있다면, 그것은 "시인 자신의 관념적인 갈피없는 인텔리겐챠적 기질이 노출"된 것뿐이라는 것이다. "현실적인 고도의 인식 우에 그 주제의 적극성을 세우지 못하고 막연한 계급적 도취와 추상적인 미래에 대한 승리관념으로 마비"9)

---

7) "시인의 처한 바 현실적 기조에 뿌리를 박은 자각과 인식 밑에, 그 전형적 감정을 노래하려는 인간적 열정" 또는 "현실을 보고 그것을 속임없이 그리라는 것을 현상 그대로의 피상적 투영의 감성적 표적('표현'의 오기로 추정됨—인용자)이라고 해석하지 말 것과 또한 니힐한 규환(叫喚) 대신에 가상의 최심오(最深奧)에 숨은바 '현실의 본질'을 내면적으로 탐탐('탐구'의 오기로 추정됨—인용자)하여 감성적으로 표백시킬 것(……)"—「포에지이에 대하여」, 72면.
8) 「신춘시문학총평」, ≪우리들≫, 1934. 2, 220면.

되는 것은 센티멘탈리즘에 불과하다. 시인에게 필요한 것은 "현실에 대한 관조적 태도에서 전별을 고하고 프롤××××-×(레타리아트-인용자)의 정당한 당파적 견지에 서는" 것이다. 현실에 대한 객관주의적인 태도만으로는 현실의 과정의 내적 모순을 발견할 수 없기 때문이다.

아울러 윤곤강은 프로시가 가져야 하는 중요한 요소로서 '시로서의 직각력(直覺力)과 박력'을 꼽고 있다. 이는 '내용의 구체성과 기술적인 측면'을 같이 말하는 것인데, 구체적으로는 '오직 ××(혁명-인용자)적 필요에 있고 ××(혁명-인용자)적 ××××××-×(프롤레타리아트-인용자)의 사상 감정'을 담으면서도 구체적 작품으로 나타날 때는 '제재와 언어, 리듬 등'의 기술적인 측면을 필요로 한다는 것이다. 이것은 그의 시론이 단순히 현실적인 소재와 내용만을 강조하는 것이 아니라, 시로서의 요소들을 염두에 두고 있었음을 보여주는 것이다. 그는 초기부터 시 작품의 독립성을 인정하고, 시로서 갖추어야 할 기술적인 요소들을 적극적으로 옹호하고 있다. 이는 그의 시론이 경직된 프로시적인 지향을 넘어선다는 것을 증명해준다.


## 2. 새로운 방법론에 대한 관심


앞 절에서 살펴본 바와 같이, 윤곤강은 프로시의 한계를 지적하면서 그것과 일정한 거리를 두고 있다. 그는 프로시가 시대적인 사조로서는 의의를 가지고 있지만 시 자체로서는 부족하고, 심지어 가치 있는 작품이 나타났다고 하더라도 그것은 우연에 지나지 않는다고 말하고 있다. 이러한 생각은 초기의 글인 「현대시평론」(≪조선일보≫, 1933. 9. 26~10. 3)에서부터 나타나는데, 그는 여기서 프로시가 시로서의 특수성을 결여하고 있다고

---

9) 「33년도의 시작 6편에 대하야」.

비판하고 있다. 구체적으로 말하자면, 프로시는 "내용은 일률화되었으며 음률은 단조 음률"이고 "표현에는 뉘앙스(음영)가 없고 색채는 일면적이며 기름기가 없다"는 것이다. 시는 "'××××(계급혁명 혹은 계급투쟁-인용자)에의 끈임업는 관심'이라든가 '그것을 이해하기 위한 상당히 놉푼 ××(계급-인용자)주의적 교양"을 떠나서 독자적으로 분리될 수는 없지만, "××(혁명-인용자)적 노동조합의 '방침서'나 '자본주의 제삼기에 잇서서의 노동자 계급의 당면의 임무의 기술'이나 '제 규정, 규약, 강령' 등을 넣어서 표현할 수 없을 뿐 아니라, 그래서는 안된다." 즉 시는 계급투쟁이나 혁명 같은 시대적이고 당파적인 주제들과 무관할 수는 없지만, 그렇다고 해서 방침서나 강령과 동일시될 수는 없다는 것이다. 시가 "정서의 요동의 박자를 통해 감염시키는 ××(혁명-인용자)적 무기"라면, 정서를 움직이게 하는 것은 결국 시의 음률이나 음영, 색채와 같은 시적인 요건들이다.

그는 시란 '의미와 음의 양면의 심미성의 강렬한 통일'[10]로 만들어지는 것이라고 생각한다. 시인 역시 단순히 개인적이고 주관적인 감정을 표출하는 사람이 아니라 '감정을 감정하는 사람'이 되어야 한다. 이는 시 창작을 감정의 자연스러운 표출이라고 보는 기존의 서정시에 반대해서 시 창작에 방법론이 필요함을 주장하는 것이다. 여기서 '방법'이란 "그 대상인 소재가 한 개의 예술품으로서 형성 발전될 때, 그와 동시적으로 작용하는 정신활동의 각도"[11]라고 설명된다. 이는 창작에 정신 활동이 개입된다는 것을 염두에 둔 말이다. 더 나아가 윤곤강은 시의 진화는 그 방법을 발견하는 데서부터 수행된다고 말하고 있다.

그렇다면, 현대시에 필요한 방법들은 어떤 것일까? 이에 대한 구체적인 내용이 담겨있는 것은 「성조론」(1940)이다. 여기서 윤곤강은 자유시가 가져야 할 새로운 요소가 '톤(tone)'이라고 보고 있다. 톤이 새로운 시에서 효

---

10) 「현대시의 반성」, 《조선일보》, 1938. 6, 19면.
11) 「시의 진화」, 《동아일보》, 1939. 7, 29면.

과를 가질 수 있는 것은, 기존의 시가 가지고 있는 리듬이 유형화되는 데
반해 톤은 유형화되지 않고 생동하는 특징을 가지고 있기 때문이다.  그는
톤을 사용함으로써, 시가 음악적인 리듬에 의존하거나 논리적 진술로 흐
르는 것, 회화에 기생하는 상태를 벗어날 수 있다고 본다. 톤은 말이 쓰여
짐에 따라 반드시 따라오게 되는 억양이고 말의 의미까지를 전달하는 표
정의 기능까지를 수행할 수 있기 때문이다. 따라서 현대시가 기존의 낡은
운문을 버리고 산문정신을 제 것으로 하기 위해서는 톤을 적극적으로 활
용해야 한다.

그런데 형식의 변혁은 시에 대한 본질적인 물음이 뒷받침되어야만 한
다. 즉 시에 대한 새로운 관념, 시라는 것은 무엇인가에 대한 검토와 반성
을 요구하는 것이다.[12] 윤곤강은 현대시의 조건이 형식상의 새로움만이
아니라, 시란 무엇인가에 대한 본격적인 물음을 내포해야 한다고 생각한
다. 이러한 맥락에서 그는 초현실주의가 시의 개념에 대한 새로운 인식을
보여준다는 점에서 그 의의를 긍정하고 있다.

초현실주의는 종래의 시와는 달리, 시 행위(포에지)와 시작품(포엠)을 명
확하게 구별한다. '포에지'가 자유시 혹은 산문시 형태의 시작품을 만드는
정신 활동에 속하는 행위라면, '포엠'은 그것이 실제의 작품으로 나타난
개별적인 시작품을 말한다. 포에지는 정신활동의 영역으로서 운문이나 산
문 모두에 해당하는 것이다. 윤곤강이 초현실주의를 시의 '진화'라고 평가
하는 것은, 그것이 운문에 국한된 것으로 여겨져 온 포에지가 산문에도 존
재한다는 것을 자각했기 때문이다. 초현실주의는 운문과 산문을 구별할
수 있는 근거가 포에지의 있고 없음에 달려있는 것이 아니라, '의미의 독
립' 여부에 있다는 것을 간파하고 있었다. '의미의 독립'은 산문의 '의미

---

12) "시에 있어서의 형식의 혁신이라는 것은 단순히 형식적인 혁신만이 아니라, 그것을 결과
　　로서 가져오게 한 필수의 관념의 혁신에 의한 것이다. 다시 말하면, 시의 진화란 형식에
　　그치는 외부적인 것이 아니라, 실로 시에 대한 내부적인 진화―즉 '관념'의 진화인 것이
　　다."―위의 글, 30면.

의 확대'와 대비되는, 시의 특징이다. 초현실주의 이전의 자유시 역시 포에지가 산문에도 있다는 것을 알고 있었지만, '의미의 확대'에 치중함으로써 결국에는 운문의 형태를 버리는 결과를 초래했다. 관념상으로는 운문 형태인 시를 생각하면서 산문의 특질인 '의미의 확대'13)를 결합시킴으로써 파국에 이른 것이다.

여기서 '의미의 확대'란 주제나 사상 등으로 기울어지는 경향, 즉 '의미의 문학'으로서 존재함을 말한다. 이에 대해 '의미의 독립'은 시 외적인 주제나 사상이 아닌, 새로운 의미의 발견을 지칭한다.

> 그것(의미의 독립―인용자)은 '질서없는 것을 있게 하는 것'(장·콕토오의 말)이요, '주지(主知)의 힘으로써 이루어지는 것'이니 '의미는 주지적으로 다른 것으로부터 절연되어, 새로운 의미를 가지게 되는 것'이라 한다. 그리하여 거기에서는 '의미'라는 것이 어떠한 의미인가 하는 '의미의 의미'가 추구된다. 그러므로 시에 있어서의 '의미'의 순화라는 것은 '의미의 진화'에 의하는 것으로, 이와 같이 '의미'가 '주지'의 힘을 빌어 새로운 '의미'를 낳는 곳에 포에지이를 가진 산문까지를 포함한 시가 생탄(生誕)된다는 것이다.14)

인용문에서 '의미의 독립'이란 기존에 부여된 의미 이외의 새로운 의미를 가지는 것을 뜻하고, 이 새로운 의미는 '주지'의 힘을 빌어서 탄생한다. '주지'의 힘이 질서 없는 것을 질서 있게 하고, 기존의 의미로부터 절연된 새로운 의미를 창조하는 것이다. 윤곤강은 그것이 곧 '의미의 진화'이며 시의 진화라고 보고 있다.

이 때 윤곤강이 생각하는 '의미의 독립'은 초현실주의의 절연과 불연속

---

13) 원문에는 '의미의 독립'이라고 되어 있지만, 앞뒤 문맥으로 보아 '의미의 확대'를 잘못 쓴 것으로 판단된다. 윤곤강의 시론은 이처럼 문맥상의 오류가 많고 개념이 불명확한 경우도 많아서 해석에 유의를 요한다.
14) 위의 글, 33면.

개념에 가깝다. 주지적인 작용에 의해 기존의 의미를 단절하고 새로운 의미를 부여하는 것이다. 그것은 기존의 의미와는 다른 것으로서 재탄생된다. 이러한 생각은 '절연'을 초현실주의의 중요한 창작 원리로 생각했던 이시우의 글을 연상시킨다.

> 절연하는 논리. 절연하는 센텐스. 절연하는 단수적 이메이지의 승(乘)인 복수적 이메이지. 절연체와 절연체와의 질서있는 승(乘)은 절연하지 않는 우수한 약수(約數)를 낳는다. 그리고 절연체와 절연체와의 거리에 정비례하는 Poesie Anecdote의 공간(Baudlaire이 말한 신과 같이 숭고한 무감각 혹은 moi의 소멸) 이리하야 절연되는 논리에서 스사로 소설과의 절연은, 포에지 이의 순수함은 실험되는 것이다.[15]

'절연하는 논리', '절연하는 센텐스'라는 것은 일반적인 논리로 보면 함께 묶일 수 없는 이미지들을 각각 늘어놓았을 때 충돌과 부조화 속에서 새로운 이미지들이 발생한다는 것을 말한다. 각각의 이미지들의 단절 정도가 클수록 거기에서 발생하는 이미지들은 더욱 풍성해진다. 리얼리즘이 한 개의 사물에 한 개의 문자를 대입시키는 것과 달리, 초현실주의는 절단된 이미지, 고정되지 않은 리얼리티를 가지고 있다고 보는 것이다.

그러나 윤곤강은 시에 대한 관념을 바꾸어 놓았다는 면에서 초현실주의를 긍정하면서도 소재, 즉 현실의 반영 여부를 들어 초현실주의와 자신의 입장의 차이를 분명히 하고 있다. 초현실주의는 포에지와 방법을 구분하여, 포에지가 방법에 선행하는 것이고 방법은 단지 수단이나 수법에 불과한 것으로 본다. 이에 대해 윤곤강은 포에지와 방법은 분리되는 것이 아니라 결국 같은 것이고, 그것을 추구한 것이 포엠이라고 결론짓는다. 즉 포에지가 선행해서 포엠을 만드는 것이 아니라, 제작의 프로세스, 즉 포에지가 작용하는 그것 자체가 시라는 것이다.[16] 포에지와 방법에 선행하는 것

---

15) 이시우, 「절연하는 논리」, 《삼사문학》 3집, 1935. 3. 1.

은 오직 소재인 현실뿐이다. 초현실주의는 현실에 대해 눈을 감고 '애매한 상태로부터 완전히 무관한 제로인 대상을 표현하려는 것'인데, 이것은 현실을 등한시하는 것이므로, 윤곤강의 입장과 반대인 것이다. 그가 중시하는 것은 '산 현실의 생활의 개개의 현상 속'에서 발견되는 '소재'이다.

> 눈 앞의 현실적 사상(事象)—즉 현상세계로부터 받는 자극으로부터 발생한 소재가 형식에까지 발전하고, 그 형식을 통하지 않고서는 찾아볼 수 없는 한 개의 '내용'을 제작하는 시적 프로세스를 우리는 포에지이라고 부르며, 현실의 사상에 눈을 감지 않고 에스프리도 테크니크도 제이차적인 것으로 사고한다. 에스프리를 길러 주는 것은 현실의 사상을 제외하고서는 없으며, 현실의 사상의 감각을 떠나서는 얻어지지 않는 까닭이다.[17]

그는 시가 자연발생적으로 생겨나는 것이 아니라 방법을 갖추어야 한다는 데는 동의하고 있지만, 방법이나 포에지보다 선행하는 것이 소재 혹은 대상이라고 하여 현실세계의 중요성을 강조한다. 결국 포에지나 방법 또한 현실세계에서 길러지는 것이라는 말이다. 윤곤강의 시론은 이러한 측면에서 모더니즘 시론과 기본적인 차이가 있다.

## 3. 감동과 생리의 시

윤곤강은 프로시의 한계를 지적하면서 리얼리즘과 일정한 거리를 두고, 초현실주의시와의 차이를 밝힘으로써 자신의 입장이 모더니즘과도 다르다

---

16) "거듭 말하거니와 포에지라고 이름하는 작시(作詩)의 프로세스는 아프리오리로 시적인 것이 존재하고, 그것에 의하여 포엠이 제작되는 것이 아니라, 제작의 프로세스 바로 그것이 시를 의미한다."—「시의 진화」, 앞의 글, 37면.
17) 위의 글, 37~38면.

는 것을 분명하게 밝히고 있다. 특히 그는 김기림의 시를 비판하면서 모더니즘 전반을 부정하게 되는데,[18] 이러한 경향이 강하게 드러나는 것은 1940년 무렵의 시론에서이다. 이 시기의 글에서 그는 센티멘탈리즘을 극복하는 중요한 방법이라고 생각했던 '과학'까지를 비판의 대상으로 삼고 있다.

「영감의 허망」에서 윤곤강은 시 창작의 자연발생성 혹은 영감을 강조해 온 낭만주의적인 서정시를 비판한다. 영감은 '그것이 생성하는 프로세스(과정)를 의식하거나 분석할 수 없는 정신내용'을 가리키는 것으로서 모든 것을 우연으로 돌리게 한다. 그러나 실제 시인의 창작적인 의욕은 필연적인 것이며 필연성을 가지고 생겨난 정신이나 의식은 그 사이에 밀접한 유기적 관련을 가지고 생성되는 것이다. 그 유기적인 관련의 총화가 하나의 시 작품을 구성하는 것이다.[19] 이것은 시 창작의 과정이 필연성을 가지고 유기적으로 이루어진다는 것을 강조한 것으로써, 창작의 과정을 심리학적으로 설명하려 한 I. A. 리차즈의 글을 연상시킨다. 실제로 윤곤강은 이 글의 말미에서 I. A. 리차즈의 글을 일부 인용하기도 했다.[20]

그러나 1940년 쓰여진 「과학과 독단」, 「감각과 주지」 등에서는 '과학'이 독단적이며 도그마화되고 있다고 비판되고 있다. 그는 '주지'와 '과학'을 부정하면서 그것을 김기림의 시를 비난하는 근거로 사용하고 있다. 김기림의 시는 "주지─실상 그것이 속화된 윗트─를 '科學的 방법'(?)으로

---

18) 그는 김기림의 시를 "과도의 주지(지성)로 인한 이해의 극난(極難)과 기벽에 지나침으로 인한 극도의 괴이가 있을 뿐"이라고 공격하고 있다(「신춘시문학총평」, ≪우리들≫, 1934. 2). 뿐만 아니라 김기림을 위시한 모더니스트 시인들은 감성만으로 문학을 하려는 신심리주의자들에 대비되는, '지성의 비대중에 걸린 지성주의자, 주지주의 문학자'라고 비판된다.

19) 「영감의 허망」, 82~83면 참고.

20) "'시─인스피레이션'의 공식을 믿는 낡은 시적 사고는 여기에서 허망한 한 개의 옛이야기가 되어도 좋다─지적으로 확신되는 사상에만 정적 신앙을 주려는 벽습(癖習)이 일부의 사람들에게 굳게 뿌리박혀 있다(……) 과학이 증대하여가는 세력과 함께 그것은 장차 일반화되어 갈 것이다."─위의 글, 85~86면.

해설하다가 마침내 시를 노쳐버린"21) 것이라고 평가된다.

> 마침내 방법만으로 시를 쓰려는 곳에 무모가 있다. 그러한 의미에서 온
> 갖 슈울・레아리스트, 내지 모더니스트는 실상 근본적으로는 로맨티시즘의
> 계열에 속하는 한낱 혼돈의 '자기혹익자(自己惑溺者)'에 불과하다. 그들의
> 착오는 마침내 인테리쟌스(주지)—과학의 헤게모니—에 굴복당한 점이다.22)

프로시와 모더니즘시 양자를 모두 비판한 그가 대안으로 제시한 것은
"그것(자유시—인용자)의 참된 진로를 의식하고 그것의 전통을 받아, 흉내
가 아닌 자아의 감정, 상상, 감각을 가지고 내적 자연을 표현하려는"23) 시
이다. 그는 「시의 옹호」에서 시가 나아가야 할 방향을 다음과 같이 말하
고 있다.

> 우리의 앞에는 아직도 산덤이 같은 미개척의 황야가 가로 놓여 있다.—
> 냉철한 철학의 수풀, 아름다운 서정의 샘볼('샘물'의 오기인 듯함—인용자),
> 캄캄한 자의식의 동굴, 질펀한 서사(敍事)의 자갈밭, 아무데로 가든지 길이
> 로오마인 시의 나라로 통하기만 하면 그만이다. 길이 '자유'이다. 무게와 깊
> 이와 폭을 가지고 걸어가면 그만이다.—시정신의 고양과 옹호는 여기에서
> 부터 시작될 것이다.24)

철학적인 시, 서정적인 시, 자의식을 탐구하는 시, 서사적인 요소를 담
은 시 모두가 가능한 영역이며, 그 중에서 어떤 길을 택하는가 하는 것은
전적으로 시인의 자유라는 것이다. 그러나 그가 예시하고 있는 시들은 기
존의 시문학사에서 발견되는 것들로서, 방법상 새로운 것이라고 말할 수
는 없다. 그는 다만 이러한 여러 가지 방식을 가진 시가 '무게와 깊이와

---

21) 「감각과 주지」, 《동아일보》, 1940. 6, 64면.
22) 위의 글, 65면.
23) 「감동의 가치」, 46면.
24) 「시의 옹호」, 《조선일보》, 1939. 1, 52면.

폭'을 가져야 한다고 말하고 있는 것이다. 그러나 어떻게 '무게와 깊이와 폭'을 확보할 것인지에 대한 방법은 제시되지 않고 있다.

여기서 윤곤강은 구체적인 방법론 대신, 이러한 시가 창작되기까지 가장 중요한 요소가 '감동'이라는 것을 밝히고 있다. 시는 시인의 두뇌를 기조로 한 것이 아니라 시인의 감동을 기조로 하는 것이라는 것이다. 이 때 감동은 독자의 향유의 측면이 아니라 창작 모티프로 작용하는 시인의 경험 영역에 속한다. 그것은 "육체와 정신의 양면으로부터 받는 자극에 따라 일어나는 내면적인 격동 내지 미동"25)으로서 기력이나 정서와는 다른 것이다. 시는 이러한 감동을 정확하게 표현하는 것, 즉 '감동의 레아리티의 탐구'이다. '감동의 리얼리티'란 말 그대로 감동의 진부(眞否), 진위(眞僞)를 찾아내서 그것의 가부를 결정하는 것이다. 즉 중요한 것은 감동의 강약이 아니라 그것을 어느 만큼 정확하게 표현하느냐 하는 것이다. 시는 감동이 미약하면 미약한 대로, 강렬하면 강렬한 그대로를 표현하는 것이다. 이 감동이 시인의 상상력을 좌우하고 상상력에 따라 시적 개성이 결정된다.

특이한 점은 '감동'이 시인의 개인적인 내외부적인 경험의 깊이와 넓이에서 만들어지는 것이라는 점이다. 말하자면 극히 주관적이고 경험적인 영역에 속한다는 것이다. 감동을 강조하는 윤곤강의 생각은, 결국 시인의 생리를 강조하는 주관적인 '생리의 시론'으로 기울어진다. 「람뽀오적·에세이닌적」이라는 글에서 그는 '시에 있어서 방법은 항상 부차적인 것'이라고 단언하고, 랭보가 위대한 시인인 것은 방법 때문이 아니라 그의 시에 번뜩이는 '생의 원형' 때문이라고 주장한다. 아울러 조선의 시인 중에서 랭보에 비유될만한 시인으로 서정주를 꼽고 그의 시 「입맞춤」과 「맥하」를 "온갖 풍속, 온갖 습관 이전에 있는 '생의 원형'을 보여주는 것"이라고 평가하고 있다.

---

25) 「감동의 가치」, 43면.

물론 '생' 혹은 '생명'은 비교적 초기의 시론인 「포에지에 대하여」에서부터 나타난다. 여기서 윤곤강은 참된 시가 '시대적 진실이라는 인간적 사상과 위대한 생명성의 결합'이라고 보고 있다. 이 때 생명성이란 '시대를 민감하게 반영하는 생동하는 프로세스'로서, 시대를 생생하게 반영한다는 의미를 강조하고 있다. 이에 비해 「람뽀오적·에세이닌적」에 나오는 '생명'은 생명파의 생명 혹은 생리라는 말로 대체될 수 있는 성격의 것이다. 이는 '실재와 존재되어 있는 한 개의 이미지와의 지각의 조화가 구별되지 아니한' '직관'과 흡사한 개념이다. 시인은 이러한 직관을 '이상한 강도로써 경험하고 표현하는 사람'26)이다. 그렇다면, 시의 위대성을 결정하는 것은 결국 시인의 직관과 경험인 것이다. 노춘성의 시를 "육체적인 가장 민감한 손길로 어루만지며 쓴 시"27)라고 표현한 것은 경험적인 진실성을 강조한 단적인 예이다. 그 결과 시는 논리적으로는 설명할 수 없는 감각과 경험의 영역에 속하게 되어 이론적으로는 설명하기 어려운 대상이 되어버린다.

## 4. 윤곤강 시론의 의의

윤곤강은 리얼리즘과 모더니즘 시론을 동시에 비판하면서 그것을 통해 새로운 시론을 수립하고자 했다. 카프의 맹원이었던 초기의 글은 현실과 생활을 강조하는 특징을 가지고 있다. 이는 카프의 방향성과도 밀접한 관련을 가지고 있다. 실제로 그가 바라는 프로시는 사회주의 리얼리즘을 바탕에 둔 시이다. 그러나 윤곤강은 현실의 중요성을 주장하면서도 그것이

---

26) 「직관과 표현」, ≪동아일보≫, 1940. 6, 55면.
27) 「코스모스의 결여」, ≪인문평론≫, 1940. 1, 141면.

시적인 요소가 결여된 선동이나 주장과 달라야 한다고 본다. 시를 시답게 하는 것은 리듬이나 어조와 같은 시적인 요소들이기 때문이다. 또한 현실의 내면을 파악하지 못한 상태에서 무조건적으로 미래를 긍정하고 희망에 찬 노래를 하는 것 역시 비판한다. 그것은 시인의 자기도취로서 현실을 왜곡하는 것이기 때문이다.

이런 면에서 그는 현대에 어울리는 새로운 시는, 근대 초기 서정시들의 감상성을 극복할 수 있는 주지적인 측면이 필요하다고 강조한다. 이는 당시의 모더니즘 평론가였던 김기림의 논지와 유사하다. 그러나 윤곤강은 시 창작에 방법이 필요하다는 것은 인정하지만, 그것이 기교를 중시하고 서구의 시를 모방하는 김기림류의 모더니즘과는 다른 것임을 밝히고 있다. 그가 생각하는 새로운 시는, 시란 무엇인가라는 근본적인 물음에서부터 새롭게 정의되어야 한다. 그는 현대시의 특징이 시 행위로서의 포에지와 시작품인 포엠을 구별한다는 것에 있다고 보았다. 이런 면에서 초현실주의는 정신으로서의 포에지가 운문만이 아니라 산문에도 있다는 것을 알았고, 시의 특징이 '의미의 독립'에 있다는 것을 알고 있었다는 면에서 새로운 시의 개념을 정립하고자 했던 중요한 경향이라고 평가된다.

그러나 그는 1940년 무렵에 이르러, 그때까지의 시론적인 입장을 전면 부정하고 '생리'를 강조하는 쪽으로 변화한다. 초기 시론이 생활과 방법의 결합을 꿈꾸었다면, 후기의 시론은 방법 대신 생리가 들어가는 것이다. '생리' 혹은 '직관'은 속성상 이론과는 동떨어진 것인데, 윤곤강은 그러한 시론적인 도달점이 자신이 비판했던 낭만주의적이고 서정적인 시들과 어떻게 다른지를 설명하지 못하고 있다. 그 결과 그의 시론은 객관적이고 논리적인 이론이 아닌, 감상과 생리의 차원으로 떨어져버린다.

윤곤강이 급작스럽게 변화를 보이는 가장 큰 원인은 외적인 상황이 크게 작용했을 것으로 추정된다. 그것은 일차적으로 1930년대 중후반부터 유행했던 생명파 혹은 인생파의 영향을 들 수 있다. 카프가 강제 해산되고

난 후 문단은 비정치적인 모더니즘이 주류를 이루고 있었고, 이에 대한 반발로 『시인부락』을 중심으로 인생과 생명을 중시하는 경향들이 나타났다. 그가 생리시론을 주장하게 되는 것은, 이러한 문단적인 추세에 김기림에 대한 경쟁의식이라는 개인적인 이유가 결합되면서 일어난 변화라고 추정해볼 수 있다. 또한 일제의 탄압이 극심화되던 시기에, 그가 택할 수 있었던 길은 정치적인 색채를 뺀 순수 일변도의 문학을 하는 것이었을 수도 있다. 시인으로서의 윤곤강 자신의 시적인 변화 역시 시론의 변화를 설명할 수 있는 중요한 단서이다. 그의 첫 시집인 『대지』는 계급의식을 담고 있지만, 두 번째 시집인 『만가』부터 이미 병적이고 퇴폐적인 경향이 나타난다.28) 특히 『만가』는 보들레르적이고 생명적인 경향을 강하게 드러내는데,29) 그가 서정주를 고평하는 것은 이와 같은 맥락이라고 추정된다. 그가 서정주와 같은 『자오선』 동인이었다는 것도 이러한 사실을 증명하는 한 근거가 될 수 있을 것이다.

이러한 한계를 가지고 있음에도 불구하고, 윤곤강의 시론은 시사적으로 매우 중요한 의미를 갖는다. 첫째, 그의 시론집 『시와 진실』이 독립된 시론서로는 두 번째였다는 사실에서 알 수 있듯이, 그는 전문적으로 시작품을 비평할 수 있는 흔하지 않은 비평가였다는 점이다. 부분적으로 시에 대한 단평을 하는 경우는 있었지만, 본격적인 시 비평을 한 것은 김기림 정도에 불과하다. 따라서 그의 존재는 한국 근대 시론의 전개 과정에서 매우 중요한 의미를 갖는다. 둘째, 그의 시론이 리얼리즘과 모더니즘 양자를 극복하고 종합하려는 의지를 보여준다는 점이다. 그는 카프의 맹원이면서도 프로시가 선동과 강령으로 이루어져서는 안된다고 생각했고, 시적인 요소들을 갖추어야 한다고 생각했다. 사회주의 리얼리즘에 바탕하여 현실과

---

28) 김용직은 1937년 7월에 발표된 윤곤강의 시 「암야(暗夜)」부터 이미 방향 전환의 기미가 보인다고 지적하고 있다. ─김용직, 『한국현대시사』 2, 한국문연, 1996, 206면.
29) 이경교의 「윤곤강의 문학사적 자리」(≪목멱어문≫ 제5집, 1993. 3) 역시 윤곤강의 시와 보들레르의 연관성에 대해 설명하고 있다.

생활을 중시하면서도, 그것을 그려내는데 필요한 시적인 장치들에 관심을 가졌던 것이다. 이러한 맥락에서 그는 시의 톤에 대해서 관심을 보이기도 하고, 초현실주의의 시에 대한 방법론을 어느 정도 긍정하기도 한다. 그러나 그는 이러한 기술적인 요건들이 궁극적으로는 현실에 바탕을 두어야 한다고 주장하면서, 김기림류의 모더니즘시와 차이점을 분명히 한다. 그는 이 지점에서 리얼리즘과 모더니즘 양자를 지양하는 새로운 시론을 정립하려고 했던 것으로 추정된다. 비록 그 결과가 생리시론이라는 주관적이고 비논리적인 것으로 끝났다는 한계를 가지고 있기는 하지만, 이는 리얼리즘과 모더니즘을 종합하려는 시론적인 시도로 자리매김될 수 있을 것이다.

제 3 부

# 한국 시론의 발전기(Ⅱ)

| 1950년대의 시론 |

제 1 장 전통론의 등장과 전개

제 2 장 전후 모더니즘 문학의 정체성

제 3 장 전후 주지주의 시론의 특징

제 4 장 실존주의와 모더니즘
　　－고석규의 시론

# 전통론의 등장과 전개

## 1. 전통의 개념 정립

전후의 문학은 전쟁과 그로 인한 정치·사회·문화적인 변화를 주제로 하고 있다. 자명했던 가치 체계가 일시에 무너지면서 신뢰할 수 있는 기준을 박탈당한 전후세대는, 스스로 자신들의 존재 근거를 만들어내야만 했다. 전후세대는 해방 전에 학업을 마쳤고 한국 전쟁을 전후하여 문단에 등장한 세대이다. 이는 그들이 이미 식민지 교육에 익숙해진 세대로서, 식민지 극복을 시대적인 사명으로 했던 구세대와는 구별된다는 것을 의미한다. 구세대의 문학적인 원체험이 식민지 상황이었다면, 전후세대의 가장 중요한 체험은 전쟁이었다. 인간의 존엄성이 짓밟히고 최소한의 인간성마저 보장되지 않는 전쟁의 경험은 타자에 대한 불신과 허무주의를 낳았다. 전후세대가 느꼈던 고립감[1]은 여기서 비롯된 수직적·수평적 단절감의

---

[1] "여기서 신진층의 일반적 특색을 들면 그 고립성에 있다. 그들은 한국문학사와 단절된 세

표현이다. 그들은 이전 세대뿐만 아니라 동시대적으로도 단절되어 있었다. 전후에 실존주의가 유행하게 된 것은 이러한 이유 때문이다.

그들이 해결해야 할 또 다른 문제는 '현대성'이었다. 식민지 세대가 일본이라는 매개항을 통해 서구 문물을 받아들였음에 비해, 전후 세대는 직접 서구 문명에 노출되어 있었다. 따라서 현대성과 동일시되는 서구적인 것에 상대적으로 민감할 수밖에 없었다. 현대적인 것은 서구적인 것이었으며, 서구적인 것은 곧 세계적인 것이었기 때문이다. 과거의 정신적·물질적인 축적물이 폐허가 되고 새로운 가치 기준이 요청되는 상황에서 현대성은 더욱 큰 의미를 가지고 있었다. 황폐해진 국가를 재건하고 현대성을 실현하는 것이 전후의 가장 중요한 시대적인 과제였던 셈이다.

전후의 문단은 폐허의 복구와 현대성 추구라는 이중의 과제를 어떻게 해결할 것인가 하는 방식에 따라 모더니즘과 전통론으로 나누어진다. 모더니스트들은 과거와 단절함으로써 자신들의 존재 의의를 드러내고자 했다. 그들이 생각하는 새로운 가치 기준은 동시대적인 문제의식을 가지는 것이며, 동시대적인 것은 민족적인 것을 넘어선 세계사적인 문제로 연결된 것이었다. 전후의 상황을 대전 직후의 서구의 분위기와 유사한 것으로 파악하고 실존주의에 관심을 가지거나 현대의 특징인 '불연속'으로 자신

대라는 점이다. 그들은 한국문학사의 유산은 거의 물려받은 것이 없다. 따라서 한국문단사에 관여하려고 하지 않는 것은 자연한 이치일 것이다. 그들의 그러한 고립성은 거기에서 그쳐지는 것이 아니라 같은 세대 사이에서도 지켜지고 있는 것이다. 그들 사이에는 앞으로도 동인활동 같은 것은 기대할 수 없지 않을까 한다. 그들의 작품은 전체로서 구세대가 그런 것처럼 서로서로 판이하기 때문이고, 이들은 '세계'에서 돌아와서 문학수업을 하고 있는 것이기 때문이다. 이에 대하여 기성들은 시골에서 서울에 올라와 문학수업을 하였기 때문에 꾸룹활동이 있어야 했겠고 가능도 했다."—장용학, 「감성적 발언」, 《문학예술》, 1956. 9.
이 글은 전후세대가 가지고 있는 문학사적인 입지와 그로 인한 고민을 잘 보여주고 있다. '신진'으로 지칭되는 전후세대의 특징은 '고립성'과 '세계성'이다. 한국문학사에서 물려받은 것이 거의 없다는 것은 구세대와의 단절을 의미하고, 동인활동을 기대할 수 없다는 것은 동년배끼리의 단절감을 뜻한다. 장용학은 동년배끼리의 단절감을 작품이 다르고 서로 다른 곳에서 문학수업을 받았기 때문이라고 설명하고 있다. 그러나 그것은 단순히 작품 성향의 '차이'가 아니라 전쟁으로 인해 생겨난 불신과 허무주의를 반영한 것이다.

들이 처한 상황을 파악하고자 하는 것은 이러한 생각에서 비롯된 것이다. 모더니스트들이 과거를 부정하고 현대적인 것을 지향함으로써 전후의 침체된 상황을 벗어나고자 했던 데 반해, 전통론자들은 현재를 해석하는 새로운 기준을 '전통'에서 찾고자 했다. 전통은 전후의 혼란한 상황을 극복할 수 있는 기준이며 동시에 민족국가를 건설할 수 있는 중요한 자산으로 평가된다. 이때 전통은 주체의 분열을 극복하고 자기 동일성을 회복하게 하는 역할을 한다.[2] 그러나 두 경향은 모두 실존적인 위기감에서 출발하고 있고, 현대를 살아가는 새로운 기준을 정립하고자 했다는 공통점을 가지고 있다. 두 경향은 '전후'라는 암울하고 황폐한 상황을 극복하는 서로 다른 방식이었던 것이다.

전통론이 대두하게 되는 데는 시대적인 위기감 역시 중요한 원인으로 작용한다. 전통은 현재의 사회적 · 개인적인 위기를 타개하기 위한 방안으로써 의미를 가지고 있는 것이다. 전통론자들은 전통을 새로운 사회를 이끌어갈 기준으로써 재해석하고, 그를 통해 자신들의 존재 기반을 찾고자 했다. 전통에 관한 논의는 '전통이란 무엇인가'라는 원론적인 질문부터 '전통을 어떻게 재해석하고 활용할 것인가'라는 현실적인 문제까지 다양하게 전개되었다. 이봉래, 최일수, 조연현, 홍사중, 정병욱, 문덕수 등의 글

---

2) 남기혁, 「1950년대 시의 전통지향성 연구」, 서울대 박사논문, 1998, 22면.
  이 글에서 남기혁은 "전통 지향적 시인들은, 소위 '근대(적)'이라는 이름으로 포장된 '서구적'인 것에 의해 지속적으로 억압되어 왔던 '한국적(동양적)'인 것을 통해, 근대적 주체와 대립되는 견지에서 자기 동일적인 주체를 확립할 수 있었다."고 보고, 각주에서 '한국적인 것(동양적인 것)'에 대한 복원이 부 의식(父 意識)의 회복과 밀접한 관련이 있다고 보고 있다. 그러나 자기동일적인 주체가 근대적 주체에 대립된다는 그의 주장은 잘못된 것이다. 자신의 과거를 돌아보는 반성 행위는 그것 자체가 근대적 주체의 속성이다. 그러므로 전통지향적 시인들이 '근대적 주체와 대립되는 견지에서' 자기동일적 주체를 확립했다는 것은 모순된 발언이며, 전통지향성이 비근대적인 것 혹은 전근대적인 것과 동일한 것이라는 오해를 불러일으킬 수 있다. 전통 지향적 시인들 역시 근대적 주체들이며, '한국적인 것'은 주체의 분열을 극복하기 위해 선택된 방식일 뿐이다. 또한, '한국적인 것'에 대한 복원이 부 의식의 회복이라고 보는 것 역시 무리이다. 한 예로 당시 전통시의 대표격인 서정주의 시에는 부 의식과는 정반대로 여성성에 대한 지향이 두드러지게 나타난다.

들은 전통을 해석하는 서로 다른 입장을 보여주면서 전통론의 주요 골격을 형성하고 있다.

이들 글에서 전통의 개념은 현재성, 역사성, 세계성으로 요약된다. 첫째, 전통은 '현재에 반영되어 그 현재에 영향을 줄 수 있는 역사적 요소로서의 전통'3)이다. 시간적으로 볼 때 전통은 과거의 것임에 틀림없지만, 과거의 것을 그대로 재현하거나 묵수하는 것은 아니다. 전통과 관습의 차이점은 바로 여기에 있다. 관습은 과거의 시간 속에 있는 무의식적이고 일상생활적인 것이므로 시간이 지나면 자연스럽게 소멸되어 버린다. 그러나 전통은 과거라는 시간 개념에 가치판단이 개입되는 것이기 때문에, 그 관념을 지지하는 현실이 사라진다고 해도 여전히 성립될 수 있다. 즉 전통은 시간의 한계를 뛰어넘어서 현재의 삶에 영향을 미치는 것이다. 그런 의미에서 전통은 과거의 것이면서 동시에 현재의 것이다.4) 전통은 '현재를 살아가는 새로운 기준'으로서, 현실 도피나 자기만족과는 엄연히 구별되는 적극적인 것이다. 이처럼 전통의 현재성이 강조되는 것은, 전통에 대한 당시의 관심이 '현대를 어떻게 살 것인가'라는 고민에서 비롯된 것이라는 점을 증명한다. 당시에 활발하게 이루어졌던 고전문학 연구 성과는 이러한 생각을 뒷받침하고 있다.

> 이 (삼국유사에 나타난─인용자) 설화문학을 연구하는데는 여러 가지 방법이 있겠으나 본래 설화 그 자체가 소일(消日)의 용물(用物)로서 흥미있는 것이고 엄격한 것이 아니기 때문에 일언일구(一言一句)를 가지고 따질 것이 없으며 또 연대나 시대 등을 정확히 고찰할 필요도 없는 것이다. 다만 그 설화의 내면에 깊이 스며박인 우리의 국수(國粹)를 알며 선조의 정신 즉 국민정신의 감염을 받아 민족 정신을 고취함에 있는 것이다.
>
> ─김봉희, 「삼국유사에 나타난 설화문학의 연구」, 『평화신문』, 1957. 2. 21.

---

3) 이봉래, 「전통의 정체」, ≪문학예술≫, 1956. 8.
4) 조연현, 「전통의 개념과 그 가치」, ≪문학예술≫, 1957.

위의 글에서 '일언일구를 따지지 않고 그 내면에 흐르는 정신을 중시한다'는 것은, 전통의 계승이 과거의 작품을 형식적으로 재현하는 것이 아니라 현재에 영향을 미치고 있는 바람직한 정신적인 특질들을 살려내는 것이라는 점을 강조하는 것이다. 백철이 이태극의 시조부흥론을 "단지 시조 형식을 기계적으로 부흥시키려는 것"으로써, "현실적인 문학적 요구가 없는 상태에서 일방적으로 고전 형식을 가져오는 것은 과거에 액센트를 두는 것이고 현대문학의 위치를 무시하는 처사"[5]라고 비판하는 것 역시 이와 비슷한 맥락에 있다.

둘째, 전통이란 끊임없이 재해석되는 것이며, 여기에 필요한 것이 역사의식이다. 과거에 속해있는 전통이 현재에 영향을 미치려면 재해석될 수밖에 없는데, 이는 전통이 만들어진 과거와 현재의 생활 사이에 상당한 차이가 있기 때문이다. 이 때 필수적으로 요구되는 것이 역사성이다. 전통을 현대적으로 재해석하기 위해서는 주체가 적극적으로 개입해서 전통을 선별해야만 한다. 주체가 어떤 식으로 전통을 수용할 것인지는 그 개인에게 달린 일이기 때문에, 전통을 선별하는 행위는 주관적일 수밖에 없다. 어떤 시기에는 바람직한 전통이었던 것이 다른 시기에는 배척을 받기도 하고, 객관적으로 볼 때 무가치한 것들이 전통이라는 이름으로 왜곡되기도 하는 것은 이 주관성 때문이다. 이러한 주관성의 폐해를 막기 위해서 필요한 것이 바로 역사적인 인식이다. 전통은 과거의 것에 현재적 원망(願望)을 투기시키는 것이 아니라, 현재의 행위에 작용하는 그리고 이를 통해 미래에 직접 연결되는 것이라야 한다. 전통을 재해석한다는 것은 과거와 현재, 미래의 연결된 시간선상에서 전통을 바라본다는 것이며, 그러한 시각에서 볼 때 가치있는 것들을 선별해낸다는 것이다.[6] 그러기 위해서는 과거의 역사

---

5) 백철, 「고전 부활과 현대 문학」, 《현대문학》, 1957. 1.
6) 전통에 대한 이같은 생각은 엘리어트의 다음과 같은 전통론에 크게 영향받은 것이다.─
　"전통이란 훨씬 폭넓은 의미를 지니는 말이다. 전통은 계승될 수 없고 온 힘을 기울여 얻어내야 하는 어떤 것이다. 전통에는 우선 역사의식이 포함된다. 이 역사의식은 스물 다섯

에 대한 인식이 필요할 뿐만 아니라 미래까지를 내다볼 줄 아는 창조적인
시각이 필요하다.

> 자아와의 관계를 가질 때 비로소 전통은 '역사적 현재성'을 획득하게 되
> 며 고갈과 쇠퇴를 면하게 될 것이다. 그러나 전통과 자아의 자각적 관계의
> 내용은 그렇게 간단하지 않다. 전통의 취사선택, 순응과 거부, 평가와 배제
> 등 복잡한 현상이 일어난다. (……) 이렇게 선택된 전통은 세계관이요 질서
> 요 가치다. 자아는 이때 전통에서 도리어 작용을 받으며 전통에서 오는 압
> 력에 구속되기도 한다. 전통은 세계관이기 때문에 자아의 생의 이념이며
> 질서이기 때문에 인도되는 것이요, 가치이므로 그것을 획득하고자 한다.
>
> ─문덕수, 「전통과 자아」, 『현대문학』, 1959. 6.

이 글은 전통이 개인에게 어떻게 받아들여지고 해석되는가 하는 문제를
다루고 있다. 전통이 현재화되는 것은 결국 각각의 개인을 통해서이다. 그
러므로 전통을 이해하고 올바르게 계승하기 위해서는 무엇보다도 먼저 작
가의 주체적인 의식이 필요한 것이다. 그것이 바로 역사성이요 역사의식
이다. 더 나아가 어떠한 전통을 선택하고 계승할 것인가를 결정짓는 것은
그 작가의 세계관이다. 결국 한 작가에게 있어서 전통은 역사와 사회, 인

---

이 넘어서도 시인이고자 하는 사람에게는 거의 필수적인 것이라 하겠다. 또 역사의식은
과거의 과거성뿐 아니라 현대성에 대한 인식도 포함하고 있다. 이는 작가로 하여금 자기
세대를 뼛속 깊이 이해하는 동시에 호머 이래의 유럽 문학 전체와 그 일부를 이루는 자국
의 문학 전체가 동시적으로 존재하고 동시적 질서를 이루고 있다는 인식을 갖고 쓰게끔
한다. 이 역사의식은 시간성의 의식이기도 하고 영원성의 의식이기도 한데, 이것이 작가를
전통적으로 만드는 것이다. 또한 이것은 동시에 작가로 하여금 시간 속에서의 그의 위치,
즉 그 자신의 현재성을 가장 날카롭게 의식하게끔 한다."(「전통과 개인의 재능」)
이 글에서 전통은 자연스럽게 물려지는 것이 아니라 주체의 적극적인 노력으로 얻어지는
것이다. 이를 위해 작가에게 요구되는 것이 역사의식이며, 그것은 자신이 위치한 시공간만
이 아니라 전시간적이며 전세계적인 것을 향해 열려있다. 자국의 문학이 결국에는 호머
이래의 유럽 문학 전체의 일부분이며 그러므로 동시대적인 세계 질서 안에 놓여있음을 깨
닫는 것이 바로 엘리어트가 말한 '역사의식'이다. 물론 엘리어트가 생각하는 바람직한 전
통은 서구적인 고전 혹은 고전적인 가치이며, 역사의식 또한 서구적인 문화의 우월성을
전제로 한 것이다. 그러한 엘리어트의 전통론이 동양적인 것과 민족적인 것을 염두에 두
었던 전통론자들의 논리적인 바탕이었다는 것은 아이러니컬한 일이 아닐 수 없다.

간에 대한 그의 모든 사고의 결정체이다.

셋째, 과거와 현재, 미래에까지 연결되는 역사성은 곧 세계적인 것, 동시대적인 것과 연결된다. 재해석된 전통은 현재의 삶에 영향을 미치고 미래의 삶을 예측하게 하는 바탕이 된다.

전통의 현재성에서도 강조되었던 것처럼, 중요한 것은 '어떻게 살아갈 것인가'라는 문제이다. 그러기 위해서 전통은 과거의 우리 것을 돌아보고 이어받는 데서 그칠 것이 아니라, 영역을 넓혀서 동시대적인 것 곧 세계적인 문제들을 받아들이고 그것을 해결해나가는 준거가 되어야 한다.[7] 그럼으로써 전통은 서구문화를 받아들이는데 필요한 비판의 준거 역할을 함[8]과 동시에 세계사적인 문제에 동참할 수 있는 바탕이 된다.

최일수는 전통의 세계성을 강조하면서, 민족적인 것과 세계적인 것을 휴머니즘으로 결합시키려고 한다. 그는 새로운 민족문학의 필요성을 역설하면서, 그것이 전통을 기반으로 해서 성립되어야 한다고 주장한다. 그가 생각하는 전통은 소극적이고 편협한 민족의식이나 자연발생적인 민속 계승에 대한 집착과는 다른 것으로써, 그것을 토대로 하여 자각 있고 의식 있는 주체성을 확립하고 세계문학을 비판적으로 섭취할 수 있는 것이다. 이런 면에서 그가 민족적인 전통이라고 주목하는 것은 '저항성' 혹은 '행

---

7) 이같은 생각은 당시 전통론자들의 존재적인 위기감을 반영하는 것이다. 해방과 전쟁을 겪으면서 한국은 자의반 타의반으로 세계사적인 범주에 편입될 수밖에 없었고 따라서 세계적인 흐름과 무관할 수는 없었다. 따라서 전통론자들이 부딪친 가장 큰 문제는 민족적인 것을 어떻게 세계적인 것과 연결시키는가 하는 것이었다. 주체의 분열을 극복하고 통일된 주체를 재건하기 위해서는 '전통'이라는 정신적인 지주가 필요했지만, 한편으로는 현실적인 정치 논리를 무시할 수도 없기 때문이었다. "아무리 우수한 민족적 특성이라도 세계적인 보편성과 고립된 것이라면, 그것은 이미 자민족을 지배하는 역량일 수 없다"(조연현, 「전통의 개념과 그 가치」)는 인식은 이러한 고민을 잘 보여주는 것이다.
8) 백철은 고전 전통을 부활시켜야 하는 이유로 두 가지를 들고 있다. 하나는 지난 오십여 년 동안 수입된 서구 문학들을 검토하고 비판하는 기준이 필요하기 때문이고, 또 하나는 서구의 사상과 문학이 그들의 근대사적인 모든 문화의 종언과 함께 앞길이 막혀버렸기 때문이다. 따라서 전통은 서구문학이 몰락한 지금 세계사적으로 요구되고 있다는 것이다(백철, 「고전 부활과 현대문학」, ≪현대문학≫, 1957. 1).

동성'이다. 그 예로 이육사와 윤동주의 시는 "일제의 민족지상주의에 대하여 올바르게 저항하던 민족의 청신한 전통"9)을 보여주는데, 여기에 흐르는 저항정신은 우리의 고전인 「춘향전」 등의 평민문학에 나타나는 역사적인 특질을 계승한 것이다. 민족적인 전통인 '저항성'이 현대에 중요한 의의를 가지는 것은, 그것이 바로 현대의 세계사적인 문제인 휴머니즘에 연결되는 것이기 때문이다.

> 서구문학은 일차대전 이후에도 다소는 그 경향이 있었지만 본격적으로는 이차대전과 그 이후에 전개된 아세아의 민족 문제 등을 계기로 하여 개인주의적 문학관에서 점차 사회성을 띄우면서 고전적인 교양에 의하여 자기의 인간성을 회복하려던 이른바 전세대의 '휴매니즘'에서 탈피함으로써 행동성의 내면화를 지양하고 지성의 고민적 상태를 불식하기에 이르렀다.
> 그리하여 이러한 '휴매니즘'에서 벗어나 '휴맨'이라는 것이 단순한 문화주의가 아니라 대중과 인류의 진실한 생활에 기초를 두는 것이어야 하며 또한 단순한 인간 옹호나 인간 해방이 아니라 새로운 인간성을 형성하는 것이어야 하고 나아가서는 새로운 인간을 형성하기 위하여 새로운 사회의 건설에 적극적인 참여가 있어야 한다는 이른바 문학에 있어서 행동적인 '휴매니티'를 전세대의 낡은 '휴매니즘'과 엄정하게 차질(差質)하기에 이른 것이다.
>
> — 최일수, 「우리 문학의 현대적 방향」, 『자유문학』, 1956. 12.

최일수가 생각하는 현대적 의미의 휴머니즘의 특징은 '행동성'에 있다. 과거의 휴머니즘이 인간성을 옹호하고 존중하는 소극적인 의미의 것이었다면, 현대의 휴머니즘은 거기에 새로운 사회 건설에 적극적으로 참여하는 '참여성'이 가미되는 것이다. 「춘향전」과 이육사, 윤동주의 시에서 공통적으로 발견되는 것은, 부조리한 현실에 저항하는 의식과 새로운 사회를 지향하는 주체의 의지이다. 이 작품들은 현실에 항거하며 새로운 사회

---

9) 최일수, 「비평의 문학성과 현대성」, ≪현대문학≫, 1956. 9.

를 건설하기 위해 자신의 몸을 바치는 적극적인 행동의 문학인 것이다. 그런 면에서 이 작품들은 '저항성'이라는 민족의 전통과 '휴머니즘'이라는 세계사적인 과제가 바람직하게 결합된 좋은 예이다.


## 2. 문학작품과 전통의 형상화


전통의 개념에 대한 논의들은 '우리 문학의 전통은 어떤 것인가'라는 문제로 연결되면서 좀더 구체적으로 전개된다. 전반적인 미의식으로 볼 때 전통은 멋과 맛, 은근과 끈기 등으로 표현된다. 조윤제는 전통이 "과거에 있어서 창조한 바와 마찬가지로 현재에도 항상 창조력의 원천이 되는 살아있는 정신형식"이라고 규정하고, 그 예로써 은근과 끈기, 애처로움과 가냘픔, '두어라 노세' 등의 특질을 들었다.10) 이희승은 조윤제의 이러한 주장을 좀더 확대시켜서 내용면에서의 문학 정신은 은근에다 낙천적인 요소를 첨가한 것이며 형식면에서는 리듬의 효과를 주목해야 한다고 주장한다. 현대시가 구비해야 할 요건은 시 정신의 순수성과 압축되고 절제된 언어인데, 이것은 고전가요에서 찾아볼 수 있는 특징이라는 것이다.11) 우리 고전 문학의 특징을 체념이라고 보는 이병도의 견해 역시 이와 유사한 경우이다. "사모치는 악과 북받치는 원통이 앞서도 급기야는 하늘을 탓하고 불현듯 내쉬는 한숨에다 온갖 시름을 몽상 품앗이하고도 못내는 함부로 몸부림 맘부림치는 수수께끼같은 통정"12)인 '체념'이 우리 고전의 여운을 풍성하게 하는 바탕이라는 것이다. 은근과 끈기, 낙천성, 체념 등의 특징

---

10) 조윤제, 현대문학의 전통론, ≪자유문학≫, 1958. 5 ;「고전문학과 현대문학」, ≪문예≫, 1953. 2 ;「멋이라는 말」, ≪자유문학≫, 1958. 11.
11) 이희승,「현대시에 미치는 고가(古歌)의 영향」, ≪자유문학≫, 1958. 1.
12) 이병도,「고전의 여운 (상)」, ≪세계일보≫, 1957. 3. 30.

은 정신적인 가치라기보다는 미의식의 영역에 속하는 것으로써, 고전작품에서 발견되는 해학미, 풍자성 등과 동일한 층위에 있다.

정병욱은 이처럼 포괄적인 미의식을 현대의 작품에 어떻게 적용할 것인가 하는 현실적인 문제에 주목하고 있다. 그는 고전을 현대화하는 방법을 작가정신과 소재 선택, 주제 설정 등의 면으로 나누어 상세하게 논의하고 있다.[13] 첫째, 고전을 현대화하기 위해서는 우선 작가정신이 현대적이라야 한다. 작품의 내용이 아무리 현대적이라 할지라도 그것이 기성의 권위를 옹호하는 태도를 취하고 있다면, 고전을 진정으로 현대화했다고 할 수 없다. 둘째, 고전적인 소재들을 택했을 때에는 반드시 소재에 대한 이해, 비판, 현대적 종합의 과정을 거쳐야만 한다. 그렇지 않다면 작가는 결국 재치있는 화술의 선수로 전락하고 말 것이다. 셋째, 선택된 소재들을 바탕으로 주제를 설정함에 있어서는 원전이 되는 고전적 소재를 정확히 해석하고 그에 대한 전망적인 비판이 선행되어야 한다. 정병욱은 이러한 조건이 모두 갖추어진 예로 유모어를 들고 있다. 고대소설에 나오는 유모어는 숙명적 체험에서 오는 것이지만, 그것이 현대적으로 사용될 때는 구각을 벗고 현대적인 센스로 재생되는 것이기 때문이다.

한편, 천상병은 '전통'을 현대시와 접목시켜 설명함으로써, 현대시에서의 전통 문제를 본격적으로 제시하고 있다. 그의 글에서 전통은 서정적인 것 또는 리리시즘과 동일시된다. 그는 '전통＝동양적인 것＝리리시즘'과 '반전통＝서구적인 것＝주지성'을 대립시키고, 서구적인 지성이 개입하면서 동양적인 리리시즘이 붕괴되었다고 주장한다.[14] 이 때 리리시즘은 주지적인 것에 대비되는 주정적인 것, 즉 지성이나 사상, 철학에 대비되는 감정적인 측면을 일컫는 것이고, 현대적이고 서구적인 것과 대립되는 재래적인 것이 된다.

---

13) 정병욱, 「고전의 현대화 논의」, ≪사상계≫, 1957. 6.
14) 천상병, 「지성의 한정성」, ≪조선일보≫, 1956. 8. 27~29.

리리시즘에 대한 이러한 견해는 아이러니컬하게도 전통주의를 비판하는 모더니스트들의 논지와 유사한 면을 가지고 있다. 모더니스트들의 비판의 핵심은 전통파 시가 시대와 동떨어져 있다는 것이었다. 대표적인 예로 자연을 소재로 한 청록파의 시는 현대적인 호흡을 담아내지 못하는 낡고 도피적인 것으로 비판을 받았다.[15] "현대의 부조리한 사회의 생활 요소 속에서 체득되는 경험 의식을 구상화하기 위하여 종래의 자연파 시인들이 일삼아왔던 평판적인 기술방법에 의한 대상의 사실화 또는 감미한 언어와 음률에 의한 대상의 표현화의 방법에 불만을 표시하게 된 것은 당연한 일이 아닐 수 없다."[16]는 구절은 이같은 생각을 단적으로 표현한 것이다. 리리시즘은 "화조풍월을 노래하고 소박한 자기 감정을 영탄적인 방향으로 노래하는 소박한 서정시"[17]라고 이해된다. 이 때 우리 시의 전통은 소극적이고 부정적이며 시대착오적인 것으로 귀결된다. 그것은 비창조적일 뿐만 아니라 현재에 부정적인 영향을 미치는 요인이 된다.

이에 대해서 홍사중은 리리시즘을 현실도피적이고 소극적인 관조의 경향이 아니라 주체의 분열을 극복하려는 '통일성'에의 의지를 담고 있는 적극적인 것으로 파악한다. 자연을 소재로 하는 청록파의 경향은 리리시즘을 편협하게 해석했기 때문이라는 것이다.

한폭의 그림처럼 아름다운 동양적 조화의 환영, 유동적인 회색의 형식 속에서 마치 음유 시인의 노래처럼 선율적인 그리고 소박한 '악센트'. 이와 같이 섬세한 감각의 한 파동 속에서 시를 찾아내려는, 또는 무의식적인 자아 속에 파묻혀서 외부의 어떠한 입김도 감촉할 수 없었던 '정통적'인 정신

---

15) "후자(박두진의 「숲의 역사」 ─인용자)는 씨 특유의 운율로 절박한 의식─악, 잔인, 선, 자비─같은 것들을 노래하고 있는데 '사무치는 피의 소릴 들을 줄은 없었다' 한 절실한 노래가 전차, 뻐쓰로 통근하고 꼬, 스톱에 시달리는 도시생활자들의 생리에는 도무지 좀 이상하게만 느껴져 온다."─이상로, 「양적으로는 풍성한 수확」, 《신세계》, 1956. 9.
16) 김경린, 「현대시의 제문제」, 《문학예술》, 1957. 3.
17) 이봉래, 「현대시와 언어(상)」, 《조선일보》, 1956. 11. 23.

속에서는, 그러나 모든 진실한 감정의 발로는 불가능했으며, 자아멸각이라
는 비좁은 형식을 빌려서만 '리리시즘'의 표현이 가능했던 것이다.

-홍사중, 「리리시즘의 영토」, 『현대문학』, 1957. 2.

그가 박목월의 <나그네>를 비판하고 있는 것은 자아멸각의 상태, 즉
자신을 객관적으로 바라보는 거리를 확보하지 못하고 그럼으로써 대상과
의 거리 또한 확보할 수 없다는 것 때문이다. 이러한 자아멸각의 상태는
근대인의 반성적인 시각이 결여된 유아론적인 세계이다. 리리시즘의 원천
은 인생의 여러 가지 사건에서 오는 애환이지만, 그것의 밑바닥에는 '각종
각양의 현상과 이들 현상의 배후에 존재하는 통일성에 대한 의식'이 굳게
자리잡고 있어야 한다. 리리시즘이 "오늘날 우리의 분해된 마음 속에 질
서를 재구성할 수 있는 힘, 다시 말해서 하나의 신화성"이 될 수 있는 이
유는, 통일성을 지향하기 때문이다. 리리시즘은 현대의 특징인 '불연속성'
을 넘어서 연속적이고 조화로운 공동체적인 질서에 바탕하고 있는 것이
다. 건강한 리리시즘이 현실에 대한 비타협 정신이 될 수 있는 것은 그 때
문이다. 그의 논의를 통해 리리시즘은 현재의 삶에 적극적인 영향을 미치
는 선별된 전통으로서 거듭나게 된다.


## 3. 전통의 현대적인 변용


전통론은 고전 문학작품에 대한 학문적인 연구와 더불어 다양하고 구체
적인 방향으로 전개된다. 그러나 고전 문학작품에 대한 연구는 연구 대상
이 과거의 문학 작품에 한정되어 있었기 때문에, 과거의 전통이 현대적으
로 어떻게 변용되는가에 대한 구체적인 예를 제시할 수는 없다는 한계가
있다. 전통의 현재성을 설명하기 위해서는 그것이 현대의 문학작품에 반

영되어 나타나는 양태를 보아야 하는 것이다. 고전문학적인 소재를 차용하거나 변형시킨 작품들에서 그 예들을 찾아볼 수 있다.

박재삼의 「춘향이 마음」과 서정주의 「추천사(鞦韆詞)」는 고전 문학 작품에서 기본적인 모티프를 차용한 시들이다. 두 작품은 모두 고전소설 「춘향전」의 주인공인 춘향을 모델로 하고 있어서, 고전적인 소재의 현대적 변용이라는 주제를 설명하기에 적합하다.

> 집을 치면, 정화수(精華水) 잔잔한 위에 아침마다 새로 생기는 물방울의 선선한 우물 집이었을레. 또한 윤이 나는 마루의, 그 끝에 평상(平床)의, 갈앉은 뜨락의, 물냄새 창창한 그런 집이었을레. 서방님은 바람 같단들 어느 때고 바람은 어려올 따름, 그 옆에 순순(順順)한 스러지는 물방울의 찬란한 춘향이 마음이 아니었을레.
>
> 하루에 몇 번쯤 푸른 산 언덕들을 눈 아래 보았을까나. 그러면 그때마다 일렁여오는 푸른 그리움에 어울려, 흐느껴 물살짓는 어깨가 얼마쯤 하였을까나. 진실로, 우리가 받들 산신령(山神靈)은 그 어디 있을까마는, 산과 언덕들의 만리 같은 물살을 굽어보는, 춘향은 바람에  어울린 수정(水晶)빛 임자가 아니었을까나.
>
> — 박재삼, '水晶歌', 「春香이 마음」 중에서

'수정가(水晶歌)', '바람 그림자를', '매미 울음에', '화상보(華想譜)'[18]의 네 편을 묶어놓은 이 시는 "정적이며 순화된 춘향의 영상은 사상과 정서를 동시적 존재에까지 끌어간다. 음색과 심정과의 조화가 혼연일치되어 감각적인 뉘앙스를 준다."[19] 혹은 "재래의 정서 속에 묻어있는 '춘향이'를

---

18) 이 시가 발표된 ≪현대문학≫ 1956년 11월호에는 '華想譜'가 '華想詩'라고 표기되어 있다. 그러나 1962년 발간된 시집 『춘향이 마음』에는 '華想譜'라고 수정되어 있을 뿐 아니라, 시의 문맥으로 볼 때 역시 '華想譜'가 맞는 제목이라고 생각된다. ≪현대문학≫의 표기는 오자였을 것으로 추정된다.
19) 이봉래, 「현대시와 언어(상)」, 앞의 글.

새로운 현실감으로 해석해 보여주고 있다."[20]는 긍정적인 평가를 받았다.

표면상 이 시는 님을 향한 일편단심과 '順順함'으로 표현되는 순종의 미덕을 보여주고 있다. 그러나 여기서 주목해야 할 점은 1연에 드러나는 춘향의 성품이다. '정화수 위에 새로 생기는 물방울', '윤이 나는 마루', '물냄새 창창한' 등으로 비유되고 있는 춘향의 성품은 '정갈함'이라는 말로 요약된다. 그리고 그 정갈함은 2연에서 '산신령', '수정빛 임자'라는 단어와 결합되면서 범접할 수 없는 고귀함, 신비로움으로 전환된다. 춘향의 흐느껴 우는 모양을 산과 언덕에 일어나는 일렁임과 병치시킨 것 역시 비슷한 효과를 만들어낸다. 2연을 산문적으로 풀어서 설명하면, 춘향의 '흐느껴 물살짓는 어깨'가 산과 언덕에 푸른 일렁임을 만들고, 춘향은 그러한 산과 언덕의 일렁임을 굽어보고 있는 것이다. 푸른 산과 언덕을 굽어본다는 것은 춘향에게 마치 '산신령'과 같은 천상적인 이미지를 부여함으로써 춘향의 비범성을 드러내게 하는 요소가 된다. 춘향은 '열녀불경이부(烈女不更二夫)'라는 유교적인 덕목을 지키는 열녀가 아니라, 비범하고 고귀한 독립된 인물로 재해석되어 있다. 그럼으로써 이 시는 「춘향전」이라는 고전적인 소재를 현대적인 감각으로 창조해내는데 성공하고 있다.

박재삼의 시가 춘향을 현대적으로 해석하면서도 유교적인 여성상의 테두리를 넘지 않고 있음에 비해, 서정주의 「추천사」는 춘향을 보편적인 인간 심성의 상징으로 형상화하고 있다.

> 香丹아 그넷줄을 밀어라
> 머언 바다로
> 배를 내어 밀 듯이,
> 香丹아

---

20) 김춘수, 「1956년의 시와 시론」, ≪문학예술≫, 1957. 2.

이 다수굿이 흔들리는 수양버들 나무와
벼갯모에 뇌이듯한 풀꽃뎀이로부터,
자잘한 나비새끼 꾀꼬리들로부터
아조 내어밀듯이, 香丹아

珊瑚도 섬도 없는 저 하눌로
나를 밀어 올려다오
彩色한 구름같이 나를 밀어 올려다오
이 울렁이는 가슴을 밀어 올려다오!

西으로 가는 달 같이는
나는 아무래도 갈 수가 없다.

바람이 波濤를 밀어 올리듯이
그렇게 나를 밀어 올려다오
香丹아.

- 서정주, 「鞦韆詞」 전문

'다수굿이 흔들리는 수양버들 나무'와 '벼갯모에 뇌이듯한 풀꽃뎀이', '자잘한 나비새끼 꾀꼬리들'은 '나'가 살고 있는 현실적인 삶의 자리이다. 그 곳에는 욕망과 좌절, 사랑과 증오 등 인간의 희로애락이 있다. 춘향인 '나'는 이러한 것들로부터 자신을 밀어 올려서 세속적인 번민과 고뇌에서 자유로와지길 원한다. 그러나 '나'는 결국 인간이므로 '西으로 가는 달'같이 인간사에 초연할 수는 없다. 현실을 벗어나고 싶은 욕망이 간절할수록 인간적인 한계에서 오는 좌절감도 커진다. 서정주는 이러한 역설적 상황을 그네 타기에 비유하고 있다. 땅을 박차고 오른 그네는 하늘에 가까워지는 듯 하지만 결국 땅으로 내려와야 한다. 그네를 타고 허공에 오른 순간이 초월에의 지향을 보여준다면, 정점에 이른 순간 땅으로 내려오는 그네는 인간의 힘으로는 어쩔 수 없는 한계 상황을 상징한다. 아무리 무관심하려고 해도 인간은 결국 세속적인 인간지정에 얽매이게 되고 그러면서도 초월을 지향하는 모순적인 존재다. 이 시는 그러한 인간의 속성을 잘 표현하고 있다.

그렇게 본다면, 이 시는 춘향이 그네를 뛰는 장면을 설정하고 있을 뿐 고전 소설 「춘향전」의 내용과는 별다른 관계가 없다. 고전을 소재로 하면서도 그와는 전혀 다른 주제를 담고 있는 것이다. 그러나 오세영이 지적한 것처럼, 이 시가 시적인 성공을 거두고 있는 이유는 "히스토리로서의 「춘향전」을 배경으로 하고 있기 때문"21)이다. 「춘향전」이라는 보편적이고 대중적인 배경을 선택함으로써, 독자들과의 거리를 좁히는 것이다. 고전작품이 가지고 있는 친숙함을 바탕으로 하고 거기에 새로운 주제를 부여함으로써 고전을 현대적으로 재창조해낸 좋은 예라 할 수 있다.

신라를 시적인 소재로 차용하고 있는 서정주의 시 역시 이와 유사한 창작 의도를 가지고 있다. 그의 시의 소재인 선덕여왕이나 사소(娑蘇), 수로부인, 김유신 등은 모두 『삼국유사』에 등장하는 인물들로서, 서정주는 이들에 얽힌 설화에 상상력을 가미해서 「선덕여왕의 말씀」, 「꽃밭의 독백」, 「사소 두 번째의 편지 단편」, 「노인 헌화가」, 「수로부인의 얼굴」, 「김유신풍」 등의 시를 쓰고 있다. 그러나 이 시들은 「추천사」나 「춘향 유문」 등에 비할 때 창조적인 부분이 사라진 대신 신비성을 더하고 있다.

  붉은 바윗ㅅ가에
  잡은 손의 암소 놓고,
  나ㄹ 아니 부ㄲ리시면
  꽃을 꺾어 드리리다

  햇빛이 포근한 날—그러니까 봄날,
  진달래꽃 고운 낭떠러지 아래서

---

21) 오세영, 『현대시와 실천 비평』, 이우출판사, 1983, 32면.

그의 암소를 데리고 서 있던 머리 흰 늙은이가
문득 그의 앞을 지나는 어떤 남의 안사람보고
한바탕 건네인 수작이다.

자기의 흰 수염도 나이도
다아 잊어버렸던 것일까?

물론
다아 잊어버렸었다.

남의 아내인 것도 무엇도
다아 잊어버렸던 것일까?

물론
다아 잊어버렸었다.

꽃이 꽃을 보고 웃듯이 하는
그런 마음씨 밖엔, 아무 것도 가진 것이 없었었다.

－서정주, 「老人獻花歌」 부분

수로부인의 설화를 소재로 하고 있는 이 시에서, 시인의 해석이 개입된
부분은 "꽃이 꽃을 보고 웃듯이 하는 / 그런 마음씨 밖엔, 아무 것도 가진
것이 없었었다."이다. 이는 시의 맨 마지막에서 "물론 / 여간한 높낮이도 /
다아 잊어버렸었다. / 한없이 / 맑은 / 空氣가 (……) 한없이 親한 것이 되어
가는 것을 / 알고 또 느낄 수 있을 따름이었다"로 연결된다. 이 시의 핵심
은 바로 여기에 있다. 늙은 노인과 고귀한 신분의 여인이 높낮이를 허물게
되는 것("여간한 높낮이를 잊어버린 마음")은 '꽃이 꽃을 보고 웃는 듯한 마
음' 때문이다. 이는 마치 염화미소의 경지를 연상시킨다. 노인이 수로부인
에게 꽃을 건넬 수 있는 것은, 노인 역시 꽃과 같은 특별한 존재이기 때문

이다. 그럼으로써 노인이 꽃을 꺾어 부인에게 바치는 것은 그 자체가 신비로운 상징성을 띠게 된다.

이처럼 신비화된 설화적 공간은 서정주가 주장하는 영원 혹은 우주로 통한다. 그는 우리 문화의 특질을 '신라정신'에서 찾는데, 그것의 근간이 되는 것은 "우주 전체—즉 천지 전체를 不治의 등급 따로 없는 한 유기적 연관체의 현실로서 자각해 살던 우주관"[22]이다. 우주 전체가 등급이 없이 유기적으로 연결되어 있다는 생각은 현실의 삶이 현생에서 끝나지 않고 영혼으로 영원히 살아서 미래에까지 이어진다는 것이다. 이는 "무형의 영(靈)과 통하는 것을 특징으로 했던 우리 고대 정신의 한 표현"[23]인 샤머니즘의 특징이기도 하다. 서정주는 고대의 정신의 가장 큰 특질을 '영통(靈通)'과 '혼교(魂交)'라고 말하고 있는데, 결과적으로 이것은 현실적인 삶을 도외시하고 추상적인 영원의 세계를 지향하는 것으로 귀결된다. '신라'는 통일된 주체를 복원할 수 있는 이상적인 시공간으로 설정되지만, 그것이 절대적인 믿음으로 변화하면서 일종의 종교적인 세계로 받아들여지는 것이다. 이 단계에 이르면 '전통'은 현대성을 상실하고 '영원성'이라는 추상적인 영역과 동일시된다.[24]

---

22) 서정주, 「신라문화의 근본 정신」, 『서정주 문학전집』 2권, 일지사, 1972, 303면.

23) 서정주, 「한국적 전통성의 근원」, 위의 책, 297면.

24) 문덕수는 '신라정신'이 서정주에 의해서 영원주의나 영생주의로 왜곡되고 있다고 비판한다(「신라 정신에 있어서의 영원성과 현실성」, 『현대문학』, 1963. 4). 신라의 향가 중에는 <혜성가>나 <원가>처럼 현실적인 성격이 드러나는 작품이 있음에도 불구하고 영원성만을 강조하는 것은, 서정주 자신이 유토피안이기 때문이라는 것이다. 이는 전통을 취사선택하는 것 자체가 그 작가의 세계관을 표현하는 것이라는 문덕수의 논리가 그대로 적용된 것이라고 볼 수 있다.

## 4. 전통론의 의의

전후의 문단은 과거와 단절된 상황 속에서 새로운 방향을 모색해야만 했다. 그러기 위해서는 우선 전쟁의 상처를 치유하고 '현대'를 해석할 수 있는 기준이 필요했다. 전통론은 이러한 이중의 과제를 해결함으로써 문화적인 폐허를 복구하고 새로운 문학을 정립하기 위한 방안으로써 의미를 갖는다.

전통론에서 전통의 개념은 현대성, 역사성, 세계성 등으로 요약된다. 전통의 현대성이란 과거의 전통을 살리되 그것이 현재의 삶에 어떠한 영향을 미치는가에 주목해야 한다는 것이다. 아무리 찬란한 전통이라도 현재에 도움을 주지 않는다면 그것은 이미 지나간 과거의 유물일 뿐이다. 전통을 논의하는 것은 어디까지나 현재에 강조점을 두기 때문이며, 현재의 문제를 해결할 수 있는 하나의 기준을 마련해주기 때문이다. 그러나 바람직한 전통을 선별하는 일은 쉽지 않다. 수많은 과거의 유산 중에서 전통을 선별해내려면 역사의식을 갖추어야 한다. 한 예로 고전작품을 현대화하기 위해서는 단순히 과거의 형식을 답습하는 것이 아니라, 작품에 흐르고 있는 전통적인 정신이 어떻게 현대적인 것으로 변용되고 있는가를 보아야 한다. 고전의 계승이란 단순히 소재를 차용하는 것이 아니라 소재의 해석과 변용이며 그 과정 중에 현재적인 시각이 개입하게 되는 것이다. 따라서 전통을 해석하는 작가의 역사의식이 그만큼 중요한 것으로 부각된다. 이와 더불어 전통이 갖추어야 할 또 하나의 요소는 세계성이다. 전통은 과거의 유물의 답습이 아니라 세계사적인 흐름에 발을 맞출 수 있는 것이라야 한다. 이런 면에서 전통은 과거로부터 내려오는 유산들 중에서도 보편성을 획득할 수 있는 것들을 의미한다. 고전문학 작품에서 저항성이나 휴머니즘과 같은 보편적이고 현대적인 주제를 이끌어내는 것이 그 예이다.

　전통의 개념에 대한 논의는 '우리 문학의 전통은 무엇인가'라는 문제로 연결되면서 보다 구체화된다. 미의식의 측면에서 볼 때, 우리 문학의 전통은 은근과 끈기, 멋과 맛 등으로 해석된다. 이것들은 대부분 고전작품에서 추출된 미의식들이다.

　또한 현대시에서 전통은 서정적인 것 혹은 리리시즘과 동일한 것으로 파악된다. 이 때 리리시즘은 주지적인 것 혹은 서구적인 것과 대립되는 재래적이고 시대착오적인 것으로 이해되기 쉽다. 그러나 논의를 거듭하면서, 리리시즘은 이처럼 소극적이고 부정적인 것에서 주체의 통일성에의 의지라는 적극적인 것으로 재해석된다. 그것은 현대의 특징인 '불연속성'을 넘어서 연속적이고 조화로운 공동체적인 질서에 바탕하고 있는 것이다. 그럼으로써 리리시즘은 현재의 삶에 적극적인 영향을 미치는 선별된 전통으로서 거듭나게 된다.

# 제 2 장

# 전후 모더니즘 문학의 정체성

## 1. 자각적인 모더니즘의 등장

'전후'는 기존의 모든 연속성이 파괴됨으로써 역사성과 사회성이 부재하는 공간이다. 즉 그때까지 존재했던 역사의 발전이라든가 사회적인 윤리가 더 이상 통용되지 않는 시기인 것이다. 문학사의 경우에도 이런 상황은 마찬가지이다. 우리 문학사에서 '전후문학'은 해방기까지 양립했던 이데올로기가 하나로 고정되면서 문학을 이루어온 축의 하나가 상실된 상태에서 전개된다. 대한민국 정부가 수립되고 자유민주주의가 단일 이데올로기로 결정되면서 남쪽에 남아있던 좌익측 문인들은 월북을 하거나, 전향의 형식으로 남한에 남게 된다. 적지 않은 문인들이 죽거나 생사를 확인할 수 없는 전쟁 상황에서 문학 활동은 피산지인 부산에서 이루어졌고, 시기적인 특성으로 말미암아 전쟁 체험과 인간성 상실, 실존의 문제가 중요한 과제로 주어져 있었다. 휴전이 이루어지면서 문단에서 역시 자기 존재를 규명하려는 시도들이 생겨나게 되는데, 이는 특히 실존주의와 휴머니즘에 관련된 탐색이 주를 이루게 된다. 시인들은 전쟁의 상흔을 안으로 가다듬으면서 파괴와 불연속의 세계를 넘어 그 치유의 문제에 각각 주력한다. 전쟁의 현장에서 쓰여진 긴박한 시들이 어느 정도 자리를 잡기 시작하면서 이를 극복하려는 움직임들이 생겨난다. 전통주의적인 문인들이 파괴되기 이전의 세계를 그림으로써 복고적인 경향을 보이는 반면, 모더니스트라고 불리워지던 당시의 신진 시인들은 파괴된 현재를 비정하게 드러내는 방식을 취하고 있다.

전후시에 나타나는 모더니즘적 경향은 1949년에 결성된 <후반기>동인에서부터 그 원류를 찾을 수 있다. 이들은 그 자신들이 동인집을 낸 일이 없고 작품상으로도 서로 다른 경향을 보이지만, 전통적인 것에 반발하고 새로움과 젊음을 표방한다는 면에서 공통점을 지니고 있었다. <후반기>는 한 유파라고 하기에도 부족한 면이 많은 그룹이었지만 그 영향은 대단한 것이었다. 그 예로 대표적인 전후시들을 수록하고 있는 『전후문제시집』의 일련의 시들에서 발견되는 모더니즘적 경향은 대부분 <후반기>의 영향 아래 놓여 있다.

전후 모더니즘의 특징은 시에만 국한되는 것이 아니라 이를 뒷받침하는 이론들에서도 발견된다. 물론 전문적인 비평가가 체계적인 비평작업을 벌이는 것은 50년대 후반기부터 60년대 초에 이르면서야 비로소 가능했지만, 그 전단계인 전후의 글들에서 역시 단편적이나마 자신들의 존재를 규명하려는 시도들이 이루어지고 있었다. 이 글들의 공통적인 특징은 대부분 30년대를 거론하고 있다는 점이다. 이는 당시의 이론들이 처음부터 30년대에 대한 대타의식을 가지고 있었다는 것을 입증한다.

전후 모더니즘은 시인 자신들뿐만 아니라 전문적인 비평가들이 다수 이론의 정립에 참가함으로써 김기림이 거의 혼자 담당했던 1930년대에 비하면 일단 양적으로 풍성해진다. 또한 30년대 모더니즘 운동이 몇몇 소수의 활동이었고 자신의 이론을 갖춘 시인이 드물었다는 것과 비교할 때, 전후 모더니즘은 그 자체가 자각적인 측면이 강했다.

이러한 자각은 30년대 모더니즘을 비판하는 과정을 거치면서 이루어진다. 그 예로 최일수는 「현대시의 순수감각 비판」에서, 모더니즘은 엄밀한 의미에서 6 · 25 동란 후에야 본격적인 활동을 한 것이라고 주장한다. 즉 "현대시의 감각성은 동란을 전기로 자아에 대해서 이것을 정관하고 방관해 버릴 수 없는 휴머니티의 입장에서 성장하고 있는 젊은 세대에 의해 일으켜진 시적 사고의 흐름"이라는 것이다. 전후 비평가들에 의해 지적된 모더니즘의 성격은 다음과 같이 요약된다.

첫째, 모더니즘의 출발점은 '자아'에 있다. 그것은 일단 자신에게만 호소하는 주관적인 사상 감정의 표현에서 생겨난 것이다.[1]

둘째, 모더니즘의 중요 특성은 '반항정신'에 있다. 그러므로 낡은 관조적인 문학적 인습을 거부하고 새로운 문학의 창조를 시도한다.[2]

셋째, 음악에 호소하는 대신 시각적 이미지를 전면에 내세운다. 현대는 조화와 균형이 깨어진 상태이므로, 연속적인 음률에 의해서가 아니라 이미지의 세계를 통해 언어에 개혁을 일으킨다.[3]

넷째, 이것을 기반으로 해서 만들어진 시작품은 불연속적이다. 그러나 이 불연속은 단절을 극복하기 위해 의도된 것으로, 언어의 새로운 질서는 이 불연속적인 것을 연결시키는 데서 탄생한다.[4]

다섯째, 그러므로 현대는 이 불연속을 극복할 수 있는 새로운 질서가 필요하다.

이처럼 전후 모더니스트들은 자신들이 추구하는 모더니즘에 대해 어느

---

1) 최일수, 「현대시의 순수감각 비판」, ≪문학예술≫, 1956. 4.
2) 최일수, 「모더니즘 백서」, ≪자유문학≫ 23, 1959. 2.
3) 위의 글.
4) 고석규, 「현대시의 형이상성」, ≪부산대학보≫, 1957. 12, 조향, 「현대시론」, ≪문학≫, 1959. 10.

정도 이론적인 근거들을 마련하고 있었으며 그만큼 자각적이었다는 것을 알 수 있다. 그 중에서도 특히 강조되는 것은 모더니즘이 단절된 현실을 극복할 가능성을 가진 것으로 파악되고 있다는 점이다. 그 극복은 새로운 질서를 건설하는 일로서, 이는 언어의 새로운 질서를 만들어내는 것과 동일한 의미로 쓰인다.

## 2. 새로운 문법의 창조

그렇다면 이들이 내세우는 새로운 시란 어떤 것을 의미하는가? 전후라는 상황으로 볼 때 무너진 질서 위에 새로운 질서를 세우려는 것은 당연한 것이다. 이들이 새로운 질서의 건설을 목표로 하는 것은 이같은 외부적 상황에 연유함과 동시에, 전쟁 체험이라는 혼란하면서도 중압적인 경험을 개개인이 나름대로 내면화시키기 위한 것이었다. 질서를 세우는 일은 혼란한 자신의 경험을 문학을 통해 표출하는 일로부터 시작된다. 결국 전후시의 모더니즘이란 "존재가 고립되고 절단되었을 때, 자신의 체험에 하나의 질서를 가지고저 하는 구심적인 의도"5)에 의해 생겨난 것이다. 불연속의 세계에서 새로운 질서를 창조하는 일, 이를 위해 단절되기 이전의 세계를 가정한다는 것은 모더니즘의 기본 전제이기도 하다.

언어의 측면에 주목해볼 때, 전후는 언어가 역사성과 사회성을 잃은 상태, 즉 언어 문법이 부재한 상황이라고 할 수 있다. 전쟁은 인구의 이동을 초래하고 그 결과로 도시와 지방의 언어, 혹은 계층에 따른 언어의 특색은 혼재하게 된다. 따라서 이전까지 유지되어 온 언어의 고전적인 문법은 파괴되고 새로운 언어 질서가 요구되는 것이다. 다음과 같은 구절은 이런 상

---

5) 고원, 「현대시의 주제」, ≪자유문학≫, 1958. 4.

황을 반영하고 있는 것이다.

   말에 때가 묻는다는 것, 다시 말하자면 말의 개념화란 구체적으로 무엇
을 의미하는 것일까? 그것은 곧 말과 말을 갖다 붙이는 방법이 낡아져서
manerismm에 빠져 버리는 것을 말하는 것이다. 시인의 두뇌가 새롭게 말을
창조해낸다는 것은 James Joyce나 Wyndham Lewis 식의 neologism만을 두고
하는 말이 아니고, 말과 말을 갖다 붙이는 방식을 새롭게 한다는 것이다.
그 '새롭게'도 유형적인 것이 아니고 '자기다운' 그것이라야 한다.

   끝없이 흘러 움직이는 의식 consciousness의 세계라는 시간성을 이성에 의
한 간섭이나 정리 작업이 없는 단속 상태 그대로의 기록 ─ 내지 독백 mono-
logue interio ─ 자동 기사법 automatism으로서 표현했을 때, 거기엔 절로, 전
혀 먼 거리에 놓여있는 현실들이 서로 이웃하게 된다. 현실적으로는 병존 ·
동존할 수 없는 것끼리가 시인의 힘(그것은 아름다운 폭력이다)으로 하여
동시동존하게 된다. 이 근방에서 '현대시'에 있어서의 '오브제' objet성이 빚
어지는 것이다.6)

언어를 통해 문학의 내적 질서를 발견하는 것은 '저항과 건설의 의욕'
(고원)으로 치환되고 있다. 즉 이들에게 있어서 시적 질서는 "흩어져 있는
실재와 자기와의 관계에 또하나의 질서를 발견하고서 안심"7)하도록 해주
는 역할을 한다. 결국 이는 존재의 고립감 속에서 내면적인 자기균형을 이
루려 한다는 의미에서, 그들에게는 실존과 같은 의미로 받아들여진 것이다.
   전후의 시론에서 공통적인 것은 엘리어트의 '질서' 개념을 끌어들이고
있다는 것이다. 엘리어트는 『시의 효용과 비평의 효용』에서 현대예술에서
의 자의식의 발전을 지적하고 이것이 지나칠 때 오히려 허무주의나 회의
를 낳을 수 있다고 경고한 바 있다. 엘리어트의 이같은 입장은 탈개성론으

---

6) 조향, 앞의 글.
7) 고원, 앞의 글.

로 집약되는 바, 이 이론의 근저에는 인간을 불완전한 피조물로서 바라보는 입장이 개재되어 있다. 그러나 실제로 전후의 시나 이론이 추구했던 질서는 물론 이와는 다른 것이다. 엘리어트의 탈개성론은 전통과 개인의 재능 사이에서 문학적인 전통이 어느만큼 중요한 비중을 차지하는가를 지적하고, 이것이 결여된 개인의 새로움이란 기발함 이외의 아무 것도 아니라는 것이다. 결국 엘리어트가 뜻하는 탈개성이란, 기존의 작품과 새로 쓰여지는 작품들간의 관계 혹은 창작과정에 미치는 문학적 전통이 중요성을 언급한 것이다.

그러나 전후의 비평가들에게 새로운 질서를 지향하는 것은 시인 개개인의 경험에 질서를 찾는 일에서 시작되고 있다. 홍기종이 번역한 하아트 크레인의 「현대시」는 이같은 맥락에서 소개된 것이다. 하아트 크레인이 "시인의 관심은 한결같이 경험을 질서 있는 통합으로 이끄는 데 대한 자기 훈련이어야만 한다"8)고 할 때, 여기서 강조되는 '경험'은 시인들의 개별적인 몫이라는 것을 유의할 필요가 있다. 시에서 성립되는 '질서'란 개개인의 경험에서 출발해서 이 경험을 내면적으로 가다듬는 개인적인 것에 한정되어 있는 것이다. 그러므로 이는 엘리어트의 '질서'와는 구별되는 것이며, 오히려 스펜더의 개인적인 경험의 질서와 유사성을 가지고 있다.


## 3. 1930년대 모더니즘 비판


전후 모더니즘 시론의 또 하나의 특성은 1930년대의 모더니즘을 비판의 대상으로 삼고 있다는 점이다. 비판의 중심에 놓여있는 것은 김기림과

---

8) 하아트 크레인(홍기종 역), 「현대시」, 《신작품》, 1954. 12.
　　하아트 크레인은 「The Bridge」와 같은 기계 문명을 노래한 시를 쓴 미국의 대표적인 모더니즘 시인으로서, 1957년 10월에 《현대문학》에 그 서시가 소개되기도 했다.

이상의 작품들이다. 전후 비평가들은 김기림과 이상의 작품이 단지 '신기'와 '곡예'의 유물일 뿐이라고 비판하면서, 그 대신 사회성과 서정성을 첨가해야 한다고 주장한다.

> T. S. Eliot 이후 뉴 컨트리파의 운동과 에즈라 파운드나 D. H가 바라다보고 분석한 현대의 제상은 하나의 정통적인 세계관으로서 그후에 많은 시인들에게 영향을 주었습니다. 아직도 훌륭히 일하는 W. H Auden, S. 스펜더, 죽은 다이렌·토마스, 에디스·스티웰 등…… 현대의 정치와 사회의 심연에서 허덕이는 인단의 정신과 행위를 노래한 이들이 훨씬 오늘의 시인이 아닌가 합니다. 이에 반해서 최근의 모다니스트의 일부 시인은 아직도 기림씨나 이상씨, 트리스탄짜라, 안드레 부르통의 기법과 수법이 현대시의 새로운 형태인 줄 알고 자기들이 가지고 있는 훌륭한 사상과 언어를 도리혀 그들과 교환하는 어리석은 일을 하고 있습니다. 그때문에 혼란되고 자신의 질서가 부조화되고 읽는 사람에게 큰 콤플렉스를 초래시킬 때가 많습니다.[9]

박인환의 위의 글은 조향 류의 단순한 초현실주의적 수법까지를 비판하고 있다. 즉 모더니즘은 기법의 새로움이나 기발함과 동일시되는 차원을 넘어서 인간의 정신과 행동의 문제까지를 담아내야 한다는 것이다. 이는 전후의 인간성 옹호와 일맥상통하는 것으로서, 30년대 모더니즘에 대한 비판은 이 주장의 연속선상에 있다.

김기림에 대한 이봉래의 비판 역시 같은 맥락이다. 이봉래는 「한국의 모더니즘」에서 "그(김기림-인용자)의 대표작 「기상도」에 흐르는 문학정신은 오프티미즘의 변형이었고 그 방법과 기술은 새로운 의상을 채린 스타일리스트에 지나지 못하였다."고 비판한다. 이는 역사적 의식이 결여된 채 "현대적 소재나 현대적 이데올로기만을 관념적으로 노래"하는 것으로서 새로운 것을 위한 현대적 이단에 그치고 만다는 것이다.

---

9) 박인환, 「현대시의 변모」, ≪신태양≫, 1955. 2.

김기림에 대한 본격적인 비판은 고석규에 의해서 이루어진다. 김기림에 대한 고석규의 비판은 「모더니티에 관하여」, 「모더니즘의 감상」, 「현대시의 심연」 등에 요약되어 있다. 고석규는 김기림을 이상과 비교하면서, 그의 모더니즘을 '실용성을 전제한 현상적 모더니즘'이라고 규정한다. 이것의 특징은 대현실적인 비판보다는 대과거적인 비판이 주를 이루고 있다는 것이다. 그 결과 김기림의 모더니즘은 새로운 메카니즘에의 경악으로 시종일관된다. 김기림이 모더니즘을 엑스타시와 같은 것으로 이해한 이유는 이 때문이다. 그러나 새로운 현대시의 흐름은 "그만큼 모더니티의 인식을 개변하는 것이며, 엑스타시적 사치에서 떠나 전체적이며 세계적이며 생명적이며 존재적인 것으로 전기된 필연성을 약속하는 것"[10]으로, 김기림의 그것과는 대비된다. 고석규의 비판은 다음과 같은 몇 가지로 요약될 수 있다.

첫째, 김기림은 모더니즘이 과거와의 단절에서 시작된다고 보았으나, 모더니즘은 반 전통이 아니라, 전통과 유기적 관계에 있는 것이다. 물론 이때 '전통'은 과거의 모든 유물을 지칭하는 것이 아니라, 현재의 상황에 영향을 미치고 그를 지배하는 과거의 가치 있는 규범들로서, 살아있는 '과거적 현재'라고 할 수 있다. 고석규는 엘리어트의 '모더니티' 개념을 들어 김기림을 비판하고 있다. 진정한 모더니즘은 전통과 결별하는 데서 찾아지는 것이 아니라, 오히려 전통과 가장 유기적인 관계에 놓여 있다는 것이다. 모더니즘은 바람직한 과거를 전제로 한 상태에서 현재의 분열을 드러낸다. 그러므로 이들의 질서 회복의 노력은 문학사적인 과거를 필수조건으로 한다. 이를 인정한다는 면에서 고석규는 김기림보다 한발 앞서 있음을 보여준다. 이런 면에서 고석규를 비롯한 전후의 비평가들이 과거의 전통에 해당하는 30년대 모더니즘에서 회의와 절망만을 발견하게 되는 것은 아이러니가 아닐 수 없다.

---

10) 고석규, 「모더니티에 관하여」, 『여백의 존재성』, 책읽는 사람, 1993, 67면.

둘째, 모더니티는 파편적인 인식이 아니라 새롭게 종합하려는 노력이다. 모든 말초적 언어의 타락을 본질적 언어의 건강으로 회복하는 노력만으로도 모더니티는 가장 내면적인 수립에서 존재에 일치한 것이며, 따라서 종합적 의식을 통한 표현이라야 한다. 이는 모더니즘을 실존의 차원으로 끌어들인 전후의 특별한 상황을 그대로 표현하는 것이다. 전체의 경험이 파괴된 자리에서 의미를 갖는 것은 개인적인 경험일 뿐이며, 문학 내로 들어올 때 이는 일단 언어의 문제로 귀착된다. 따라서 새로운 언어의 가능성을 발견하는 것은 개인의 실존을 지탱하는 것과 같은 일이다.

고석규는 개인적 실존을 생명성의 문제로 확대시키고, 이것이 잘 표현된 문학운동의 예를 이차대전 후의 서구 시의 레지스탕스 운동, 앙가쥬망 경향 등에서 찾아낸다. 엘리어트의 「황무지」나 파운드의 「칸토」에 나타나는 이미지즘의 통일을 지배하는 것 역시 마찬가지인데, 이들은 생명성의 종합에 대응하는 것이라는 공통점을 지니고 있다. 생명성을 중시하는 것은 새로운 세계성을 깨닫는 것이기도 하거니와, 세계성은 결국 새로운 질서의 수립을 의미한다. 이 새로운 질서의 가장 깊은 곳에는 실존이 자리잡고 있다. 그러므로 모더니티란 자아를 버리는 것이 아니라, 자아적 연소와 아울러 무의식적 현실을 의식적 현실로 귀환시킬 수 있는 힘을 가진 것으로 인식된다. 고석규는 이같은 의미에서 모더니즘이 리리시즘과 극단적인 반대의 상황에 있는 것이 아니며, 종합을 통해 리리시즘적인 영역까지를 감싸 안는 것이라고 주장하게 된다.

셋째, 그러므로 김기림이 모더니즘을 마치 과학성과 명랑성에 바쳐져야 하는 것처럼 파악하는 것은 또 하나의 감상일 뿐이다. 과학의 명랑성을 강조하는 것은 자칫 과학의 정신에 대한 우위를 낳게 될 우려가 있다. 목적으로서의 과학은 방법으로서의 과학 기능을 말살하고 목적과 수단을 전도시킬 것이다. 고석규는 현대가 과학이 가져온 명랑성이 아닌 비극성에 눈을 떠야 할 시기임을 강조한다. 이러한 고석규의 생각은 엘리어트에 많이 기대고 있는 것이다.

전후 모더니즘 시론들의 30년대 모더니즘에 대한 비판은, 모더니즘이 한낱 기법의 차원에서 멈추는 것이 아니라 인간 존재의 문제를 담을 수 있어야 한다는 것을 주요 골자로 한다. 이것은 모더니즘 자체의 비판적 성격을 강조하는 것으로서, 전후 모더니즘을 설명하는 중요한 열쇠가 된다.


## 4. 스티븐 스펜더 수용의 두 가지 양상


30년대의 모더니즘은 크게 김기림과 이상의 대별되는 두 경향으로 나누어진다. 이상이 폐쇄적이라면 김기림은 상대적으로 개방적인 입장을 취하고 있다. 이들의 차이는 시인과 시작품, 독자의 관계를 상장하는 데서 잘 드러난다. 이상의 경우, 시인은 근대화의 산물로서 고립되어 있는 주관적 자아이고, 시작품은 이 자아의 머릿속 기호이다. 독자는 이 기호의 체계 안으로 들어왔을 때, 즉 이러한 주관적인 기호를 읽어낼 수 있을 때에만 의미를 갖는다. 김기림의 경우도 시를 넓은 의미의 기호로 파악하는 것은 마찬가지이지만, 이때 기호는 그 자체가 목적이 아니라 독자에게 전달되는 수단으로서 의미를 가지고 있다. 즉 시인이 세계로부터 영향을 받고 이를 독자들에게 전달하고자 할 때, 시는 그 매개 기능을 맡게 되는 것이다. 그러므로 시의 형식은 보다 효과적인 전달을 위해 봉사하며, 시인은 시를 통해 독자에게 새로운 지식이나 사상을 전달할 수 있게 된다. 후자는 개인적인 차원을 넘어 사회적인 관계를 향해 열려있다는 면에서 모더니즘의 보다 적극적인 측면을 담당하고 있다.

이와 비교할 때 전후 모더니즘 시론이 주목하고 있는 것은 개인적 실존의 차원이다. 일례로 고석규는 전후에 주요 테마로 등장한 실존주의적인 경향과 모더니즘의 관계를 설명하는 데 스펜더의 다음과 같은 글을 인용한다.

> 그러므로 나는 나 자신을 떠나 내 존재가 단순한 생산품으로 되어버리는 와중에 아니면 나의 증언이 일부러 비뚤어진 방편으로 화해버리는 사회 경제 속엔 들 수 없었다. 나는 나 자신이어야만 했다. 선택하는 것이지 선택 당하는 것이 아니었다.

여기서 모더니즘은 사회적인 당위나 정치성에 의해 한정되는 것이 아니라 어디까지나 개인적 차원의 경험을 질서화하는 것이고, 따라서 실존과 동일한 선상에 놓이게 되는 것이다. 고석규는 이어 김기림이 이같은 경험의 질서화에 실패했다고 지적한다. 김기림은 사회적인 내용을 시에 담으려고 한 나머지 형상 이전의 소재를 그대로 시에 노출시킨 과오를 범했다는 것이다. 김기림의 의도는 "싸르트르 이래의 산문영역이 담당해야 했던 '책임성'을 시 영역에서도 실행할 수 없느냐의 아주 행동적인 것"으로서 긍정적인 것이었지만, 그 의도를 제대로 소화시키지 못한 결과 생활에 대한 비굴의 형태에 머무르고 만 것으로 평가된다. 고석규의 비판의 요점은, 김기림에게서 발견되는 모더니즘의 적극적인 측면이 실제로는 개인적인 차원의 경험으로 용해되지 못함으로써 생경한 차원으로 떨어지고 말았다는 점이다. 이같은 논지 역시 개인의 실존과 경험의 문제에 초점을 맞추고 있는 것임은 말할 것도 없다.

전후 모더니즘 시론의 30년대 비판 근거는 결국 사회성과 서정성의 결여로 요약될 수 있다. 그러나 여기서의 사회성이란 정치성과 동일한 의미가 아니라 가장 일반적인 의미에서의 인간의 정신과 행위를 지칭한다. 이들은 30년대 모더니즘이 이러한 인간의 문제들을 등한시한 채 기법의 새로움에만 매달려 있었다고 비판하고, 모더니즘에 사회성과 서정성이 성공적으로 결합된 예를 서구의 오든 그룹에서 찾아낸다. 그 중에서도 특히 스펜더에 대한 언급들이 두드러진다. 그 예로 스펜더의 「모더니스트 운동에의 조사」라는 글은 유종호와 고석규에 의해 동시에 번역, 소개되기도 했다.

오든 그룹의 대표는 오든이었음에도 불구하고 우리나라에서 스펜더가 주목을 받은 이유는 그의 시가 오든에 비해 단순하고 리리컬한 측면이 많아 접근이 보다 용이했기 때문으로 보인다. 오든에 비할 때, 스펜더의 시는 영시의 기본 뿌리라고 할 수 있는 유머나 아이러니 대신 재치와 기지로 가득 차 있다. 이는 영시의 전통으로 볼 때는 작품의 질을 다소 떨어뜨리는 요인이지만, 한편으로 보다 쉽게 접할 수 있음을 의미하기도 한다. 또한 스펜더는 시 뿐만 아니라 30년대의 그의 정치적인 활동과 관련된 글을 발표하기도 했고 책을 낸 적도 있어 그의 문학 편력을 한눈에 알아볼 수 있는 장점이 있기도 했다. 이같은 이유로 해서 스펜더는 당시의 문학인들에게 강한 호소력을 지니고 있던 것으로 추정된다.[11]

대부분의 전후 모더니즘 시론에서 스펜더는 모더니즘 자체의 비판 근거로 작용하고 있다.[12] 박인환, 이봉래, 고석규의 글들이 이에 속하는 바, 이들은 30년대 모더니즘을 기지와 엑스터시 혹은 새로움의 추구와 동일한 것이었다고 비판하고, 그 극복의 가능성을 스펜더에게 끌어내고 있다. 30년대 모더니즘의 대표적인 김기림 역시 스펜더의 영향을 받았음을 상기할

---

11) 스펜더가 더욱 많이 알려질 수 있었던 것은 그가 1957년 동경에서 개최된 29차 펜클럽대회에 참석했던 데도 원인이 있다. 당시 한국 대표로는 정인섭이 참가한 것으로 되어있다. 같은 해 ≪현대문학≫에는 영미시선 특집이 마련되었는데, 여기에 스펜더의 「Express」가 실려 있다.

12) 정창범은 현대시의 두 경향을 정통시와 현대시로 나누고 후자를 모더니즘시와 동일시하며, 그 분류의 기준으로 스펜더를 끌어들이고 있다. 스펜더에 따르면, 정통시의 특질이라고 할 '서정주의'는 '이론이라든가 의견을 전혀 등진 인생의 사건에 대한 희비곡절'을 노래한 것이다. 그러므로 서정적 충동은 단순히 생활의 희비를 노래하려는 충동이라고 할 수 있다. 이에 대해 모더니즘은 '개인적인 생활보다 큰, 만약 그것이 이루어지지 않거나 발전되지 않을 경우 개인적 생활을 무너뜨릴 두려움을 머금은 시대의 전체적 생활'을 소재로 한 시로 정통시와는 구별된다. 이에 힘입어 정창범은 '현대의 기계문명에 따른 지성, 복잡한 의식을 지적 이성적인 시인의 의식작용으로 구현하려는 시의 제작태도'로서의 모더니즘을 필연적인 것으로 규정짓는다(「현대시의 두 경향」, ≪현대문학≫, 1955. 7).

때, 전후 모더니즘 시론이 스펜더를 근거로 해서 김기림을 비판하고 있는 것은 언뜻 모순처럼 보인다. 이같은 모순은 스펜더의 문학적 변모 양상으로 설명될 수 있을 것이다.

스펜더가 정치적인 활동에 참가하고 이를 시와 산문에 담아냈던 것은 1930년대 중반의 일이다. 1929년의 대공황 이래 실업문제와 극심한 빈곤은 군국주의적 국가주의 대두와 1933년 독일에 있어서 히틀러의 정권 장악이라는 결과를 몰고 왔다. 이 일련의 사건으로 말미암아 1930년대의 문학은 시사문제와 관련된 정치적 관심과 위기의식을 반영한 것이었다. 오든 그룹으로 대표되는 당시 영국 작가들은 문학에서만이 아니라 직접 정치활동에 가담하기도 했던 바, 오든의 「Spain 1937」이나 스펜더의 「Vienna」는 그 예가 되는 작품들이다.

절정기의 스펜더의 글은 *The Destructive Element*에 모아져 있으며, 이는 정치와 문화에 대한 위기감과 정치적, 도덕적 문제를 주요 내용으로 하고 있다.

> 현재 그리고 작금의 동시대의 위대한 작가들에 있어서의 주제는 도덕적 혹은 광범위한 의미에서의 정치적인 삶이다. 그것이 이 시대의 가장 중요한 예술의 주제이다. 나는 그것이 아직도 우리 문학에서 가장 진지한 주제가 되어야 함을 보여주고자 한다. 지난 몇년 동안에 특히 공적인 사건과 전쟁 혁명 그리고 경제의 위기는 불가피하게 문학적 전통 속으로 흡수되었다. 그것들은 카페트 속의 그림처럼 되어 있다.[13)]

또한 스펜더는 "Forward for Liberalism"에서 자유의 적극적 승리, 노동자의 생활수준 향상, 계급 없는 사회로의 전진을 실현시키기 위해 국제적 사회주의의 이름 아래 집단안전이 필요하다고 주장한 바 있다. 그러나 스

---

13) S. Spender, *The Destructive Element*, Albert Saifer, 1953, p.19.

펜더의 국제적 사회주의 international socialism는 정통 마르크시즘과는 다른, 문학내적이고 휴먼한 입장에 있는 것이었다. 즉 스펜더는 문학적인 것 특히 시적인 것을 포기하지 않고 있는 것이다.

김기림은 이 시기의 스펜더와 매우 유사한 일면을 가지고 있다. 스펜더에 대한 김기림의 언급이 처음 발견되는 것은 1934년 「신휴머니즘의 요구」에서 잠깐 스펜더를 거명한 것이고, 1936년 「시와 현실」에서는 장시인 「Vienna」에 대한 언급이 있다. 「Vienna」가 쓰여진 것이 1935년이었음을 상기할 때, 김기림이 실제로 이 작품을 읽었는가와는 별도로 김기림은 꽤 일찍부터 스펜더에 관해 알고 있었음이 확인된다. 또한 김기림은 『시의 이해』에서 스펜더의 「Express」와 「Poem 39」를 번역, 소개하고 있다. 그 중 「Express」는 기계를 대상으로 한 대표적인 시로서, 이런 종류의 시들은 문명을 중심으로 한 현대사회의 과학적인 면을 시에 끌어들인 것으로 주로 엘리엇에서 시작되어 30년대 시인에게 영향을 미쳤다. 이 시에서 스펜더는 진보주의, 정의 및 사회개혁을 주장하는 혁신적인 자신의 입장을 기계의 이미지를 빌어 표현하고 있다. 김기림의 시들 중 기계에 대한 예찬의 시(예를 들어 「아츰비행기」, 「오 기차여」)들은 이와 흡사한 이미지를 가지고 있다. 작품상으로 비교할 때 김기림의 「바다와 나비」가 스펜더의 시 「Seascape」에 대비된다는 것은 이미 밝혀진 바 있다. 시기상 「Seascape」는 스펜더의 후기시의 대표작이며, 「바다와 나비」 역시 김기림의 시에서 후기에 속한다. 즉 이 둘은 기계문명에 대한 예찬에서 비판으로 옮겨가는 시기의 경향을 반영하고 있다.

작품의 대비에서만이 아니라 전체적인 사고의 구조로 볼 때도 김기림은 스펜더와 매우 유사한 점을 가지고 있다. 스펜더에게 있어 좌익 활동을 포함한 정치적인 행위들은 현대의 문제점들을 해결하는 데 새로운 가능성을 지닌 것이라는 점에서, 그가 믿었던 과학이나 기계문명과 같은 맥락의 것으로 받아들여졌던 것으로 추정된다. 김기림이 해방기에 문학가동맹의 일원으로 참가하고 시의 사회적인 측면을 강조했던 것 역시 이와 유사한 면을 지니고 있다. 김기림에게 있어 해방기는, 시가 시인과 독자대중을 직접적으로 연결할 수 있는 가능성의 시기로 해석된 듯하다. 이 시기의 김기림의 정치 활동 역시 이런 맥락에서 해석되어야 하는 바, 결국 그것은 그의 문학론의 연장선상에 놓여 있는 것이다. 이는 고석규가 표현한 대로 김기림이 시의 현실적인 측면(실용적인 측면)을 중시했던 인물이었다는 것을 고려할 때 타당성을 가질 수 있게 된다.

그러나 스펜더는 스페인 내란에 참전한 경험이 있을 만큼 한때 정치적인 관심에 주력했으나 *World within World, The Creative Element* 등에 이르면 자신의 이런 활동들을 전면 부정하고 내면적인 서정시로 일관하게 된다. 그 원인으로는 스펜더의 정치적 행동의 이면에 있는 허무와 연민, 감상성을 들 수 있다. 1939년에 발간된 *The Still Centre* 서문은 스펜더의 이 같은 측면을 드러내고 있다.

> 나는 오늘날 시인에게 주어지는 어떤 외부의 압력으로 해서 그들이 자신의 경험 외적인 것을 쓰는 척하게 된다고 생각한다. 우리가 살고 있는 시대의 폭력성과 재빠르고도 일반적인 그리고 즉각적인 행동의 필요성은 개인의 경험을 축소시키고 그 자신의 직면한 환경과 일을 부끄러운 것으로 간주하게 만든다. 이 때문에 나는 최근 대부분의 시에서 보다 개인적인 주제로 되돌아갔다. 나는 내 시 속에 연약함과 환상, 백일몽 등을 주제로 하였다. (……)
>
> 나는 내가 왜 보다 더 영웅적인 기질을 띠지 않는지 설명해야 한다. 그 이유는 시인은 자신의 경험에 진실된 것만을 쓸 수 있을 뿐이고, 자기 경험에 대해 진실이기를 원하는 어떤 것을 쓸 수 있는 것이 아니기 때문이다.

스펜더는 여기서 자신의 정치적 성향이 내면적이고도 개인적인 부분이었음을 밝히고 있는 셈이다. 전후 모더니즘 시론이 주목하는 것은 바로 이 시기, 즉 자신의 정치적 색채를 부정하고 내면적인 세계로 옮겨간 이후의 스펜더이다. 스펜더는 *The Creative Elemment*에서 자신의 결정기의 글이라고 할 수 있는 *The Desrtuctive Elemment*의 내용에 수정을 가하고 있다. 자신이 정치와 직접 관련시킨 작가들이 실제로는 도덕적 상황에서 출발한 것이었다고 지적함으로써, 자신의 정치적 활동 또한 도덕적이고 내면적인 차원의 것이었음을 밝히고 있는 것이다. 창조적인 요소 역시 개인적인 전망에서 오는 것으로서 이 전망은 개인의 경험에 입각해서 주어진다.

> 창조적 요소는 사회와의 어떤 유추 없이 이루어진 개인적 전망 vision의 경이적인 방출이며, 그것은 작가들로 하여금 그들의 예술에서 미적인 경험의 중요 가치들을 탐구하고 있다고 생각하도록 했다.14)

개인의 경험을 중시하고 그에서 발견해내는 전망이 철저히 개인적인 것이라는 점에서 스펜더의 주장은 전후 비평가들의 입장과 비슷한 맥락을 가지고 있다.

따라서 1930년대와 전후의 스펜더 수용과 영향의 내용은 전혀 다를 수밖에 없다. 30년대의 김기림이 스펜더의 절정기의 시와 산문에 영향을 받고 그 진보성에 주목하고 있는 반면, 전후의 이론가들은 스펜더의 후기의 입장을 들어 30년대의 김기림을 비판한다. 실제로 전후 비평가들의 글에서는 스펜더의 후기의 indivicualistic한 측면만이 부각됨으로써 진보적인 부분이 간과되고 있다.

전후는 '집단'이라는 개념 자체가 붕괴됨으로 해서 모든 것이 개인적인 경험과 질서 회복의 차원으로 돌려지는 시기였던 바, 이 시기에 문학을 한다는 것은 그 자체가 이미 정치성을 배제한 것이기도 했다. 30년대와 비교할 때 전후 모더니즘이 폐쇄적이고 개인적인 성격을 띠고 있는 것은 이런 상황에 연유한 것이다. 이들에게 사회성이란 각 개인에게서 내면화될

---

14) S. Spender, *The Creative Element*, Hamish Hamilton, 1954, p.11.

때에만 의미를 갖게 된다. 이는 모더니즘의 성격을 어떤 것으로 규정짓느냐 하는 핵심적인 문제에 연결되어 있다. 김기림이 스펜더에게서 모더니즘의 진보적인 측면을 끌어냈던 데 반해 전후의 비평가들은 오히려 그 반대편에 서 있다. 이후 전후 모더니즘은 정치성이 배제된 상태에서 서정성과의 융합을 모색하는 것으로 방향을 바꾸게 된다.

전후 모더니즘 시론은 30년대에 비해 자각적인 측면이 강하긴 했으나, 실제로는 30년대 모더니즘이 가지고 있던 진보적인 부분을 거세한 것이었다. 이 글에서는 스펜더의 수용 양상의 차이를 밝힘으로써 30년대와 전후의 모더니즘의 성격을 구분하려고 했다. 그 자신 역시 스펜더의 영향을 강하게 받은 것으로 추정되는 김기림을 비판하는 근거로서 스펜더가 인용되는 것은, 이들이 스펜더의 서로 다른 시기의 문학 활동에 바탕하고 있기 때문이다. 김기림은 스펜더가 절정기에 달해 있던 시기와 시와 이론을 받아들이고 있는 반면, 고석규를 비롯한 전후의 비평가들에게 비쳐진 스펜더는 자신의 정치적인 관심을 철회하고 개인적인 전망의 세계로 옮겨간 후기의 스펜더이다.

이것은 전후 모더니즘의 정치성 배제의 측면을 드러내는 것으로서, 이들에게 개인적 실존의 문제가 무겁게 자리하고 있었음을 보여주는 것이다. 30년대와 비교할 때 전후 모더니즘 시론의 가장 큰 특색은 정치 사회적인 측면의 배제이다. 이것이 다시 모더니즘의 주요 테마로 자리 잡게 되는 것은 김수영에 의해서 가능해진다.

# 제3장

# 전후 주지주의 시론의 특징

　‘주지주의(主知主義)’는 1930년대 한국 모더니즘의 일 경향을 지칭하는 용어로서, ‘주정주의적(主情主義的)인 낭만주의, 상징주의 등에 대해 지성을 강조하고, 질서와 전통을 회복하여 현대 문명의 혼돈과 위기를 구제하려는 모더니즘의 한 경향’이다. 이미지즘이 주로 창작에서 나타나는 특징들을 지칭하는 것이라면, 주지주의는 이러한 시적인 특징들을 이론적으로 설명하고 체계화하는 것이다. 그러나 1930년대 주지주의 시론은 실제 창작상의 이미지즘 시들과 구별된다. 주지주의가 대상의 주관성을 파악하고자 하는 것임에 반해, 김광균, 정지용, 김기림 등에 의해 쓰여진 이미지즘 시들은 대상을 바라보는 주체의 주관적인 감정을 중시하고 그것을 얼마나 적절하게 표현하는가에 초점을 맞추고 있었기 때문이다. 따라서 1930년대의 주지주의 시론은 이론과 실제 창작 사이에 괴리가 있었다.[1]

　그런데 주지주의가 반낭만주의적인 성격을 가지고 있고, 기술과 의식적

---

1) 문혜원, 「1930년대 주지주의 시론 연구」, ≪우리말글≫ 30, 254~260면 참고

인 방법을 중시하며, 합리성과 질서를 추구한다고 할 때, 이같은 특징은 비단 1930년대의 모더니즘 시론에서만이 아니라 전후부터 시작되는 현대 한국 시론에서도 꾸준히 나타나는 지속적인 경향이다. 지성과 조형적인 이미지를 강조하는 시적인 경향은 전후의 김광림, 문덕수, 조영서 등의 시로 연결되고, 김규동, 문덕수, 송욱, 김광림 등의 시론의 출발점이 된다. 그리고 이는 다시 김수영, 김춘수의 시를 거쳐 오규원, 이승훈의 시와 시론에까지 연결되어 있다. 따라서 '주지주의'라는 용어는 1930년대라는 특정한 시기의 경향만을 지칭하는 것이 아니라, '감정보다 지성을 중시하고 특히 이미지의 조형성에 중점을 두며 언어의 기술적인 측면을 탐구하는 모더니즘의 한 경향'이라는 일반적인 용어로 사용되는 것이 바람직하다고 생각된다. 이런 의미에서의 주지주의적 경향이 어떻게 변화되고 발전되는가를 살펴보는 것은 한국 모더니즘 시의 중요한 한 경향을 설명하는 일이 될 것이다.

전후 주지주의 시론의 대표적인 예는 김규동, 문덕수, 송욱의 시론이다. 이들의 시론은 모두 시의 제작성을 강조하고 기술의 측면을 중시했으며, 시에서 지성의 역할을 강조했다는 공통점이 있다. 그것은 시의 제작성을 강조하고 사물에 대한 객관적인 인식을 보여준다는 면에서 1930년대 주지주의 시론의 연장선상에 있다. 이미지를 중요한 표현 수단으로 한다는 것 역시 공통점이다. 그러나 전후 주지주의 시론은 이미지의 영역을 좀더 확대해서 초현실주의적인 이미지까지를 포함하고 있다. 그럼으로써 이미지는 시각적인 영상뿐만 아니라, 주관적인 심리의 흐름과 환상적인 요소까지를 설명할 수 있는 시적인 방식으로 재정의된다. 또한 1930년대 주지주의 시론이 전통을 부정하고 서구의 과학적 방법론에 기대고 있음에 비해, 전후 주지주의 시론은 전통을 중요한 주제로 하고 있다. 이는 전쟁 후의 황폐한 현실을 극복하고 새로운 문학을 창조하기 위해 반드시 필요한 것으로 받아들여졌다. 이 때 전통은 엘리엇적인 의미의 현재성이 강조되는 것이다. 전후 주지주의 시론에서 전통은 '신라정신'과 같이 민족 내적인 것이 강조되기도 하고, 비교문화적인 입장에서 서구의 그것과 비교되기도 한다. 1930년대 주지주의 시론과 전후 주지주의 시론의 가장 큰 차이점은, 문학의 정치성에 대한 생각이다. 1930년대 주지주의 시론은 문학의 정치성을 강조했고, 그러한 생각은 해방기의 문단 활동으로 실현된다. 이에 비해 전후 주지주의 시론에서 지성은 문학의 정치성 자체를 비판하는 비판적 지성으로 한정된다. 따라서 전후 주지주의 시론은 1930년대 주지주의 시론과 공통적인 특징에서 출발하지만 그것과는 다른 양상으로 전개된다는 것을 알 수 있다.


## 1. 주지주의 시론의 이론적 근거

### 1) 시의 제작성 강조

김규동, 문덕수, 송욱의 시론을 '주지주의'로 볼 수 있는 근거는 무엇보다도 시의 제작성을 강조한다는 점이다. 낭만주의적인 관점에서 시는 시인의 마음 속에서 자연스럽게 흘러나오는 것임에 반해, 주지주의적인 관점에서 보면 시는 주관적인 감정의 표출이 아니라 시인의 의도에 의해 제작된 산물이다. 그러므로 시는 창작과정을 분석할 수 있고, 논리적으로 설명이 가능해야 한다.

김규동은 현대 예술가의 감성이 질서와 절제를 존중하는 데 있다고 전제하고, "분열하고 갈등하고 서로 전도하는 정서의 매우 복잡한 상태를 자의식의 싸늘한 안광에 비쳐서 분석하고 선택하고 재조직하여 한 통일된 질서에로 승화"[2]시키는 것을 현대적인 것이라고 보고 있다. 현대시는 영감을 기다려서 자연발생적으로 표출되는 것이 아니라, 과학적 시학으로서의 방법론을 가지고 의식적으로 제작되는 것이다. 자연발생적인 시가 본능에서 비롯된 것이라면, 새로운 시는 "기술을 지성의 배합에 의하여 도입해오는 작시(作詩) 의장(意匠)이 변혁된 시정신의 새로운 풍습"이다. 현대시의 감동은 시의 내용에서 오는 것이 아니라, '방법이나 기술에 관한 지적인 사고에 대한 객관적인 감동'에서 오는 것이다. 그것은 추상적인 관념을 나열하는 것이 아니라 선명하고 구체화되는 이미지를 통해 만들어지는 것이다. 그렇다면 중요한 것은 무엇을 쓰는가의 문제가 아니라 어떻게 쓸 것인가라는 제작의 문제이다. 이 때 주지성은 제작성과 동일한 의미로 사용된다.3)

문덕수 역시 시가 제작의 산물임을 전제로 하고 시인이 시를 창작하는 과정에 주목한다. 시인이 사물의 본질을 명확하게 인식하려면, 선입견 없는 눈으로 사물을 바라보아야 한다. 그가 말하는 '직각(直覺)의 생활'4)이란 사물의 사물성을 드러내는 것이 아니라, 선입견 없는 시인의 '시선의 백지 상태'를 뜻한다. 즉 대상 자체를 드러내는 것이 아니라 그것을 바라보는 인간의 시선에 포인트를 두고 있는 것이다.

이를 바탕으로 한 그의 주지주의 시론은 반센티멘탈리즘과 반관념으로 요약된다. 그는 시가 원칙적으로 '이미지에 의한 사고로 인식한 사물의 묘사'라야 한다고 주장한다. 이미지는 관념에 대비되는 것이고, 추상에 대비되는 감각적인 것이다. 그가 추구하는 것은 관념을 어떻게 감각화할 것인가의 문제이다.5) 시는 가능하면 관념 작용을 줄이고 투철하고 선명한 심상 사고가 주를 이루어야 한다. 그런 면에서 그는 이미지즘시가 '첫째, 상

---

2) 김규동, 『현대시의 연구』, 한일출판사, 1972, 93면.

3) "시의 제작과정이 의거하는 바가 달라진 여사(如斯)한 양상을 우리는 시가 주지적으로 되었다고 생각한다"—김규동, 『새로운 시론』, 산호장, 1956, 99면.

4) 문덕수, 『현대한국시론』, 선명문화사, 1974, 40면.

5) "시는 고도의 추상체계가 아니라 어디까지나 감각 레벨의 표현이거나, 감각과 추상의 결합체이어야 할 것이다"—위의 책, 52면.

상과 정서를 제한하고 정서 과잉을 억제하며, 둘째, 상상력은 기본적으로 지성의 통제를 받아야 한다. 셋째, 시는 즉물적 미감의 형상에만 주력하고 현실참여나 공리주의와는 거리를 두어야 한다.'고 생각한다.

송욱은 시인은 무엇보다도 먼저 시작품을 '만드는 사람'이라는 의식을 가지지 않으면 안된다고 말한다. 그는 소월의 시가 '영혼이 내외의 미를 거치면 시혼이 된다'[6]는 생각에 바탕하고 있다고 비판한다. 그러나 아무리 훌륭한 시혼에 의해 표현된 시라 하더라도, 시혼의 우열은 결국 그것이 어떻게 표현되었는가 하는 성과에 의해 결정되는 것이다. 시의 평가 기준은 시혼의 유무가 아니라 그 시혼이 표현된 성과에 있기 때문이다. 더 나아가 그는 '시혼'이라는 것은 결국 성스러운 것, 유일한 것, 절대적인 것을 대상으로 하는 제1상상력에 해당하는 것이고, 따라서 시혼만을 중시하는 것은 인간의 현실적인 삶과는 거리가 있는 '성스러운 것'에 대한 찬사일 뿐이라고 비판한다. 그러나 현대는 이러한 신성성이 이미 사라진 시대이며, 미와 추를 구별하는 기준은 결국 제2상상력의 활동에 의거한다는 것이다. 즉 비평을 하거나 창작을 할 때, 작품의 평가 기준은 신성성의 유무가 아니라 인간의 제작능력에 있는 것이다. 시가 시인의 시혼의 표출에 불과하다면, 시인은 특별히 선택받은 천재적인 존재가 된다. 그러나 시가 제작되어지는 것이라면, 제작을 하는 주체인 시인은 자신의 의지와 노력에 의해 얼마든지 좋은 시를 제작할 수 있는 가능성을 가지게 된다. 이는 낭만주의적인 시론과 주지주의적인 시론의 근본적인 차이점을 다시 한 번 확인시키는 것이다.


## 2) 사물에 대한 객관적 인식

주지주의는 시적인 중심을 인간 중심에서 사물 중심으로 전환한다. 이

---

6) 송욱, 『시학평전』, 일조각, 1963, 139면.

에 따라 감정과 본능에 가려서 발견되지 못했던 사물의 질서 또는 본질에 대한 탐구를 중시한다. 이러한 특징은 김규동과 문덕수의 시론에서도 공통적으로 발견된다.

김규동은 김광균의 「광장」과 김종한의 「낡은 우물이 있는 풍경」을 설명하는 가운데, 이들의 시가 '보다 객관적인 사물의 관찰에 가까워진다'는 점을 들어 긍정적인 의미를 부여한다. 이는 즉물주의에 대한 그의 설명과 같은 맥락에 있다. 즉 그것은 "표현주의, 인상주의(사상파) 등과 같이 사물을 빌어 주관을 노래하거나 사물의 인상을 쓰는 것이 아니고, 사물을 재구성하여 시로 하여금 독자적인 객관성을 띠게 하는 것"7)이다. 사물은 인간의 감정과 사상을 표현하기 위한 것이 아니라, 그 자체의 본질을 드러내는 독립적인 존재로 남게 된다. 김규동은 이를 '이상적 즉물주의에 있어서는 인간 존재의 의미와 사물의 본질이 존재론적인 사고 위에서 추구'되는 것이라고 설명하고 있다.

문덕수는 현대의 성격이 모순과 갈등을 내포하고 있으므로, 사물을 바라보는 시각 역시 다원적이라야 한다고 본다. 고정된 선입견을 배제하는 것은 사물의 본질을 드러내기 위한 기본적인 요건이다. 즉물적 이미지는 "사물 자체의 새로운 존재, 즉 때묻고 낡은 시적 관례에서 벗어나서 참신하고 유니크하게 발견하려는 태도"8)에서 만들어진다. 그는 그 예로 김광림의 「0」을 들고 이 시가 "화석화한 인식의 획일주의를 거부하고, 사물을 새롭게 보는 자신의 눈을 가지려"9) 한다고 평가한다. 그것은 모든 선입견을 버리고 사물 자체로 육박한다는 면에서, 인식론적인 태도의 전환을 요구한다. 사물 자체에 즉응한다는 것은, 사물에 주어진 어떤 관념이나 선입견을 배제하고 사물의 사물성을 그대로 드러내도록 한다는 것이다. 이런

---

7) 김규동, 앞의 책, 1972, 48면.
8) 문덕수, 앞의 책, 1974, 348면.
9) 위의 책, 47면.

면에서 그것은 현상학적 판단중지와 유사한 관점을 취한다.

그가 주장하는 '반관념'은 인식론적인 측면에서는 선입견이 배제된 사물 자체의 존재를 강조하는 것이고, 표현과 기법면에서는 구체적이며 감각적인 선명한 이미지를 강조하는 것으로 요약된다. 이러한 문덕수의 시론은 창작방법으로서의 이미지즘과 이론적 근거로서의 주지주의적 특징이 결합된 것이다. 즉, 인식론적 차원에서의 판단중지를 통해 사물의 본질을 드러내고, 그것을 이미지를 통해 표현하는 것이다.


> 너는 지금 가장 네 안에서 살아나고 있다. 萬象이 渾然한 네 우주의 내면
> 을 刻刻 切迫하는 求心 속 승화한 일체의 목숨이 피어나고 있다.
>
> ─문덕수, 「화석」 부분


위의 시는 사물의 본질을 추구하려는 주지주의적인 지향과 이미지의 조형성이 잘 어우러져 나타나 있다. 이 시에서 화석의 무늬는 '만상이 혼연해있는 내면'이 '피어난' 것으로 이미지화되어 있다. 즉 화석의 무늬는 외부적인 자연 환경에 의해 생겨난 것이 아니라 그 안에 내재해있는 우주의 내면의 무늬가 아로새겨진 것이다. 말하자면 사물의 사물성을 드러내는 것이다.[10] '피어났다'는 표현은 그러한 화석의 무늬를 눈앞에서 보는 것처럼 생생하게 연상시킨다. 이는 이미지화된 구절이 가져오는 연상 작용에 힘입은 것이다. 그 이미지가 밖에서 주어지는 것이 아니라 '네 안에서 살아'난 것임에 주목할 필요가 있다. 즉 이미지는 내면에 감추어져 있는 사물의 우주적인 본질이 밖으로 표출된 것이다.

여기서 이미지즘적인 테크닉은 사물의 본질을 추구하는 이론적인 지향과 결합하게 된다. 1930년대의 주지주의 시론이 실제 창작에서는 그 자체

---

10) '화자가 사물의 내면에다 시점을 맞추고 있다'(강남주, 「내면 세계와 불명의 존재」, ≪현대시≫, 1991. 8)는 것은 사물의 사물성을 드러내는 것과 동일한 의미의 표현이다.

의 대안과 모델을 만들지 못했던 것에 비해, 문덕수는 이렇게 이론과 창작 사이의 괴리를 극복한다. 이는 이미지즘적인 테크닉에서 사물시로 전환될 수 있는 가능성을 내포한 것이다.[11)]

## 2. 이미지의 영역 확대

### 1) 이미지의 논리성과 영상적 수법

이미지의 조형성은 주지주의 시론의 가장 핵심적인 특징이다. 이미지는 지성의 작용에 의해 제작되는 것[12)]으로서, 전근대적인 시와 근대시를 구별하는 기준이 된다. 이 때 이미지는 흔히 음악성에 대한 시각성, 시간성에 대한 공간성으로 해석된다.

김규동은 현대시의 특징을 시각적 이미지와 회화성에 두고 그것을 음악성에 대한 반발로 해석한다. 음악성에 바탕을 둔 19세기 이전의 시들은 인간의 사고가 복잡하지 않고 비교적 단순한 시대의 산물이었다. 그러나 현대는 인간의 사고가 날로 복잡해지고 기계문명의 병적인 징후가 인간을 위협하고 있는 시기이다. 19세기적인 세계관에 바탕한 음악적인 시는 현

---

11) 사물에 대한 문덕수의 존재론적인 인식이 잘 드러나는 예로 「재떨이를 오브제로 한 시」를 들 수 있다. 신동집의 「빈 콜라병」 혹은 김춘수의 「?」을 연상시키는 이 시에서, 재떨이는 도구로서의 수단성을 버리고 그 자체로 존재한다. 인간에 의해 덧씌워진 수단적인 의미를 버리고 사물이 가지고 있는 본질 자체를 그대로 드러내고 있는 것이다. 이 때 문덕수의 사물에 대한 관심은 존재론적인 인식과 결합될 가능성을 보인다. 이런 면에서 그의 시는 오규원, 정현종으로 이어지는 1970년대 사물시의 출발점 역할을 한다.

12) "더 말할 것도 없이 이메지는 다음에 서술하는 바와 같이 주지(主知)의 힘에 의하여 만들어지는 소산인 까닭으로 근대문학의 일반적인 경향으로서 주지성이 증대함에 따라서 더욱 이와 같은 형태성은 시적 미의 요구로서의 명확한 상을 명백히 들어내어 왔던 것이다. 한마디로 말한다면 현대시의 가장 중요한 징후의 하나가 시는 심상(心像=image)의 문학이라는 논점인 것이다."—김규동, 앞의 책, 1962, 203면.

대의 문제점에 대한 고찰이 결여되어 있다. 김규동은 이를 근거로 해서 서정주와 김소월, 유치환 등의 전통주의시들을 비판한다. 그들의 시가 반현대적인 이유는 시대와 동떨어진 음악적인 시를 지향하고 현대문명에 대한 고찰이 없기 때문이다.13) 정반대로 이봉래, 김종문 등의 모더니즘시는 현대의 가장 주요한 주제인 문명에 대한 인식과 불안을 담고 있다는 면에서 긍정적으로 평가된다.

그의 시론에서 특징적인 것은 '이미지의 논리성'을 강조한다는 것이다. '이미지의 논리성'이란 에즈라 파운드의 분류에 따르면 '로고포에이아'를 의미하는 것이다. 그는 멜로포에이아는 언어의 운(韻)이 그 내용에 의해서 남겨놓은 흔적의 아름다움을 뜻하고, 파노포에이아는 언어가 이미지를 만들어내는 작상(作像)의 기능을 뜻하며, 로고포에이아는 논리와 논리가 얽혀서 빚어놓는 이미지의 면적을 뜻한다고 설명한다. 멜로포에이아가 음악성을 중시하는 낭만주의적인 시를 지칭하는 것이라면, 현대시는 파노포에이아와 로고포에이아를 의미한다. 파노포에이아가 주로 시각적 영상을 만들어내는 것을 의미한다면, 로고포에이아는 이보다 더 복잡한 추상적인 인식의 방법이다. 김규동은 로고포에이아를 '논리를 거쳐서 그려지는 이미지의 형태'라고 정의하고 이를 '이미지의 논리성'이라는 말과 연결시키고 있는 것이다.

이 때 논리성은 '조형적 연관성'에 사고의 과정이 결합된 형태이다. 즉 구성적인 성질과 생각하는 논리적 사고의 과정이 결합된 것이다. 그는 '무방법하게 닭이 알을 낳듯이 시를 생산해내는' 자연발생적인 시를 비판하고 시가 논리성을 갖추어야 한다고 주장하면서, '이미지의 논리성'이 '사

---

13) "서정주의 시세계를 지배하고 있는 사상이란 것은 다름아닌 자연주의사상인 것이다. 그는 19세기적 인간의 고뇌를 영원한 인생의 아름다움으로 인식하는 듯싶은 인상을 풍겨주는 시인의 한 사람이다. (……) 시에 있어서의 음악적 요소가 서정주에게 있어서는 영원불멸의 가치 관념으로 되어 있다. 그러나 서정주의 시는 벌써 오늘의 예술일 수가 없게 되었다."―김규동, 앞의 책, 1956, 43~44면.

고 자체는 자연발생적 현실 묘사의 그것을 넘지 못하면서 신기한 언어만을 아무런 조형적 연관성이 없이 쓰는' 것과는 다르다고 주장하고 있다. 그는 '현대시는 몽롱한 멜로디의 연속이 아니라 새로운 논리의 미적 전개'라고 주장하고, 시를 짓는데 있어서도 방법론이 필요함을 역설하고 있다.

이로 미루어볼 때, 그가 생각하는 시적인 논리는 의미를 이미지로 표현해내는 과정과 방법이다. 말하자면, 감정이나 사고의 영역에 있는 소재를 지성의 작용에 의해 이미지로 만들어내는 것이다. 그 예로 그는 자신의 시 「나비와 광장」을 예로 들고, 그것이 "자아의 내부에서 걷잡을 수 없이 혼란과 모순을 극하는 전쟁의 이미지를 이런 형태로 붙잡아보고 싶었던 것"[14]이라고 쓰고 있다. 결국 이미지의 논리성이란 시인이 말하고자 하는 의미가 먼저 있고, 지성의 도움을 받아 그것을 논리적으로 형상화하는 방법론적인 것이다.

이러한 방법론이 구체적으로 적용된 것이 영상적 수법이라는 것은 특기할 만한 일이다. 영화에 대한 관심은 1930년대의 김기림의 시론에서도 이미 나타난 바 있지만,[15] 김규동의 시론에서 좀더 구체화되어 있다.

> 이 「외래의 사람이여 보라」라는 작품에서도 조그마한 섬의 설정이 위치와 시인과 경치와의 사이에 빚어진 분위기를 매우 거시적이면서도 미시적인 정서로서 이루고 있다. 늘어선 바위들과 그 기슭을 부딪치고는 밀려나가는 바다 물결, 그 뒤에 쫓아나가는 자갈소리들은 눈에 선히 보이는데, 오든은 그것을 물끄러미 들여다보는 순간 독자의 예측을 벗어나서 바위에 날개를 쉬는 갈매기의 정경에 그의 눈은 내려앉는다.
> 그리고 제삼절에서는 고기잡이 배들이 마치 바다라는 위대한 밭에 뿌려진 씨앗처럼 두둥실 떠있는 모습에서 흩어지는 스크린을 우리에게 보여주는가 하면 이와 같은 전경은 어떠한 여름 물 속을 흐르는 구름과도 같이

---

14) 김규동, 앞의 책, 1972, 81면.
15) 이에 대해서는 문혜원, 「1930년대의 모더니즘 문학에 나타난 영화적 요소에 대하여」, 앞의 책, 1996 참고.

기억속을 흘러가리라는 비상한 착상으로 시의 콤포지션이 튼튼하게 구성되고 있고 그 콤포지션 속을 미시적인 정서와 시점의 재빠른 이동으로 채워가고 있다.[16)

이상은 뉴컨트리파의 일원인 W. H. 오든의 「Look, Stranger!」에 대한 설명이다. 김규동은 시의 내용을 시각적으로 설명한 뒤, 그것이 마치 스크린에 비치는 영상 같다고 지적하고 있다. 그가 고기잡이배가 떠 있는 풍경과 여름 물 속의 구름을 연결시켜 설명하는 대목은 영화의 몽타쥬 수법을 설명하는 것과 흡사하다.

이는 S. 스펜더의 「The Landscape Near an Aerodrome」 설명하는 부분에서도 마찬가지다. 그는 이 시를 "몇 마일의 저쪽에서부터 평탄한 기복에 마음껏 손발을 뻗치는 여성적인 국토(A), 여윈 검은 손가락과 같은 또는 공포에 떠는 광기의 모습과 같은 연통(B), 슬픔에 부서진 여인의 얼굴과도 같이 나무 사이의 그늘에 이상한 포오즈로 웅크리고 앉은 건물(C), 군데군데의 흩어진 집의 커틴의 안쪽에서 희미한 불빛에 신음하는 곳(D)" 등과 같이 장면을 나누고 그러한 장면들이 '감정의 파노라마'가 되어 눈앞에 나타난다고 설명하고 있다. 뿐만 아니라 김종한의 「낡은 우물이 있는 풍경」에 쓰인 영화적인 수법을 지적하고, 이를 평면적인 것에서 입체적인 감각과 조형의 세계로 변화하는 예라고 설명하고 있다.[17) 이처럼 김규동은 영상을 모더니즘의 중요한 테크닉으로 끌어들임으로써 모더니즘적 기법의 영역을 넓히고 있다.

---

16) 김규동, 앞의 책, 1962, 127면.
17) "낡은 우물가에서 물을 길고 있는 아주머니와 대화하는 형식은 이 시를 무엇보다도 평면적인 텃취에서 구출하고 있는데 오히려 이 작품의 성격은 영상적인 수법을 가진 능란한 솜씨에 의해서 규정지어져야 하리라고 본다. (……) 평면적인 것에서 입체적인 감각과 조형의 세계에로 달리는 이 시인의 작시 태도는 확실히 현대의 것이 아닐 수 없다."ㅡ김규동, 앞의 책, 1956, 124~125면.

## 2) 초현실주의적인 이미지

문덕수는 현대를 이미지의 시대라고 규정짓고, 현대시의 특징이 이미지에 있다고 본다. 이 때 이미지는 일차적으로 '언어를 통해서 그리는 심적 회화(繪畫) 혹은 유추'라는 기본적인 의미로 해석된다. 그것은 "추상적 관념같은 무형이 유형화할 뿐만 아니라, 음악이 색채를 가지고, 또 음향이 물체로 변하는"[18] 것이다. "사물을 사물 그 자체의 질서대로 두고 안정된 자세로 조응한다든지, 난해한 수사를 피하고 설명적인 듯한 평이한 구성을 통하여 전편의 서정적 분위기를 형상하는"[19] 즉물적 이미지는 이러한 이미지의 정의에 바탕하고 있는 것이다.

그런데 문덕수의 시론에서 이미지는 여기서 한 단계 더 나아가 '이미지가 곧 시 자체'라는 순수 이미지를 지향하는 방향으로 전개된다. 이미지는 "단순히 자연의 사물을 그대로 반영하는 것이 아니고, 그 대상을 분석 해체하여 다시 구성하게 되는 과정을 밟게 되며, 그 결과 종국적으로는 대상과의 직접적 관계를 끊게 된다"[20]고 설명된다.

> 말하자면 이미지는 어떤 객관적 대상을 가질 필요가 없고, 또 반드시 개념으로 요약할 수 있는 주제를 가질 필요도 없다고 본다. 엄격한 의미에서 '순수 이미지'란 객관적 대상도 없고, 개념으로 바꾸어놓을 수 없는 것을 의미한다. 이미지는 이미지 그것만으로서 충분한 자생적 자족적 존재이며, 이미지가 지시하는 객관적 대상을 찾을 필요가 없다. 이미지는 이미지 그 자체가 하나의 실재이다.[21]

인용된 부분은 대상과의 관련 자체를 부정하는 일종의 무의미시를 지향

---


18) 문덕수, 『현대문학의 모색』, 수학사, 1969, 20면.
19) 문덕수, 앞의 책, 1974, 347면.
20) 위의 책, 62면.
21) 위의 책, 60면.

하는 것처럼 보이기도 한다.[22] 이는 객관세계의 재현을 부정하고 이미지 자체를 독립시킨다는 면에서 초현실주의의 이미지와 유사하다. 실제로 문덕수는 영미 이미지즘과 초현실주의가 같은 뿌리를 지니고 있다고 본다. 초현실주의가 가지는 무의식의 영역이나 상상력의 확대, 오토마티즘 등도 결국에는 초현실주의적 이미지 탐구를 위한 방법으로 해석하는 것이다. 그럼으로써 문덕수는 이미지를 시각적이고 회화적인 것에 국한시키는 종래의 방식을 탈피해서 초현실주의까지의 '환상'적인 요소까지를 결합한다. 그럼으로써 이미지는 수단적이고 기술적인 것에서, 내면적인 심리의 표출까지를 아우르는 개념으로 확대된다.

문덕수의 시에 나타나는 환상적인 요소들은 이런 맥락에서 설명될 수 있다. 그 예로 「선에 관한 소묘 1」은 시인의 마음 속에 그려지는 형상을 표현한 것이다. 어둠 속에서 레이저 광선이 쏘아지는 것처럼, 환상 속에서 뽑아져나온 선은 반복되고 겹치며 형상을 만들어간다. 그 선들이 겹쳐져서 꽃송이를 만들고, 거미줄과 같은 망사 모양을 만든다. 물론 이는 시인의 내면에서 만들어지는 형상이다. 이같은 내면세계의 작용은 「선에 관한 소묘 5」에서 더욱 두드러지게 나타난다.

한 가닥
線이
여윈 내 손목을 묶어보고,
몇 범이고 내 모가지를 金빛으로
졸라보고,

---

22) 이런 맥락에서, 문덕수의 시를 김춘수의 '무의미시'와 비교한 장사선의 생각은 일리가 있다. 그는 문덕수의 시가 시를 대상으로부터 해방시키는 일에 남달리 관심을 가지고 있고, 그것을 추구하는 문덕수의 '내면세계의 시'가 이미지들의 내면세계를 표현한 개인적 상징이며 의미 해체나 리듬 해체라는 면에서 김춘수의 무의미시와 많이 닮았다고 주장하고 있다(장사선, 「문덕수론」, 『사라지는 것들을 위하여』, 미래사, 1991). 이러한 유사성은 비단 시만이 아니라, 본문에서처럼 시론에서도 발견되고 있다.

壁 못에서
풀려 내려온 노끈이
누나의 모가지를 졸라 죽였다.
그때의 누나의 눈알
그리곤
퀴퀴한 냄새가 풍기는
창녀의 치마끈이 되었던
한 가닥
線이,
경부선 레일로
시장댁 뜨락의 殺意의 나뭇가지로
十年前의 누나의 얼굴로
돌아갈 수 없는
한 가닥
線이,
지중해의 연안을 구석구석 더듬은,
내 누나 같은
낫세르 中領의 눈동자 속에
지중해의 윤곽으로 들어앉아
쉬고 있었다.

이 시에서 선은 무언가를 묶고, 조르고, 뻗어있고, 형상을 만드는 것이
다. 누나의 모가지를 조르는 환상은 시체에서 오는 퀴퀴한 냄새로 연결되
어, 그 냄새가 나는 창녀의 방과 치마끈으로 이어지다가, 풀어져 있는 치
마끈의 모양에서 경부선 레일의 뻗어있는 모양으로 연결되고, 뻗어있는
나뭇가지와 지중해 연안의 해안선의 모양으로 연결된다. 그러나 이 이미
지들은 현실적인 의미를 가지고 있는 것도 아니고 특별히 정서적인 유사
성을 갖추고 있는 것도 아니다. 이같은 연상은 감각의 유사성에 바탕한 것
이다.23) 그는 이렇게 쓰여진 「선에 관한 소묘」를 주관적 순수시로 분류하
고, 내면세계의 질서와 심층 심리의 이미지를 포착하는데 주력했다고 말

하고 있다.

초현실주의의 이미지에 대해 긍정적인 평가를 내리는 것은 김규동 역시 마찬가지다. 그는 영미시단에서의 이미지즘과 프랑스의 초현실주의, 독일의 신즉물주의를 '심상미학의 발달'이라는 측면에서 동일하게 해석한다. 초현실주의 역시 이미지를 창출해내는데 주력하고 있으므로, 이미지즘이나 신즉물주의와 상통한다고 보는 것이다. 초현실주의는 '이미지의 특수한 구성에 의한 하나의 환상의 시'로서, '이미지를 주제로 하여 특수하게 엮어지는 구성기술'을 특징으로 한다. 이미지가 대상으로 하는 객관적인 사물이나 상황이 있는가 하는 것은 더 이상 문제가 되지 않는다. 이미지는 외부의 대상을 표현하기 위한 수단이 아니라 그 자체가 독립된 존재로 기능하는 것이다.

초현실주의자들은 이미지를 통해 새로운 현실을 창조하는 이들이라고 평가된다. 그들은 '꿈의 세계까지 붙잡아다 쓰는 초현실주의의 작시술에서 저들의 새로운 리얼리즘을 찾아낸 것'24)이다. 그들의 표현은 '경이에 가까운 시각언어의 형성'이고, 여기서 이미지는 '기지의 현실과 미지의 세계 사이를 다리놓는 매체'가 된다. 이 과정을 통해 그들은 거기서 우러나는 새로운 현실—즉 초현실을 찾아낸 것이다. 아울러 그는 엘뤼아르와 아라공 등 초현실주의자들을 소개하면서, 한국 시의 예로는 이상의 「꽃나무」, 「거울」, 「오감도 시 제2호」, 이시우의 「방」을 들고 있다. 이들의 시는 종래의 시와는 매우 다른 화법을 가지고 있으며, '내부를 그리는 시', 즉 시인의 관심이 내부현실의 어떤 정황에 맞추어져 있는 시라고 설명된다. 이런 맥

---

23) 그는 시어 혹은 이미지를 연결시키기 위해서는 최소한도의 부분적 유사성이 있어야 하며, 그 유사성에는 의미의 유사성, 정서의 유사성, 감각의 유사성이 있다고 설명한 바 있다. 그리고 시가 자유연상에 의하여 심층심리의 내부로 파고 들어가면 이미지가 지니는 감각상의 유사성에 치중하게 된다고 보았다. 「선에 관한 소묘 5」는 이런 생각을 실제적인 작품으로 보여주는 예라고 할 것이다.

24) 김규동, 앞의 책, 1972, 43면.

락에서 이상은 무한한 상상력과 비판정신, 해학정신을 가졌던 고귀한 시인이라고 평가된다.

여기서 이미지는 시각적인 테크닉을 넘어서 시적인 사고의 자유를 보장하는 수단이 된다. 또한 그것은 대상을 있는 그대로 반영하는 것이 아니고, 대상을 해체하여 재구성하거나 더 나아가 대상 자체를 넘어선다. 이미지는 외부에 실재하는 대상을 표현하는 방법일 뿐만 아니라 주관적인 내면의 심리, 의식의 흐름까지를 표출하는 광범위한 시적인 방식이 되는 것이다.


## 3. 전통과 역사의식


### 1) 우리 문학의 사상적 전통

전후 비평에서 가장 중요한 주제의 하나는 전통이다. 전통은 전쟁으로 폐허가 된 현실에서 새로운 사회를 이끌어갈 기준으로써 재해석되었다. 전통에 관한 당시의 이론적인 글들의 입장은 다분히 엘리어트적이다. 그것은 현재성을 바탕으로 해서 역사성과 세계성을 주요 골자로 한다. 이 때 전통은 '현재에 반영되어 그 현재에 영향을 줄 수 있는 역사적 요소로서의 전통'[25]이다. 그것은 과거라는 시간 개념에 가치판단이 개입되는 것이고, 시간의 한계를 뛰어넘어서 현재의 삶에 영향을 미치는 것이다. 그런 의미에서 전통은 과거의 것이면서 동시에 현재의 것이다.[26] 전통은 유물이나 유적과는 다른 것으로서, '전통을 찾는다는 것은 과거를 찾는다기보다 오히려 현재를 찾는 것'[27]이라는 문덕수의 생각은 전통의 현재성을 강

---

25) 이봉래, 「전통의 정체」, ≪문학예술≫, 1956. 8.
26) 조연현, 「전통의 개념과 그 가치」, ≪문학예술≫, 1957.

조하는 것에 다름 아니다.

> 현대 문명을 보기 위해서는 시인의 시야가 확대되어야 하고, 복잡한 체험의 수용과 소화가 가능해야 하고, 이질과 모순과 유사를 동시에 종합, 결합할 수 있는 상상력을 발휘하여야 하고, 나아가서는 현대시의 본질과 성격에 대한 투철한 식견을 가져야 한다.[28]

전통이 중요한 것은 현대의 특징을 인식하고 그에 대응하기 위해서이다. 시인이 이러한 식견을 가지기 위해서는 필수적으로 과거에 대한 이해가 바탕이 되어야 한다. '역사적인 현실과 함께 과거의 역사, 신화, 전설, 고전 등을 동시적으로 파악하는 태도가 필요'한 것이다.

그는 '현실과 역사적 시간성을 갖고 있는 보편적 질서'로서의 전통이 발현된 예로서, 우리 문학의 사상적 전통을 신라정신에서 찾고 있다. 신라는 자연과 현실, 감정과 이성이 보편적 우주 질서 속에 전일적 세계를 이루고 있었던 마지막 시기이다. 그 예로 신라 향가인 「혜성가」와 「원가」, 「안민가」는 영원성만을 고집하지 않고 현실성을 아울러 갖추고 있었던 것으로 평가된다. 즉 자연주의와 현실주의가 조화와 통일을 이룬 보편적 질서를 보여주는 것이다. 이는 신라정신이 샤머니즘의 토대 위에 유불도의 삼교를 융합시켜 보편성에 도달하고 있음을 증명하는 것이다.

이러한 신라정신의 맥을 잇고 있는 시인이 서정주이다. 그는 서정주의 시를 "김영랑의 언어미와 모더니즘의 이미지와 그리고 동양의 전통적 사상의 숲을 지니고 있다. 그만큼 그에게는 종합성이 있다. 불교가 있는가 하면 유교가 있고, 노장(老莊)도 있다. 그리고 이 모든 종합물은 언어미를 창조하기 위한 밑거름에 지나지 않는다. 그에게 와서 우리 시는 동양이라는 새로운 영역에 들어선 것이다."[29]라고 하여 극찬하고 있다. 이 때 강조

---

27) 문덕수, 앞의 책, 1969, 72면.
28) 문덕수, 앞의 책, 1974, 87면.

되는 것 또한 종합성과 보편성이다. 그가 생각하는 전통은 과거와 현재, 역사와 현실이 통합된 보편적 질서이다. 서정주의 시는 이러한 보편성에 도달하고 있다고 평가되는 것이다.

## 2) 비교문학적인 입장에서 본 전통

문덕수가 한국적인 전통의 예를 과거의 '신라정신'에서 찾고 있는 것에 반해, 송욱은 비교문화적인 입장에서 전통을 이해하려 한다. 즉 근대적 모델로 제시된 서구의 비평이론들을 준거로 해서 그것과 한국의 전통을 비교하는 방식을 취하고 있는 것이다. 그는 시론이 '문화전통이 다르고 언어가 다른 문화배경을 바탕으로 하며, 주로 자기 나라의 시작품을 대상으로 삼고 이룩된 것'[30]이므로 당연히 차이가 있고, 그러므로 그 차이를 인식하고 수용해야 한다고 주장한다. 예를 들어서 발레리의 시관에서 강조되는 것은 순수한 의식의 절대적 일반성과 그것에 바탕을 둔 순수한 보편성이다. 그러나 우리의 전통적인 시관은 '사무사(思無邪)'라는 공자의 시관과 흡사한 것이다. 즉 진정(眞情)과 인정이 시의 내용을 이룬다고 생각하는 것이다. 따라서 우리의 전통적인 시관에서 본다면 발레리의 시학은 받아들이기에 어려운 측면을 가지고 있다. 이러한 맥락에서 그는 동양적 전통의 새로운 모델을 찾는 일에 집중한다.

그러나 현시점에서 본 한국적 전통에 대한 그의 평가는 대체로 부정적이다. 그는 엘리엇의 전통론에 입각하여 우리의 전통관을 비판한다. 엘리엇적인 시각에서 본다면, 새로운 작품은 과거의 작품에 의해 일방적으로 영향을 받는 것이 아니라 새로운 작품이 과거의 작품의 질서에 개입함으로써 새로운 질서를 창조해내는 것이다. 그럼으로써 훌륭한 작품은 문학

---

29) 위의 책, 253면.
30) 송욱, 앞의 책, 1963, 1면.

의 전통적 질서를 개혁하는 것이다. 이 때 전통은 상호적이고 변증법적인 것이다. 이와 비교할 때, 동양적인 우리의 전통관은 과거의 규범과 제도를 지키고 따르는 것을 미덕으로 꼽는다. 즉 새로운 것이 옛것을 변화시킬 수 있는 상호성이 허용되지 않는 것이다. 전통의 변증법적인 측면이 간과될 때 그것은 전통이 아니라 과거의 인습일 뿐이다.

또한 그는 동양의 전통이 지나치게 정적이며, 동적인 것을 멀리한다고 비판한다. 우리에게는 현대에 알맞은 역사의식을 길러줄 전통사상이 없다. "유교의 전통주의는 과거를 향해 뒷걸음질치는 것이었으며, 불교는 아주 송두리째 시간의 존재를 부정하여 역사의식을 초월"31)하기 때문이다. 그 결과로 19세기의 한국과 20세기의 한국 사이에는 커다란 단절이 놓이게 된다. 그는 이 단절을 극복하기 위해 인류의 문화전통의 '동시적 질서'를 의식해야 한다고 주장한다. 이는 한국적인 상황의 특수성을 보편적인 세계사적 질서 속에서 재해석하는 것으로 연결된다. 이같은 송욱의 견해는 한국적인 전통을 발견하고 새롭게 정의하려는 의도에서 비롯된 것이다. 그러나 실제 작품의 분석을 통해서 드러난 결과는, 서구의 기준을 중시한 나머지 대부분의 한국시들을 수준미달로 평가하는 오류를 범하고 있다. 그의 시론이 지나치게 서구지향적이라는 비판을 받는 이유는 이 때문이다.

그의 『시학평전』은 영미 비평과 프랑스 비평뿐만 아니라 발레리와 말라르메, 타고르 등의 작품을 소개하고 그와 대비해서 한국의 시작품을 분석하는 방식을 취하고 있다. 그 중에서 한국의 전통이 처한 현실을 설명하는데 가장 중요한 포인트가 되는 것은 코울릿지의 상상력 이론이다. 송욱은 W. H. 오든의 견해를 빌려서, 코울릿지의 제1상상력과 제2상상력이 각각 신성한 것과 세속적인 것을 대상으로 한다고 설명한다. 오든은 신성한 것과 세속적인 것의 구별을 인정하지 않고 있는 문화권에서는 시 역시 공적

---

31) 위의 책, 21면.

이거나 비교적(秘敎的)인 것이 되지 못하고 사적인 성질을 띨 수밖에 없다고 말한다. 송욱은 이러한 오든의 견해를 바탕으로 현대의 시인은 공중(公衆)을 대상으로 시를 쓰는 것이 아니라 홀로 떨어져 있는 각 개인을 대상으로 할 수밖에 없다고 설명한다.

그는 우리 문화의 현실이 과거의 '신성한 것'은 사라지고 그것을 대체할 만한 새로운 신성성은 아직 자리를 잡지 못한 상태라고 파악한다. 왕이라는 신성한 존재는 사라졌고, 유교 사상의 절대성도 현대에 와서는 희박해졌다. 새로 들어온 기독교를 신성하다고 말할 수 있을지 모르지만, 그것이 '언어'에 스며들어 문학작품으로 표현되기에는 아직 시기상조라는 것이다. 작가는 이처럼 변화된 작품 창작 환경의 변화를 인색해야만 한다. 그것이 바로 역사의식이다.[32] 결국 역사의식이란 현재와 과거의 차이를 의식하는 것이며, 그런 의미에서 다분히 현재적인 것이다.

송욱은 결론적으로 현대의 변화에 대응하기 위해서는 제2상상력이 중요하다고 강조한다. 제1상상력이 신성한 것의 자기동일성을 반복하는 수동적인 것임에 비해, 제2상상력은 능동적이며 인간적이고 창조적인 것이다. 신성한 것과 세속적인 것 사이의 경계의 변화는 오직 기술을 통해서만 표현될 수 있는데, 이는 제2상상력의 영역에 있는 것이다. 따라서 역사의식은 추상적인 당위나 시대적인 이슈가 아니라 구체적인 '기술'로 표현되는 것이다. 풍자나 fun, 유모어 등의 기술은 신성한 것의 자기동일성이 깨어진 데서 출발한다. 즉 성과 속의 구별이 희미해진 현대의 변화를 표현하는 방식인 것이다. 그의 『하여지향』은 이러한 생각을 반영하고 있다. 즉 그것은 신성한 것, 유일한 것에 매달려온 동양 전통에 대응하여 인간적이고 세속적이며 창조적인 것에 주목한 결과인 것이다.

---

32) "또한 신성한 것과 세속적인 것의 경계선의 변화는 역사의 변화를 표시하는 것이다. 그러니까 이러한 경계선의 변화에 대한 감각은 역사의식의 한 부분이라고 할 수 있다. (……) 그러니까 역사의식을 가지고 시를 쓴다는 것은 신성한 것과 세속적인 것 사이에 놓여있는 경계선의 변화를 주로 테마로 삼는다는 뜻이 된다"―위의 책, 71면.

民主
注意(칠!)
내일은 정녕 얼떨떨하고
歷史보다 野談을
사랑하는
사랑하는 그대만
진정 아름다워?

－「하여지향」 6 부분


月賦와 賦役 사일
＜데모＞하는 아아 ＜데모크라시＞!
갈비뼈서
投票函서
＜피아노＞ 소리가 나면
美都波로! 高美波로!
산채로 忘憂里라(네?)
NEANG이
No
怒한다.

－「하여지향」 11 부분


인용된 시는 역사에 대한 인식 없이는 제대로 이해할 수 없다. 은유적인 방식에 의해 선택된 단어들 예컨대 '民主 / 注意(칠!)', '月賦와 賦役', '＜데모＞하는 아아 ＜데모크라시＞!', 'NEANG이 / No / 怒한다' 등 동음이의어 사용이나 말꼬리 잇기 등은 언어유희이면서 동시에 풍자의 역할을 수행한다. 民主主義를 '民主'와 '注意'로 나눈 것은 민주주의의 허실을 꼬집어 희화화한 것이고, '月賦'와 '賦役'은 월부로 근근이 살아가면서도 의무만을 지우는 정치에 대한 비판이다. 이에 항의하는 데모(demonstration)는 민주주의의 당연한 권리이지만, 민주주의는 멀다('＜데모＞하는 ＜데모크라시＞!').33)

그는 이처럼 언어의 실험과 파괴, 풍자와 pun 등을 통해 지적인 유희를 벌인다. 그의 시에 등장하는 풍자나 역설, 음운의 효과를 이용한 말장난 등은 대부분 사회비판적 요소를 가지고 있다. 그럼으로써 그는 현대에 어울리는 '기술'을 창조하려 하고 있는 것이다.

## 4. 지성의 비판적 성격

널리 알려져 있는 것처럼 주지주의는 지성을 중시하는 사조이다. 지성은 주관적이고 혼재된 감정을 절제하는 수단이며 동시에 현실에 대응하는 태도이며 세계관이기도 하다. 1930년대 주지주의 시론에서 지성은 사회적인 변화와 맞물리면서 문학의 정치성을 주장하는 방향으로 나아간다. 이에 대해 김규동, 문덕수, 송욱의 시론의 공통점은 정치성을 배제하거나 문학내적인 것으로 한정한다는 것이다. 문덕수가 사회성을 철저하게 배제하고 있음에 대해, 김규동은 모더니즘의 비판적 성격을 지지하고, 송욱은 '비판적 지성'을 강조함으로써 특정한 정치적인 입장을 지향하는 것에 반대한다.

문덕수의 시론은 앞에서 말한 바와 같이, 반센티멘탈리즘과 반관념으로 요약된다. 뿐만 아니라 그는 시에 사회와 현실을 결합하는 것을 부정하고, 특히 시와 정치성을 결합시키는 것에 반대한다. 무엇보다도 시는 언어예술이라야 하며, 현실적인 소재를 쓴다고 하더라도 먼저 '예술로서의 시'가 되어야 한다는 것이다. 이러한 그의 입장은 시에서 순수 이미지와 내면세계를 추구하는 것으로 나타난다.

김규동은 모더니즘이 자연발생적으로 생겨나거나 일시적인 현상이 아

---

33) 문혜원, 앞의 책, 1996, 138면.

니라, 역사의 필연에 의해 자각적으로 행한 문학행위이며 모더니스트들은
가장 고귀하고 청신한 새 시대의 인간정신의 표상이라고 보았다. 그는
1920년대까지의 서정시나 카프의 시를 똑같이 '자연발생적인 감정 유로
(流露)의 시'라고 비판하고, 이와 대비되는 모더니즘의 특징으로 세계성,
동시대성을 들고 있다. 모더니즘 시인들은 오늘날 한국시단의 선진적 주
류로 평가되고, 지성과 시대감각을 동시에 갖춘 중요한 존재로 평가된
다.34) 즉 모더니즘에 이르러서야 우리의 문학이 세계사적인 질서에 발맞
추게 되었다고 생각하는 것이다. 이는 동시대성을 자신들의 문학적인 입
지로 삼았던 전후 문학인들의 일반적인 특징을 반영하고 있는 것이다.35)

이 때 김규동이 주목하는 것은 모더니즘의 기술적인 측면만이 아니라,
모더니즘이 지니고 있는 시대성, 즉 현실인식이다. 그가 생각하는 모더니
즘의 기본 정신은 '시인이 사회의 일원이라는 시민복귀정신'이다.36) 즉 모
더니즘의 속성 중에서도 사회비판적인 부분을 내세우고 있는 것이다. 그
가 김기림과 동일하게 뉴컨트리파를 옹호하고 엘뤼아르나 아라공과 같은
초현실주의자들의 정치적인 행동에 동의를 표한 것은 그 때문이다. 그러
나 이때까지 그가 일관되게 주장하는 '시대성' 혹은 '현실성'은 '현실에
대한 시인의 관심 혹은 모랄'이라는 극히 일반적인 의미를 넘지 않는다.
그가 주장하는 현실에의 관심은 일반적인 시의 주제일 뿐, 리얼리즘적인

---

34) 그 예로 <후반기>는 '새로운 시의 이념의 합치와 시작상의 방법에 있어서의 공감으로
　　 이루어진 그룹'(김규동, 앞의 책, 1956, 176면)이라고 평가된다.
35) 전후 문학인들은 6·25의 체험을 1, 2차 세계 대전과 스페인 내란, 헝가리 학살 사건 등
　　 세계사적인 문제들과 동궤에 있는 것으로 생각했고, 6·25를 겪음으로 인해 전 세계적인
　　 불안 사조 안에 놓여있다고 생각했다. 그런 의미에서 6·25는 동족상잔의 비극인 동시에,
　　 현대문학의 기점이 된다. 이러한 아이러니는 전후 문학인들의 의식을 설명하는 중요한
　　 특징이다.—문혜원, 앞의 책, 1996, 36~38면 참고
36) "모더니즘의 공적은 실로 문명에 대한 지성에의 카테고리를 직관과 감정과 시점의 구성
　　 요소로 해석한데 있는 것 뿐만 아니라 시인이 시민정신에의 사회적 복귀 다시 말하면 상
　　 아의 탑을 파괴하고 인간의 사회적 형식인 시민에의 환경으로 되돌아온데 있다."—김규
　　 동, 「시와 행동과 시인」, ≪자유문학≫, 1960. 5.

시각과는 거리가 있다. 그 증거로 김규동이 예로 든 김수영, 김춘수, 박인환 등의 시에 나타나는 현실은 우리가 살아가는 구체적인 삶의 현장과는 다르며, 이 때 시대성은 차라리 문명비판에 가깝다.[37]

앞장에서 지적한 것처럼, 송욱의 언어유희는 그 출발부터가 시대성과 사회성을 겨냥한 것이다. 엘리엇은 현대시에서는 과거의 엄격한 형식으로써는 표현할 수 없는 내용, 즉 새로운 형식을 필요로 하는 새로운 내용이 중요하다고 강조한 바 있다. 이에 의하면 송욱의 언어유희는 현대라는 세속적인 내용(새로운 내용)을 담아내기 위한 새로운 형식인 셈이다. 그가 모더니즘의 중요한 특징으로 꼽은 '내면성' 역시 사회성, 시대성과 무관하지 않다. 내면성은 한 가지 사실에 대한 묘사뿐만이 아니라 거기에 함축된 여러 가지 사회적, 역사적 사실을 포함하는 것을 의미한다. 그리고 그것은 개인적인 감상과 상징의 차원을 넘어서 인간 존재의 보편성에 도달하는 것이라야 한다.

송욱은 이러한 내면성이 갖추어진 가장 바람직한 시인의 모델로 만해 한용운을 꼽고 있다. 만해의 시는 "우리 신문학사에서 가장 높고 넓으며 깊은 인간성을 표현한 작품"[38]이라고 평가된다. 그는 타고르와 만해를 서양적인 것에 맞서는 동양적인 전통의 모델로 설정한 후, 만해에게는 타고르의 시에는 없는 사회와 역사, 혁명이 있다는 점을 들어 만해를 더 높게 평가한다. 시를 통해 인간의 보편성을 표현했고 독립운동을 했다는 점이

---

37) 김규동의 시론은 이처럼 모더니즘의 비판적인 특징을 강조하는 데서 시작해서 점차, 현실과 사회를 지향하는 방향으로 바뀌어간다. 이 때 그가 모델로 하고 있는 것은 쉬르리얼리즘에서 출발하여 적극적인 현실 참여로 변화한 엘뤼아르, 루이 아라공 등이다. 그들의 시의 형식은 '시인과 공중과의 관계에 필연적으로 맺어져 있으며 자아의 의식이나 무의식에 충실한 표현으로 시의 필연적인 형식을 찾아가지고 있는 것'(김규동, 앞의 책, 1956, 232면)으로 평가된다. 이 부분에서 주목되는 것은 '공중(公衆)'의 존재이다. 이는 시인과 독자와의 관계를 상정하는 것이며, 시인의 시가 독자와 더불어 해야 함을 보여주는 근거로서 이후 그의 시론적인 변화를 예고하게 한다. 여기서 시인은 자신의 감정과 사상만이 아니라 공중인 독자들을 대표하는 존재로 새롭게 규정된다.

38) 송욱, 앞의 책, 1963, 296면.

높은 평가를 받고 있는 것이다. 이상(李箱)에 대해 부정적인 평가를 내리는 것 역시 같은 이유에서이다.

이 때 송욱이 주장하는 사회성 혹은 시대성은 '비판적 지성'이다. 그는 지식인의 본령이 '혁명'이 아닌 '반항'에 있다고 본다. 이 '반항'은 반드시 이기적인 동기에서만 생겨나는 것이 아니라, 다른 사람이 압박을 당하는 것을 볼 때도 생겨날 수 있다. 이것이 반항의 이타성이다. 그러나 그것은 철저하게 비판적인 자리를 고수해야만 한다.

> 또한 까뮈의 생각이 현재 서구 반항사상을 대표할 만한 것이라고 본 까닭은, 그가 반항을 혁명보다 더욱 가치있고 근본적인 것이라고 생각하여 비이데올로기적 입장을 취하고 있기 때문이다. 그러면서도 까뮈의 입장은 이 나라의 지성인들 사이에서 흔히 볼 수 있는 바, 이데올로기로부터 도피하기 위한 것이 아니라, 모든 이데올로기를 비판할 수 있는 문학자의 본질을 더욱 굳건히 다져주는 태도를 드러내고 있다.
>
> 이 나라의 지성인들은 흔히 이데올로기를 그대로 신봉하거나 이데올로기로부터 도피하는 두 길을 가기 쉬웠던 까닭에, 한국 신문학의 사조사가 문학 그 자체에 대한 사상을 담지 못하고 여러 이데올로기에 관한 신앙고백만을 지니기가 일쑤라는 사실을 회상할 때, 까뮈가 보여준 비이데올로기적 입장은 우리에게도 매우 귀중한 것이다.[39]

송욱은 한국인의 지성의 문제점이 이데올로기를 신봉하거나 혹은 그것에서부터 도피하는 두 가지의 양상만을 선택한다는 것이라고 지적한다. 전자의 예가 KAPF의 사회주의 문학운동이라면, 후자는 그에 대립하는 순수문학파 혹은 전통파의 문제점이다. 이 두 가지 극단적인 경향은 이데올로기적으로는 정반대에 있지만, 이데올로기 자체에 대한 비판을 가하지 못한다는 면에서는 동일하다. 송욱이 생각하는 '비판적 지성'은 어떤 이데올로기가 옳고 그른가 하는 것이 아니라 이데올로기 자체에 대한 비판을

---

39) 송욱, 『문학평전』, 일조각, 1969, 105면.

뜻한다. 지식인의 임무는 어떠한 정치적인 방향을 지향하는 것이 아니라, 비판 자체에 충실한 것이라야 한다. 지식인이 특정한 이데올로기를 지지할 때, 지식인은 비판적 거리를 상실하게 된다. 왜냐하면 이데올로기는 그것 자체가 직업이나 민족, 계급 등에 따르는 특정한 '관심'을 가질 수밖에 없기 때문이다.[40] 지식인의 임무는 특정 계급이나 집단의 이익을 대변하거나 그에 봉사하는 것이 아니라 그것을 비판하고 그것에 반항하는 것이다. 따라서 지식인은 항상 '경계인'의 위치에 있어야 한다. 그러므로 송욱의 시대성은 특정한 정치적인 지향이 아니라 정치적인 성향까지를 비판할 수 있는 비판적 지성인 셈이다. 그것은 결국 문학인의 문학내적인 비판으로 귀결된다.

'주지주의'를 '지성을 중시하고, 이미지의 조형성에 중점을 두며, 언어의 기술적인 측면을 탐구하는 모더니즘의 한 경향'으로 본다면, 이는 1930년대부터 현재까지 지속되고 있는 현대시의 특징이다. 대상을 지적으로 인식하고 조형적인 이미지를 중시하는 경향은 전후 시인들의 시와 시론에서도 두드러지게 나타난다. 이들의 시론적인 입장은 1930년대의 주지주의 시론을 변화, 발전시킨 것이다. 1930년대의 주지주의 시론은 김기림과 최재서에 의해 제한적으로 소개되고 있고, 실제 창작에서 이미지즘 시들과 괴리를 빚고 있다. 이에 비해 전후 주지주의 시론은 김광림, 김수영, 김규동, 문덕수, 송욱 등 보다 많은 이론가들에 의해 다양하게 논의되고 있고, 이론적인 부분과 실제 창작 역시 결합되어 있다. 주지적인 태도와 조형적 이미지의 결합은 존재론적인 인식과 결합되면서, 1970년대 사물시의 출발점 역할을 하고 있다. 또한 비판적인 지성을 강조하는 것은 김수영의 시론에서 시적인 형식을 통한 사회참여로 연결된다. 서구의 전통과 우리의 문

---

40) "우리가 어떤 사상이나 체계를 가지게 되는 경우에, 그렇게 되는 동기는 어느 정도 자기의 이기적 혹은 당파적 관심이나 욕망에서 우러나오는 수도 있는 것을 알게 되었다. 그리고 바로 이러한 사상이나 사상체계를 우리는 '이데올로기적'이라고 부를 수 있을 것이다."—위의 책, 110면.

학적 전통을 비교, 연구하는 것은 전통론의 구체적인 모델을 제시하는 한편, 신비평적인 관점을 적용함으로써 우리의 문학 연구를 한 단계 진척시키는 성과를 낳았다. 따라서 주지주의 시론 연구는 우리의 시사적인 연속성을 증명하고 현대시의 중요한 특징을 설명할 수 있는 계기가 될 것이다.

# 제 4 장

# 실존주의와 모더니즘
### ••• 고석규의 시론

## 1. 실존 상황으로서의 역설

'전후문학'이라는 용어 자체의 범위가 불확실한 실정에서 전후비평의 범위를 논한다는 것은 쉬운 일이 아니다. 실질적으로 비평계가 제자리를 잡기 시작하는 것은 50년대 후반에 시작된 분석비평이 학문적으로 정착되기 시작한 60년대의 일이다. 이를 고려할 때, 전후비평은 50년대부터 분석비평이 등장하기 이전의 과도기적인 비평들이라고 일단 한정지을 수 있을 것이다. 그러나 전후비평의 범위를 이같이 한정지을 때, 이에 해당하는 비평들은 대부분 실존주의 소개 등 문학 외적인 것에 치중되어 있어 엄격한 의미에서 문학비평이라고 하기에는 다소 무리가 있다. 그것은 전후라는 상황의 특이성으로 인해 문학 자체의 존립 근거가 위협을 받았다는 것 이외에도 당시 활동했던 비평가들의 대부분이 일시적인 활동으로 그치거나 다른 분야로 자리를 옮긴 까닭에 전후에 비평을 담당했던 비평가의 맥이 끊겨 있는 데 이유가 있다. 고석규는 이렇듯 황폐한 전후의 비평계에서 거의 유일하게 비평가의 자리를 지키고 있다는 데서 주목을 요한다. 또한 그의 비평 활동은 50년대에 끝나고 있어서 전후 비평의 범위에 정확하게 들어맞는 예이기도 하다.

　고석규의 비평은 그의 글의 한 제목이기도 한 '여백의 존재성'을 드러내는 행위라고 규정될 수 있다. 이때 '여백'이란 실재에 대한 대립 개념인 동시에 정적 또는 무한이라는 개념과 동일한 것으로서, 전후의 상황을 초극할 수 있는 유일한 공간으로 부각된다. 하이데거 식으로 표현한다면 전후는 신이 부재하는 '가난한 시대'로서, 어떠한 신도 인간과 사물을 자신에게 집중시키고, 그럼으로써 세계사 및 세계사에 있어서의 인간의 체류 거점을 마련해주지 못하는 시기이다. 신은 사라졌을 뿐 아니라 신생의 광채가 세계사 속에서 꺼져버린 것이다. 시대는 더욱 가난해져 신의 결여를 결여로서 알아채지도 못한다.[1] 이러한 상황에서 고석규는 자신의 실존에 대해 물음을 던지고, 실존의 상황 자체가 역설적이라는 키에르케고르의 입장을 수용하고 있다. 그 자체로서는 해결할 수 없는 인간의 역설적 상황을, 키에르케고르는 사유를 통해 신을 추구함으로써 뛰어넘으려 한다. 고석규는 그 해결책을 문학 비평에서 찾았던 셈이다. 그는 역설이라는 주제 하에 각각의 시인들을 검토하고 있거니와, 특이하게도 그것들은 작품 평에서 끝나지 않고, 시인의 삶과 연결되어 있다. 구체적으로 그의 비평은 죽음의 문제를 중요 테마로 부각시키고 있다. 고석규는 작품 내의 역설을 찾아내고 이를 작가의 삶에 대응시켜 놓고 있다. 즉 그는 개별 시인을 통해 각각의 실존의 모습을 보고 있었던 것이다. 고석규에 있어 작가의 실존과 문학적인 역설은 동일한 것으로 이해되고 있다. 그리고 이런 전제를 받

---

1) M. 하이데거(소광희 역), 『시와 철학』, 박영사, 1973, 207면.

아들인다면, 한 시인의 평가기준은 결국 그 자신의 실존의 문제와 문학 작품상의 역설이 어느만큼 대응하는가 하는 것이 될 것이다.

고석규의 비평에서 '역설'이라는 용어는 문학 내에 국한된 'paradox'의 개념을 넘어서 실존의 상황까지를 지칭하는 개념이다. 이런 면에서 고석규는 키에르케고르와 유사성을 가지고 있는 바, 키에르케고르는 유한성을 가진 인간이 자기 자신과 맺는 관계를 중시하고, 어떻게 자신과의 관계를 추구하는가 하는 것을 실존 혹은 실존함이라 규정한 바 있다.

현존재와 그를 둘러싼 상황이 합리적이거나 의미가 충만한 전체로 통합되어 있는 것이 아니라 모순의 한계 상황에 있다고 할 때, 실존은 그 자체가 역설적인 것이다. 왜냐하면 인간은 '나는 죽는다'라는 유한성 앞에서 절대와 영원으로의 길을 차단당하기 때문이다. 이 유한성의 극한에 죽음이 있고, 따라서 개인의 실존은 우선 죽음이라는 문제에 직면하게 된다. 고석규의 비평에서 죽음이 중요한 주제가 되는 것은 이런 맥락에서 해석되어야 할 것이다.

6·25 당시 군에 입대해서 죽음이라는 극한 상황에 맞부딪쳤던 고석규가 죽음을 비평의 핵심 주제로 끌어들인 것은 자연스러운 일이다. 그는 전쟁의 참혹한 기억 속에서 죽음이라는 공포를 뛰어넘어야 했고, 그 방법으로 죽음을 적극적으로 승인하는 길을 택하고 있다. 유한성을 넘어서기 위해 오히려 유한성을 추구하는 키에르케고르적인 실존의 방식을 택함으로써, 죽음을 공포의 대상이 아닌 유한성을 극복하는 방편으로 인식하려는 것이다.

릴케의 말을 빌린다면, 죽음에 대응하는 양식은 죽을 자로서의 자신을 받아들이는 것과 거부하는 것의 두 가지 형태, 즉 '고유한 죽음'과 '낯설은 죽음'으로 나누어진다. 우리의 밖에서 우리의 삶을 향하여 다가오는 생물학적인 죽음이 '낯설은 죽음'이라면, '고유한 죽음'은 신에 의하여 고용되어 있으며, 삶의 내재적인 필연성으로부터 오는 죽음이다.[2] '고유한 죽음'을 받아들일 때, 죽음은 가장 고유한 그 자신의 일이 된다. 본래적인 실존 양상은 언제나 죽을 자로 유한하게 실존하는 나 자신을 끊임없이 새롭게 받아들이는 것이며, 그것은 결단을 갖고 죽음을 신중하게 받아들인 것으로 이해된다.[3] 그러나 고석규는 죽음의 고유성을 철학적 깊이를 가지고 인식하지 못하고 극히 추상적인 차원에서 이해함으로써 실존의 문제를 오직 문학내적인 것으로 한정시키는 결과를 낳고 있다. 여기서 존재론적인 인식 차원의 역설, 즉 인간의 실존 상황으로서의 역설은 문학적인 차원으로 좁혀져, 한 시인에게서 존재론적인 차원의 역설과 문학 작품에서의 역설을 일대일로 대응시키는 선에서 그쳐 버린다. 이때의 역설은 신비평의 비평 개념과는 구별되는 것으로서 문학작품에서 부정·반어·죽음 등의 특성을 낳는 시인의 정신적 특성이라는 의미로 쓰여지고 있다. '시인의 역설'이라는 제목 하에 묶인 시인들의 공통점은 이러한 정신적인 특성을 가졌다는 것이며, 고석규는 이런 특성을 그들의 실존의 방식과 대응시킨다. 죽음에 대해 관심을 집중시키고 있는 것은, 죽음에 대한 압박감과 그것을 논리적으로 초월하려는 고석규의 심리를 반증하는 것이기도 하다. 그러나 시인의 실존은 결국 작품을 통해 추출할 수밖에 없는 것이므로, 고석규의 시도는 그 자체가 문학작품 내에 한정될 수밖에 없는 한계를 가지고 있는 것이다.


## 2. 반어의 역설


고석규의 비평은 역설 이외에도 모더니즘에 관한 견해 등 몇 부분에 걸

---

2) O. F. 볼노브(최동희 역), 『실존철학이란 무엇인가』, 서문당, 1972, 148~151면.
3) F. 짐머만(이기상 역), 『실존철학』, 서광사, 1977, 45면.

쳐 있지만, 그 중에서도 핵심인 것은 '시인의 역설'이라는 제목 하에 쓰여
진 일련의 글들이다. 이 글들은 각각의 시인들을 역설이라는 공통 주제로
묶고 실제 작품들을 분석한 본격적인 실천비평의 형식을 취하고 있다. 역
설은 다시 존재론적인 차원과 문학적인 차원으로 양분되어 파악되는 바,
여기 묶인 글들은 주제의 공통성 이외에도 문학 내적인 역설과 외적인 역
설의 대응관계로 이루어져 있다는 데서 특징적이다.

이상(李箱)의 경우 문학 내의 역설은 '아이러니'라는 것으로 규정되고 있
다. 철학적으로 볼 때, 아이러니는 우주 혹은 자연을 지배하는 질서의 원
리로서, 사르트르의 경우에는 존재의 근원적 조건으로 규정되며, 키에르케
고르의 경우 인간 삶의 한 형태를 지칭하는 개념이다. 문학에 적용될 경우
아이러니란 보통 '반어'라고 번역되어, 풍자, 역설 등과 함께 작품 내의 기
교의 하나로 사용되고 있다. 그중 가장 고전적인 의미는 말의 아이러니
verbal irony를 들 수 있는데, 이는 수사학적 아이러니로서 하나의 의미가
진술되었을 때 그것이 서로 상반된 또는 더 나아가 반대되는 의미를 의도
하는 경우이다. 이와는 달리 문학의 양식을 지칭하는 뜻에서의 아이러니
는 구조나 플롯의 원리를 의미한다. 프라이는 전체 문학을 신화, 로망스,
고차원의 모방, 저차원의 모방, 아이러닉의 다섯 종류로 나누고 있는 바,
이 중 아이러닉은 주인공이 우리보다 더 저열한 힘의 소유자, 즉 분열된
인간인 경우를 말한다.[4] 그러나 용어의 다양성에도 불구하고 공통적인 것
은 의미의 이중성이다.

고석규는 이상 문학의 특징을 아이러니라고 규정하고, 문학 내적인 측
면을 방법적 아이러니, 문학 외적인 측면을 성격적 아이러니라고 지칭하
고 있다. '방법적 아이러니'는 고전적인 의미의 verbal irony로 이상 문학
의 기교라고 지칭되는 것을 일컫는다. 이상의 기교에 대해 고석규가 말한

---

4) 아이러니의 다양한 개념에 대해서는 D. C. Muecke(문상득 역), 『아이러니』, 서울대출판부,
  1980 참고.

부분을 들어보자.

> 보다시피 여기에는 두 가지의 절망이 있다. 하나는 기교를 선택할 수 있게 한 절마이다. 또 하나는 기교에게 선택당한 절망이다. 두 가지의 절망은 서로 모순되는 계제 위에서 다만 혼돈의 위장을 꾸몄을 따름인데, 이상은 이것들을 하나의 절망으로 착각함으로써 마침내는 절망의 이유에 대하여 아주 몰라보게 되었다.

고석규는 이상의 형태 실험이 작품의 형식을 빌려 절망을 합리화하는 것이라고 비판하고 있다. 맨 처음 절망에서 비롯된 형태의 실험이 타성이 되어 종국에는 형태만 있으면 절망이 있는 전도된 양상을 빚는다는 것이다. 그 원인은 기교라는 것이 이상의 실존 속에서 발견된 것이 아니라, 생리적 무관심 상태, 즉 '생리작용이 가져오는 상식을 포기하는'[5] 상태에서 선택된 것이기 때문이다. 고석규는 이를 '최초의 절망'이라고 이름짓고 있으며, 그것은 형태 속의 절망에 한정된다.

그러나 형태의 실험은 의식의 변혁이 뒤따르게 되면서 형태 자체를 소멸시키는 방향으로 나아간다. 고석규는 이 단계에서 산문이 생겨난다고 설명한다. 이때 산문은 소설과 동일한 것이 아니라 기존의 시와는 구별되는 반 형태를 뜻하는 것이며, 기교의 극한에서 생겨난 것이다. 기교를 낳게 하던 절망(최초의 절망)은 거꾸로 기교로 말미암아 당하는 절망으로 변모한다(최후의 절망). 이상 작품의 방법적 아이러니는 여기서 발생한다. 고석규는 최초의 절망에서 최후의 절망으로 옮겨가는 이행의 과정을 시에서 산문으로 옮기는 이행의 과정과 대응시키고, 이것이 포엠을 반발하기 위한 포에지의 잠재적인 욕구에서 비롯되었다고 해석한다. 이때 포엠은 기존의 시 형식을 의미하며, 포에지란 기존의 시 형식을 거부하는 즉 형태상의 실험을 낳게 하는 작가의 정신까지를 포함하는 의미로 쓰이고 있다. 이

---

5) 고석규, 『여백의 존재성』, 지평, 1990, 215면.

렇게 본다면 「오감도」의 반 형태는 이상의 의식적인 포에지를 담은 것으로서, 단순히 기교로 끝나는 것이 아니라 의식의 변혁과 공존하는 것이 되어 문학적인 의의를 확보하게 된다.

이에 대해서 이상의 인간적인 측면에 초점을 맞출 때 발생하는 성격적 아이러니는 '절망적 기분'과 '절망'의 관계에서 생겨난 것이다. 이상의 작품에서 절망스러움은 자아와 대상간의 갈등에서 빚어지고 있다. 여성 혹은 안해로 대표되는 대상과의 갈등에서, 자아는 대상을 경멸함으로써(가학성) 균형을 유지하려 하지만, 실제로 자아는 대상과 동일시되어 버린다. 이때 가학성은 대상 아닌 동일시된 자아를 대상처럼 경멸하며 박해하는 기학성으로 변해서, 결국에는 존재 자체를 잃게 되는 거세의 위협에 처하게 된다. 고석규는 이를 "일류전의 과시가 일류전화 하는 알레고리 즉 비평 정신을 은폐"[6] 해버린 데서 오는 수단과 목적의 전도 현상이라고 보고 있다. 즉 자아와 대상간의 갈등에서 오는 절망을 작품으로 표현하고 다시 작품안의 절망에 빠져듦으로써 절망을 객관화시키지 못하고 있는 것이다. '절망'이 "적극적인 관심을 가진 상태에서의 반항하는 기분"임에 반해 이상은 자신의 갈등의 객관화에 실패함으로써, "자아 속에 숨어 자아를 둘러싼 위험들을 합리화하는"[7] '절망적 기분'에 머물러 있을 뿐이다. '절망적 기분'은 신경적인 공포로서 절망의 포즈를 빌리는 것에 지나지 않으며 비판의 정신이 결여된 무관심의 한 형태일 뿐이다. 이러한 가장 disguise의 행위 끝에 얻어진 자유는 행위 역설성(부조리성)을 지양하는 실존적 자유가 아니라 행위 아닌 행위의 대상만을 알레고리하여 만심하는 일종의 감상적 자유일 뿐이다.

고석규는 따라서 이상의 '성격적 아이러니'는 실패로 끝났다고 결론짓는다. 그가 아이러니를 존재의 차원에서 설명하려 한 것은 키에르케고르

---

6) 위의 책, 236면.
7) 위의 책, 225면.

의 철학적 아이러니 개념을 염두에 둔 것으로서 키에르케고르의 경우 아이러니는 절대적 부정성과 통하는 개념이다. 키에르케고르는 실존에 이르는 단계를 미적 단계와 윤리적 단계, 종교적 단계로 나누고 그 중 미적 단계와 윤리적 단계 사이의 중간에 위치한 삶의 태도를 아이러니라 규정지은 바 있다. 이때 아이러니는 관조적인 것이 아니라 "제약하며 유한화하며 다시 한정함으로써 진리와 현실성의 내용을 부여하고 한편 징계하며 처벌함으로써 지조와 견실을 부여한다."8) 그러므로 이 아이러니적 주체는 자기 자신의 공허성을 극복할 수 있게 된다. 이 관점에서 보는 아이러니는 단순히 수사학적인 차원이 아니라 실존의 한 과정을 지칭하는 것이다. 결국 고석규는 성격적 아이러니를 통해 인간 이상의 존재론적인 역설을 밝히려 했던 것을 알 수 있다. 그러나 그는 이상 작품의 주인공을 작가 이상과 동일시하는 오류를 범하고 있는 바, 아이러니라는 개념으로 문학적 차원의 역설과 인간 존재의 역설을 동시에 설명하고자 하는 고석규의 의도는 빗나갔다고 볼 수 있다.


## 3. 부정의 역설


　이상이 기교에서 출발해서 의식의 변화가 수반된 경우임에 반해, 소월은 의식 속에 이미 부정전신을 가지고 작품을 써낸 경우에 해당한다. 고석규가 "부정다운 무엇이 나타나며 생각될 때 그것에 대하여 위하여지는 정신 태도"9)라고 정의한 부정정신을 역설정신과 거의 동일한 개념으로 사용되고 있다. 부정의 본질은 '부정의 부정이 무엇을 의미하는가'를 생각할

---

8) 위의 책, 255면.
9) 위의 책, 195면.

때 처음부터 적극적 판단의 존립을 예상할 때 잘 드러난다. 여기서 부정은 단순한 거부가 아니라 오히려 적극적인 의미로 사용되고 있는 것이다. 고석규가 부정정신을 긍정적으로 평가하는 것은 바로 이 적극성 때문이다. 이러한 부정성이 잘 드러나는 예로 고석규는 소월을 들고 있다.

> 그가 「믿음」 약속을 부정하고 「잊지 않음」 기억을 부정하고 다시 「요즈음」 현재를 부정하는 그 모든 부정 속에 자신의 시작을 온통 묻어버린 것이라면 부정의 대상을 이미 부정화하는 조작 속에서만 일어오는 것이며 부정의식이 부병의 대상을 안으로 잉태하는 것이 된다. 따라서 소월의 부정의식은 「임」에 대한 회고로서 대부분 율화되었지만 「임」은 선재한 것이 아니라 어디까지나 「못」, 「아니」 하는 의식의 부정화 끝에 비로소 명명되고 형상된 것으로 믿어진다.[10]

위 인용문은 소월의 「먼후일」에 대한 고석규의 설명이다. 구체적으로 이는 「먼후일」 3연 중의 '믿기지 않아서 잊었노라'를 분석한 것으로서, '믿기지 않아서'라는 부분에서의 믿음의 부정, '잊었노라'에서의 잊지 않음의 부정, 그리고 잊는 시점인 '먼훗날'에서의 요즈음(현재)의 부정이다. 논리적으로 이 시는 미래의 시점과 과거의 시점이 혼합되어 모순을 빚고 있다. 이 시는 미래의 시점과 과거의 시점이 혼합되어 모순을 빚고 있다. 이 논리적 모순을 고석규는 "현재에서 미래로 뻗어가는 자의식"의 소산이라고 설명한다. 즉 소월의 강렬한 부정의식이 논리와 시제까지를 부정한 경우이다. 이때 시에 등장하는 당신, 즉 님의 존재는 그 부정 끝에 따라나오는 존재일 뿐이다. 즉 시인의 경험 속에 있는 '임'을 상정하고 그에 대한 회한을 노래한 것이 아니라, 부정의식이 먼저 작품을 만들고 이 부정의 정서에 적합한 대상으로서 '임'이 형상화된다. 이때의 부정의 정서란 어떠한 대상에 대한 거부라는 단일한 의미가 아니라 존재하지 않는 혹은 돌이

---

10) 위의 책, 197면.

킬 수 없는 대상에 대한 그리움까지를 포함한다. 이 그리움의 정서의 대상
으로서 '임'의 존재가 시에 등장하게 되는 것이다. 의식적인 부정이 대상
까지를 만들어낼 때 '부정의식'이란 님이라는 대상을 만들어내기 위한 방
법적인 것이 된다. 이같은 해석은 소월의 시들을 님과의 이별의 한을 중심
으로 해석해온 기존 연구들과는 정반대의 입장에 서 있는 것이다.

　고석규는 소월 시에 드러나는 이별이 전통적인 서정시 혹은 고전에서
내려오는 이별과는 다른 것임을 주장하고 있다. 예를 들어, '가시난듯 도
셔오셔셔'로 끝나는 「가시리」에 나타나는 체념은 윤회적인 후일의 기약을
의미하고 있으나 「진달래꽃」의 체념은 자학에 가까운 억제로 이루어진 것
이다. 고석규는 이 부분에서 김춘수의 논지를 그대로 이어받고 있다.


　　소월은 이 이별의 각 상(고려, 이조를 통한)위헤 이별 일반(슬픔 일반)이
란 것을 세웠다. 즉 미학을 세웠다. 「임」이 그것(미학)으로 가는 다리(교량)
였다. 고려가요와 조선민요와 황진이의 「임」들은 육체를 가진 「임」들이었
으나, 소월의 「임」은 Eros 그것으로 화한 육체가 없는 「임」이었다. Eros를
통하여 (「임」을 부름으로써) 현전하는 것은 한국 정서 그것이었다.
　　　　　　　　　　　　　　　(중략)
　　실상 「진달래꽃」에서는 「임」이라는 글자는 생략되고 없다. 그러나 「임」
은 「진달래꽃」의 도처에 있다. 말하자면 애절한 Eros는 도처에 있다. 그것
은 시의 형태와 문체 속에 감춰져 있다.
　　그러니까 「죽어도 아니 눈물 흘리우리다」는 어떤 직접의 대상에게 한한
것이 아니다. 이별이라는 것(이별 일반)이 그러한 것이라는 것을 우리에게
보여주고 있을 따름이다.[11]


　따라서 소월만의 특징으로 제시된 '이별 일반'이란 결국 육체를 가진,

---

11) 김춘수, 『김춘수 전집』 2, 문장, 1986, 100~101면.
　　김춘수의 이 글은 1956년 4월에 쓰여진 것이고, 고석규의 「시인의 역설」은 1957년 2월부
　　터 8월에 걸쳐 쓰여진 글이다. 따라서 고석규는 김춘수의 이 글을 읽은 후였으며, 고석규
　　스스로가 김춘수의 글을 참고했음을 밝히고 있다.

한정된 님이 아니라, 슬픔이라는 정서를 지칭하는 것임을 알 수 있다. 소월은 한정된 대상과의 이별(고석규는 이를 전통적인 서정시의 이별이라고 표현하고 있다)을 뛰어 넘어 이별의 정서 자체(이별 일반)를 시에 끌어들였다고 평가된다. 고석규는 이를 '서정적 보편화'라고 지칭한다.

고석규는 소월의 부정정신(역설적 의식)을 시간성을 뛰어넘으려 한 저항이었다고 밝히고, 인간의 유한성의 극복이라는 문제와 연결시키고 있다. 그러나 이별의 최대한인 인간의 한계 앞에서 소월은 '영원에의 정진'이라는 이념적 깊이에 도달하지 못하고 있는 바, 「차안서선생(次岸曙先生) 삼수갑산운(三水甲山韻)」에 소월의 절망한 모습이 그대로 드러난다. 결국 소월은 파토스적인 애상(이별의 정서)에서 서정의 이념화(이별의 최대한인 죽음의 승인 또는 영원에의 정진)로 옮겨가는데 실패하고 있는 셈이다. 고석규는 그 실패의 원인이 철학적인 깊이의 결여에 있다고 지적한다. 즉 "자기의식을 어디든지 넓혀갈만한 이념내지 신앙의 조건이 끝까지 결여되어 있는 우리 전통의 한계성"12)에 있는 것이다. 따라서 소월의 경우, 문학적인 역설(부정)의 성공은 개인의 실존의 문제까지는 이르지 못하는 것이다. 개인의 실존이 어떤 식으로 해결될 수 있을 것인지는 결국, 죽음의 문제를 전면적으로 부각시킨 다음 장에서야 그 해답을 발견할 수 있을 것이다.


## 4. 죽음의 역설


소월의 실재를 규명하면서 고석규는 자연스럽게 '죽음'을 비평의 테마로 꼽고 있다. 죽음은 이별의 극한인 동시에 인간 조건의 유한성을 뜻한다. 이 죽음이라는 상황을 받아들이는 예로서, 고석규는 이육사와 윤동주

---

12) 고석규, 앞의 책, 200면.

를 들고 있다.

육사의 경우 죽음은 유기성의 폐기, 즉 불모의 상황과 같은 것이다. 「교목」, 「꽃」 등이 이에 해당하는 작품으로서, 고석규가 주목하는 것은 실제 안에 감추어진 죽음의 문제이다. 「교목」을 예로 든다면, 생장을 멈추고 검은 그림자를 호수에 비치고 있는 교목은 외관상 형태를 유지하고 있을 뿐 실제로는 이미 유기성이 폐기된 상태이다. "푸른 하늘에 닿을듯이 / 세월에 불타고 우뚝 남아 서서 / 차라리 봄도 꽃피진 말아라……"라는 구절은 육사가 교목의 비존재성을 포착하고 있음을 보여주는 대목이다. 이런 비존재성은 절망적인 상황에서 피어난 꽃을 소재로 한 「꽃」에서도 발견되는 바, 고석규가 이를 두고 "도시 피지 말 꽃이 피었다는 이야기가 피어야 할 꽃이 피지 못하였다는 신화와 얼마나 다를 수 있겠는가"[13]라고 반문하는 것은 실재 속에 감추어진 죽음을 일컬음이다. 불모가 된 교목이나 수난기의 상황에 피어난 꽃은 둘다 이미 '생태로서의 꽃'은 아니다. 즉 유기성이 폐기된 부정의 상태인 것이다. 호수 깊이 거꾸러져 있는 교목과 혼자 모진 상황 속에 피어난 꽃의 처절한 상황은 이들이 교목 아닌 교목, 꽃 아닌 꽃이라는 것을 의미하며 이들의 비존재성은 죽음과 직결된다. 고석규는 이들을 '죽음 속의 생태'라고 명명하고, 「황무지」의 "사월은 잔안한 달 / 죽은 땅에서도 라일락은 피어나고……"라는 구절과 연결시킨다. 사월이 왜 잔인한가. 그것은 수난기에 처한 생명들의 부조리성, 즉 황폐한 상태인데도 현상적으로는 살아 있는 것처럼 보이는 교목의 상황이나, 생명체가 존재할 수 없는 상황에서 피어나(죽음 속의 생태) 살아 있어도 이미 죽은 것과 마찬가지(생태로서의 죽음)인 꽃의 존재는 그 자체가 역설적이다. "스폰타니티(유기성－인용자)의 폐기가 스폰타니티 그것으로 해석되며 죽음 속의 생태는 생태로서의 죽음을 형상"[14]하고 있기 때문이다. 표면으로 드러나는

---

13) 위의 책, 205면.
14) 위의 책, 211면.

현상은 실제로는 정반대의 내용을 담고 있다. 고석규는 이를 "(실재 중에서의) 스폰타니티(피어난 꽃—인용자)가 선택 중에서의 스폰타니티(상황 속에서의 죽음—인용자)를 능가할 수 없다"[15]는 말로 표현하고 있다.

그러나 고석규는 육사의 작품에 나타나는 역설이 실재를 멀리한 이메이지권에 예속되어 있었을 뿐이며, "심미에 의하여 엄폐된 행위를 개탄하였으되, 끝까지 심미가 무엇으로서 반성되어야 하는가를 미처 깨닫지 못하는 사고의 연대에 머물러 있었다"[16]고 비판한다. 즉 작품상의 역설에 그쳤을 뿐, 역설을 만들어내는 정신의 고찰에 이르지 못했다는 것이다. 고석규는 육사가 심미적 파토스에서 실존적 파토스로 옮겨오지 못함을 비판하고 있거니와, 이 부분에 키에르케고르가 인용되고 있는 것은 인상적인 일이라 하겠다.

키에르케고르는 실존에 이르는 단계를 심미적 단계, 윤리적 단계, 종교적 단계로 나누고, 직접적이고 쾌락을 추구하는 단계를 심미적 단계, 도덕적 선을 추구하는 단계를 윤리적 단계, 마지막으로 신의 구원을 통해 완성된 삶의 단계를 종교적 단계로 규정한 바 있다. '심미적 단계'란 직접적으로 우리에게 주어진 자연 상태의 자신으로서 풍부한 구체성과 다양한 특성 및 성격을 지니고 있는 단계이다. 그러므로 심미적으로 실존한다는 것은 사람이 자신의 직접적인 주어져 있음 안에 존재함을 뜻한다. 심미가는 실존에 있어 끊임없이 자기 자신과 거리를 두고 자신에 대해 관람객에 머물러 있다. 키에르케고르의 관점에서 볼 때, 실존하는 자신을 선택하는 것은 자기 실존의 요소를 구체적인 관계 안에 끌어들여 종합함을 말한다. 개별자의 선택으로 이루어지는 이 단계가 바로 윤리적인 단계이며, 이 단계로 넘어가기 위해서는 우선 절망적인 자기 자신을 받아들여야 한다. 윤리적 단계에서 개별자는 참회를 통해 비로소 인류의 죄를 떠맡아 인류의 역

---

15) 위의 책, 195면.
16) 위의 책, 212면.

사 안에 들어갈 수 있는 것이다.[17] 육사가 심미적 파토스에 멈춰 있다는 고석규의 비판은 결국, 실존의 윤리적 단계로 옮겨가지 못함을 지적한 것이라 할 수 있다. 이 입장에서 육사시의 저항성 또는 식민지 상황은 중요한 것이 아니다. 이는 실존의 마지막 단계인 종교적 단계를 상정하고 있기 때문인 바, 고석규는 이 단계로 옮겨가는 과정인 윤리적 단계의 참회에 중요성을 부여하고 있다. 그 결과 가장 바람직한 모델로서 제시되고 있는 것이 윤동주이다.

윤동주 시에서의 중요 제재는 어둠과 죽음이다. 그러나 어둠은 일반적으로 사용되는 부정적인 이미지와는 달리, 윤동주가 추구하는 부재자와 만날 수 있는 동시에 "격리된 우주에의 비상"이 가능한 시간으로 형상화되고 있다.[18] 고석규는 이를 '부재자에 대한 혼약적 시종'이 이루어지는 시간이라고 표현하고 있다.

비존재적인 것에 대한 갈구(부재자에 대한 혼약적 시종)는 필연적으로 죽음이라는 한계에 연결되어 있다. 고석규는 동주의 "다들 죽어가는 사람들에게 검은 옷을 입히시요. 다들 살아가는 사람들에게 흰옷을 입히시요. 그리고 한 침대에 가즈런히 잠을 재우시요."(「새벽이 올 때까지」 일부)라는 구절과 "갈라진 시체들을 화해시키고 냉랭한 콘크리트 방의 분위기에 익숙해지도록 어떤 행위를 찾아야 할 것이다"라는 릴케의 「시체수용소 MORGUE」의 구절을 대비시켜, 죽음에의 대응 방식을 보여주고 있다. 릴케가 시체 상호간의 친화나 상황과의 교섭을 꿈꾸는 적극적인 행위를 모색함과 달리 윤동주의 시에는 '새벽까지 기다림'이 강조되어 있을 뿐 별다른 행위가 나타나지 않는다. 이미 죽어 있는 시체에게 젖을 먹이는 행위는 무의미한 것이며, 따라서 이는 아무 것도 하지 않는 것과 차이가 없다는 것이다. 고석

---

17) F. 짐머만, 앞의 책, 81~87면.
18) "(……) 부재자에 대한 혼약적 시종! 그에게 있어서 생명의 인접은 진실로 밤이 돌아오는 그때였다. 치열한 밤의 물결에 휩싸여지는 때, 소리없는 비상과 교응을 그는 얼마나 완전히 지각한 것인가"-고석규, 앞의 책, 165면.

규는 이를 죽음을 기피하는 죽음에의 공포에 불과하다고 비판하고 있다.

그렇다면, 죽음을 넘어서기 위해서는 어떻게 해야 할 것인가? 이 문제를 해결하기 위해서는 현실에서의 삶과 죽음의 구별을 뛰어넘는 종교적 단계로의 귀의가 필요하다. 인간 유한성의 한계인 죽음을 극복한 대표적인 예로서 고석규는 릴케의 경우를 들고 있는 바, 릴케에 있어 죽음을 삶의 지속이며 영원에의 정진으로 인식된다.

> 사원 위에 서거나 앉아있는 짐승들, 또는 콘조레(굽은 기둥) 아래 초라하게 몸을 꺾고 짊어지기에 힘겨운 모습으로 웅크리고 있는 짐승들에 대해서도 같은 말을 할 수 있다. 그곳에는 개가 있고, 다람쥐가 있고, 탁목조와 도마뱀, 거북이·쥐·뱀이 있었다. 온갖 종류의 것이 적어도 하나는 있었다. 이 동물들은 바깥의 숲속이나 길가에서 잡혀온 것처럼 생각되었다. 그리고 돌의 덩굴이나 꽃이나 잎 밑에 어쩔 수 없이 사는 동안에 차츰 그것이 현재의 모습이고 장차도 그대로 있지 않으면 안될 지금의 모습으로 바뀌어 버렸음에 틀림없다. (……)
> 어느 것이나 모두 자신을 변형하여 적응시키고 있었다. 하지만 조금도 생명을 잃은 것 같지는 않았다. 잃기는 커녕 한층 더 강하게, 격렬하게 살아 있었다. 그들을 부활시킨 저 시대의 한결같은 열렬한 생명을 영원히 살고 있는 것이다.[19]

루브르 박물관의 조각들을 묘사한 위 구절에서, 조각은 생물체로 있을 때보다 오히려 더한 생동감과 의미를 부여받고 있다. 그들은 물리적인 죽음이라는 상황을 넘어서 새로운 상태의 삶(조각으로서의 형상)으로 변용되어 새로운 생명을 부여받고 있는 것이다. 이들은 타율적으로 붙박혀 있는 것이 아니라, 스스로의 의지로서 우주에 스스로의 삶의 방식으로 자리잡고 있는 것이다. 여기서 생물학적인 삶과 죽음의 구분은 아무런 의미가 없다. 오히려, 죽음으로서 이들은 영원을 누리고 있다. 릴케는 여기서 죽음

---

19) R. M. 릴케(박용숙 역), 『로댕론』, 금성출판사, 1989, 211면.

의 공포로부터 벗어날 수 있는 해결책을 얻었고, 사랑으로서 신의 동정을 구할 수 있었던 것이다.

이처럼 삶과 죽음의 구분을 뛰어넘기 위한 조건으로서, 고석규는 '내면성'을 들고 있다. 이때 '내면성'이란 불확실하고 모순된 진리 속에서 고립된 인간이 끊임없이 자신과의 관계를 만들어가는 주체의 정열을 일컫는다. 「로댕론」에서 릴케의 모든 관심은 외부세계가 아니라 자기의 내면으로 향하고 있으며, 로댕의 조각에서 발견한 것 역시 그 자체의 내부적인 완정성 또는 자기 내면 지향성이다.[20] 내면을 지향한다는 면에서 윤동주는 릴케와 흡사하지만, 종교적 단계에는 이르지 못한다는 면에서 실존의 해결에 실패한다. 고석규는 그 원인을 '어둠과 대칭되는 밝음(시대전변)에로의 길차비를 부렸던 까닭'에서 찾고 있다. 끊임없이 압박을 가하는 사회적 여건이 끝내 윤동주로 하여금 죽음을 통한 영원세계로의 진입을 허용하지 않은 것이다. 식민지라는 시대상황과 실존의 사이에서 갈등했던 윤동주의 역설은 실존의 종교적인 단계까지는 이르지 못하고 윤리적 단계에 머물러 있다. 윤동주의 작품에서 '참회'가 중요한 요소로 부각되는 것은 그가 윤리적 단계의 인간이었기 때문이다. 고석규가 윤동주를 높이 평가하는 것은, 종교적 단계에 가장 접근한 내면의 인간이기 때문인 바, 이는 고석규 자신의 실존의 방식을 암시해주는 것이기도 하다.

고석규에게 있어서 비평 행위는 전후의 암울한 상황을 견디어내는 방법이었다는 점에서 실존의 방편이기도 한 것이었다. 그는 인간 한계의 극한인 죽음을 어떻게 극복할 수 있는가 하는데 비평의 초점을 맞추고 있는

---

20) 다음과 같은 구절이 그 예가 될 것이다.
"(……) 우리는 이 얼굴이 가진 온갖 고뇌에 사로잡혀 있는가 싶다가는 즉시 다음에 그 얼굴에서 아무런 호소도 일고 있지 않음을 깨닫는다. 그 얼굴은 외부세계로 향해 있지 않다. 그것은 자신의 올바름을 자기 안에서 짊어지고 있는 것처럼 보인다. 자신의 모든 모순의 화해와, 자신의 모든 무게를 견뎌낼 수 있을 만한 커다란 인내를 자기 안에 갖추고 있는 것처럼 보인다."―「코가 짜부러진 남자」의 해설 중, 위의 책, 223면.

바, 그 해결책은 삶과 죽음의 구분을 종교적으로 뛰어넘는 것으로 주어지고 있다. 그가 예로 든 시인들은 현실생활을 부정하고 그것을 작품 내에 표현했다는 공통점을 가지며, 고석규는 이들은 넓은 의미에서의 '역설정신'이라는 주제로 연결시키고 있다.

　그의 비평에서 특이한 것은 역설이 문학 내적인 것에 그치지 않고 개인의 실존의 모습까지를 아우르는 개념이라는 것이다. 「시인의 역설」 전편에 일관되게 유지되고 있는 것은 개인의 실존과 작품에 나타난 역설의 대비이다. 한 작가의 성패는 결국 양자의 조화에 의해 좌우된다. 이는 키에르케고르의 입장을 반영한 것으로서, 키에르케고르에 따르면 실존의 가장 높은 단계는 종교적 단계이다. 예시한 시인들은 실존의 각 단계에 위치하며, 그 중 가장 높은 단계에 올라 있는 것이 윤동주이다. 그는 '참회'를 통해 영원에의 정진, 즉 종교에의 귀의를 꿈꾼다. 그러나 식민지라는 상황의 억압으로 윤동주의 시도는 실패로 끝나고 마는데, 여기에 우리 시인들의 불행이 있다고 평가된다. 이러한 고석규의 평가는 작가의 개인적 측면과 작품상의 주인공 또는 화자를 동일시하는 오류를 지니고 있다는 비판을 면하기는 어렵지만, 비평행위 자체가 위협을 받았던 전후의 공간에서, 작품을 면밀히 분석하는 일례를 보여주고 있다는 점에서 문학사적인 의의를 확보한다 할 것이다.

# 제 4 부

## 한국 시론의 심화기

| 1960~1970년대의 시론 |

# 제 1 장

# 김광림의 주지적 서정시론

김광림은 전후 모더니즘 시의 주지적인 경향을 잘 보여주는 대표적인 시인이다. 그의 초기시는 전쟁으로 인해 폐허가 된 현실을 건조하게 묘사하고 있다. 『상심하는 접목』(1959)에 나타나는 '꽃'의 이미지는 이러한 시적 특징을 단적으로 드러낸다. 꽃은 전쟁의 폭력에 희생되는 연약한 존재이면서, 동시에 죽음이 휩쓸고 지나간 자리에서도 다시금 피어나는 질긴 생명력을 상징한다. 그런가 하면 그것은 외부의 상황에 영향받지 않는 순수함, 때묻지 않은 절대 순수의 세계이기도 하다. 각각의 상징들의 공통점은 그것이 인간의 감정이나 사고를 직접적으로 드러내지 않고 간접화하고 있다는 것이다. 그의 시론은 이처럼 시에서 감정을 어떻게 객관화시킬 것인가 하는 것과 긴밀하게 연결되어 있다.

그의 시론적인 입장이 본격적으로 나타나는 것은, 1960년 ≪자유문학≫에 발표된 「주지적 서정시를 생각한다」라는 글이다. 여기서 그는 현대시가 가져야 할 가장 중요한 요소가 지성을 동반한 언어의 조형이라고 강조하고 있다.[1] 그가 말하는 '주지적 서정시'란 감정과 지성의 결합 혹은 정서와 지성의 결합이며, 현대적인 서정을 바탕으로 하고 그것을 지적인 방식으로 통제하여 표현하는 것이다.

이는 시에서 주지성을 강조했던 1930년대 모더니즘을 연상시키는 대목이다. 김기림, 최재서 등에 의해 제기되었던 1930년대의 주지주의적 경향은 센티멘탈리즘에 대한 반성과 비판에서부터 비롯된 것이다. 당시 모더니즘의 이론적인 바탕을 제공했던 김기림은 현대시가 갖추어야 할 최우선의 요건이 감상성을 극복하는 것이라고 생각했다. 지성은 만연해있는 감상성을 극복하고 근대적인 서구 문명을 비판적으로 수용할 수 있게 해주는 필수적인 전제조건으로 인식되었다.

김광림은 이러한 1930년대 모더니즘의 전제를 받아들인 후, 지성의 작용이 시에서 어떻게 현실화되어 나타나는지에 초점을 맞추고 있다. 이미지는 자연발생적인 감정의 유출을 통제하고 스스로의 감정과 객관적 거리를 유지할 수 있게 하는 중요한 시적 요소로 인식된다. 이러한 입장은 첫 시론집인 『존재에의 향수』(1974)에서부터 『아이러니의 시학』(1991)까지 일관되게 반복되고 있다. 그는 『존재에의 향수』에서 이미지에 대한 일반적인 정의와 개념을 설명하고, 『오늘의 시학』(1976)에서 실제 작품 분석을 통해서 이미지론을 구체화하고 있다. 『아이러니의 시학』 역시 대부분의 내용이 이미지론을 주제로 하고 있다. 가장 최근에 발간된 『현대시의 이해와 작법』(1999)이 『오늘의 시학』을 수정 보완한 것이라는 점을 감안한다면, 실제 김광림의 시론은 이미지에 집중되어 있다고 결론지을 수 있다.[2]

---

1) 김광림, 「주지적 서정시를 생각한다」, 《자유문학》, 1960. 10.
2) 이와 관련하여 특기해둘 사항은, 그의 시론이 반복적이라는 점이다. 『존재에의 향수』에 실려있는 글들은 상당수가 다른 시론집에 그대로 반복되거나 시집의 시작노우트 형태로 실려있다. 후기시에 해당하는 시집임에도 불구하고 초기의 시론을 그대로 붙이고 있는 경우도 많다. 따라서 인용된 지면의 발간 연도와 시론의 변화가 반드시 일치하는 것은 아니다.

# 1. 주지적 서정시의 발생 근거

김광림의 시론적 출발점인 '주지적 서정시'의 내용은 리리시즘에 대한 반발과 모더니즘 시에 대한 비판으로 요약될 수 있다. 그는 종래의 리리시즘을 '감상적인 서정이나 관조적인 서정의 감정 유로(感情 流露)를 일삼는 소녀취미나 자연발생적인 안이성'을 가지고 있다고 비판한다. 50년대 모더니즘시는 이러한 경향에 반기를 들면서 시작되었지만, 지나치게 시대감각에 민감한 나머지 사상성에 치중해버렸고 종국에는 언어의 연금술로 전락하고 말았다고 비판된다.[3] 이는 당시 모더니스트들의 시가 지나치게 난해한 테크닉 위주로 흐르는 것을 염두에 둔 발언이다.

이러한 김광림의 입장은 「한국 현대시의 발자취」(1972)에서 약간의 변화를 보이며 구체화되고 있다. 여기서 1950년대의 시단은 전통파(인생파, 자연파, 생명파), 신서정파(예술파, 형이상학파, 문명파), 현실파(생활파, 참여파, 사회파)로 삼분된다. 「주지적 서정시를 생각한다」에서 막연히 '모더니즘시'로 분류되었던 시들이 '신서정파'에 포함되고, 대신 사회 참여적인 성격의 시들이 '현실파'라는 이름으로 분류에 포함되고 있다. 전통파는 "현대적 언어감각에 대한 배려 없이 기성의 율격과 서정성을 그대로 답습하고 있는 전통적 경향"이라고 정의된다. 이들의 시는 김소월과 김영랑의 리리시즘의 연장선상에 있는 것으로, 동양적 사색과 정서를 바탕으로 하고 한국 고유의 미를 재발견하고 생활 감정을 유로하는 작시 태도를 보인다. 유구한 자연과 토속 취미, 달관이나 관조 및 체념으로 요약되는 이 시들은 이성보다 감정에 호소하는 '심정으로 쓰는 시'에 해당한다.[4] 그러나 이같은

---

3) 김광림, 앞의 글.
4) 김광림은 '심정으로 쓰는 시'와 '머리로 쓰는 시'로 나누고, 과거에는 보다 심정적이었던 것이 현대성이 고조되면서 머리 쪽에 관심을 가지게 되고, 노래하는 요소보다 생각하는 요소를 가지게 되었다고 본다(「한국시의 새로운 가능」, 『존재에의 향수』, 24면). '심정으로 쓰는 시'는 그의 시론에서 종종 자연발생적인 시 혹은 감정 유로의 시와 동일한 의미로

시는 '인식의 공감을 바라는 현대인의 복잡한 머리와 가슴'[5])에 파고들기에는 역부족이다.

또한 그는 현실파의 시에 대해서도 비판적인 자세를 취한다. 현실파는 '현실이나 사회를 시의 대상으로 삼아 이에 비판을 가하고 저항하는 일련의 시'들로써, 4·19를 전환점으로 해서 선명하게 드러나는 시들이다. 이 시들은 시대의 증거로써 존재할 것임에 틀림없지만, "긍정적인 면보다도 부정적인 면을, 밝은 것보다 어두운 것을, 미보다 분노를, 예술성보다 주의 주장에 더 전념"하는 한계가 있다. 이처럼 사상성이 직접 표면에 노출되면 독자에게 오히려 부담을 주게 되어 거리감을 만들게 된다. 중요한 것은 어떤 사상성을 담고 있는가 하는 것이 아니라, 그 사상성을 어떻게 전화시켜서 표현하는가 하는 문제이다.

그런 면에서 전통파와 현실파의 단점을 극복하는 것은 "전통적 서정시의 감정 유로와 풍월영조에 반발하여 존재에 대한 새삼스러운 각성에서 비롯"되었다고 설명되는 신서정파의 시이다. 이들의 시는 이미지를 조형한다는 점에서 자연발생적인 전통파의 시와 구별되고, 존재론적 인식을 지향함으로써 현실파의 과도한 현실지향적 성격과도 구별된다. 여기서 특히 주목되는 것은 '이미지의 조형성'으로써, 자연발생적이지 않은 이미지의 조형을 위해서는 지성이 개입될 수밖에 없다. 주지성은 '종래의 주정적 리리시즘을 배제하고 지성에 단련된 서정'을 추구하는 것으로써, 시인으로서의 김광림의 시적인 지향점이기도 하다.

자연발생적인 시와 현실참여적인 시에 대한 김광림의 생각은, 감상적 로맨티시즘과 편내용주의를 비판했던 1930년대 김기림의 시론과 상당한 유사성을 가지고 있다. 실제로 김광림은 「주지적 서정시를 생각한다」에서 "1930년대 모더니즘은 세기말적인 감상적 로맨티시즘과 당시의 편내용주

---

사용되고 있다.
5) 김광림, 『현대시의 이해와 작법』, 을파소, 1999, 174면.

의적인 경향에 반기"를 들었다고 말함으로써, 김기림의 시론적 입장[6]을 그대로 옮겨놓고 있다.[7] 감상성과 과도한 내용 위주의 시를 극복하는 방안으로 '지성'을 제시하고 있다는 점 역시 양자의 공통점이다. 다른 점이 있다면 '감상적 로맨티시즘'이 김광림의 시론에서는 '전통파'라는 명칭으로 바뀌어 있다는 것이다. 김기림이 눈물과 영탄으로 대표되는 1920년대의 퇴폐적인 낭만주의 시들을 '감상적 로맨티시즘'이라고 지칭하고 있음에 대해, 김광림의 비판에는 서정주와 박재삼으로 대표되는 전통적인 경향의 시들까지가 포함된다. 이러한 차별성은 두 사람이 처한 문단적 상황의 차이에서 온 것이다. 김광림의 비판은 1960년대를 전후해서 활발하게 논의되었던 전통론에 대한 경계이며 비판이다.

표면상 유사 관계에 놓여있는 두 시인의 시론은 '지성'에 대한 태도에서 확연하게 구분된다. 김기림이 지성에 강조점을 둔 반면, 김광림이 생각하는 '주지적 서정시'는 서정성에 주지성을 가미한 것이며, 서정에 지성을 결합한 것이다.[8] 즉 서정시에 근간을 두고 새로운 서정성을 추구하는 것

---

6) "그러나 조선에서 '시에 있어서의 19세기'의 문학적 성격이 폭로되어 주로 문학적 입장에서 배격되기 시작한 것은 30년대에 들어선 뒤의 일이다. 모더니즘은 두 개의 부정을 준비했다. 하나는 로맨티시즘과 세기말 문학의 말류인 센티멘탈 로맨티시즘을 위해서고, 다른 하나는 당신의 편내용주의의 경향을 위해서였다."―김기림, 「모더니즘의 역사적 위치」, 『김기림 전집 2』, 심설당, 1988, 55면.

7) 김광림은 우리 시사에서 현대시의 자각이 나타나는 것은 서구의 모더니즘이 소개되는 시기인 1930년대 후반이라고 본다. 이 시기에 정지용, 김기림, 이상, 김광균 등에 의해서 서구의 모더니즘이 받아들여졌기 때문이다. 그러나 이들이 요절 혹은 부재함으로 인해 그 맥이 끊겼고, 그로 인해 이들의 모더니즘은 현대시의 발전에 더 이상 기여하지 못한 것으로 설명된다. 그 후 한국의 현대시는 박목월, 박남수 등 신서정을 지향하는 일군의 시인들에 의해 이어져왔다고 보는 것이 김광림의 시각이다(「현대시의 개념」). 1930년대 모더니즘에 대한 이러한 평가는 전후 모더니즘 시인들에게서 공통적으로 발견되는 대타의식이라고 설명될 수 있다. 그들은 1930년대 모더니즘의 영향을 강하게 의식하면서, 그를 부정함으로써 자신들의 문학적 입지를 존재 근거를 찾고자 했다.―문혜원, 「한국 전후시의 실존의식 연구」, 서울대 박사논문, 1996 참고.

8) 이승훈은 '주지적 서정시'를 '서정적 주지주의시'와 구별하면서, 전자가 지성을 강조함에 반해 후자는 서정 곧 정서를 강조한다고 설명한다(이승훈, 「우리 시론을 찾아서」, ≪현대시≫, 1991. 4). 그러나 이는 '주지적 서정시'라는 명칭에 대한 김광림의 말을 오해한 데서 비롯된 것이다. 이 부분에 해당하는 김광림의 글은 다음과 같다.

이다. 결국 주지성은 서정성을 표출하는 형식의 문제이며, 방법의 문제이다. 물론 그것은 내용을 그대로 두고 형식만을 바꾸는 것을 의미하는 것은 아니다. 오히려 시의 내용인 현대의 서정성이 먼저 바뀌었기 때문에, 시의 형식이 바뀌어야 하는 것이다. 과거의 서정의 특징은 감상적, 관조적, 전통적 서정이다. '감상적' 서정은 '눈물 같은 달밤이나 가을날 비오롱의 구슬픔 같은' 센티멘탈한 것이고, '관조적' 서정은 '구름에 달가듯이 가는 나그네의 심정이나 왜 사냐건 웃는' 달관적이고 방관적인 서정이다. 그런가 하면 '전통적' 서정은 '민족 고유의 정서나 회고 취미'로 일컬어지는 '춘향이 마음이나 처용의 심사나 신라의 상품같은 고루한' 과거지향적인 서정이다.9) 그러나 지성이 결여된 이같은 서정성들은 전쟁으로 인해 황폐화된 현대인들을 감동시키지 못한다. 현대인에게 필요한 감동은 '지적 경악감이 자아내는 인식의 공명'10)이다. 독자들에게 공감을 얻기 위해서는 시를 통해 새로운 인식을 보여주어야만 한다. 그러기 위해서 현대시는 새로운 표현방법을 가지지 않으면 안되는데, 이것이 이미지가 필요한 이유이다. '지적 정적 복합체를 눈 깜박할 사이에 노정하는 것'(에즈라 파운드)으로써의 '이미지'야말로 서정과 지성을 결합시키고자 하는 김광림의 시론적 입장을 충족시키는 가장 적합한 장치였던 것이다. 이미지론은 이러한 사고 과정을 거쳐 김광림 시론의 핵심으로 자리잡게 된다.

---

"서정적인 것과 주지적인 것을 융합·조화시킨 것이라고 하셨으니 '서정적 주지의 시'라고 하는 것이 어떨까요?"—"글쎄요. 나는 처음에 말씀드렸지만 변모된 서정시를 쓸랴고 모더니즘에까지 '윙크'를 한 것이니까 서정시인의 위치만은 견지해야겠습니다. 그런 의미에서 당신의 표현을 전도시켜 '주지적 서정시'로 불렀으면 합니다. 그러나 벌써 전에 나는 네오 리리시즘을 이야기한 적도 있곤 하니 두 가지 표현을 다 용납해주셔야겠습니다."(「주지적 서정시를 생각한다」)
여기서 그가 '서정적 주지의 시'를 전도시켜 '주지적 서정시'로 부르겠다고 하는 이유는 서정시인의 위치를 견지하겠다는 의도 때문이다. 즉 '—적 주지시'가 아니라 '—적 서정시'를 강조하는 것이다. 그러므로 김광림이 정서에 비해 지성을 옹호한다는 이승훈의 견해는 잘못된 것으로써, '주지적 서정시'의 본질을 왜곡시킬 소지가 있다.
9) 김광림, 『오전의 투망』 후기, 모음사, 1965.
10) 김광림, 『바로 설 때 팽이는 운다』, 시작노우트, 서문당, 1982.

## 2. 존재론과 이미지의 결합

김광림은 이미지가 필요한 이유를 '신과 천사와 꿈을 상실한 현대에는 오직 상상력에 의존하여 이미지를 만들어 즐길 수밖에 없'기 때문이라고 말하고 있다. 이는 '현대는 상실의 시대'라는 시대 인식과 '이미지는 상상력에 의해 만들어지는 것'이라는 시론적인 입장을 함께 보여주고 있는 말이다. '이미지를 만들어 즐긴다'는 것은, 그가 시에서 추구하고자 하는 것이 사회 비판이나 고발이 아니라 '상상력'과 '즐김', 즉 유희의 차원에 해당하는 것이라는 점을 밝히고 있는 것이다. 그러므로 그의 이미지 시론은 처음부터 사회성과는 거리가 있다.

이렇게 시작되는 그의 이미지 시론은 몇 가지 내용으로 요약된다. 그 첫 번째가 이미지의 주관성이다. 이미지는 작시의 한 기법이나 수단이 아니라 '상상력에 의해 객관적인 진리를 주관화하는 영혼의 한 표현'[11]이다. 시인은 어떤 대상을 보았을 때 자신의 정서 상태나 분위기 혹은 시 전체의 분위기에 따라 대상을 기술하게 되므로, 이미지는 주관적일 수밖에 없다. '화가나 시인은 자연을 관찰하되 자연을 곧이곧대로 그리기에 앞서 일단 관찰한 자연을 잊어버리는 것이 선결 조건'[12]이라는 그의 말은 이를 뒷받침한다. 시인은 사상(事象)과 끊임없이 접촉을 하지만, 그것을 그대로 베끼는 것이 아니라 자신의 상상력을 통해서 그것을 재구성해내는 것이다.

두 번째, 이미지는 존재성 혹은 사상성을 소리, 향기, 빛깔로 전화(轉化)시킨 것이다.[13] 즉 이미지는 서로 다른 지각에 호소하는 시적인 테크닉이 아니라, 존재성을 바탕으로 한 것임을 강조하는 것이다. 실제 작품 분석에서 박남수의 「새」와 김규동의 「진공회담」은 각각 존재성과 의식을 소리로

---

11) 김광림, 「이미지는 언어의 새로운 존재」, 『존재에의 향수』, 26면.
12) 김광림, 『현대시의 이해와 작법』, 16면.
13) 위의 책, 44면.

전화한 것이고, 김광섭의 「비 개인 여름 아침」, 박성룡의 「풀잎」, 조지훈의 「앵음설법(鶯音說法)」 등은 사상성을 각각 빛깔, 향기, 무드로 전화한 것으로 해석된다. 세 번째, 이미지의 창조성이다. 이는 다른 말로 '사물의 면모를 쇄신하고 사물을 재창조해내는' 구성력을 강조한 것이다. 시인은 이미지를 창조함으로써 '그 사물을 난생 처음 대하는 것처럼 싱싱하고 선명하게 보이게끔' 한다. 그러므로 이미지는 '시인의 마음의 빛과 그림자'를 사물에 투영하는데서 출발하지만, 결국에는 그를 통해 사물의 존재성 자체를 새롭게 해주는 역할을 한다. 나아가 그것은 사물의 존재성만이 아니라, 이미지를 만들어내는 시인, 그리고 그것을 받아들이는 독자의 존재성까지를 새롭게 해준다. 이를 통해 "시의 표현이 묘사적인 데서 새로운 존재로서의 이미지 형성에 더 기여하게 됨으로써 시의 언어기능이 전달의 도구로서의 한계를 뛰어넘어 창조성을 띠고 무한히 확대"[14]된다.

　이상에서 주목되는 것은 두 번째와 세 번째에 해당하는 이미지의 존재성과 창조성이다. 이미지가 창조성을 가지게 되는 것은, 그것이 존재론적인 전환을 가능하게 하기 때문이다. 그러나 이 존재성이 무엇인지에 대한 설명은 뚜렷하게 나타나 있지 않다. 예를 들어 박남수의 「새」를 설명한 부분에서 존재성은 사물의 존재성을 의미하지만, 그 외의 부분에서는 시인의 존재성을 의미하기도 하고 때로 독자의 존재성을 고려한 것이기도 하다. 이같은 혼란 속에서 존재성은 시대성 혹은 사회성과 동일시되어 버린다.

　　(……) 동적인 상황이 정적으로 묘사되어 있다. 뇌성폭우의 밤풍경이 정한 스크린을 대하듯이 드러나 있지만 이 시가 단순한 서경에 머무르지 않고 사회적인 상황에까지 앵글을 돌리고 있는 것을 알 수 있다. 즉 '능수버들이 선 개천가를 달리는 사나이'와 '논뚝이라도 끊어져 달려가는 길'이라

---

14) 김광림, 「현대시의 난해한 것」, 『존재에의 향수』, 92면.

는 두 낱의 이미지가 가지는 진폭은 다양하며 차라리 절박하고 심오하기까지 하다. 심상치 않은 사회적인 상황을 자연현상(뇌성폭우의 밤 풍경)에 견주어 메타포하였기 때문에 이미지가 선명하여 다른 자연파 시인들처럼 쉽게 안정을 이룰 수 있었던 것 같다. 다만 그는 단순한 사물이나 자연현상을 말하되 배경을 거느리고 크게 그것을 흔들어 놓으려는 것이 자연파 시인들과 다른 점이다. '논뚝이 끊어진' 절박감은 40년대 전반의 암담했던 일제 암흑기를 표상한 것으로 받아들일 수 있다.15)

박남수의 등단작인 「밤길」을 설명하는 대목이다. 김광림은 쓰여진 시기 (1940)에 착안해서 이 시를 일제말의 사회적인 상황을 배경으로 하고 있다고 해석하고 있다. '능수버들이 선 개천가를 달리는 사나이', '논뚝이라도 끊어져 달려가는 길'의 이미지는 40년대 전반의 암담한 사회상을 암시하고 있다는 이유에서 긍정적인 평가를 받고 있다.16) 이 때 전화된 이미지가 감추고 있는 것은 사회적 현실이 된다. '배경을 거느리고 크게 그것을 흔들어' 놓는 것은 시의 이면에 숨어있는 이 메시지이다. 이 경우 이미지의 전화는 결국 주지와 매체 혹은 원관념과 보조관념의 관계로 설명될 것이다. 즉 사회적이거나 인생론적인 메시지를 이면에 두고 그것을 표면적인 은유나 상징으로 나타내는 것이다. 이미지와 존재론의 결합은 결국 메타포를 통한 대상의 선명한 묘사와 사회적(시대적) 혹은 인생론적인 관념이 결합된 형태로 귀결된다. 김광림 자신이 '이미지의 조형과 존재에의 추구'17)를 시도했다고 밝힌 『오전의 투망』에 실린 그의 시들 역시 마찬가지다.18)

---

15) 김광림, 「언어와 존재」, 『아이러니의 시학』, 134면.
16) 이러한 해석이 타당한지의 여부는 별개의 일이다. 박남수의 「밤길」은 개구리 울음 소리만 들리는 교교하고 캄캄한 밤, 순간 비치는 번갯불, 그것에 비친 달려가는 한 사나이 등의 결합이 묘하게 어우러져 감각적인 인상을 남기는 회화적인 시이다. 번개불에 비친 사나이의 모습은 기묘한 느낌을 주긴 하지만, 시대적인 암흑과 연결되었다고 보는 데는 무리가 있다. 시대상황을 고려한 그의 해석은 의도의 오류일 가능성이 높다. 본고에서 지적하고자 하는 것은 「밤길」의 해석이 옳은가 그른가의 여부가 아니라, 해석에 나타나는 김광림의 시론적인 입장이다.
17) 김광림, 「나의 시적 편력」, 『존재에의 향수』, 297면.

ⅰ
도마위에서
번득이는 비늘을 털고
몇토막의 斷罪가 있은 다음
숯불에 누워
香을 사르는 물고기
고기는 젓가락 끝에서
맛나는 分身이지만
地圖위에선
자욱한 砲煙 속
총칼에 찝히는 領土가 된다.

―「석쇠」 부분19)

　　내용상 이 시는 앞부분("도마위에서~물고기")과 뒷부분("고기는~된다")으로
나누어진다. 앞부분의 석쇠에서 생선을 굽는 장면은 뒷부분에서는 분단의
상황과 연결된다. '자욱한 포연', '총칼에 찝히는 영토' 등은 이러한 내용
을 선명하게 드러낸다. '몇토막의 단죄'나 '향을 사르는' 등은 일차적으로
는 생선을 토막내고 굽는 과정을 묘사한 것처럼 보이지만, 이면으로는 국
토의 분단 상황을 암시하고 있다. 즉 김광림이 주장한 대로 메타포에 사회
성이 결합된 형태인 것이다. 그러나 이러한 결합 형태는 지나치게 기계적
인 것으로써, 전달하고자 하는 내용이 직접적으로 노출되는 약점을 가지
고 있다. 그럼으로써 그의 이미지 시론은 결국 메타포와 사회성을 인위적

---

18) 이탄은 사상성의 전화가 잘 드러난 김광림의 시로 「음악회」를 꼽고 있다. 그에 따르면
　　「음악회」는 청각, 시각, 운동감각의 이미지들이 잘 살아난 시로써, 『오전의 투망』의 '각
　　서'에 해당하는 이론적인 입장을 가장 잘 표현한 시이다(이탄, 「새로운 서정의 시도」, 『한
　　국현대시해설』, 문학세계사, 1987). 그러나 이러한 설명은 이미지를 청각 이미지, 시각 이
　　미지 등으로 나누는 기존의 수사학적인 입장을 그대로 반복하는 것이다.
19) 원래 ≪사상계≫(1964. 4)에 실려 있던 이 시는 ⅰ, ⅱ, ⅲ의 세 부분으로 이루어져 있었
　　지만, 이후 『소용돌이』(1985), 『멍청한 사내』(1988) 등의 시선집에 재수록될 때는 ⅲ부분
　　이 빠져 있다.

으로 결합한 것에 그쳐버리고 만다. 이같은 한계는 '존재성'의 개념을 뚜렷하게 규정짓지 못한 데서 온 것이다.

## 3. 바슐라르 이미지론과의 비교

김광림의 이미지론의 바탕을 이루는 '존재성'의 개념은 바슐라르의 시론에서 영향을 받은 것이다. 바슐라르의 저작에서 이미지론이 본격화되는 것은 『공간의 시학』에서부터이다. 바슐라르의 초기 저작인 『로트레아몽』과 『불의 정신분석』은 실존적인 정신분석을 토대로 한 연구서였다. 그는 『물과 꿈』에서부터 원초적인 물질에 대한 상상력을 중시하며, 이는 물의 이미지에 대한 연구로 연결된다. 실존적인 정신분석과 상상력의 결합은 『공기와 꿈』, 『대지와 휴식의 몽상』을 통해 단계적으로 이루어지고 있다. 바슐라르는 『공간의 시학』에 이르러서 심리학이나 정신분석학적인 연구 방법으로는 새로운 이미지의 성격을 설명하는 것이 불가능하다고 보고, 현상학적인 연구로 방향을 바꾼다. 새로운 시적 이미지는 무의식 속에 뿌리깊이 자리잡고 있는 원형과 직접적인 인과관계를 맺고 있는 것이 아니며, 현상학만이 개인의식 속에 발생하는 이미지를 설명할 수 있다고 판단한 것이다.[20] '이미지는 언어의 새로운 존재'라는 바슐라르의 말은 이러한 맥락에서 나온다.

또한 바슐라르는 시적 상상력의 현상학을 고찰하는 가운데 '공명'과 '반향'을 중시하고 있다.

공명은 세계 안에서 우리 삶의 여러 평면 위에 확산되며, 반향은 우리에

---

20) 한계전, 『한국현대시론연구』, 일지사, 1983, 191~201면 참고.

게 자기 심화를 불러들인다. 공명에서 우리는 시를 이해하게 되며, 반향에
서 우리는 시를 말하고 시는 우리의 것이 된다. 반향은 존재의 선회를 이룩
한다. 여기서 시인의 존재는 우리의 존재처럼 보인다. 그때 반향의 단일한
존재로부터 다양한 공명이 태어난다.[21]

시가 가지고 있는 충일과 깊이는 이 '공명'과 '반향'과 자매관계에 있는
것이다. 시는 충일에 의해서 우리 속에 깊이를 새롭게 눈뜨게 한다. 시적
이미지의 반향이 독자의 영혼에까지 영향을 미쳐서 시적 창조를 깨어나게
하는 것이다.

이같은 바슐라르의 입장은 '① 시는 공명과 반향을 가져야 하며, ② 이
반향을 불러일으키는 것이 이미지이다, ③ 이미지는 독자와 시인 사이의
소통을 가능하게 한다, ④ 이미지는 존재의 생성이다'로 요약된다. 이 때
④항의 존재 생성은 독자와 관련된 것이다. 이미지는 시인에 의해 만들어
진 것이지만, 이것을 받아들이는 독자에 의해 다시 새롭게 태어난다. 독자
는 이미지에 반응하면서 자신의 내부에 숨어있던 창조성을 발견하고, 자
신의 존재를 새롭게 인식하게 된다. '이미지가 표현하는 것에 우리들을 바
꾸고 이것에 의해 우리들을 표현'한다는 것은 이러한 과정을 설명하는 것
이다. 이 과정에서 독자는 시인의 창작의 과정을 추체험함으로써 시인과
의 소통이 가능해진다. 그것이 시를 통해 일어나는 공명과 반향이다. 이
때 독자는 시인에 의해 만들어진 이미지를 재창조하는 존재로서, 시인과
대등한 위치에 서게 된다.

이는 독자의 존재 전환에 대한 바슐라르의 입장을 보여주는 것이다. 독
자들은 시적 이미지를 받아들인 후 그것이 자신의 상상력 속에 뿌리를 박
는 것을 체험하게 된다.[22] 그럼으로써 독자는 시의 이미지들이 그의 상상

21) G. Bachelard, *La Poetique de L'espace*, P.U.F., Paris, 1957, p.6. 이 글에서는 위에 인용된 한
계전의 책에서 재인용.
22) "시인은 나에게 그의 이미지의 과거를 알려주지 않으나, 그런데도 그의 이미지는 곧 나

력에 나타나면서 느끼게 되는 어떤 놀라운 정신적 체험을 하게 되는데, 그
것은 자신이 새로 태어난 것 같은, 자신의 영혼이 쇄신된 것 같은 신선한
격앙감이다.[23] 이러한 감정을 느낌으로써 독자는 자신의 존재가 새롭게
전환되는 계기를 맞는 것이다. 바슐라르가 말하는 존재성은 이같은 독자
의 존재론적 전환을 가리키는 말이다.

김광림은 이러한 바슐라르의 글을 인용하면서[24] 이미지를 시각적인 것
으로 한정하는 기존의 시각을 비판하고 이미지의 '반향'을 강조한다. '반
향'은 독자에게 미치는 이미지의 영향을 중시한 개념이다. 그는 '새로운
서정'이 독자들에게 읽히고 그들에게 새로운 인식을 가져올 때 비로소 완
성된다고 생각한다. 그는 시론 곳곳에서 감동의 중요함을 강조함으로써,
독자를 시의 중요한 요소로 생각하고 있음을 보여주고 있다.

시의 감동은 '시를 통해 심적인 충동을 받는 상태' 다시 말하면 마음을

---

의 내부에 뿌리를 박는다."—가스통 바슐라르(곽광수 역), 『공간의 시학』, 민음사, 1990,
84면.

23) 곽광수, 『바슐라르 연구』, 민음사, 1976, 23면.

24) 김광림은 「이미지에 관한 각서」에서, 바슐라르의 시론을 다음과 같이 번역해서 옮겨놓고
있다.
"시의 충일과 깊이는 항상 공명—반향이라는 자매어의 현상이다. 그 충일에 의해 시는
우리들 속에 새로운 깊이를 눈뜨게 한다. 실제로 단 하나의 시적 이미지의 반향에 의해
영혼 속에서 눈뜨는 시적 창조의 참다운 각성을 불러 일으키는 것도 이 반향이다. 시적
이미지는 그 새로움에 의해 일체의 언어활동을 개시시킨다. 시적 이미지는 말하는 존재
의 근원으로 우리들을 옮겨놓는다. 우리들은 이 반향에 의해 곧 일체의 심리학이나 정신
분석학을 뛰어넘어서 자신의 내부에 소박하게 생겨나는 시의 힘을 느낀다. 우리들이 공
명이나 감정의 반사나 자신의 과거의 부름 소리를 경험할 수 있는 것은 이 반향이 있는
다음의 일이다. 그러나 이미지는 표층을 뒤흔들기 전에 심부에 접촉되어 있다. 또한 이것
은 독자의 단순한 경험에도 해당한다. 시를 읽고 우리들에게 주어지는 이미지는 이리하
여 참다운 우리들의 이미지가 된다. 이미지는 우리들 속에 뿌리를 박는다. 틀림없이 외부
에 받아들여진 것이지만 자기도 반드시 이것을 창조할 수 있었다. 자기가 이것을 창조할
일이었다는 인상을 갖게 된다. 이미지는 우리들의 언어의 새로운 존재가 된다. 이미지는
그 이미지가 표현하는 것에 우리들을 바꾸고 이것에 의해 우리들을 표현하는 것이다. 다
시 말하면 이미지는 표현의 생성이며 또한 우리들의 존재의 생성이다. 여기에서는 표현
이 존재를 창조한다."—「이미지에 관한 각서」, 『존재에의 향수』, 39면.

울리게 하는 일이다. 이 울리게 하는 일에는 읍(泣), 명(鳴), 향(響)의 세가지 요소를 다 가지고 있어서, 호소력이 심정적일수록 읍에 기울고 사고적일수록 향에 가까워진다.[25]

이 때 '울리게 한다'는 것은 그것을 읽는 사람의 마음을 움직인다. 즉 감동시킨다는 뜻이다. 감동의 첫 번째 유형인 '읍(泣)'은 시인이 먼저 울어 버림으로 해서 독자들에게 호소하는 것, 즉 감정의 유로(流露)를 통해 독자들에게 다가가는 것이다. '명(鳴)'은 '읍'의 감상성을 제거한 것이긴 하지만, 직설적으로 심정적인 공감을 호소하다는 데서 '읍'과 기본적인 발상은 같다. 이에 비해 '향(響)'은 시인이 독자에게 직설적으로 다가가는 것이 아니라, 암시나 비유를 통해 울림을 전달하는 것이다. 자연발생적인 시가 읍의 상태라면, 김광림이 지향하는 것은 향이다. 김광림은 이를 "배경을 얼마나 크게 흔들어놓느냐에 따라 울림의 진폭이 결정되고 어필의 차도가 생긴다"고 표현하고 있다. 즉 시인이 직접 심정을 전달하는 것이 아니라 시의 이면에 깔려있는 심정을 독자가 스스로 깨닫게 될 때 감동이 더해진다는 것이다. 이 때 감동은 시를 통해 자신의 내부에 감추어진 공감의 요소를 발견함으로써 발생한다.

시인과 독자는 이미지를 통해서 만나게 되며 이미지를 공유함으로써 새로운 인식에 도달하게 된다. 그가 강조하는 시의 '쾌미감(快味感)'[26]은 이러한 공감에서 오는 정신적인 고양 상태를 표현한 것이다. 독자가 시를 읽을 때 얻는 즐거움과 아름다움은 시를 통해서 타성화된 감각을 일깨우는 새로운 경험을 할 때 생겨난다. 그런 면에서 쾌미감은 '이미지를 통해 얻

---

25) 김광림, 『바로 설 때 팽이는 운다』, 시작노우트

26) "시는 본질적으로 인간에게 쾌미감을 주는 것입니다. 사상이나 모럴 같은 인생론적인 관념 형태는 시를 즐기는 가운데 자신도 모르게 터득되어 오는 것 뿐입니다. 우리가 굳이 그런 내용만을 찾으려고 할 것 같으면 구태여 시에 의존할 필요가 없습니다. 철학이나 윤리나 그밖의 교양 부문을 찾아들면 될 것입니다."—김광림, 『현대시의 이해와 작법』, 42면.

어진 정신적 격앙감'이라는 바슐라르적인 의미의 감정이라고 할 수 있다.

한편, 바슐라르의 존재론은 일차적으로는 사물의 독립성 혹은 존재성을 가리키는 사물 자체의 존재론이기도 하다. 그는 "시적 이미지란 갑작스런 정신의 융기, 부수적인 심리적 인과관계로는 잘 밝혀지지 않는 정신의 융기"라고 정의하고, "이미지의 번쩍임에 의해 먼 과거가 메아리들로 울리는 것이며, 그리고 그 메아리들이 얼마만큼의 깊이에까지 반향하며 사라져가게 되는지 우리들은 거의 알지 못한다. 그리하여 그의 새로움과 그의 약동 속에서 시적 이미지는 그 자체의 존재와 그 자체의 힘을 가진다. 그것은 하나의 직접적인 존재론에 속하는 것이며, 우리가 지금 연구의 노력을 기울이려고 하는 것은 바로 그 존재론에 대해서인 것이다"[27]라고 말하고 있다. 이 때 존재론은 이미지를 기성의 관념이나 때묻은 언어로 해석하려는 태도를 거부하고 사물을 그대로 드러내는 현상학적인 태도를 말한다.

이런 면에서 존재론은 김광림이 박남수의 「새」를 설명한 부분과 거의 동일한 것이다. 김광림은 "기왓골을 / 쫑 / 쫑 / 쫑 / 옮아 앉는 / 실제의 새가 살고 있다"에서 "쫑 / 쫑 / 쫑"을 각각 독립된 세로의 행으로 처리한 것은 새라는 존재성을 소리로 전화해서 복잡하게 가식하지 않고, 극히 단순화해서 직접적으로 다룬 것"[28]이라고 설명하고 있다. 즉 새가 기왓골을 옮겨 앉으면서 내는 소리를 그대로 옮겨놓음으로써, 장황한 설명이나 수식을 배제하고 새의 상태와 특징을 그대로 드러내는 방식이다. 여기서 김광림이 주목하고 있는 것은, 실제로 소리를 듣는 듯하게 표현한 테크닉이 아니라 기왓장 사이를 옮겨가는 새의 존재성 자체이다. 이미지가 사물 자체의 존재성을 드러내는 기능을 하고 있는 것이다.

그러나 이같은 이미지론은 결국 인간의 존재 문제로 귀결되지 않을 수 없다. 설령 이미지를 통해 사물이 존재성을 드러낸다고 하더라도, 그러한

---

27) 가스통 바슐라르, 앞의 책, 83면.
28) 김광림, 『현대시의 이해와 작법』, 44면.

이미지를 만들어내는 것은 인간이다. 또한 독자가 시를 읽으면서 어떤 정신적인 경험을 할 때, 그 경험은 시에 의해 촉발되는 것이기는 하지만 시의 직접적인 작용이 개입하는 것은 아니다. 즉 존재 생성의 힘은 이미지 자체가 가지고 있는 것이 아니라 본래부터 우리 내부에 있어서, 우리가 시를 읽을 때 촉발되어 우리로 하여금 존재의 전환을 이루게 하는 것이다.[29] 중요한 것은 이미지를 통해 존재 전환을 이루는 존재 자체의 힘인 것이다. 여기서 이미지론은 다시 인간 존재의 문제로 귀결된다. 바슐라르는 여기서 한 단계 더 나아가 『몽상의 시학』에서 현상학적인 연구를 심화 발전시킨다.

김광림 역시 이미지와 존재론이라는 이질적인 결합의 어려움을 토로하고 있다. 그는 박남수의 시집 『갈매기 소묘』를 설명하면서 "그가 지금까지 간직해온 자연성이 간혹 파괴되고 있다. 서경적인 데는 거의 찾아볼 수 없고 존재성에 깊은 관심을 보이고 있다"라고 지적한다. 그 이유는 "언어 기능이 가지는 '소리'나 '빛깔'이나 '향기'는 자연성을 표출하는데는 적절할는지 모르지만, 존재성까지 그것으로 전화시키기에는 엄청난 비약이 있어야만" 하기 때문이다.[30] 김광림은 박남수가 서경성과 존재성의 균형을 이루는데 실패하고 이후 존재에 대한 관심으로 옮아간다고 설명하고 있다. 이는 박남수의 시적인 실패라기보다는, 이미지와 존재론의 결합을 시도한 김광림 자신의 시론의 한계를 고백한 것이라고 볼 수 있다.

이후 김광림은 인간 자체의 삶으로 눈을 돌려서 사회적 관심사나 인생 전반에 대한 성찰을 보여주게 된다. 바슐라르가 이미지 연구에서 시작해서 창작 과정에 대한 미학적인 연구로 영역을 확대시킨 것과 달리, 김광림은 이미지를 포기하고 대신 주제의 변모를 꾀한 셈이다. 그러나 이러한 변화는 결국 이미지를 시적인 테크닉으로 한정시켜버리는 결과를 낳는다.

---

29) 곽광수, 앞의 책, 25면.
30) 김광림, 「언어와 존재」, 앞의 책, 139면.

## 4. 김광림 시론의 의의

김광림의 시론은 자연발생적인 감정을 노출하거나 전통적인 공간으로 도피하는 종래의 서정주의 시와 테크닉에 치중한 나머지 난해함으로 흐르고 있는 기교 위주의 모더니즘 시, 그리고 현실비판을 주제로 하는 직설적인 현실비판시 등을 부정하는데서 출발한 것이었다. 이러한 시론은 1930년대 김기림의 시론과 맥을 같이한다. 센티멘탈리즘과 문학의 정치주의를 비판하고 그를 극복하는 방안으로 주지성을 표방하는 것은 두 시인의 시론에 공통적으로 나타나는 특성이다. 그러나 김기림이 지성에 액센트를 두고 흄 등의 신고전주의에 치중하고 있는 데 비해, 김광림은 어디까지나 서정에 액센트를 두고 있다. 즉 김광림은 서정시를 시의 기본적인 형태라고 생각하며, 현대적인 서정이 무엇인가를 탐구하고자 했던 것이다. 따라서 그는 시를 볼 때에도 항상 이미지 안에 숨어있는 시인의 정서 상태나 사상성에 초점을 맞춘다.

그의 이미지 시론의 핵심은 존재성이 어떻게 다른 감각으로 전화될 수 있는가 하는 것이다. 이미지가 독자의 존재 전환을 도모한다고 보는 면에서, 그의 시론은 바슐라르의 입장과 일치한다. 그러나 존재론은 필연적으로 인간 존재 자체에 대한 질문으로 환원된다. 존재가 전환을 이루는 힘은 결국 이미지를 받아들이는 인간 주체에 있기 때문이다. 이러한 한계에 부딪친 김광림은 이미지를 포기하고 이미지를 받아들이는 주체인 인간의 삶 자체에 대한 관심으로 옮겨간다. 존재론 대신 그 자리에 사회성, 현실, 휴머니즘 같은 메시지가 자리 잡게 되는 것이다. 그의 후기시가 사회비판적인 메시지를 담고 산문화되는 것은 이같은 시론적인 변화와 무관하지 않다.

김광림의 이미지 시론은 이미지를 시각적인 영상과 동일시하거나 묘사 차원의 테크닉으로 생각했던 1930년대 이미지즘을 한 단계 발전시킨 것이다. 이미지를 존재론과 결합하려고 한 그의 시도는, 이미지를 단순한 시적인 기교가 아닌 인간의 정신 영역의 확장과 연결시킨다는 면에서 의의가 있다. 그러나 이러한 시도가 한계에 부딪치면서, 이미지는 결국 '감각의 수동적인 반영 혹은 모사'라는 수단적인 테크닉으로 회귀해버린다. 그러나 그의 이미지론은 30년대의 이미지즘, 김춘수의 시론 등 여타의 이미지 시론들과 함께, 한국 근대시론사의 중요한 한 경향으로 자리매김될 수 있을 것이다.

제 2 장

# 김춘수의 이미지 시론

 

김춘수의 작품 세계에 대한 논의는 주로 이데아 지향이라는 관점과 허무 혹은 무의미시라는 관점의 양 방면으로 이루어져 왔다.[1] 절대적인 관념을 추구했던 '꽃'을 주제로 한 초기의 시들은 「처용」과 「타령조」를 분

[1] 김춘수의 시와 시론에 대한 연구 중 중요한 것들을 정리하면 다음과 같다.

김성욱, 「김춘수의 인인(隣人)론」, ≪문예≫ 20, 1954. 1.

김 현, 「존재의 탐구로서의 언어」, ≪세대≫, 1964. 7.

김용직, 「아네모네와 실험의식」, ≪시문학≫ 9, 1972. 4.

이승훈, 「존재에의 해명」, ≪현대시학≫ 62, 1974. 5.

장윤익, 「비현실의 현실과 무한의 변증법」, ≪시문학≫ 69, 1977. 4.

이승훈, 「두 시인의 변모」, ≪문학과지성≫ 28, 1977. 6.

황동규, 「감상의 제어와 방임」, ≪창작과비평≫ 45, 1977. 9.

이승훈, 「시적 인식의 문제」, ≪현대문학≫ 275, 1977. 11.

김 현, 「김춘수와 시적 변용」, 『상상력과 인간』, 일지사, 1979.

고정희, 「김춘수의 무의미론 소고」, ≪시와의식≫, 1981.

김준오, 「처용시학」, 『김춘수연구』, 학문사, 1982.

홍경표, 「탈관념과 순수 이미지에의 지향」, 『김춘수연구』, 학문사, 1982.

문덕수, 「김춘수론」, 『현대문학』 333, 1982. 9.

권영민, 「인식으로서의 시와 시에 대한 인식」, ≪세계의문학≫, 1982. 12.

이남호, 「김춘수의 『시의 위상』에 대하여」, ≪세계의문학≫, 1991. 8.

수령으로 해서 이미지만을 실험하는 이른바 '무의미시'로 탈바꿈을 하게 된다.

초기 시론에서 김춘수가 관심을 가졌던 것은 시의 형태의 문제였다. 그의 첫 시론집인 『한국시형태론』은 시의 형태에 준거해서 한국 현대 시사를 정리하려고 시도한 것이었다. 이 책에서 김춘수는 《창조》를 전후한 시기에 자유시가 나타나며 이때부터 비로소 현대시가 시작된다고 보고 있다. 자유시의 '자유'가 '운율로부터의 자유'인 동시에 '산문에로의 자유'[2]라고 지적하는 대목은 김춘수의 관심이 운율에 집중되고 있음을 보여준다. 특히 『한국시형태론』이 주목을 요하는 것은 '형태'를 단순히 운율의 있고 없음으로만 구분하는 것이 아니라 '이미지'까지를 포함한 개념으로 받아들이고 있다는 점이다. 김춘수가 말하는 시의 '형태'란, "운율 meter의 유무를 가리고, 있으면 어떻게 있는가, 없으면 어떻게 없는가 하는 그 운율의 있고 없는 대로의 시의 청각적 시각적 양상"[3]이다. 이는 청각적인 것에 한정된 '운율'의 개념에 시각적인 부분을 추가함으로써, 시사 전체를 '형태'라는 측면에서 체계화하려는 의도를 가지고 있는 것이다. 예컨대 시각성이 두드러지는 30년대의 모더니즘 시들을 설명하기 위해서는 운율 이외의 다른 잣대가 필요했던 것이다.

김춘수가 자신의 논리를 보다 명확하게 드러내는 것은 이미지를 중심으로 한 이후의 논의들로서, 이때부터 그의 시론은 그 자신의 시와 밀접하게 대응하면서 전개된다. 『한국시형태론』이 '형태'를 중심으로 한국 시사를 정리하려 했던 것처럼, 이미지를 중심으로 한 시론은 이미지의 유형에 따라 한국시의 계보를 마련하고자 한 것이다. '비유적 이미지'와 '서술적 이미지'라는 유형 분류는 김춘수 자신의 창작의 지향점을 보여준다는 면에

---

2) 김춘수, 『김춘수 전집』 2, 문장, 1986, 26면. 이하, 김춘수의 시론은 이 책에서 인용한 것이다.
3) 위의 책, 20면.

서도, 그의 시와 시론을 설명하는 중요 요소로 부각될 만하다.

## 1. 관념의 표현 수단으로서의 비유적 이미지

김춘수는 이미지를 '무엇에 쓰이는가' 하는 기능에 따라 비유적 이미지와 서술적 이미지로 나눈다. 이미지가 관념이나 기타 다른 것들을 배후에 가지고 있으면 비유적 이미지가 되고, 이미지 그 자체만을 위한 것이면 서술적 이미지가 된다는 것이다.[4] 무언가를 전달하기 위해 쓰여지는 이미지는 결국 목적하는 그 무엇에 종속되므로 불순한 것으로 취급된다. 미적인 것은 예술 이외의 목적에 봉사하기 위해 있는 것이 아니라, 그 자체가 필연적 만족의 대상이기 때문이다.

김춘수가 비유적 이미지를 불순한 것으로 파악하는 것은, 미적 인식을 취미 판단의 영역에 포함시키는 칸트적인 사고에 바탕하고 있기 때문이다. 칸트의 철학 체계에서 '미적인 것'은 '어떤 대상의 현존의 표상과 결합되어 있는 만족'[5]이 아니다. 대상이 아름답다는 판단 근거는 대상의 현존에 좌우되는 것이 아니라, 욕망이나 욕구 능력과는 상관없이 만족을 일으키는 관조적인 것이다. 그것은 개념과 결부되지 않은 필연적 만족의 대상이며, 일체의 목적을 떠나 대상을 표상하는 주관적 합목적성의 형식이다.[6] 이같은 관점에서 볼 때, 예술은 실생활과는 관계없는 유희의 차원으로 규정되며, 따라서 예술에 그 자체 이외의 목적이나 쓰임새를 부여하는 것은 잘못된 것이다. 김춘수의 문학적 입장은 이러한 칸트적 사고 위에 놓여 있다.

---

4) 위의 책, 365면.
5) I. Kant(이석윤 역), 『판단력 비판』, 박영사, 1974, 58면.
6) 위의 책, 57~108면 참고.

비유적 이미지는 겉으로 드러나는 이미지와 감추어진 관념의 두 부분으로 나누어진다. 김춘수는 이를 '본의(本義)'와 '유의(喩義)' 또는 '상(想)'과 '서술적 심상'이라는 말로 표현하고, 양자의 관계가 직접적으로 드러나는 것과 감추어져 있는 것을 구분한다. 그 중 첫 번째는 본의와 유의가 직접적으로 드러나고 있는 경우이다.

> 거룩한 분노는
> 종교보다도 깊고
> 불 붙는 정열은
> 사랑보다도 강하다
> 아! 강낭콩 꽃보다도 더 붉은
> 그 마음 흘러라

위의 시에서 '보다도'라는 보조 형용을 매개로 하여 '물결'이 '강낭콩 꽃'에 비유되고 있고, '마음'이 '양귀비 꽃'에 비교되고 있다. 이렇게 비교됨으로써 전자에 있어서는 '물결'의 푸르름을, 후자에 있어서는 '마음'의 정열적인 상태를 각각 구체적으로 말하고 있다.

그런데 이 시의 '물결'은 글자 그대로의 물결이 아니다. 짙푸르게 영원히 흐르는 강물같은 민족의 맥박 또는 역사, 이런 것을 말하고자 한 것이다. 그러니까 이 경우의 '물결'은 '마음(정열)'과 함께 한 관념이요 추상이다. 이 것들을 구체적으로 보여주고 있는 것이 '강낭콩꽃'이라는 심상이요 '양귀비 꽃'이라는 심상이다. 그러니까 이 시에서는 '물결'(민족의 맥박, 역사)과 '마음'(정열)이 작가가 말하고 싶었던 상(想 : idea)이 될 것이고, '강낭콩꽃'이나 '양귀비꽃'은 그것들을 구체적으로 보여주는 서술적 심상이 된다.[7]

인용된 변영로의 시 「논개」에서 '물결'은 '역사'를, '마음'은 '애국심'을 의미한다. 물결이 흘러가는 것처럼 도도하게 흐르는 역사에 논개라는 미천한 기생의 애국심이 어리어 흐르고 있는 것이다. '푸른'과 '붉은'이라는

---

7) 김춘수, 앞의 책, 248면.

형용사는 역사를 뜻하는 '청사(靑史)'와 '단심(丹心)'이라는 뜻을 함축하면서 색채의 대조를 보여주고 있다. 그러므로 본의와 유의, 즉 주지(tenor)와 매체(vehicle)의 관계는 '물결'과 그것이 상징하는 역사 사이에서 성립되는 것이다. 그럼에도 불구하고 김춘수는 '물결'과 '강낭콩꽃', '마음'과 '양귀비꽃'을 주지와 매체의 관계로 해석하는 오류를 범하고 있다. 그가 지적한 '강낭콩꽃'과 '양귀비꽃'은 '서술적 심상(매체)'이 아니라 색채의 대조 효과를 노린 보조적인 시어에 불과하다.

이 시가 참신한 인상을 주지 못하는 것은 '역사'를 '물결'에 비유하는 것이 이미 타성화되어 있어 시적인 긴장력을 확보하지 못하기 때문이다. 비유가 일상화되어 있어 비유로서의 구실을 다하지 못할 때, 그 비유는 비유로서의 기능을 상실한 '죽은 비유(dead metaphor)'[8]가 되고 만다. 이때 비유는 이미 시적인 의미를 상실하므로 굳이 '비유'라는 말을 사용할 필요가 없다. 그러므로 김춘수가 비유적 이미지의 한 유형으로 제시한, 본의와 유의가 직접적으로 드러나는 경우는 사실상 '비유'라고 하기에 부적절한 것이다. 따라서 비유적 이미지는 나머지 하나의 유형만으로 좁혀진다.

비유적 이미지의 두 번째 유형은, 주지와 매체의 관계가 표면적으로 드러나지는 않지만 시 전체가 하나의 비유로 이루어지는 경우이다. 박두진의 「해」와 서정주의 「문둥이」가 그 예로서, 「해」는 시인의 관념을 비유한 것인 반면, 「문둥이」는 어떤 의지를 담고 있지는 않으나 생에 대한 인식을 보여주는 시로 평가된다.[9] 특히 「문둥이」는 '장면의 감각적인 인상'이 아닌 '형이상학적 암시'를 알리고 있긴 하지만 목적이 이미지 그 자체에 있는 것은 아니기 때문에 '비유적 이미지'에 속하는 것으로 분류되고 있다.

---

8) 김용직, 『현대시원론』, 학연사, 1988, 101면.
9) 김춘수, 앞의 책, 366~368면.

이 시(문둥이-인용자)에는 끝행에 비유가 한 곳 보이지만 그 외는 없다. 그러나 수사적인 비유는 없지만 이 시 전체가 하나의 비유가 되고 있다. 앞의 시(정지용의 「지도」-인용자)와는 반대다. 그리고 각 연이 각각 하나씩의 비유로 되고 있다. "해와 하늘빛이 / 문둥이는 서러워"는 장면의 감각적인 인상은 아니다. 이때의 '서러워'란 설명어는 「지도」에서의 '깊다'란 설명어와는 다르다. 그것은 어떤 인상의 강조가 아니라 형이상학적인 암시를 알리고 있다. "보리밭에 달 뜨면 / 애기 하나 먹고"도 어떤 장면의 그대로의 제시가 아니다. 이 처절한 이미지의 목적은 이미지 그 자체에 있지 않다. 이미지는 하나의 표현이 되고 있다.[10]

이미지가 하나의 관념을 위해 봉사하지 않는다 하더라도 이미지 자체가 목적은 아니므로 비유적 이미지에 속한다는 것이다. 그러나 서정주의 「문둥이」는 천형을 감수하는 문둥이의 고통을 통해, 인간 조건의 한계성을 드러낸 상징적인 시라고 보아야 옳을 것이다.

이미지를 상상력의 개입 형태에 따라 분류하면, 지각 이미지(감각적 이미지)와 비유적 이미지, 상징적 이미지로 나눌 수 있다.[11] '지각 이미지'는 신체의 감각 기관에 호소하는 이미지 예를 들어 시각적 이미지라든가 촉각적 이미지 등을 가리킨다. 이보다 한 단계 더 나아간 것이 '비유적 이미지'로서 한마디로 그것은 비유에 의한 이미지라고 말할 수 있다. '비유적 이미지'는 주지와 매체를 가지고 있으며, 이 두 요소는 유추를 통해 이질적인 요소들을 동일화시킴으로써 시의 효과를 높인다. '비유적 이미지'가 감각적 사실을 다른 모양으로 전이시켜 제시함으로써 감각적 이미지와 직접 연결되고 있는 것에 반해, '상징적 이미지'는 신화나 원형, 인간의 원초적인 세계 인식과 같은 좀더 깊이 있는 것들과 연결되어 있다.

그러므로 김춘수가 비유적 이미지의 두 번째 유형으로 제시한 것은 비유적 이미지와 상징적 이미지가 혼합된 것이며, 「문둥이」는 오히려 상징

---

10) 위의 책, 367면.
11) 김용직, 앞의 책, 5장 참고

적 이미지의 단계에 있는 작품이다. 또한 비유적 이미지는 그 자체가 '서술적 이미지'와 상대를 이루는 개념이 아니라 상상력의 개입 형태에 따른 이미지의 한 유형으로 분류되어야 한다. 결국 김춘수가 '비유적 이미지'라고 지칭하는 것은 '기능'이라는 애매한 기준에 의해 서로 다른 유형의 이미지들을 한데 모아 놓은 것임을 알 수 있다.


## 2. 이미지의 유희와 서술적 이미지


비유적 이미지가 목적을 위한 수단이므로 불순한 것이라고 파악한 김춘수는 가장 순수한 이미지, 즉 그 배후에 아무것도 가지고 있지 않은 이미지 자체만의 유희를 시도하게 되는 바, 이것이 바로 서술적 이미지이다. 서술적 이미지는 다시 대상을 있는 그대로 베껴내는 사생적(寫生的) 소박성을 가지고 있는 유형과 사생성(寫生性) 자체가 사라진, 즉 대상 자체가 제거된 유형으로 분류되어 있다. 전자의 경우 '서술적(descriptive)'이라는 용어는 '묘사한다' 혹은 '베껴낸다'라는 의미의 '모사(模寫)'나 '사생(寫生)'과 같은 것으로 사용되지만, 후자에서는 문자 그대로 '기술(記述)하다'라는 뜻으로서 "정신의 흐름의 자유로운 받아쓰기"라는 의미로 변화된다. 사생성이 지켜지는 경우의 이미지가 상상력이 개입하지 않는 단순한 묘사의 차원이라면, 대상 자체의 소멸에서 만들어지는 이미지는 자유연상에 의존하므로 오히려 상상력을 요구하게 된다. 김춘수가 사생적 소박성을 보여주는 예로 든 작품은 이장희의 「봄은 고양이로다」, 정지용의 「지도」, 박목월의 「불국사」 등이다. 이들은 관념이 없이 단지 감각적인 인상만을 배열했고, 장면의 제시로만 끝난다는 공통점을 가지고 있다고 설명된다.

흰 달빛
紫霞門

달안개
물소리

大雄殿
큰菩薩

바람소리
솔소리

浮影樓
뜬 그림자

흐는히
젖는데

흰 달빛
紫霞門

바람소리
물소리

―「佛國寺」 전문

위 시는 행의 대부분이 명사(주어)로 끝나고 빈사(賓辭 : 述語)가 생략됨으로써 감정의 유출을 막는 효과를 낼 것으로 파악된다.12) 주어와 술어 사이에 맺어지는 연결 관계가 단절됨으로써 기존의 의미는 보류되고, 그 결과로 사물은 고정 의미에서 해방된다는 것이다. 김춘수는 이런 의미에서

---

12) 위의 책, 368면.

이 시가 현상학적 판단중지의 상태에 놓여 있다고 지적한다.

 '판단 중지'란 현상학적 환원의 한 단계로서, 기존 지식에 대한 배제 또는 괄호침을 뜻한다. 달리 말하면 그것은 어떠한 대상이 지각된 그대로 외계에 실재한다고 소박하게 믿는 '자연적 태도'를 거부하는 것이다. 이것은 개개의 대상에만 국한되지 않고 그 총체인 세계에 대해서도 마찬가지이다.13) 현상학은 이러한 세계 정립과 존재의 결부를 단절하는 데서부터 시작된다. 즉 현상학적으로 명증적이지 않은 모든 언표를 배제하는 데서 출발하는 것이다. 이때 대상은 개념들을 어떤 관계로 결합시키는 능동적인 사고를 빌려 인식되는 것이 아니라, 사고에 앞서 주어지는 직접적인 경험계, 즉 사물이 그때그때 주어지는 바 그대로의 것으로 주어지는 바 이는 이른바 '순수경험'에 의지하는 것이다.14)

 김춘수는 이같은 판단의 중지상태를 '장식성(裝飾性)'이라는 특이한 개념으로 명명하고 있다. 장식성이란 장식예술 혹은 장식품이라고 할 때의 '장식'과 동일한 것으로서, 의미와 무관하다는 점에서 현상학적 판단중지와 연관되고 있다.

 장식성은 '어떠한 의미에 의하여도 손상되지 않고' 있다. 그것은 오히려 의미와는 무관한 곳에 있다. 상징적인 의미든, 심리적인 의미든, 사실적인 의미든 일체 의미와는 단절된 지점에 있다. 아라베스크나 가락지의 곡선을 염두에 두면 된다. 따라서 그 자체에는 성격이 없다. 일종의 중성이다. 백금과 같다. 그래서 그것은 또 '실재하는 어떤 형태와도' 무관하다고 해야 한다. 그러니까 서정성도 상징성도 심리적인 가두리 fringe도 다 털어버린 창살과 같은 그것은 추상이다. 율동으로 치면 순수 무용의 상태와 같다(이야기, 즉 의미를 배제한). 그렇다. 그것을 상태나 양상으로 치면 순수란 말을

---

13) 한전숙, 『현상학의 이해』, 민음사, 1984, 293면.
14) 예를 들어 금과 노랑은 직접 경험되지만, '금은 노랗다'는 판단은 직접 경험되지 않는다. 판단의 주어로서의 금이나, 그 술어로서의 노랑은 직접 경험된 것이 아니다. 주어나 술어의 형성은 판단하는 사고가 하는 일이다. ─위의 책, 169면.

쓸 수 있을 것이고, 윤리의 측면으로 옮겨서 말을 한다면 무상이란 말을 슬 수 있을 것이다. 놀이, 즉 유희란 말을 써도 무방하리라.15)

판단의 중지 혹은 의미의 무관련성이 중요한 것은 고정된 대상(의미)로부터 자유롭기 때문이며, 달리 말했을 때 '관념'을 배제하기 때문이다. 이 단계에 이르면 김춘수는 대상 자체를 거부하게 되는데, 그 이유는 대상을 인식하는 순간부터 관념에 의한 구속을 받는다고 생각하기 때문이다.16) 사생성을 가진 시들은 이런 이유에서 불순한 것으로 평가된다.

그렇다면 순수한 '서술적 이미지'란 어떤 것인가? 그것은 대상 자체가 소멸됨으로써 대상으로부터 완전히 자유로워지는 경지에 이른 것이다. 김춘수는 그 예로 이상(李箱)을 시초로 들고, 1950~60년대의 조향의 「바다의 층계」, 김광림의 「석쇠」, 전봉건의 「속의 바다(21)」 등을 같은 유형으로 분류해 놓고 있다. 김춘수가 이들을 동일 유형으로 분류한 근거는 '언어와 이미지의 배열'만이 남고 대상이 없다는 점이다.

> 같은 서술적 이미지라 하더라도 사생적 소박성이 유지되고 있을 때는 대상과의 거리를 또한 유지하고 있는 것이 되지만, 그것을 잃었을 때는 이미지와 대상은 거리가 없어진다. 이미지가 대상 곧 그것이 된다. 현대의 무의미시는 대상을 놓친 대신에 언어와 이미지를 시의 실체로서 인식하게 되었다고 할 수 있다.17)

김춘수가 순수한 서술적 이미지로 꼽고 있는 예들은 대부분 초현실주의

---

15) 김춘수, 앞의 책, 499면.

16) "(……) '대상과의 거리'가 유지되고 있는 동안은 시인은 항상 자기의 인상을 대상에 덮어씌움으로써 대상에 의미 부여를 하고 있는 것이 된다. 모든 사생화가 그것을 증명한다. 인상파의 그림에서처럼 개성이 어떻게 다르든 그것과는 상관없이 대상은 현실의 대상 그대로 재현되고 있다(나무가 개로 둔갑하는 일이 없다). 그러면서 그 대상은 조금씩 달라져 있다(나무가 어둡게도 보이고 밝게도 보인다). 대상이 있다는 것은 대상으로부터 구속을 받고 있는 것이 된다. 그 구속이 긴장을 낳는다."―위의 책, 376~377면.

17) 위의 책, 369면.

적인 수법들로 이루어진 것으로서, 그의 '무의미시' 또한 마찬가지이다. 특히 김춘수가 '공통영역이 좁은 것', 즉 '유사성이 없는 것'들을 결합할 때 얻어진다고 생각하는 '래디컬 이미지'의 발생과정은 「쉬르레알리즘 제일 선언」의 다음과 같은 구절과 흡사하다.

> 내 생각으로는 "현존하는 두 현실이—관계를 정신이 파악했다"고 주장하는 것은 거짓이다. 정신은 처음부터 그 아무것도 파악하고 있지 않았던 것이다. 한 줄기의 특수한 광채가 발휘되는 곳은 어떤 지점에 있어서는 우연적인 두 단어가 접근되는 점에서이며, 우리는 이 이미지의 광채에 대하여 지극히 민감하다. 이미지의 가치는 이렇게 해서 얻어진 불꽃의 아름다움에 의하여 좌우되는 것이며, 따라서 그것은 두 개의 전도체 사이에서 발생하는 전위차의 작용이라고도 할 수 있다.[18]

'두 개의 전도체 사이에서 발생하는 전위차의 작용'은 유사성이 적은 사물들, 김춘수의 표현으로는 공통영역이 좁은 사물들 간에 발생하는 충격의 효과와 동일한 것이다. 우연히 만난 두 단어간의 결합에서 만들어지는 강렬한 이미지를 실용적인 언어로 해석하기까지는 오랜 시간이 걸린다. 왜냐하면 그것은 엄청날 정도의 표면적인 모순을 내포하고 있거니와, 그 이미지를 조성하고 있는 언어의 하나가 교묘하게 숨겨져 있거나, 또는 그 이미지가 환각적인 질서의 이미지이거나 하는 경우가 대부분이기 때문이다.[19] 이때 만들어지는 이미지는 둘 사이의 유사성이 적으면 적을수록 충격의 효과도 커진다.

초현실주의 작품에서 이런 이미지들은 자유로운 상태에서의 정신의 흐름, 즉 자유연상에 의존해서 만들어진다. 이때 행해지는 자동기술(automatism)은 "이성에 의한 일체의 통제, 미학적 또는 윤리적인 일체의 선입견 없이 행

---

18) T. 짜라 · A. 브르통(송재영 역), 『다다 / 쉬르레알리즘 선언』, 문학과지성사, 1987, 144면.
19) 위의 책, 145~146면.

해지는 사유의 진실한 받아쓰기(dictation)이다. 즉 '예술에 대해서 아무런 사상도 없이' '구조에 대해서 아무런 사상도 없이' 오로지 붓을 놀리고 문자를 기록해가는 실험을 통해 어떠한 개인이 체험할 수 있는, 인간의 마음에 나타나는 보편적인 자동성, 객관적인 더욱이 해방적인 일종의 흐름[20]인 것이다. 그러므로 그것은 예정된 무엇인가를 쓰거나 그리는 것을 거부하며, 상식의 법칙을 무시한다. 이때 이질적인 이미지의 결합은 연상의 영역을 확대하고 자유로움을 추구한다.

## 3. 김춘수 시에 나타나는 이미지의 두 유형

김춘수는 자신의 시에서 직접 이러한 이미지들을 시험하기도 했다. 김춘수가 말한 그대로의 '비유적 이미지'에 해당하는 것은 관념을 가지고 있는 시들이라고 할 수 있는 것으로, 김춘수의 초기시에서 그 예를 찾아볼 수 있다. 비유적 이미지가 목적을 위해 만들어지는 이미지라고 할 때, 김춘수의 초기시에서 목적에 해당하는 것은 관념이다. 초기시를 대표하는 『꽃의 소묘』는 기정사실화된 것들에 대해 의문을 제기하고 타성화되기 이전의 본질을 추구하고 있다. 관념은 순수 관념 즉 이데아로 상징되며, 순수 관념에 대한 지향이 가장 잘 드러나는 것은 「꽃」, 「꽃을 위한 서시」에서이다.

> 나는 시방 危險한 짐승이다.
> 나의 손이 닿으면 너는
> 未知의 까마득한 어둠이 된다.
>
> 存在의 흔들리는 가지 끝에서

---

20) 위의 책, 133면.

> 너는 이름도 없이 피었다 진다.
> 눈시울에 젖어드는 이 無名의 어둠에
> 追憶의 한 접시 불을 밝히고
> 나는 한밤내 운다.
>
> 나의 울음은 차츰 아닌 밤 돌개바람이 되어
> 塔을 흔들다가
> 돌에까지 스미면 金이 될 것이다.
>
> …… 얼굴을 가리운 나의 신부여,
>
> —「꽃을 위한 序詩」 전문

내가 '위험한 짐승'인 이유는 '추억의 한 접시 불'로 상징되는 기성의 관념 또는 인식을 가지고 있기 때문이다. 기존 관념을 가지고 대상을 바라보는 순간, 대상은 알 수 없는 어둠('무명의 어둠') 속에 잠겨버린다('너는 이름도 없이 피었다 진다'). 기존 관념은 이미 타성이 되어 있어서 대상의 본질과는 다른 허상을 만들어낼 뿐이다. 그러므로 시인은 있는 그대로의 대상의 본질을 인식하기 위해 '울음'으로 상징되는 고통스런 존재에의 물음을 계속해야 한다. 그 해답을 찾는 순간 돌에 스밀 정도의 고통은 금으로 변하고, 시인은 비로소 대상을 새로운 이름으로 명명하게 되는 것이다. 「꽃」의 "내가 그의 이름을 불러주기 전에는 / 그는 다만 / 하나의 몸짓에 지나지 않았다 / 내가 그의 이름을 불러주었을 때 / 그는 나에게로 와서 / 꽃이 되었다……"라는 구절은 이를 그대로 표현하고 있다.

김춘수가 추구하고 있는 것은 완전하고 불변하는 대상의 원형 즉 질료와 형식을 모두 자기 안에 가지고 있는 플라톤적 의미의 이데아이다. 인식론적인 측면에서 볼 때, 명명 행위를 통해서만 대상이 존재한다는 것은 칸트적인 사유의 일단을 보여준다. 칸트에 의하면, 어떤 대상이 주어질 때 그 대상은 감성의 순수 형식 즉 시간과 공간을 통해서만 우리에게 주어질 수 있다. 대상을 인식할 수 있으려면, 우선 감성에 다양이 주어지고 구상력을 통해 이 다양을 종합한 후, 오성이 이 순수 종합에 통일성을 부여해서 통일된 표상에서 존립하는 개념이 나타나야 한다. 즉 직관을 통해 대상이 현상으로 주어지면, 개념을 통해 이 직관에 대응하는 대상이 사고되는 것이다.[21] 김춘수의 「꽃」을 예로 든다면, 하나의 몸짓에 지나지 않는 '꽃'이 감성에 주어지고, 시인은 구상력에 의해 종합된 대상에 오성을 이용해서 개념(이름)을 만들어낸다. 대상은 이런 과정을 거쳐 경험될 때 비로소 나에게 의미를 가지게 된다. 따라서 김춘수의 명명 행위는 직관에 주어진 대상을 사고하기까지의 과정을 그대로 밟고 있는 셈이다.

그러나 김춘수는 인식론적 측면에서는 칸트의 입장을 받아들이면서 한편으로는 순수 관념을 추구하는 자기모순을 빚고 있다. 칸트는 우리 자신의 직관 방식에 의해 우리에게 표상되는 객체인 대상의 '현상'과 우리의 직관 방식에서 벗어난 까닭에 우리에게 알려질 수 없는 대상 자체로서의 '물 자체'를 분리시킨다. 인간이 오성을 통해 인식할 수 있는 것은 '현상'의 세계이고, '물 자체'는 신적 오성에 의해 인식될 수 있을 뿐이다. 즉 '물 자체'는 인간의 명명 행위나 의미 부여와는 동떨어져 독립적으로 존재하는 것이다. 그러므로 대상에 의미를 부여했을 때 우리에게 의미를 가지고 발견되는 것 역시 현상의 세계에 한정되어 있다. 이렇게 볼 때, 김춘수가 추구하는 '이데아(순수관념)'는 칸트의 '물 자체'에 가까운 개념이기 때문에 인간에 의해 경험될 수 없는 세계이다. 그러므로 이데아를 추구하는 김춘수의 시도는 처음부터 실패가 예정되어 있었던 것이라 할 수 있다.

이러한 실패는 칸트의 인식론적인 이원론과 플라톤의 존재론적인 이원론이 혼동된 데서 연유한다. 칸트의 이원론은 대상 자체가 이원적인 것이 아니라 의식의 소여성 속에 나타나는 인식론적인 이원론인 반면, 플라톤

---

21) I. Kant(전원배 역), 『순수이성비판』, 삼성출판사, 1990, 82~171면 참고.

의 형상론은 완전하고 불변하는 대상의 원형으로서의 '이념'과 그것의 모사체인 불완전한 '현상'으로 존재의 양태가 분리되는 존재론적인 이원론이다.[22] 김춘수의 『꽃의 소묘』에는 이러한 인식론적인 부분과 존재론적인 부분이 혼동되어 있다. 이 혼동된 물음 사이에서 고민하던 김춘수는 다음 단계에서 형이상학의 추구를 포기하고 일상적인 세계로 옮겨간다.

　형이상학적인 순수관념을 포기하면서 김춘수는 정반대로 시에 사회성을 끌어들이고 있는 바, 이때 '관념'은 사회성 내지 이데올로기와 동일시된다. 즉 시가 사회적인 것이나 이데올로기를 위해 봉사하게 되는 경우이다. 「부다페스트에서의 소녀의 죽음」, 「우계(雨季)」, 「그 이야기를……」 등이 그 예로서, 여기서 비유적 이미지의 수단으로서의 기능은 극에 달한다.

다늄江에 살얼음이 지는 東歐의 첫겨울
街路樹 잎이 하나 둘 떨어져 뒹구는 黃昏 무렵
느닷없이 날아온 數發의 소련제 彈丸은
땅바닥에
쥐새끼보다도 초라한 모양으로 너를 쓰러뜨렸다.
瞬間,
바숴진 네 頭部는 소스라쳐 三十步 上空으로 튀었다.
頭部를 잃은 목통에서는 피가
네 낯익은 거리의 鋪道를 적시며 흘렀다.
너는 열세 살이라고 그랬다.
네 죽음에서는 한 송이 꽃도
흰 깃의 한 마리 비둘기도 날지 않았다.

―「부다페스트에서의 少女의 죽음」 부분

　위 시에서 쥐새끼, 꽃, 비둘기 등은 각각 초라함, 조상(弔喪), 평화 등을 상징하는 시어들로서, 시 전반에 흐르는 처절한 분위기를 배가시키는 효

---

22) 연효숙, 「칸트의 의식과 인식의 한계에 관한 연구」, 연세대 석사논문, 1984, 58면.

과를 가져온다. 이들 시어들은 전쟁의 참혹함을 고발하는 데 기여한다는 면에서는 김춘수가 구분한 비유적 이미지에 포함되겠지만, 실제 이미지의 유형으로 볼 때는 오히려 상징적 이미지에 속한다. 결국 김춘수의 시에서 역시 비유적 이미지는 논리의 혼란 속에 놓여 있는 셈이다. 그 원인은 김춘수가 이미지를 단순히 수단과 목적이라는 이분법에 의해 분류해놓고 있기 때문이다.

그러나 김춘수는 이러한 사회성이 시를 관념의 수단으로 전락시킨다고 판단하고 이를 배척하고 있다. 사회성은 이데올로기와 같은 것이 되고, 순수한 이미지를 만드는 데 방해가 되므로 배제되어야 한다는 것이다.

> '우리'라는 관념의 의미상의 한계를 어떻게 잡아야 할까? 한국인, 일본인……으로 잡으면 그 한계는 민족주의에 가 부닥치게 된다. '우리'를 무산계급, 유산계급으로 잡으면 그 한계는 사회주의에 가 부닥친다. 그러나 실감으로서의 구체적인, 아주 리얼리스틱한 우리는 내 입장으로는 친구 정도의 말이 될 수밖에는 없다. 친구는 민족도 아니요 계급도 아니다. 나는 친구가 될 수 없는, 민족으로부터 계급으로부터 도피하고 싶을 뿐이다. 관념(이데올로기)의 감상에 사로잡힐 수는 없다. 이것이 또한 시를 생각할 때의 나의 결백성이다.[23]

이는 무엇보다도 시를 자기 목적적인 것으로 보는 관점이 작용한 탓이겠지만, 그 이면에는 릴케적인 형이상학의 깊이를 더할 수 없었던 좌절감이 자리하고 있다. 형이상학을 포기하면 사회성을 시에 끌어들였던 김춘수는 '관념'을 이데올로기와 동일시함으로써 거기에서 벗어날 근거를 마련한다. 서술적 이미지는 이 자리에서 발생하는 것이다.

「처용단장」으로 대표되는 김춘수의 '무의미시'는 서술적 이미지의 극한을 보여주고 있는 바, 이들은 기본적으로 자유 연상의 논리에 바탕하고 있

---

23) 김춘수, 앞의 책, 354면.

다. 여기에는 대상이 따로 존재하지 않고 이미지와 무의미한 소리의 울림
만이 직조되어 있다. 예정된 무엇인가를 거부하고 무의식을 풀어놓은 상
태에서 쓰였다는 점에서 이 시들은 자동기술의 방법에 바탕하고 있기는
하지만, 의도적으로 소리의 울림을 군데군데 삽입시키고 있는 것이 특징
이다.

> 불러다오
> 멕시코는 어디 있는가,
> 사바다는 사바다, 멕시코는 어디 있는가,
> 사바다의 누이는 어디 있는가,
> 말더듬이 일자무식 사바다는 사바다,
> 멕시코는 어디 있는가,
> 사바다의 누이는 어디 있는가,
> 불러다오.
> 멕시코 옥수수는 어디 있는가,

-「處容斷章 第2部」 부분

이 시에서 반복되고 있는 "멕시코는 어디 있는가, / 사바다는 사바다……"
는 무의미한 말장난일 뿐이다. 마치 주문을 외는 것과 같이, 이 구절은 단
지 의미가 없다는 것을 알려주는 역할을 할 뿐이다. 김춘수는 이미지간의
조화를 깨뜨리기 위해 의도적으로 무의미한 소리를 반복하고 있다고 밝혀
놓은 적이 있다.[24] 이미지는 기본적으로 시각적이고 회화적인 성격을 가
지므로 사생성이 끼어들기 마련인 반면, 무의미한 소리의 반복은 의미와

---

[24] "한 행이나 두 행이 어울려 이미지로 응고되려는 순간, 소리(리듬)로 그것을 차단하는 수
도 있다. 소리가 또 이미지로 응고하려는 순간, 하나의 장면으로 차단하기도 한다. 연작
에 있어서는 한 편의 시가 다른 한 편의 시에 대하여 그런 관계에 있다. 이것이 내가 본
허무의 빛깔이요, 내가 만드는 무의미 시다. 잭슨 폴록의 그림에서처럼 가로세로로 얽힌
궤적들이 보여주는 생생한 단—현재, 즉 영원이 나의 시에도 있어 주기를 나는 바란다."
—김춘수, 앞의 책, 389면.

는 무관한 차원이기 때문이다. 김춘수는 이를 이미지가 '뜻을 그리는 상'임에 비해 소리는 뜻과는 전혀 무관한 유희의 차원이라고 설명한다. 이렇듯 「처용단장」은 의미를 배제한 극단에서 탄생한 서술적 이미지의 시라고 할 것이다.

결국 김춘수가 추구한 서술적 이미지는 모든 윤리나 의미에서 분리된 '놀이로서의 예술'이라는 명제로 귀착된다. 그가 발견한 추상의 세계는 이미지의 유희만이 남은 독립된 장소이다. 인간이 외계와 조화 있는 친화관계를 갖지 못하는 곳에서 발생하는 '추상'은[25] 예술이 비인간화되는 곳에서 발생한다. 김춘수가 이렇게 추상의 세계로 옮겨오는 것은, 앞에서 지적했듯이 형이상학의 포기와 이데올로기에서의 도피라는 두 가지 이유에서 생겨난 것이라고 할 수 있다.

이상은 이미지를 중심으로 해서 김춘수의 시와 시론을 고찰한 것이다. 김춘수는 이미지를 '비유적 이미지'와 '서술적 이미지'라는 두 유형으로 나눈 후 이들을 각각 세분하고 있다. 그러나 그가 유형 분류의 기준으로 제시한 '기능'은 수단과 목적이라는 이분법에 근거한 것으로서, 분류 기준 자체의 모순을 가지고 있다.

김춘수가 비유적 이미지에서 서술적 이미지로 옮겨가는 과정은, 시에서 형이상학의 포기와 사회성으로부터의 도피에 대응된다. '비유적 이미지'의 목적이라고 지칭되는 '관념'은 초기에는 이데아와 동일한 것이었다가, 형이상학을 포기하면서부터는 이데올로기와 동일한 것으로 사용되고 있다. 따라서 그것은 불순한 것으로 취급되어 배제된다. 예술을 자기 목적인 것으로 본다는 면에서 김춘수의 입장은 넓은 의미의 칸트 철학에 기대고 있지만, 구체적인 인식론의 측면에서는 칸트의 인식론에서 현상학의 차원으로 옮겨간다. 이러한 변화는 칸트적 인식론과 플라톤적 존재론이라는 자

---

25) 오광수, 『추상미술의 이해』, 일지사, 1988, 63면.

체 모순에서부터 예고되었던 것이라고 할 수 있다. 방법론적으로 볼 때, 서술적 이미지는 대상 자체를 소멸시키고 지유 연상에 의존함으로써 초현실주의적인 방법에 의존하고 있다. 이렇게 만들어지는 서술적 이미지는 예술을 유희로 보는 김춘수의 문학적 입장을 단적으로 보여준다고 할 것이다.

# 제3장

# 송욱의 현대성의 시론

대표적인 전후 비평가인 송욱은 한국 문학 비평의 체계를 정립하기 위해 노력했다. 이를 위해서 그는 현재 한국 문학의 단계와 문학적 상황을 고려하면서 새로운 문학 이론을 수립하는 데 필요한 실천적인 방법을 모색했다. 그는 전후의 문학적 상황이 해묵은 우리 전통과 새로운 외래사조가 혼합되어 있는 형태라고 보고, 한국의 시와 시론을 정립하기 위해서는 동서양의 문화적 차이를 알고 그것을 바탕으로 우리에게 적합한 이론을 흡수하고 변화시켜야 한다고 생각했다.

그의 대부분의 시론을 집약하고 있는 『시학평전』은 영미 비평과 프랑스 비평을 소개하고 그와 비교하여 한국의 시작품들을 분석하는 방식으로 이루어져 있다. 거기에는 I. A. 리차즈와 C. 브룩스, W. H. 오든, 엘리엇같은 영미 비평가의 작품과 S. T. 코울리지, 발레리, 말라르메, J. P. 리샤르, C. 보들레르 같은 프랑스 시인 및 비평가의 이론이 함께 소개되어 있다. 이 모든 이론들은 궁극적으로 한국의 시와 시론을 분석하고 설명하는 기준이 된다.

송욱의 보들레르 수용 역시 이와 유사한 맥락에서 이루어지고 있다. 그의 보들레르 소개는 작품 자체에 대한 본격적인 연구라기보다는, 한국 시문학사의 한 모델을 구하는 차원에서 행해진다. 그가 보들레르의 작품을 본격적으로 번역하거나 해설한 경우는 거의 없는 것으로 추정되며, 『시학평전』 8장 '상징미학과 근대적 현실'을 제외하면, 보들레르에 대한 언급은 대부분 다른 비평가들의 글을 소개하는 중에서 발견된다. 그는 Y. 본느후와, 엘리엇, 발레리, 리샤르, M. 레이몽의 글에 나타난 보들레르의 작품을 설명하면서 자신의 문학적 입장을 드러내고, 우리의 실정에 맞는 비평적 태도가 어떤 것인지 암시하고 있다. 그가 이처럼 보들레르에 대한 서로 다른 평가와 해석을 다양하게 소개하는 이유는, 한국 실정에 맞는 비평적인 방법을 모색하는 과정에 있기 때문이다.

## 1. 송욱과 보들레르

### 1) 보들레르 작품에 대한 소개

송욱이 보들레르 작품을 따로 독립시켜 번역한 예는 발견되지 않는다. 다만 『시학평전』의 군데군데에서 보들레르의 시를 소개하고 있는 것을 볼 수 있을 뿐이다. 『시학평전』에 실려 있는 보들레르의 시는 「액운 Le Guignon」, 「예술가의 실토」(6장), 「만물의 조응 Correspondances」, 「넝마주의의 술 Le Vin des Chiffonniers」(8장), 「남해왕조(南海王鳥) L'albatros」, 「몸을 파는 시신(詩神) La Muse Venale」, 「강복(降福), Benediction」(부록) 등이다. 또한 8장에는 보들레르의 미술론 「1846년의 싸롱 Ⅲ. 색채에 관하여」 일부가 번역되어 실려 있다. 『시학평전』의 참고문헌에 따르면, 이상의 보들레르의 작품들은 *Poesies Choisies*(notes explicatives par Andre Ferran)(Hachette)와 *Oeuvres Completes*(Bibliotheque de la Pleiade, 1961)을 텍스트로 한 것으로 되어 있다. 송욱이 보들레르의 작품 전편을 직접 읽었는지는 확인할 길이 없지만,[1] 리샤르의 책을 구해 읽었다는 말이나 프랑시스 퐁쥬와 직접 대담을 했다는 기록 등을 고려해보면 보들레르의 작품을 프랑스어로 직접 읽었을 가능성이 크다. 그럼에도 불구하고 그가 보들레르의 시집이나 비평을 본격적으로 번역하거나 해설하지 않고 부분적인 작품 인용에 그치고 있는 것은, 보들레르의 작품 자체를 소개하려는 것이 아니라 거기서 현대 시인의 전형적인 모델을 구했기 때문으로 짐작된다.

그는 보들레르의 시 「남해왕조 L'albatros」에서, 하늘을 날다가 뱃사람들에게 잡혀 조롱당하는 알바트로스에게서 현대 시인의 모습을 발견한다.

갑판 위에 내려놓으면 곧
하늘을 날으던 이 왕자는
어색하고 부끄러워
가여워라 크고 하얀 날개쪽지를
櫓처럼 양 곁에 끌리게 하고

날개는 달리어도
병신맞고 못생긴 하늘의 나그네여!
지금까진 그렇게도 아름답더니
우스꽝스럽고도 흉한 꼴이야!

---

1) 송욱이 언제부터 프랑스어 공부를 했으며, 그 실력이 어느 정도였는지는 정확하게 알 길이 없다. 다만 그는 외국어 중에서도 영어에 관심이 많았고, 경기 중학 시절 외국인 영어 선생에게 개인 과외를 받은 것으로 되어 있다. 그 후 일본 제7고등학교에 재학하면서 영어와 독일어 공부에 주력했고, 귀국 후 경성제대 의학부를 그만 둔 후에는 영문과로 편입한다. ―김학동, 「송욱의 생애와 문학―전기적 접근」, 『송욱연구』, 역락, 2000 참고. 또한 송욱은 영문과에 진학을 한 이유가 시를 쓰는 모범이 되는 작품을 구하려는 의도였다고 밝히고 가장 자신 있는 것이 영어였다고 말하고 있다. ―송욱, 『문물의 타작』, 1978, 68~69면.

어떤이는 담뱃대로 부리를 찔러보고
어떤이는 다리를 절며
하늘을 날으던 병신 보라고
손짓 발짓으로 흉내를 낸다

송욱은 이 시에서 알바트로스를 사로잡고 조롱하는 뱃사람들을 '사회'라고 해석한다. 뱃사람들이 심심풀이로 새를 잡듯이 일반인들은 시작품을 대개 심심풀이로 읽고, 심지어 시인이 예술가로서의 생사에 관련된 문제에 당면했을 때에도 그에게 지극히 냉담하다는 것이다. 원죄의식을 가지고 있으면서 원죄 이전의 불멸을 꿈꾸는 현대의 시인("바람으로 구름으로 / 더불어 놀고 이야기하고 / '십자가의 길'을 / 노래하고 취하며는 / 천신(天神)이 순례하는 그를 따르다 / 수풀 속의 새처럼 즐거운 그를 울고"-「강복 Benediction」)은 사회적으로 볼 때 광대 노릇을 하며 약을 파는 약장수에 비유된다("남 몰래 눈물에 젖은 웃음과 / 맵시있는 재주를 보아란듯이 / 속인(俗人)을 웃기려고 하는 수밖에"-「몸을 파는 시신 La Muse Venale」).2) 현대의 시인은 이처럼 사회와 불화하는 불행한 존재이다.3) 송욱이 보들레르에게 매력을 느낀 것은 이처럼 현대 시인의 위상을 단적으로 표현하고 있기 때문이다. 보들레르는 현대의 저주받은 시인의 운명을 잘 보여주는 상징으로 수용되고 있다.

송욱이 보들레르에게서 예술가의 모델을 구하고자 했다는 것은, 리샤르를 소개하는 부분에서도 알 수 있다. 리샤르는 보들레르의 「액운 Le Guignon」 마지막 부분 "숱한 보석들이 묻혀서 잠을 잔다 / 어둠과 망각 속에 / 곡괭이나 수심추(水深錘)도 얼씬못할 먼 데서"라는 구절을 들고, 여기에 나오는 '보석'을 '그의 존재로부터 분리된 존재이며 항시 자신과 자기의 대상에

---

2) 송욱, 「현대시와 시인」, 『시학평전』, 360~365면.
3) "현대시인은 보드레에르에게서 볼 수 있는 바와 같이 내적으로는 현대의식의 심연, 외적으로는 사회라는 적을 가지고 있지마는 이태백의 감수성은 적어도 자연 및 불멸과는 우호관계를 용이하게 맺고 있는 것이다. 또한 현대시인은 아담의 저주를 받고 있는 죄인들이다. 서구문명을 받아들인 우리는 과학과 함께 원죄의식을 가지게 되었다."-위의 책, 363면.

대해 거리를 유지하면서 헤아릴 수 없는 깊이 속에 잠긴 의식'이라고 해석한다. 또, "숱한 꽃이 섭섭한 양 / 비밀처럼 감미로운 향기를 / 속 모를 고독 속에 쏟아 붓는다"에서 향기를 쏟아붓는 작용을 '존재의 고백'을 마련하는 것이라고 해석하고, 이러한 '존재'의 차원이 상상력을 통해 어떻게 결합되는지를 다음과 같이 설명하고 있다.

> 우리는 여기, 시의 창조에서 영혼적인 것을 소유하고 또한 그것을 인간적인 것으로 만들려는 시도같은 것을 본다, 만일 영혼적인 것이 양의성의 차원 즉 때로는 물질적이고 때로는 내적이기도 한 거리를 뜻하며, 이 거리가 보드레에르를 그 자신과 사물로부터 분리시키고 동시에 그를 알려주고 그를 자신과 세계에 다시 결합시켜 준다고 생각한다면, 우리는 보드레에르가 상상력을 행사하고 언어를 조작함으로써 이러한 거리를 횡단하여 그 넓이를 메꾸며 헤아릴 수 없는 깊이 속에 훌륭하게 생생한 건축을 세우는 데 성공하는 방식을 알 수 있을 것이다.4)

송욱은 이러한 리샤르의 비평이 실존주의적인 것에 가깝다고 말하고 있다. 그러나 리샤르는 시인의 투기를 '순수한 감각적 인상과 자연 그대로의 정서와 태어나고 있는 이매쥐의 수준'에서 파악하려고 한다는 면에서 사르트르처럼 사회 참여를 주장하는 실존주의 비평가와는 구별된다. 송욱은 여기에 덧붙여서, 같은 시의 '보석'을 작자의 예술의식을 표현한 것이라고 해석하고, 깊고 넓은 어둠과 망각은 '곡괭이와 수심추'로 비유되는, 지성적인 수단으로는 헤아릴 수 없는 무한에 가까운 '시인의 실존적 허무'를 표현한다고 본다. 이는 그가 보들레르에게서 현대 시인의 실존적인 모델을 구하고 있었음을 보여주는 또 다른 증거이다.

또한 송욱은 보들레르의 시 「만물의 조응 correspondances」을 소개하고 '만물의 조응'이라는 개념을 설명하고 있다.

---

4) J. P. 리샤르, 『시와 깊이』, 93~94면. 송욱, 『시학평전』, 168면에서 재인용.

> 자연이란 신전이며
> 산나무 두리기둥은
> 신비로운 소리로
> 때로 주절주절 말씀한다.
> 사람은 상징의 숲을 비껴 가고
> 숲은 낯익은 눈초리를 그를 살핀다.
> (중략―인용자)

　'만물의 조응'이란 물질세계와 영혼의 세계가 마치 소리와 메아리처럼 서로 짝을 지어 부르고 대답한다는 생각을 표현하는 것이다. 그리고 물질계가 우리에게 마련해주는 (보드레에르는 물질계를 '자연'이라고 말하고 있다) 상징을 통하여 우리는 영계(靈界)에 접근할 수 있는데(이 때문에 '자연'은 '신전'이다. 즉 물질계와 영계 사이를 중개하는 구실을 한다) 우리의 모든 감각은 자연의 신비를 드러내기 위하여 서로 합쳐서 협력한다. 그리고 자연이 마련해주는 상징의 수수께끼를 푸는 일을 맡아보는 것이 바로 시인이다.[5]

　위의 글에서 송욱은, 자연은 신성성을 가지고 있으며 시인은 그 자연의 신성성을 눈치 채고 그것을 통해 영계에 접근할 수 있다고 본다. 우리가 살아가는 세계가 물질적인 세계라고 한다면, 이것은 그에 상응하는 영혼의 세계에 서로 대응한다. 이것이 보들레르가 생각하는 '보편적 아날로지'이다. 이처럼 물질세계와 정신세계가 화답한다는 것을 알려주는 것이 바로 자연이요, 시인은 자연 속에서 그 상응 관계를 읽어낼 수 있는 사람인 것이다.

　송욱은 연이어 보들레르의 산문시집 『파리의 우울』에 실린 시 「예술가의 실토」를 번역, 소개하고 있다.

---

5) 송욱, 『시학평전』, 215면.

가 없이 휜칠한 하늘과 바다 속으로, 가라앉는 눈초리의 더할 수 없이 크
나큰 즐거움이여! 외롭고 말 없고 비길 데 없는 푸른 하늘의 정결한 기품!
수평선에 부들 떠는 작은 돛은, 그 작고 외톨로 있는 것이 흡사 돌이킬 수
없는 나의 목숨을 닮는 데, 큰 물결이 자아내는 단조로운 가락이며, 이 모
든 것이 나를 거쳐 생각하고 혹은 내가 그들을 거쳐 생각한다(크나큰 몽상
안에선 자아가 재빨리 사라지니까!) 실상 이러한 모든 것은 음악처럼 그림
처럼 생각하는 것이다. 궤변도 삼단논법도 연역도 없이.

—보들레르, 「예술가의 실토」 부분

송욱은 이 시에서 '가 없이 휜칠한 하늘과 바다'는 '감각적 현상이나 육
체에 물들지 않은 이데아의 정결함'을, '수평선 위에 떨며 외톨로 있는 작
은 돛'은 '육체와 감각을 가진 인간'을 상징한다고 본다. 육체와 감각을
가진 인간은 이데아의 무한 혹은 자연의 무한에 견줄 때 아주 보잘 것 없
는 존재이다. 보들레르는 '만물의 조응 correspondances'을 통해 무한과 자
아 사이에 다리를 놓고 있다. 만물이 자아를 거쳐 '생각하고' 자아가 만물
을 통해서 '생각하는' 음악적·회화적 상태가 그것이다. 인간은 '자연의
무한'과 '이데아의 무한' 사이에 떨며 떠 있는 작은 배와 같은 존재로서,
그가 창조하는 미는 '만물의 조응'을 거친 자연과 이데아의 혼례인 것이
다. 그는 이처럼 보들레르가 '만물의 조응'을 통해 이데아와 유한한 인간
을 연결시키려고 했던 것을 중요한 시도라고 평가하고 있다.


## 2) 송욱의 시와 보들레르의 연관 가능성

송욱과 보들레르의 연관성은 송욱의 시에서도 추출된다. 그는 1950년
≪문예≫로 등단했는데, 경기중학 동창인 이원섭이 송욱의 시 세 편(「장미」,
「비오는 창」, 「숲」)을 서정주에게 전달한 것으로 되어 있다. 여기서 주목할
점은 송욱이 서정주의 추천으로 등단을 했다는 점이다. 이는 송욱의 시가

간접적으로나마 서정주의 영향을 받고 있었거나 서정주의 취향에 어느 정도 부합했을 것이라는 짐작을 가능하게 한다. 실제로 추천작 중 「장미」의 마지막 연은 서정주의 「문둥이」와 흡사한 느낌을 준다.

薔薇밭이다.
핏방울 지면
꽃닢이 먹고
푸른 잎을 두르고
기진하며는
가시마다 살이 묻은
꽃이 피리라.

－송욱, 「薔薇」 부분

해와 하늘빛이
문둥이는 서러워

보리밭에 달 뜨면
애기 하나 먹고
꽃처럼 붉은 울음을 밤새 울었다.

－서정주, 「문둥이」 전문

「장미」에서 꽃과 이파리의 붉고 푸른 색깔의 대조는, 「문둥이」의 꽃과 보리밭의 색깔 대조와 일치한다. 「문둥이」에서 ‘꽃’이 실제로 있는 것이 아니라 비유라고 하더라도 선택된 꽃의 이미지가 ‘붉은’ 것이라는 점은 동일하다. 또한 ‘핏방울을 먹고 살이 묻은 꽃이 돋아나는 것’과 ‘애기 하나를 먹고 붉은 울음을 울다’ 역시 붉은 피를 먹고 생명을 얻는다는 면에서 유사한 시적인 발상을 보여준다.

　위의 두 시의 유사성은 관능성, 악마적인 성격, 탐미성 등으로 요약되는데, 이러한 특징은 비단 송욱만이 아니라 비슷한 시기의 이원섭[6]이나 1930

년대 후반의 윤곤강, 오장환, 신석초 등 생명파적인 경향을 보이는 시들 전반에서도 나타나는 특징이다. 이러한 경향의 중심에 있었던 것이 서정주로서, 「화사(花蛇)」, 「문둥이」, 「대낮」 등 그의 시의 악마성은 보들레르적인 관능성과 탐미주의로 받아들여졌다. 따라서 서정주 시의 영향을 받고 있었던 적지 않은 시인들에게서 관능성과 악마성은 곧 보들레르적인 것으로 수용되면서 널리 확대된 것으로 보인다.

그러나 송욱은 서정주 시의 관능성을 받아들이면서도 이를 비판함으로써 시적인 차별성을 만들고자 한다. 이미 말한 바와 같이, 송욱은 서정주의 추천을 받아 시인으로 등단을 했고 등단 지면 역시 ≪문예≫였다. 송욱이 첫 평론의 주제로 서정주의 시를 선택한 것은, 자신의 시적인 바탕을 이루는 서정주의 시를 논리적으로 분석하고 그것과 자신의 시를 구별 지음으로써 자신의 시적인 정체성을 정립하기 위한 것이라고 해석될 수 있다.

> 이 시인(서정주—인용자)의 서구적인 표현이 완전히 성공하지 못한 것은 강력한 육체적인 정열을 들여다보고 처리할 수 있는 명쾌하고도 투명한 지성, 다시 말하자면 샤를르 보들레에르에게서 볼 수 있는 영혼의 흑투(黑鬪)와 지성의 투명함을 동적으로 결정시킬 수 있는 미학이 없다는 점이다. 샤를르 보들레에르가 소리와 빛과 향기는 서로 응하고 일치한다고 말한 것을 우리는 알고 있다. 정욕과 죄악의 시인으로 알려진 보들레에르가 얼마나 영원히 투명한 지적인 미를 찬양하였는가, 또는 그가 자기의 예술에 윤리를 대치시켜 얼마나 심각한 참회를 노래하였는가, 나는 이런 점에 관하여 지금 길게 말할 여유가 없다.[7]

서정주의 시는 강렬한 육욕을 리얼리스틱하게 표현하면서도 지적인 면

---

6) 이원섭은 송욱과 경기중학 동창으로서, 그가 송욱의 시를 대신 전달했다는 것은 둘 사이의 교유가 그만큼 각별했음을 의미한다. 그런데 이원섭의 시 역시 서정주와 유사한 경향을 내보이고 있다. 이는 송욱이 당시 서정주 시의 영향을 받았을 것이라는 추측을 가능하게 하는 또 하나의 근거가 될 수 있다.
7) 송욱, 「서정주론」, ≪문예≫, 1953. 11, 『문물의 타작』, 89면에서 재인용.

을 결여함으로써 한계를 가진 것으로 평가된다. 이 때 서정주를 비판하는 근거가 되는 것이 바로 보들레르이다. 송욱이 보들레르에게서 주목하는 것은 '지적인 미'와 '윤리의식'이다. 복잡다단한 현대의 경험을 시로 옮기기 위해서는 '황홀이라기보다는 고도로 긴장된 각성 상태'가 필요하고 표현상으로도 '정확과 간결'을 요구하는데, 서정주의 시는 '지성과 윤리와 미학의 결핍'을 면치 못한다는 것이다.

송욱은 서정주 시의 이러한 한계를 극복하는 방법으로, 관능성이 발생하는 장소인 육체를 각각 단절된 신체의 기관으로 분리하여 전시함으로써 관능을 객관화시키려고 한다. 즉 관능적인 '몸'을 바라보는 시선을 설정함으로써 관능성에 탐닉하지 않고 그것을 묘사하려는 것이다.

> 기름한 귀밑머리 / 갸름한 얼굴 /
> 內臟이 銀河처럼 / 굽어 돌기에 /
> 두 볼에 태난 / 잔 웃음결이 /
> 달처럼 동두렷이 / 모든 것을 비웃는데 /
> 石炭 알이 어리면 / 眞珠로 빚어내는 /
> 눈망울이라 / 무지개가 깃들이는 /
> 눈썹이라고 / 타는 입술이야 /
> 꽃 무늬처럼 / 기름한 귀밑머리 /
> 갸름한 얼굴 / 어느 江을 넘어 간 /
> 화톳불인가
>
> ─송욱, 「기름한 귀밑머리」 전문

이 시에서 그려지는 것은 갸름한 얼굴과 반짝이는 눈망울, 붉은 입술을 가진 여인의 모습이다. 그러나 얼굴의 각 부분들이 건조하게 표현됨으로 해서 관능성은 직접적으로 드러나지 않는다. 예를 들어 얼굴에 어리는 미소를 '내장이 잘 돌아서 두 볼에 태난 잔 웃음결'처럼 묘사함으로써, 대상에 완전히 몰입되는 것을 막고 거리를 유지하는 것이다. 이는 서정주의 「화사」

에 등장하는 '고양이같이 고운 입술을 가진 순네'의 관능성과는 정반대의 방식이다.

이처럼 관능성의 장소로서의 육체에 대한 거리두기는 「하여지향(何如之鄕)」에서 더욱 강조된다. 여기서 몸은 단절된 신체의 각 부분으로 독립되어 나타난다.

> 눈 앞에서 또렷한 아기가 웃고,
> 뒤통수가 온통 피 먹은 白丁이라,
> 아우성치는 子宮에서 씨가 웃으면
> 亡種이 펼쳐 가는 萬物相이여!
>
> — 송욱, 「何如之鄕」 1 부분

눈과 뒤통수, 자궁 등 몸에 달린 기관들은 하나의 유기체를 이루지 못하고 각각 잘려 있다. 여기서 몸은 관능성을 느끼게 하는 육체가 아니라 구체적으로 감각할 수 있는 실제적인 대상이다. 송욱은 육체를 해체하여 '관능적'이라는 막연한 감각적 느낌을 제거하고 대상을 바라보는 거리를 확보하려고 한다.[8] 이것이 그가 관능성에 '지성'을 개입시킨 결과이다. 송욱의 이러한 시도는 '지적인 미'를 확보하려는 시도의 산물이고, 그 기준이 되는 것이 보들레르인 것이다.

---

8) 송욱의 『하여지향』까지 나타나는 관능성은 각각 단절되고 독립된 육체의 나열로 대체된다. 이는 육체적인 감각까지를 지성으로 통제함으로써 객관화하려는 의도가 반영된 것이다. 이 과정에서 '자연'은 배제되어 있다. 왜냐하면 당시 송욱은 현대성이 곧 도시적인 것으로 규정하고 있었기 때문이다. 그러나 십여년 뒤에 발간되는 시집 『월정가』에서는 자연과 육체가 합일을 이루면서 관능성 역시 자연물에 에로스적인 상상력을 부여하는 형태로 변화한다. 『월정가』의 관능성에 대해서는 오윤정, 「'알몸'의 상상력과 에로스적 세계」, 『송욱연구』 참고.

## 2. 현대성의 시론

송욱은 보들레르를 근대 도시 문명을 시로 옮겨놓은 대표적인 시인이라고 평가하고 있다. 여기서 강조되는 것은 '근대'와 '도시문명'이다. 송욱은 한국의 현재 문학 상황을 정리하기 위해서 외국문학을 이해하고 그 차이점을 발견해야 한다고 주장한 바 있다. 그러기 위해서는 문학이 '현대성'을 갖추어야 하는데, 그 '현대성'의 기준이 역사적인 시기상 '근대'이고 소재적 측면에서는 '도시 문명'인 것이다. 한국의 문학은 이러한 현대성을 갖출 때에만 세계적인 흐름에 동참할 수 있다.

이런 맥락에서 송욱은 식민지 시대의 대표적인 시인인 김소월의 시를 비판한다. 소월의 시에는 도시성이 결여되어 있을 뿐만 아니라, 시에 대한 제작 의식이 부족하고 자신만의 새로운 리듬이 결여되어 있다는 것이다.

> 그는 우선 도시보다는 전원을, 밝음보다는 어두움을, 그리고 문명보다는 자연을 더욱 존중한다. 그러나 오늘날 시인은 이와 반대의 태도나 주장을 가져야 마땅할 것이다. 소월의 태도는 실상 이조시대에 시조를 쓴 사람들이 지닌 심정을 그대로 드러내고 있다. 우리나라가 개화기를 겪으며 이룩된 도시 문화 혹은 도시의 생활을 배경으로 하는 소재를 그는 시의 테마로부터 제거하고 있다. 말하자면 그의 시는 리챠아즈의 포함하고 종합하는 시가 아니라, 배제하고 혹은 제거하는 시에 속한다고도 말할 수 있으리라. 유럽 근대시의 조상의 한 사람인 보드레에르는 어디까지나 파리의 시인이었다. 또한 그는 어두운 우울증과 함께 이것을 다룰 수 있는 밝은 지성의 미학을 세우기도 하였다. 또한 그는 자연을 증오하고 세련된 문화를 사랑하였다. 유럽 근대시의 시초에 있는 시인과 우리나라 근대시의 출발점에 서있는 시인의 태도와 의식이 이처럼 정반대임을 우리는 잊지 말아야 할 것이다.9)

---

9) 송욱, 「미국 신비평과 한국의 시 전통」, 『시학평전』, 136~137면.

　첫 번째 비판의 근거가 되는 '도시성'은 시적인 소재와 감수성에 관련된 것이다. 보들레르의 시가 현대적일 수 있었던 것은 어디까지나 '파리'라는 도시를 소재로 했기 때문이고, 거기서 오는 우울을 밝은 지성으로 다루었기 때문이다. 그러나 소월의 시는 소재 자체가 도시와 동떨어진 자연을 배경으로 하고 있기 때문에 현대적인 것과는 일단 거리가 멀다. 송욱은 현대성의 중요한 요소로 도시성을 들고 그것이 근대시의 필수불가결한 요소라고 주장하고 있는 것이다. 이는 '근대 / 전근대＝도시 / 자연'이라는 도식에서 비롯된 사고이다. 이러한 생각에 따르면, 도시성을 완전히 제거해 버린 소월의 시에서부터 출발하는 우리 근대시는 출발부터가 서구의 시에 뒤처진 것일 수밖에 없다.

　두 번째로 그는 소월이 '시작품을 만드는 사람'이라는 의식이 빈약하다고 지적하고 있다. 소월은 시간과 공간을 초월한 '시혼'이 영원불변하다고 믿었는데, 이는 시가 제작된다는 사실을 간과한 것이다. 설령 시혼이 있다고 가정하더라도, 중요한 것은 시혼이 작품에 나타난 성과이며 오직 이 성과에 따라서 시혼의 우열이 결정된다는 것이다. 송욱의 이러한 생각은 시가 자연발생적으로 흘러나오는 것이라는 낭만주의적 사고방식을 전면 부정하고, 시는 제작되는 것이라는 주지주의적인 사고를 드러내는 것이다. 그가 근대시의 기준을 제작성에 두고 있음을 보여주는 대목이다. 시를 '제작'하는 과정에서 필요한 것이 '지성'이다. 시는 지성의 작용에 힘입어 시혼이나 시상을 객관적인 작품으로 만들어낸 것이고, 그러기 위해서 시인은 밝은 지성을 갖추어야 한다. 이는 그의 시론이 철저하게 주지주의적인 입장에 있다는 것을 보여주는 것이다.

　세 번째로 송욱은 소월이 제작 의식을 가지지 못한 결과 자신만의 새로운 리듬을 창조하지 못했다고 비판한다. 그는 소월의 시 「님의 노래」는 민요의 리듬에 바탕하고 있고, 「자나 깨나 앉으나 서나」는 리듬이 거의 없어서 시라기보다는 짤막한 산문에 가깝다고 평가하고 있다. 민요 형식과 산문이라는 서로 다른 시의 형태를 종합하지 못함으로써 완성된 리듬을 가지지 못했다는 것이다. 아울러 「진달래꽃」이나 「초혼」에 나타나는 리듬 역시 우연의 산물일 뿐 '음악성에 대한 의식적 탐구'는 결여되어 있다고 비판한다.

그러나 소월이 리듬에 대한 고민을 가지고 있었다는 사실은 군데군데서 나타난다. 한 예로 「가는 길」은 발표 당시에는 기존의 7·5조 형태를 유지하고 있었지만 시집 『진달래꽃』에서는 행과 연에 변화를 주어 휴지부를 만들어놓고 있다. 이는 소월이 리듬에 대한 나름대로의 인식이 있었다는 것을 보여주는 증거이다.

그럼에도 불구하고 송욱이 김소월을 비판하는 이유는, 송욱이 생각하는 리듬이 행과 연의 변화나 운율과 같은 시의 요소로서의 그것이 아니라 언어 자체의 음악성을 의미하는 것이기 때문이다. 이것은 프랑스 시의 음악성을 염두에 둔 것이라고 추정된다.

> 불어는 세 가지 특색 때문에 유럽의 다른 언어와 명백히 다른 것이다. 즉 불어는 훌륭한 회화(會話)에서도 거의 가락을 띠지 못한다. 불어는 성역(聲域)이 좁은 말이며 다른 언어보다 평탄한 말이다. 다음에 불어의 자음은 놀랍게도 부드럽다. 거칠은 음형(音型)이나 후음(喉音)이 없다. 불어의 자음치고 유럽 사람이 발음하지 못할 것은 하나도 없다. 마지막으로 불어의 모음은 수가 많고 매우 미묘한 차이가 있으며, 드물고 고귀하며 세련된 음색을 많이 지니고 있는 까닭에, 시인이란 이름에 부끄럽지 않은 사람이라면 이러한 음색의 가치를 솜씨있게 활용함으로써 불어의 부드러운 음역과 거개 뚜렷하지 못한 가락을 보충할 수 있을 것이다.[10]

인용된 발레리의 글에서 알 수 있듯이, 프랑스 시의 리듬은 언어의 가락에서 생기는 것이 아니라 부드러운 자음과 풍부한 모음 덕분에 생겨난

---

10) 폴 발레리, 「불란서의 심상」, 『라·쁘레야드 전집』 2권, 999~1000면. 송욱, 『시학평전』, 150~151면에서 재인용.

다. 즉 음색을 적절히 사용함으로써 우리가 알고 있는 리듬과는 다른 음악성을 창조하는 것이다. 송욱이 생각하는 음악성이란 이같은 음색의 사용과 거기서 오는 효과까지를 염두에 둔 것으로 짐작된다. 그는 이러한 기준에 의거하여, 소월의 리듬을 행과 연 혹은 음절수의 변화에 한정된, 전통적인 리듬의 영역을 벗어나지 못한 것으로 평가하고 있는 것이다. 따라서 그가 생각하는 시의 기준이 서구적인 것이었음을 보여주는 예이다.

## 3. 내면성의 시론

송욱이 보들레르에게서 발견한 현대시의 가장 중요한 조건은 '내면성'이다. 그는 모더니즘의 가장 핵심적인 요소가 내면성이며, 이것은 상징주의의 훈련을 겪은 후에만 갖추어질 수 있다고 보고 있다.[11] 그러나 한국의 모더니즘은 상징주의의 세례를 제대로 받지 못한 탓에 내면성을 확보하지 못하고 피상적인 외국풍 베끼기에 그쳐버렸다고 비판된다. 그는 한국 근대 모더니즘이 내면성과 역사의식을 결여하고 있다고 지적하고, 자신만의 의식적인 시론을 가진 거의 유일한 시인인 김기림마저도 모더니즘을 단순히 외국풍이라고 생각하고 있었다고 비판한다.[12]

---

11) "한국의 모더니즘은 내면성의 표현에 아직 성공하지 못했다(이는 지용의 「바다」와 보들레에르의 「바다」를 비교해도 알 수 있다). 그래서 이국풍이나 시각적 인상을 위주로 하는 피상적인 사이비 모더니즘이 되었다. 이는 보들레에르에서 비롯한 상징주의와 같은 내면화의 훈련을 겪지 못한 탓이다. T. S. 엘리엇트나 기욤·아뽀리네에르와 같은 참된 모더니스트는 상징주의를 흡수하고 넘어선 시인들이었다."—송욱, 「한국 모더니즘 비판」, 『시학평전』, 206면.

12) "외국명을 가진 꽃, 국제열차, 항구의 이국풍, 기상도·세계지도 혹은 방명록, 혹은 외국 영사관의 건물 등으로 모더니즘을 표방할 때는 이미 지났다. 우리가 시대성에 민감하면 할수록 참다운 역사의식과 깊은 내면성과 정신성을 가지고 시대성을 소화하고 비판하고 혈육화할 때에 비로소 참다운, 즉 예술품다운 현대시를 얻을 수 있으리라."—위의 책, 194면.

그렇다면 '내면성'이란 무엇일까? 송욱은 내면성이 잘 나타난 예로 보들레르를 꼽고 있는데, 이를 통해 내면성의 의미를 추정해볼 수 있다.

> 그(보들레르–인용자)는 일상생활에서 나온 심상을 사용하고 큰 도시의 추잡스런 생활에 관한 심상을 이용하였을 뿐만 아니라 이러한 심상을 '제일급의 강도'까지 승화시킨 점에서–사실 그대로를 제시하면서도 이것이 사실보다 훨씬 많은 내용을 함축하여 표현하게 마련했다는 점에서–다른 사람들을 위하여 마음을 풀어놓고 표현하는 한 방식을 창조하였다.[13]

송욱은 이상과 같은 엘리어트의 말을 인용하면서, '사실 그대로를 제시하면서도' 사실보다 '훨씬 더 많은 내용'을 암시한다는 대목에 주목하고, 한국의 모더니즘도 이를 배워야 한다고 단언한다. 이로 미루어 볼 때 그가 말하는 '내면성'은 '피상성'과 반대되는 것으로서, 표면적인 사실 그대로를 그대로 베끼는 것이 아니라 그보다 더 많은 내용을 암시하는 것을 의미한다는 것을 알 수 있다. 즉 보이는 사실에 함축된 여러 가지의 사회적, 역사적 사실을 포함하는 것, 개인적인 상징과 감상이 아니라 보편성에 도달하는 것이다.

> 흔히 바람이 불꽃을 두드리며
> 유리를 뒤흔들어
> 붉게 빛나는 가로등 밑
> 진흙 길이 迷宮에 드는
> 해묵은 문밖 마을 한 복판에
> 사람들은 우뢰처럼
> 들끓고 웅성대는데
>
> 여기 오는 넝마주의

---

13) T. S. 엘리어트, 『보들레에르』, 『시학평전』, 224면에서 재인용.

머리를 끄덕이며
비트적거리다가
시인처럼 몸을
담에 부닥치고
경찰 끄나풀을 신하인양
아랑곳 없는 듯이
거사할 꿍꿍이 속을
자랑스레 송두리째 털어놓는다
(중략―인용자)

―보들레르, 「넝마주의의 술」 부분

　제1연에 나오는 가로등의 묘사는 벌써 억눌린 정열과 의분, 그리고 풍파에 시달린 주인공의 심정을 암시하고 있다. 묘사가 묘사 이상의 내용을 지니는 것이 상징시의 특징임을 우리는 깨닫는다.[14]

　인용된 시에서 '가로등'이 단순한 배경을 묘사하는 것이 아니라 '억눌린 정열과 의분, 그리고 풍파에 시달린 주인공의 심정'을 암시하는 것이 그 예이다. 또한 여기에 등장하는 '넝마주의'는 고생에 지친 '크나큰 파리가 토해낸 두루뭉수리'이다. 즉 '어떤 특수한 시대와 환경에 놓여있던 넝마주의들'이 '근대문명과 인간성의 어떤 보편적인 본질을 표시하는 상징으로 변화하고 승화'되어 있는 것이다. 송욱이 주장하는 '내면성'은 이처럼 '묘사가 묘사 이상의 내용을 지니는 것', 구체적으로는 묘사가 단순히 대상의 묘사로 그치지 않고 사회적인 특히 역사적인 배경을 거느리는 것을 의미한다.

　그가 가장 위대한 한국 시인으로 한용운을 꼽는 이유는 이러한 의미의 내면성을 가지고 있는 시인이기 때문이다. 그는 『시학평전』 11장에서 한용운과 인도의 시인 타고르를 비교하여 설명하고 있다. 타고르의 시는 서양

---

14) 송욱, 앞의 책, 225~232면.

적인 것에 맞서는 동양적 전통의 모델을 잘 보여준다. 타고르의 시집 『원정』은 아트만을 통한 개별적 자아와 절대자의 일치를 보여주는 시집으로서, 이 절대자는 기독교에서 말하는 인격신이 아니라 오히려 추상적 세계 원리에 가깝다. 또한 타고르의 시에 사용되는 상징 역시 보들레르와는 달리 감각을 완전히 초월한 것이라는 점에서 유럽의 상징과는 구별되는 것이다. 타고르는 종교적인 것에 기대어 동양적인 것을 새롭게 의미화했다는 점에서 불교적인 사상에 뿌리를 두었던 한용운과 비교된다. 그러나 타고르와 한용운은 중요한 차이점을 가지고 있는데, 그것이 바로 '사회의식'의 유무이다.

> 타고오르의 시집 『원정』과 『님의 침묵』을 읽고 두드러지게 느끼게 되는 것은 타고오르에게는 사회와 역사가 없고 더군다나 혁명은 찾아볼 수 없다는 사실이다. 그는 오로지 절대자의 화원에서 꽃을 가꾸며 생명의 영적 결합과 개별적 생명이 절대자에게 대하여 느끼는 동경을 아름답게 노래하는 명상의 시인이란 인상을 강하게 준다. 그러나 일생을 수도와 민족운동에 아울러 바친 만해가 보기에는 사회와 역사적 사명을 벗어나서 절대적 원리에만 봉사하는 생활은 '깨어진 사랑'에 울고 혹은 '떨어진 꽃'을 슬퍼하는 것과 같다.[15]

타고르의 시가 사회와는 무관하게 절대자를 추구하고 있는 데 반해, 한용운은 "무상(無上)의 불도(佛道)에 다다르는 길과 우리 민족을 일제로부터 해방시켜 독립시키고 구제하는 길"을 같은 것이라고 생각하고 있다. 그러므로 비슷한 주제를 담고 있는 타고르의 시와 한용운의 시는 다를 수밖에 없다. 그는 한용운의 「비밀」과 타고르의 「원정 4」를 들고 "사색과 명상에 잠겨 생명의 기쁨을 노래한 타고오르와는 달리, 만해는 아공(我空)과 혁명 속을 자유롭게 갈마들며 민족과 종교와 문학에 몸을 바친, 우리가 보기에

---

15) 송욱, 「유미적 초월과 혁명적 아공(我空)」, 『시학평전』, 311~312면.

는 구세(救世)의 대영웅이었다"라고 말하고 있다. 송욱이 한용운의 시를 높게 평가하는 것은, 그의 시에 항상 역사와 사회의식이 함께 하기 때문이다. 이 역사성과 민족애가 한용운의 시가 가지는 내면성이다. 따라서 송욱이 현대시의 중요한 요건이라고 생각하는 '내면성'은 결국 역사, 사회의식 같은 시대적인 주제를 지향하고 있음을 알게 된다.

## 4. 사회성의 시론

　송욱이 주장하는 '내면성'은 시 안에 사회적인 주제를 포함하고 있는가의 문제로 귀결된다. 보들레르를 수용하고 소개하는 입장 역시 이러한 원칙에서 크게 벗어나지 않는다. 그는 보들레르를 소개한 서로 다른 이론가들의 견해를 소개하면서, 발레리는 순수의식과 엄밀성의 관점에서 낭만과 꿈을 부정했고, 마르셀 레이몽은 감각세계를 통해 꿈에 대해 상징적으로 투시하여 영혼을 표현했다고 보았다. 송욱이 보들레르에 대해서 취하는 관점은 엘리엇의 입장과 가장 흡사하다. 그는 엘리엇이 보들레르를 "바레리처럼 비역사적 견지에서가 아니라 역사성과 시대의식이라는 점에서, 도덕성을 지닌 인간존재"16)로서 바라보고자 했다고 소개하고, 자신 역시 그러한 관점을 수용하고 있다.

　이는 송욱의 시론이 처음부터 현실이나 시대의식과는 무관하지 않았다는 것을 보여주는 대목이다. 그가 시인으로 등단한 해에 까뮈의 「작가와 진실성」을 번역(『사상계』, 1953. 7)하고, 커어미트 랜스너의 「알베르 까뮈론」을 번역해서 게재한 것(『사상계』, 1953. 12)은 송욱의 문학적인 입장이 어떤 것이었는지를 보여준다. 이상에 대한 비판은 이러한 송욱의 문학적 입장

---

16) 송욱, 「상징 미학과 근대적 현실」, 『시학평전』, 221면.

을 함축해서 나타낸 것이다. 그는 이상의 「날개」가 창부(娼婦)가 등장한다
는 면에서는 싸르트르의 희곡 『공손한 창부』와 유사하지만, 사회의식이
결여되고 감각적인 쾌감만 있다고 비판한다.

> 『날개』의 주인공 '나'는 박제된 인형에 지나지 않는다. 그러므로 그는 생
> 명에 대한 외경, 사회윤리, 증언 정신, 이런 것과는 아무런 관계가 없다. 이
> 런 관점에서 보면, 싸르트르의 작품은 바로 『날개』가 가지지 못한 것을 거
> 의 모두 가지고 있다. 그런데 싸르트르의 작품에서는 볼 수 없고 『날개』만
> 이 지니고 있는 문학적 인간적 가치는 무엇일까? 섭섭하지만 별반 없는 것
> 같다. 아무런 인간적 사회적 가치 혹은 사상성도 없는 『날개』—즉 사춘기
> 의 습작—를 가리켜 자의식의 과잉, 신심리주의, 초현실주의 등의 발로라고
> 하는 따위의 잠꼬대는 깨끗이 잊어버릴 때가 온 것이다. 나는 이를 위하여
> 여러 모로 보아 좀더 성숙한 싸르트르의 작품이 풍기는 작가의 윤리를 드
> 러내려고 한 것이다.[17]

이처럼 송욱의 비평은 역사적이고 사회적인 윤리의식을 지향하는 것으
로 귀결된다. 이는 시대의식과 지식인으로서의 사명의식으로 연결되어 사
회 참여를 주장하는 방향으로 발전된다. 그러나 그가 말하는 윤리의식은
어디까지나 비판적 지성을 강조한 문학 내적인 것이다. 그는 지식인의 본
령이 '혁명'이 아니라 '반항'에 있다고 말한 바 있는데, 이는 그가 강조하
는 사회성이 비판 자체에 무게를 두고 있음을 보여주는 것이다.

또한 까뮈의 생각이 현재 서구 반항사상을 대표할 만한 것이라고 본 까
닭은, 그가 반항을 혁명보다 더욱 가치 있고 근본적인 것이라고 생각하여
비이데올로기적 입장을 취하고 있기 때문이다. 까뮈의 입장은 이 나라의
지성인들 사이에서 흔히 볼 수 있는 것처럼, 이데올로기로부터 도피하기
위한 것이 아니라, 모든 이데올로기를 비판할 수 있는 문학자의 본질을 더

---

17) 송욱, 『문학평전』, 일조각, 1969, 101면.

욱 굳건히 다져주는 태도를 드러내고 있는 것이라고 평가된다.[18]

송욱은 한국인의 지성의 문제점이 이데올로기를 신봉하거나 혹은 그것에서부터 도피하는 두 가지의 양상만 있을 뿐, 이데올로기 자체에 대한 비판을 가하지 못한다는 데 있다고 본다. '비판적 지성'이란 이데올로기 자체에 대한 비판을 뜻하는 것이며, 지식인의 임무는 어떠한 정치적인 방향을 지향하는 것이 아니라 비판 자체에 충실한 것이다. 즉 어떤 특정 이데올로기를 지지하거나 신봉하는 것이 아니라, 이데올로기 자체에 의문을 던지는 '경계인'이 되어야 하는 것이다. 이처럼 사회 참여를 강조하면서도 그것을 문학 내적인 것으로 한정하는 것은, 전후 주지주의 시론의 주요한 특징 중의 하나이기도 하다.[19] 이런 맥락에서 송욱의 비평은 전후 비평의 특징을 보여주는 가장 대표적인 예라 하겠다.

---

18) "이 나라의 지성인들은 흔히 이데올로기를 그대로 신봉하거나 이데올로기로부터 도피하는 두 길을 가기 쉬웠던 까닭에, 한국 신문학의 사조사가 문학 그 자체에 대한 사상을 담지 못하고 여러 이데올로기에 관한 신앙고백만을 지니기가 일쑤라는 사실을 회상할 때, 까뮈가 보여준 비이데올로기적 입장은 우리에게도 매우 귀중한 것이다."—송욱, 『문학평전』, 105면.

19) 이에 대한 자세한 내용은 문혜원, 「전후 주지주의 시론 연구」, ≪한국문화≫ 33호, 2004. 6 참고.

# 오규원의 현상학적 시론

한국 근현대시사를 통틀어볼 때, 시와 시론을 병행했던 시인은 많지 않다. 여기에는 창작을 이론보다 우위에 있는 특수한 영역으로 보는 선입견이 개입되어 있다. 또한 그것은 창작의 과정을 객관화하고 그것들을 언어로 체계화하는 일에 익숙하지 않은 한국시의 현실을 반영하는 것이기도 하다.

한국 근대시사에서 본격적인 시론이 나타나는 것은 1930년대부터이다. 박용철, 김기림, 임화 간에 벌어진 기교주의 논쟁은 시에 대한 이론적인 입장의 차이를 선명하게 보여준 획기적인 시사적 사건이었다. 그 중에서도 특히 김기림은 문학이론에 대한 전반적인 정리와 함께, 모더니즘 시론의 이론적인 기틀을 마련했다. 전후의 김수영, 조향, 김광림, 문덕수, 김춘수, 김규동, 문덕수, 송욱 역시 시와 시론을 병행했던 시인들이다. 공통적인 것은 이들이 대부분 모더니즘적 경향을 보이는 시인들이라는 점이다. 그것은 시를 제작의 산물로 보는 시론적인 특징에 연유한다. 시를 제작이라고 본다면 구체적인 제작의 방법론을 생각하지 않을 수 없기 때문이다.

시론사적으로 볼 때 오규원의 시론은 식민지 시대부터 전개되어온 모더니즘 시론의 연장선상에 놓여있다. 그의 시론은 기본적으로 유희적인 입장에서 출발한다. 시가 인간의 삶이나 사회 현실과 같은 외적인 요소에 봉사하는 것이 아니라 만족을 주는 것이라는 칸트적인 의미의 무목적성을 중시하는 것이다.[1] 이에 바탕한 그의 시론은 크게 3기로 나누어지는데, 각각의 단계는 시론집 『현실과 극기』(1976), 『언어와 삶』(1983), 『가슴이 붉은 딱새』(1996)에 대응한다. 1기 시론에서 그는 현실이나 삶의 문제를 배제하고 대상에 대한 즉물적인 묘사를 강조하고 있다. 이는 당시 시단의 추상화 경향을 극복하는 대안으로 선택된 것이다. 이 과정에서 그는 언어가 가지고 있는 인식의 측면을 주목하게 된다. 2기의 시론은 대상을 새롭게 인식하는 해석의 측면에 집중되어 있다. 시인은 주어진 세계를 재해석하려는 욕구를 지니기 마련이고, 그 방법은 언어를 통한 것이다. 그러나 주체의 인식을 강조하는 이같은 입장은 대상을 다시 한 번 관념화시키는 결과를 낳을 수도 있다. 대상에 덧씌워진 기존의 관념을 탈피하는 방법으로 또 다른 관념을 찾는 것이다. 3기 시론은 이러한 딜레마를 어떻게 극복할 것인가에 대한 해결책을 제시하는 것이다. 그는 방법론까지를 버리고 관념 대신 실재의 현상을 제시하는 방식을 택한다. 그의 '날이미지'는 현상과 현상의 생성 과정까지를 포함하는 입체적인 이미지 시론으로서, 현상의 드러냄과 해석의 욕망이라는 이중적인 과제를 통합한 형태이다.

동일한 시인의 작품에 대해 서로 다른 평가가 내려지는 것은 이러한 시론의 변화에 기인한 것이다. 그는 『현실과 극기』에서 김수영의 시가 자신의 시적 출발점과는 정반대에 있는, 구체적인 경험에 바탕을 둔 진실성을

---

1) 오규원, 「Hand Play 論」(1970), 『현실과 극기』, 문학과지성사, 1976, 22면.
  이하에서는 편의상 『현실과 극기』를 Ⅰ, 『언어와 삶』을 Ⅱ, 『가슴이 붉은 딱새』를 Ⅲ으로 각각 표시하기로 한다. 또한, 『현실과 극기』, 『언어와 삶』에 실린 글의 경우, 발표 시기에 따른 시론의 변화를 알아보기 쉽도록 원래 발표된 연도와 제목을 따로 표시하기로 한다.

가진 시라고 평가한다.[2] 그러나 『언어와 삶』에서 오규원이 주목하고 있는 것은, 김수영 시의 현실과의 관련성이 아니라 언어를 사용하는 방식이다. 김수영의 시는 명확히 드러내기 위한 진술이 아니라 '관념을 밑으로 깔고 읽는 사람이 찾아내도록' 고도로 조작된 언어로 이루어져 있다. 오규원은 여기서 김수영 시의 진실성이 삶의 진실성에서 오는 것이 아니라 방법론에서 온 것이라고 설명하고 있다.[3] 그러나 세 번째 시론집인 『가슴이 붉은 딱새』에서 김수영의 시는 이미지론을 설명하는 하나의 예이다. 그는 김수영의 「눈」에서 '때묻지 않는 백색의 정신의 상징물',[4] 장식적 요인을 모두 제거한 현상의 세계를 보고 있다. 이러한 해석의 차이는 오규원의 시론적인 입장의 변화를 반영하고 있는 것이다. 이처럼 오규원의 시론은 대상에 대한 즉물적 묘사에서 대상을 새롭게 해석하는 인식론적인 방법을 모색하는 것으로 변화하고, 다음 단계에서는 그 방법론까지를 부정하고 현상을 드러내는 방향으로 전개되고 있다.


## 1. 대상의 즉물적 묘사


오규원의 1기 시론은 추상에 대한 구상의 의지로 요약될 수 있다. 이는

---

2) "그의 시도, 그의 산문도, 어느 것이나 구체적인 자신의 경험 위에서 출발한다. 그러므로 그것이 설사 '시시한' 경험이라도 그의 신념에 닿아있어, 개인의 사소한 경험 그것이 결코 우리가 말하고자하는 정치, 경제, 사회, 문화, 모든 분야와 결코 분리되어 있는 게 아니라, 분리되어 있기는 커녕 그 모든 것의 가장 민감한 구상체(具象體)임을 시로 강조한다."—오규원, 「한 시인과의 만남」(1976), Ⅰ, 15면.
3) " (……) 김수영의 진술은 그 솔직성에도 불구하고 소피스트의 어투를 깔고 있다. 뿐만 아니라 그의 진술은 명확히 드러내기 위한 진술이 아니라 관념을 밑으로 깔고 읽는 사람이 찾아내도록 되어있다. 그가 소피스트의 어투를 사용하는 것은 진술이 시적 긴장 속에 있도록 하기 위한 방법적 장치이다."—오규원, 「여섯 개의 관점 또는 시점」(1980), 『언어와 삶』, 문학과지성사, 1983, 111면.
4) 오규원, 『가슴이 붉은 딱새』, 문학동네, 1996, 64면.

1960년대 시의 추상화 경향에 대한 비판에서부터 비롯된다. 그는 1960년 대 시인들의 내면화 경향이 한국시의 영역을 확대했다는 의의가 있는 것은 사실이지만, 한편으로 시를 추상화시킴으로써 또다른 문제점을 야기했다고 지적한다. 60년대 시인들은 사물을 이미지화함으로써 자연을 주된 소재로 했던 전통적인 한국시의 영역을 확대했고, 내면공간을 객관화함으로써 시를 자연발생적인 주관적 감정의 표현으로 보는 자연발생적인 시관에서 한 단계 진전된 양상을 보인다. 그러나 내면공간을 확대하게 되면서 시인 개인과 외부 사이에 위화감이 조성되고 개인의 내면으로만 안착하는 소극적인 경향을 보이는 것이 사실이다.5) 또한 그들의 시에 나타나는 내면세계는 한 개인의 특수한 심리나 정서를 반영하는 것이 아니라 익명성으로 존재함으로써, 외부세계에 맞서는 고유한 개인의 내면을 보여주는 것이 아니라 역으로 현대 문명사회의 비인간화 경향을 닮아가게 된다. 오규원은 이를 '관념과 추상에 의해 공제되는 자기 삶의 결손'6)이라고 표현하고 있다. 1기 시론은 이같은 추상화 경향을 극복하는 방법으로 구상화를 지향하고 있다.

이는 오규원 자신의 시에도 중요한 영향을 미치고 있다. 첫 시집 『분명한 사건』에서 그는 '대상을 투명하게 파악'하려고 노력했고, "대상이 되는 불투명한 관념이나 심상을 구체적인 사물로 치환시키거나 또는 의인화, 의물화시켜 그 추상성을 구상성으로 바꾸어놓"7)으려고 시도하고 있다.

> 언어는 추억에
> 걸려있는
> 18세기형의 모자다.

---

5) 오규원, 「형식과 자유」(1972), Ⅰ, 35면.
6) 오규원, 「이상과 쥘르의 대화」(1976), Ⅰ, 55면.
7) 오규원·이창기 대담, 「'날 이미지'로 시를 살아가는, 한 시인의 현상적 의미의 재발견」, 《동서문학》, 1995, 여름, 246면.

늘 방황하는 기사
아이반호의
꿈 많은 말발굽쇠다.

-오규원, 「현상실험」 부분

안경 밖으로 뿌리를 죽죽 뻗어나간
나무들이
서산에서
한쪽 다리를 헛짚고 넘어진 노을 속에
허둥거리고 있다.
키가 큰 산오리나무의 귀가
불타고 있다.

-오규원, 「분명한 사건」 부분

'언어'는 모자나 말발굽쇠와 같은 구체적인 사물로 치환되고, 노을지는 풍경은 의인법을 빌려서 나무들이 다리를 헛짚고 허둥대는 것으로 표현되고 있다. 그럼으로써 추상화된 관념들은 구체적인 형상으로 나타나게 되는 것이다. 그러나 이러한 비유는 추상적인 관념을 시각적인 것으로 대체하는데는 성공했을지 모르지만, 결국 다른 관념을 불러온다는 한계를 지니고 있다. '언어'를 대신하는 '18세기형의 모자'나 '아이반호의 말발굽쇠'는 또다른 설명을 필요로 하는 것이다. 언어가 투명해지기 위해서는 설명을 필요로 하는 관념을 완전히 제거해야만 한다.

이런 맥락에서 볼 때, 구상화가 가장 잘 이루어진 예는 사물시이다. 그것은 하나의 관념을 다른 관념으로 대체하는 은유적 사고의 틀을 배제하고 사상(事象)을 그대로 배치한다. 오규원은 사물시의 이러한 방식이 구상화의 대표적인 예이며, 이러한 과정을 통해 시의 추상화 경향을 극복할 수 있다고 생각한다. 그 예로 『해』에서 이상의 세계를 향한 소박한 희구를 보여주었던 박두진의 시는 『오도(午禱)』, 『거미와 성좌』에서는 믿음과 의지의 시로 변화하는데, 이 때 시는 개인의 체험공간을 벗어나 이념으로서의 관념의 영역에 놓인 것이었다.[8] 이는 이데아를 지향하는 종교적 이상주의로서 추상화 경향이 짙은 것이다. 그러나 이러한 박두진의 시세계는 『사도행전』과 『수석열전』에 와서 관념의 한계를 벗고 담담한 묘사와 서정을 회복하게 되는데, 그 계기는 사물의 발견에 있다.

> 인고의 순간을 견디고 고고하게 직립한, 단일화된 인간(使徒)과 단일화된 사물(水石)의 발견은 그의 초극의지를 깊이 자극하고, 그리고 대부분의 작품에 간결한 행구분과 사물의 순수한 모습을 볼 수 있도록 한다.[9]

'수석'이라는 구체적인 사물을 발견하게 되면서 박두진의 시는 개별적이고 구상적인 사물과 인간을 발견하고 있다. 그 결과 『수석열전』은 박두진의 의지적이고 관념적인 특징과 사물이 가지고 있는 구상성이 결합된 이상적인 형태를 갖추고 있는 것이다.

그는 이러한 박두진의 시적 특징을 김현승과 박목월의 시와 대비하여 설명한다. 김현승의 시에서 '고독'은 실생활에서 오는 외로움과 쓸쓸함이 아니라 신 앞에 있는 인간 본연의 실존적인 상황이며 절대적인 것이다. 즉 추상화된 관념의 대표적인 예인 것이다. 그러나 김현승은 소재상으로는 비시적인 고독을 미적으로 잘 승화시킴으로써 관념으로 이루어진 시가 가지는 위험성에서 벗어나고 있다. 박목월은 이와 정반대로 내용을 보다 시적으로 수용할 수 있는 방법에 중점을 둔다. 그의 시에 나타나는 선명한 이미지는 표현하고자 하는 사상(事象)을 가장 정확히 추출해내기 위한 방법적인 것이다. 박두진의 『수석열전』은 그러한 정반대의 생각을 한꺼번에

---

8) 오규원은 박두진의 이러한 변화의 원인을 시대적인 환경과 연결시켜 설명하고 있다. 『해』에서 지향하는 순수한 이상의 세계가 시대 현실에 부딪치면서 좌절을 겪은 후, 그것을 극복하는 방법으로 의지의 시로 변모한다는 것이다.
9) 오규원, 「선비의식과 초극의지」(1974), Ⅰ, 132~133면.

수용하려고 한 것으로 평가된다.

그럼에도 불구하고 오규원은 대상을 투명하게 묘사하려는 노력이 번번이 한계에 부딪치는 것을 깨닫게 된다. 대상을 명확히 묘사하려고 할수록 언어에서 점차 멀어진다는 느낌을 가지게 되는 것이다. 이는 언어가 대상을 묘사하는 기계적인 도구에 그치는 것이 아니라, 인식의 측면을 가지고 있기 때문이다. 언어에는 인식(해석)의 기능과 표현의 기능이 있다. 대상에 대한 앎은 언어를 통한 앎이고, 그 앎을 구체화하는 것 역시 언어인 것이다. 주체와 대상의 관계는 인식과 표현이라는 두 가지의 기능이 동시에 작동함으로써 비로소 발생한다.

이에 비추어볼 때 사물의 즉물적인 묘사는 언어의 양면 중 표현의 기능에만 충실한 것일 뿐, 인식의 측면은 고려하지 않는 것이다. 특히 언어가 사물을 그대로 베껴내는 것이라고 할 때, 언어는 대상을 찍어내는 사진기와 다르지 않으며 시인 역시 사진기의 동작을 가능하게 하는 기계조작자에 지나지 않는다. 그러나 언어는 그 자체가 인식의 기능을 가진 것이고, 시인은 해석의 욕망을 지닌 존재이다. 따라서 대상을 기계적으로 묘사하는 것 이상의 시를 꿈꾸는 것은 당연한 일이다.


## 2. 대상에 대한 인식의 중요성


시는 사실을 베끼는 것이 아니라 주어진 대상에 숨겨져 있는 본질을 읽어내고 그것을 언어로 드러내는 것이다. 그렇다면 주어진 대상의 본질을 읽어내는 주체의 역할이 강조될 수밖에 없다. "모든 인간이 던지는 종국적인 질문은 '나'라는 존재로 향하게 되어있다. '나'가 곧 세계이며 그 세계의 시작과 끝인 탓이다. '나'가 부재하는 세계란 인간과 관계를 맺고 있지 않는 시간과 공간이다. 그 시간과 공간을 향해 질문을 던지는 시인은 없다. 한 시인이 세계를 투명하게 인식하고자 한다면 그것은 곧 '나'의 존재를 올바르게 파악하고자 하는 노력이다. 세계란 '나'의 형식이며 본질이며 허상이며 실상이어서 '나'를 가장 잘 비추는 거울인 탓이다."[10]라는 대목은 그런 맥락에서 이해될 수 있다. 그러나 그것이 주체의 일방적인 우위를 선언하는 것은 아니다. 다음 글은 오규원이 생각하는 시가 어떤 것인지를 잘 보여준다.

> 모네의 <수련>은 대상이 색채 속에 녹아버린다. 조르쥬 쇠라의 색채 분할은 화면을 모자이크처럼 단순화시킨다. 고갱의 그림은 원주민화되어 있다. 그런데 고호의 붓놀림은 대상과 대상의 내부에 숨어서 좀처럼 그 모습을 드러내지 않는, 대상을 이 세계에 있게 하는 그 무엇을 대상과 함께 언어화한다.
>
> 그러므로 그의 붓놀림과 함께 있는 색채는 색채가 아니라 바로 언어이다. 대상을 화면에 고정시키거나 유착시켜 놓은 그림이 아니라, 오히려 우리 눈에 그 움직임을 좀처럼 보여주지 않고 있는 대상을, 붓놀림을 통해 어떻게 살아있고 나아가고 있는가를 보여주는 한 편의 시이다. (중략)
>
> 어떠한 대상을 묘사하거나간에, 결코 잠이 든 사물을 발견할 수 없는 세계, 어떠한 풍경의 어떠한 사물들도 꿈꾸며 불타고 있는 세계—이 그림을 자세히 보라. 밀밭의 밀은 쭉쭉 몸을 뻗으며 움직이고 있고, 길은 달리고, 농부의 다리는 힘차며, 지붕은 숨을 쉬고, 말음 모가지를 힘차게 내뻗고 있다. 호흡하는 색채와 선, 이 살아있는 언어의 세계가 그의 세계이다.[11]

모네의 그림이 색채 안에 대상을 완전히 용해시키고 있다면, 쇠라의 그림은 대상을 점으로 분할해서 극히 단순화시켜버린다. 두 경우 모두 주체의 해석이 대상을 압도하는 것이다. 이에 비해 고호의 그림은 대상과 그

---

10) 오규원, 「시인은 '이미지의 의식'이다」, ≪문예중앙≫, 2000, 봄.
11) 오규원, 「언어와 삶, 그리고 꿈의 세계」, Ⅱ, 14~15면.

안에 숨어있는 대상의 본질까지를 한꺼번에 드러내고 있다. 오규원이 생각하는 시는 이와 유사한 것이다. 즉 주어진 대상의 외형만을 그대로 모방하거나 정반대로 작가의 주관적인 시각으로 대상을 덧칠하는 것이 아니라, 대상의 숨겨진 본질까지를 언어로 표현하고자 하는 것이다. 그가 생각하는 시는 대상을 있는 그대로 드러내는 기계적인 단순성이 아니라 그것을 뒷받침하는 시적 인식이 병행되어야 하는 것이다.[12]

'단순성'이 의식을 명확하고 효과적으로 나타내는데 도움을 주지만, 사물에 대한 인식을 바탕에 깔지 않는다면 단편적일 수밖에 없다는 그의 말[13]은 이러한 생각을 뒷받침한다.

중요한 것은 "나름의 세계로 우리가 알고 있는 진실이라든지 가치에 변화를 주고 또 사고나 행위에 새로운 감수성을 첨가"[14]하는 것이다. 그가 김혜순의 시를 긍정적으로 평가하는 이유 역시 이 때문이다.

> (……) 그의 작품들은 퍽 일관성있는 방법론을 갖추고 있다. 그것은 시적 대상을 어떤 관념으로 파악하거나 재해석하는 게 아니라 그 대상을 주관적으로 왜곡시켜 언어로 정착시키는 작업을 통해서 대상을 새롭게 드러냄과 동시에, 그 새롭게 드러난 대상을 있게 하는 언어의 존재 또는 언어의 아름다움이 어떤 것인가를 우리 앞에 내보임—바로 그것이다.[15]

위의 글에서 오규원이 강조하고 있는 것은 방법론이다. 대상을 '관념'으로 재해석하는 것이 아니라, 자신만의 주관적인 왜곡을 거쳐서 새롭게 드러내는 '방법적 드러냄'을 중시하는 것이다. 그것은 시의 내용에 해당하는

---

12) "나는 적어도 시란 내가 심은 꽃이 최소한 건물의 색깔이 낡았음을 알 수 있게 하는 존재여야 하고, 지금까지 알고 있던 식구들의 미적 감각이나 도덕 감각이란 일종의 고정관념이었음을 깨닫게 하는 존재여야 한다고 생각한다."—오규원, 「문화 현상 속의 시」(1980), Ⅱ, 155면.
13) 오규원, 「여섯 개의 관점 또는 시점」(1980), Ⅱ, 116면.
14) 같은 글.
15) 오규원, 「방법적 드러냄」(1981), Ⅱ, 313면.

사회현실이나 관념이 아니라 그것을 드러내는 '언어'에 주목하는 것이다.

오규원의 광고시 역시 같은 맥락에서 설명될 수 있다. 광고가 가지고 있는 사회적 의미와 자본주의 비판을 연결시키는 것은 주제적인 측면을 강조하는 것이다. 그러나 정작 오규원이 광고에서 주목하는 것은 그것의 자본주의적인 속성과 그를 통한 현실 비판이라는 외부적인 주제가 아니라, 자본주의 사회의 현상의 하나로서의 광고이며 그것의 본질을 드러내는 방식, 즉 언어를 통한 현상의 드러냄이다. 광고는 대상이나 현상의 표면 아래 숨겨진 본질을 드러내는 것이라는 면에서, 그가 생각하는 시의 본래 의미에 충실한 것이다.16) 그에게 있어서 중요한 것은 여전히 '개별화된 현실'이며 문학적인 현실이다. 따라서 오규원의 광고시를 근거로 해서 그의 시가 갑자기 사회현실에 대한 비판으로 옮아갔다고 보는 것은 잘못이다. 오히려 그는 이 대목에서, 자신의 시가 70년대의 참여시들과 다르다는 것을 뚜렷하게 밝히고 있다. 70년대의 시들은 암호화, 구호화함으로써 시인의 임무를 다했다고 생각하지만, 시인에게 중요한 것은 현실의 장막을 걷어버리거나 뚫고 바라보는 '방법론'을 마련하는 일이라는 것이다. 그의 광고시는 현상을 바라보는 하나의 방식일 뿐이다.

그러나 주체의 인식론적인 측면을 강조할 때, 대상은 늘 왜곡될 가능성을 가지고 있다. 롤랑 바르트의 말처럼, "시선은 항상, 무엇인가를, 누군가를 찾는다, 그것은 걱정스러운 기호이다." 그러나 대상의 숨겨진 본질을 발견하고 드러내는 것 역시 이 '걱정스러운 기호' 덕분이다. 오규원은 대상을 새롭게 해석하고자 하는 욕망과 해석이 불러올 수 있는 왜곡의 위험 사이에서 갈등한다. 이 갈등을 어떻게 해결할 것인지가 그의 3기 시론의 주제이다.

---

16) "언어의 해석에 의해서 세계를 바라보기보다는 현상을 가지고 본질을 드러낼 수 없을까라는 생각인데, 광고에 관한 시나 요즘 여러 작품들이 여기에 해당한다."—오규원·김동원·박혜경 대담, 「타락한 말, 혹은 시대를 헤쳐나가는 해방의 이미지」, ≪문학정신≫, 1991. 3.

## 3. 인식론과 존재론의 결합

오규원의 3기 시론은 이미지 시론이라고 정의될 수 있다. 세 번째 시론 집인 『가슴이 붉은 딱새』에서 그는 인간중심적인 시선과 관념의 흔적을 제거하고 장식적 요소까지를 삭제한, 이미지의 시학을 주장하고 있다. 그의 시론이 이미지로 귀결되는 것은, 관념을 피하기 위해 또다른 관념을 불러올 수밖에 없는 말의 특징 때문이다. 말의 함정을 벗어나기 위해서 그는 관념적인 설명 대신 실재의 사물을 제시할 것을 주장한다. 그것은 '설명하지 않기 위한 언어'이며, '제시의 언어'이다.

그가 이미지 시론에 이르게 되는 과정은, 김춘수가 무의미시론에 도달하게 되는 과정과 유사하다.[17] 김춘수의 무의미시론[18]은 '의미의 발생을 배제하기 위해 대상을 지우는 것'이다. 대상 자체는 소멸되고 대신 이미지만이 남는다. 오규원은 김춘수의 무의미시론이 발생하는 과정을 충실히 설명하고 있지만, 무의미시가 탄생하는 부분에서는 김춘수와 입장을 달리한다. 설령 무의미시가 대상 자체가 소멸된 것이라고 하더라도, 그 대신

---

17) 주체를 강조하는 인식론의 측면과 세계를 있는 그대로 드러내려는 존재론적인 관점의 마찰은 김춘수에게서도 발견되는 부분이다. 주체가 대상을 명명함으로 해서 존재하게 한다는 생각(「꽃」)은 주체의 인식론적인 우위를 뒷받침하는 부분이지만, 그러한 인식의 우위가 오히려 대상의 본질을 왜곡한다는 깨달음(「꽃을 위한 서시」) 사이에 갈등이 발생하는 것이다. 이 갈등 앞에서 김춘수는 관념론적인 입장을 포기하고 철저한 현상학으로 전환한다. 그것이 관념이나 사회현실 뿐만 아니라 의미 자체를 제거하는 '무의미시'가 생겨나는 과정이다. 무의미시는 대상 자체가 소멸하는 것이며, 대상 자체가 소멸하므로 그것을 인식하는 주체의 우위도 당연히 폐기된다. 사물이 남는 것이 아니라 사물의 현상만이 남고 명사가 아닌 서술어만 남는 것이다. 이는 대상에서도 주어 부분을 지우고 서술어로 일관함으로써, 주체 우위의 사고는 완전히 부정된다.

18) 김춘수에 따르면, 이미지는 그 기능에 따라 비유적 이미지와 서술적 이미지로 나뉜다. 전자가 관념을 설명하기 위한 도구적인 이미지라면, 후자는 이미지 자체가 목적이다. 또한 서술적 이미지는 사생적인 소박성을 가지고 있는 것과 사생성까지를 부정하는 것으로 나뉘는데, 무의미시는 이 중 후자에 해당한다. 사생적 소박성을 가진 서술적 이미지가 관념을 배제하고 대상을 충실히 그려내는데 집중하는 것이라면, 무의미시가 바탕하고 있는 서술적 이미지는 대상 자체가 사라짐으로 인해, 이미지가 곧 대상이 되어버리는 것이다. 김춘수의 이미지론은 이처럼 대상의 소멸과 이미지의 실체론으로 귀결된다.

이미지가 대상이 되어 사실성을 얻고 있으므로 '무의미'하다고 할 수 없다는 것이다. 그러므로 대상이 소멸되었다고 말하는 것은, 의미를 덮어씌우는 대상이 없어졌다는 뜻으로 새겨져야 한다.[19]

인식론적인 고민 끝에 현상학으로 전환한 두 시인의 시론이 정반대로 나뉘는 대목은 바로 이 지점이다.[20] 김춘수가 대상의 소멸을 주장하며 현상 자체를 부정하는 극단의 추상화 경향으로 기울어지는데 반해, 오규원은 정반대로 이미지를 실재화함으로써 자신의 구상의 의지를 관철시킨다. 김춘수가 대상의 소멸을 지향하는데 반해 오규원은 오히려 대상을 살려내는 방법을 모색하는 것이다.[21]

그가 이미지를 실재화하는 방법은 환유적 원리에 기초한 것이다. 그는 자신의 「현상실험」과 「후박나무 아래 1」을 비교하면서 은유적인 언술과 환유적인 언술을 구분한다.[22] 유사성에 의한 선택과 대치인 은유는 대치적 substitutive이다. 즉 의미론적인 유사성에 바탕해서 한 관념이 다른 관념으로 대치되는 것이다. 「현상실험」에서 '언어'를 '추억에 걸려있는 18세기형의 모자'라고 표현하는 형태가 그것이다. 이 방식을 따르면, 하나의 관념은 또 다른 관념으로 대체되어 대상을 그대로 드러내지 못한다. 이에

---

19) 오규원, Ⅲ, 142~146면 참고.

20) 오규원은 이러한 차이를 근거로, 김춘수를 아이디얼리스트, 자신을 리얼리스트라고 표현하고 있다. ─"저는 아이디얼리스트인 김춘수 시인과 달리 리얼리스트입니다. (……) 모든 시적 대상이 일차적으로 사실적 존재로 나타나는 것은 저의 작품에 일관되어 있을 것으로 보입니다. 그 다음, 저의 '날이미지시'는 개념적이고 사변적인 의미에서 벗어나 날것으로서의 사물과 사물의 현상을 이미지화하는 것을 그 특성으로 합니다. 그러므로 김춘수 시인과는 달리 사물을 주관적으로 관념화하는 경우는 좀처럼 보기 힘들 터입니다."(오규원·이광호 대담, 「언어 탐구의 궤적」, 『오규원 깊이읽기』, 문학과지성사, 2001, 38면) 이는 곧 추상 지향과 구상 지향으로 바꾸어 말할 수 있을 것이다.

21) 이남호는 이 부분을 "김춘수의 시는 대상 자체가 소멸해버린다. 김춘수의 시는 대상을 지워버리고 언어와 이미지를 실체로 취급한다. 그것은 철저하게 언어 속의 공간이다. 그러나 오규원의 시에서는 대상 자체가 중요하게 살아있다. 그는 언제나 대상을 보고, 그 대상으로부터 날이미지를 얻는다. 오규원은 대상으로서의 사실을 포기하기는커녕 그것에 강하게 집착한다는 면에서 김춘수와 전혀 다르다."고 적확하게 지적하고 있다(이남호, 「날이미지의 의미와 무의미」, 위의 책, 270면).

22) 오규원, 「은유적 체계와 환유적 체계」, ≪작가세계≫, 1991, 겨울 참고.

비해 환유는 인접성에 의한 결합과 접속의 축으로서 서술적 predicative이다. 이 때 사물들은 어떤 관념이나 사물을 해명하기 위해서 차용된 것이 아니라 한 국면에서 연상되는 것이다. 예를 들어 「후박나무 아래 1」에 나오는 '어미개, 태반, 후박나무, 싸락눈'은 어떠한 관념을 대체하는 것이 아니라 시간과 공간의 인접성에 의해 연결된 것들일 뿐이다. 이는 개념이나 사변과는 대립하는 사실과 현상을 중시하는 것이다.

여기서 주목할 것은 서술적인 문맥 속에 나타나는 환유적인 사물들이 단순히 사실적인 의미만의 그것이 아니라 심상화된 사물이라는 점이다. 그것은 눈에 보이는 사물을 그대로 베껴낸 것과 달리, 시인의 의식의 표현이다. 즉 사실이 아니라 사실적인 것이며, 감각적 지각과 환유적 인식의 표상적 의미이다. 오규원은 이를 '사진적인 사실적 이미지'가 아니라 '생성적인 사실적 이미지'[23]라고 표현한다. 사진적인 이미지가 이미지즘적인 시 혹은 묘사시로 분류되는 형태의 시들이라면, 이것과 오규원의 날이미지의 차별성은 '생성'을 포함한다는 것이다. 그가 말하는 사실적인 현상에는 생성의 과정이 포함되어 있다. 이 생성은 완료된 것이 아니라 과정을 담고 있는 것이고, 그 과정은 곧 '시간성'의 개입이다.

> 뜰 앞의 잣나무가 밝은 쪽에서 어두운 쪽으로 비에 젖는다
> 서쪽 강변의 아카시아가 강에서 채전 방향으로 비에 젖는다
> 아카시아 뒤의 은사시나무는 앞은 아카시아가 가져가 없어지고 옆구리로
> 비에 젖는다
> 뜰 밖 언덕에 한 그루 남은 달맞이가 꽃에서 잎으로 비에 젖는다
> 젖을 일이 없는 강의 물소리가 비의 줄기와 줄기 사이에 가득 찬다
>
> ─오규원, 「우주 2」 전문─인용자

세잔느라면 이런 현상을 어떻게 구현할까? '뜰 앞의 잣나무'에서부터 '달

---

23) 오규원·이창기 대담, 앞의 글, 251면.

맞이'가 비에 젖는 것까지의 현상은 공간적 동시성의 측면에서도 볼 수도 있지만 시간적 순차성의 측면에서도 볼 수 있다(개별적 사물 나름의 시간적 순차적 현상까지 포함하여). 이 현상의 시간적 순차성을 그림이나 사진은 표현하기 어렵다. 시에서는 가능한 이 시간의 순차성이 '살아있는 현상'의 구현을 가능하게 한다. 모든 존재가 현상으로 자신을 말한다고 할 때, 그리고 참된 의미에서 모든 존재의 그 현상이 그 '존재의 언어'라고 할 때, 그 언어는 존재의 시간적 생성과 함께 일어난다. 이 생성의 시간적 언어인 현상을 기록할 수 있다면 그것은 '살아있는(生) 언어'이며 동시에 굳어있지 않은 의미로서의 이미지일 것이다.[24]

인용된 시에서 비는 사물들을 차근차근 적신다. 강변의 아카시아가 강에 인접한 부분부터 젖는다는 것은, 비가 강 쪽에서부터 온다는 것일 수도 있고, 채전이 강보다 가까운 곳에 있다는 의미일 수도 있을 것이다. 아카시아로 가려진 은사시나무는 '아카시아가 가져가 없어진' 것이라고 표현되고, 시야에 남아있는 은사시나무는 옆구리에 비를 맞는 것이라고 표현된다. 자세히 보면 같은 사물에서도 위치에 따라 상황에 따라 비를 맞는 '시간'이 다르다. 잣나무는 밖으로 가지를 내어민 부분부터 비에 젖고 달맞이꽃은 꽃이 먼저 비를 맞고 잎이 젖는다.

이처럼 주관적으로 행해지는 해석은 대부분 '시간성'과 결합되어 있다. 이것은 이 시가 다른 사생시와 구별되는 중요한 특징이다. 사생시가 풍경화를 지향할 때, 그것은 공간적인 풍경을 대상으로 하고, 고정된 풍경은 곧 시간의 부재를 의미한다. 그러나 오규원은 정지되어 있는 풍경 속에 흐르고 있는 시간까지를 그려내고자 하는 것이다.[25]

그는 눈에 보이는 현상에서, 그 현상이 만들어지기까지의 시간적 순차성을 표현하고자 한다. 이는 생성과 변화를 간직하고 있는 세계를 개념화

---

24) 오규원, Ⅲ, 169~170면.
25) 문혜원, 「길, 허공, 물물, 그를 따라 떠나는 여행」, 『돌맹이와 장미, 그 사이에서 피어나는 말들』, 하늘연못, 2001 참고.

된 언어로 풀어내기 위한 방법이다. 즉 대상의 생성과 변화과정을 '날것' 그대로 담아내려는 언어적인 시도인 셈이다. 그의 '날이미지'는 이처럼 현상의 이면에 흐르는 생성의 과정을 포착하는 것이다. 그것은 현상을 평면적으로 베끼는 것이 아니라, 현상 속에 숨어있는 비의를 찾아서 같이 드러내는 것, 즉 "눈에 보이는 사실보다 더 무겁고 충격적인 심리적 총량으로서의 사실감"26)을 시로써 표현하는 것이다.

이렇게 만들어지는 날이미지는 현상과 현상 이면의 생성의 과정을 결합한 새로운 형태를 갖는다. 거기에는 눈앞의 대상의 실재성만이 아니라 그 이면을 보는 주체의 해석이 개입된다. 현상을 있는 그대로 그리고자 하는 것이 이미지의 존재성을 인정하는 것이라면, 현상 이면에 있는 시간적 순차성을 발견하고 그것을 드러내는 것은 주체의 해석이 첨가되는 것이다. 그럼으로써 오규원은 주체의 인식론적인 우위(해석의 욕망)와 사물의 존재론(대상을 있는 그대로 묘사하는 것) 사이의 갈등을 해결한다.

## 4. 오규원 시론의 위상

오규원의 시론은 결국 이미지 시론으로 귀결되며, 그것은 현상을 그대로 드러내되 그 안에 있는 현상의 생성 과정을 시간성으로 표현하는 것이다. 그는 이러한 이미지를 '날이미지'라고 표현하고 있는데, 이는 '살아있는(生), 즉 개념화되거나 사변화되기 전 두두물물(頭頭物物)의 현상'으로서, '관념을 배제한, 살아있는 그대로의 이미지'를 의미하는 것이다. 이 때 '살아있는'이라는 형용사는 '(인간의 관념을 빌려) 가공하지 않은' 그대로의 '날것'이라는 의미와 '어떠한 것이 만들어지는 생성의 과정을 담은'이라는

---

26) 오규원, III, 135면.

의미를 동시에 가지고 있다. 즉 현상이 만들어지기까지의 시간적 순차성을 강조하는 것이다.

이 때 주체는 대상이 관계하는 장으로서의 현상의 이면에 숨어있는 것들을 드러내는 역할을 한다. 그것은 대상에 대한 주체 나름대로의 해석이 아니라 현상을 보다 더 현상적으로 드러내기 위해, 그 이면의 현상의 구성 원리를 드러내는 것이다. 그가 자신의 시의 이미지를 '현상적 사실'과 '환상적 사실'이라는 양극을 가진다고 표현한 것은 바로 이를 설명하는 것이다. 즉 대상의 '현상적 사실'을 그대로 드러내되, 주체의 인식에 의해 그 이면에 숨어있는 '환상적 사실'까지를 드러내는 것이다. 그것이 바로 '물물의 시(詩)인 현상과 물물의 신화(神話)인 환상'의 결합인 '날이미지'의 시이다.[27] 현상이 대상 자체의 그대로 존재함이라면, 환상은 그 현상 이면에 흐르는, 현상을 있게 하는 어떠한 요인들인 것이다. 이 때 이미지는 공간적인 평면성을 극복하고 시간적인 인접성과 그에 따르는 입체성을 확보하게 된다.

이미지를 시론의 중요한 주제로 생각했던 것은 김춘수, 김광림, 김규동의 시론 역시 마찬가지다. 김춘수는 기능에 따라 이미지를 도구적인 비유적 이미지와 그것 자체가 목적인 서술적 이미지로 분류했다. 이는 대상 자체를 소멸시키는 무의미시론으로 귀결된다. 김광림은 존재성이 어떻게 다른 감각으로 전화하는가에 초점을 맞추어 이미지를 설명하고 있다.[28] 그런가 하면 김규동은 조형적 연관성에 사고의 과정을 결합시킨 이미지의 논리성을 추구하고 있다.[29]

김광림과 김규동의 시론이 주어진 이미지를 어떻게 해석하는가에 중점을 두고 있다면, 김춘수와 오규원의 시론은 이미지를 어떻게 만드는가 하

---

27) 오규원, 「시인은 '이미지의 의식'이다」, 앞의 글.
28) 제4부, 1장 참고.
29) 제3부, 3장 참고.

는 창작과정에 집중되어 있다. 이미지의 실재성을 인정한다는 면에서 김춘수와 오규원은 일치하지만, 김춘수는 그 지점에서 극단적인 추상으로 가는 반면, 오규원은 그것을 구상화하고 있다. '날이미지'는 현상이 생성되는 시간성을 포함함으로써, 이미지를 고정적이고 평면적인 것이 아닌 입체성을 가진 것으로 변화시킨다. 이는 '이미지=시각성, 공간성'으로 인식되어온 기존의 견해를 극복함으로써, 이미지 시론의 영역을 한층 확장시켰다는 의의를 가지고 있다.

# 참고문헌

## 1. 기본 자료


간호배 편저, 『원본 삼사문학』 1~5, 이회, 2004.
고석규, 『여백의 존재성』, 지평, 1990.
김광림, 『바로 설 때 팽이는 운다』, 서문당, 1982.
______, 『상심하는 접목』, 백자사, 1959.
______, 『심상의 밝은 그림자』, 중앙문화사, 1962.
______, 『아이러니의 시학』, 문학예술, 1991.
______, 『언어로 만든 새』, 문학예술사, 1979.
______, 『오전의 투망』, 모음사, 1965.
______, 『존재에의 향수』, 조광출판사, 1974.
______, 『현대시의 이해와 작법』, 을파소, 1999.
김규동, 『새로운 시론』, 산호장, 1956.
______, 『현대시의 연구』, 한일출판사, 1972.
김기림, 『김기림 전집』 1~6, 심설당, 1988.
김춘수, 『김춘수 전집』 1~2, 문장, 1986.
문덕수, 『현대문학의 모색』, 수학사, 1969.
______, 『현대한국시론』, 선명문화사, 1974.
박용철, 『박용철 전집』 2, 시문학사, 1940.
서정주, 『서정주 문학전집』 1~5, 일지사, 1972.
송기한 · 김현정 편저, 『윤곤강 전집』 2, 도서출판 다운샘, 2005.
송 욱, 『문물의 타작』, 문학과지성사, 1978.
______, 『문학평전』, 일조각, 1969.
______, 『시신의 주소』, 일조각, 1981.
______, 『시학평전』, 일조각, 1963.
______, 『시학평전』, 일조각, 1970.
오규원, 『가슴이 붉은 딱새』, 문학동네, 1996.
______, 『언어와 삶』, 문학과지성사, 1983.

_____, 『현실과 극기』, 문학과지성사, 1976.
윤곤강, 『시와 진실』, 정음사, 1948.
정지용, 『정지용 전집』 2, 민음사, 1988.
조지훈, 『조지훈 전집』 3, 일지사, 1973.
최재서, 『문학과 지성』, 인문사, 1938.
_____, 『최재서비평집』, 청운출판사, 1961.

## 2. 연구논문 및 저서

1) 국내서

간호배, 『초현실주의시 연구』, 한국문화사, 2002.
강남주, 「내면세계와 불명의 존재」, ≪현대시≫, 1991. 8.
고정희, 「김춘수의 무의미론 소고」, ≪시와의식≫, 1981.
곽광수, 『바슐라르 연구』, 민음사, 1976.
구모룡, 「고석규, 혹은 역설의 비평가」, ≪현대시학≫, 1991. 3.
구연식, 『한국시의 고현학적 연구』, 시문학사, 1979.
권영민, 「인식으로서의 시와 시에 대한 인식」, ≪세계의문학≫, 1982. 12.
_____, 『한국현대문학사』, 민음사, 1993.
김광림·홍일표 대담, 「새천년을 여는 문학」, ≪시문학≫, 2001. 1.
김기봉, 『프랑스 상징주의와 시인들』, 소나무, 2000.
김병철, 『한국근대번역문학사 연구』, 을유문화사, 1975.
_____, 『한국근대서양문학이입사연구』, 을유문화사, 1980.
김성기 외, 『모더니티란 무엇인가』, 민음사, 1994.
김성욱, 「김춘수의 인인(隣人)론」, ≪문예≫ 20, 1954. 1.
김시태, 「기교주의 논쟁고」, 『현대시연구』, 정음사, 1981.
김용성, 『한국현대문학사탐방』, 현암사, 1984.
김용직, 「8·15 이후 한국비평의 형성·전개」, 『한국근대문학론고』, 서울대출판부, 1985.

______, 「높고 깊은 차원의 모색—박용철론」, ≪문학사상≫, 1987. 1.

______, 「선구의 공과 창작시의 벽」, 『한국 근대문학의 사적 이해』, 삼영사, 1977.

______, 「아네모네와 실험의식」, ≪시문학≫ 9, 1972. 4.

______, 『한국현대시사』 2, 한국문연, 1996.

______, 『한국현대시연구』, 일지사, 1974.

______, 『현대시원론』, 학연사, 1988.

김유중, 「김기림의 주지주의 시론 연구」, 서울대 석사논문, 1989.

김윤식, 「1950년대 한국문예비평의 3가지 양상」, ≪오늘의 문예비평≫, 1992, 여름.

______, 「고석규의 정신적 소묘」, ≪시와 시학≫, 1991, 겨울~1992, 봄.

______, 「모더니즘시 운동 양상」, 『한국현대시론비판』, 일지사, 1975.

______, 『한국근대문학사상사』, 한길사, 1984.

______, 『한국근대문학사상연구 1』, 일지사, 1984.

______, 『한국문학의 근대성 비판』, 문예출판사, 1993.

______, 『한국현대문학사』, 일지사, 1976.

김윤식·김현, 『한국문학사』, 민음사, 1973.

김윤태, 「한국 모더니즘 시론 연구」, 서울대 석사논문, 1985.

김은전, 『한국상징주의시연구』, 한샘, 1991.

김인성, 「I. A. Richards의 비평론 연구」, 이화여대 석사논문, 1981.

김재근, 『이미지즘 연구』, 정음사, 1973.

김준오 외, 『김춘수연구』, 학문사, 1982.

김준오, 「현대시의 자기반영성과 환유 원리」, ≪작가세계≫, 1994, 겨울.

김지연, 「윤곤강의 시론과 시에 관한 연구」, ≪성심어문논집≫ 26, 2004. 2.

김지영, 「김억의 창작적 번역과 창작시 연구」, 서울대 석사, 1996.

김진희, 「출발과 경계로서의 모더니즘」, ≪세계일보≫, 1996. 1.

김학동, 『김기림 연구』, 새문사, 1988.

______, 『한국근대시의 비교문학적 연구』, 일조각, 1981.

김 현, 「김춘수와 시적 변용」, 『상상력과 인간』, 일지사, 1979.

______, 「말과 우주」, ≪세계의 문학≫, 1978, 봄.

______, 「존재의 탐구로서의 언어」, ≪세대≫, 1964. 7.

김흥규, 「이미지와 체험의 전체성」, ≪심상≫, 1976. 11.

______, 「최재서 연구」, 서울대 석사논문, 1972.

남기혁, 「1950년대 시의 전통지향성 연구」, 서울대 박사논문, 1998.

남송우, 「고석규, 그 잊혀진 미완의 비평적 행로」, ≪부산문학≫ 17, 1985. 9.

류보선, 「1920~30년대 예술대중화론 연구」, 서울대 석사논문, 1987.

문덕수, 「김춘수론」, 『현대문학』 333, 1982. 9.

______, 『한국 모더니즘시연구』, 시문학사, 1981.

문학사와 비평연구회, 『1950년대 문학 연구』, 예하, 1991.

문혜원, 「길, 허공, 물물, 그를 따라 떠나는 여행」, 『돌멩이와 장미, 그 사이에서 피어나
        는 말들』, 하늘연못, 2001.

______, 「김기림 문학론 연구」, 서울대 석사논문, 1990.

______, 『한국 현대시와 모더니즘』, 신구문화사, 1996.

______, 『한국 현대시와 전통』, 태학사, 2003.

박인기, 『한국 현대시의 모더니즘 연구』, 단국대학교 출판부, 1988.

박재삼·최동호 대담, 「나의 문학, 나의 시작법」, 『현대문학』, 1983. 9.

박청륭, 「50년대의 시세계」, ≪현대시학≫, 1980. 8.

서준섭, 「한국현대문학비평사에 있어서의 시비평이론 체계화 작업의 한 양상」, 『비교문
        학』 5, 1980. 12.

서지영, 「특수 속에서 보편의 추구」, 『송욱 연구』, 도서출판 역락, 2002.

성찬경, 「반어의 순도와 심도」, ≪현대시학≫, 1996. 7.

손광은, 「한국시의 상징주의 수용 양상 연구」, 충남대 박사논문, 1986.

송기한, 『한국 전후시와 시간 의식』, 태학사, 1997.

신두원, 「전후 비평에서의 전통논의에 대한 시론」, ≪민족문학사연구≫ 9, 1996.

신현숙, 『초현실주의』, 동아출판사, 1992.

엄성원, 「새로운 문학 전통 수립을 위한 탐색」, 『송욱 연구』, 도서출판 역락, 2002.

연효숙, 「칸트의 의식과 인식의 한계에 관한 연구」, 연세대석사논문, 1984.
오광수, 『추상미술의 이해』, 일지사, 1988.
오규원·김동원·박혜경 대담, 「타락한 말, 혹은 시대를 헤쳐나가는 해방의 이미지」, ≪문학정신≫, 1991. 3.
오규원·이창기 대담, 「'날 이미지'로 시를 살아가는, 한 시인의 현상적 의미의 재발견」, ≪동서문학≫, 1995, 여름.
오규원, 「시인은 '이미지의 의식'이다」, ≪문예중앙≫, 2000, 봄.
_____, 「은유적 체계와 환유적 체계」, ≪작가세계≫, 1991, 겨울.
오생근, 「보들레르의 『파리의 우울』과 현대성의 시적 인식, ≪현대비평과 이론≫ 23, 2005, 봄, 여름.
오세영, 『현대시와 실천 비평』, 이우출판사, 1983.
오윤정, 「'알몸'의 상상력과 에로스적 세계」, 『송욱연구』, 도서출판 역락, 2002.
유문선, 「신경향파 시론」, 『한국현대시론사 연구』, 문학과지성사, 1998.
유종호, 『비순수의 선언』, 신구문화사, 1967.
윤병노, 『한국현대비평문학론』, 청록출판사, 1982.
윤영애, 「현대 도시의 시인, 보들레르」, ≪현대비평과 이론≫ 23, 2005, 봄, 여름.
윤정룡, 「1950년대 한국모더니즘시 연구」, 서울대 박사논문, 1992.
_____, 「윤곤강 시론에 대한 검토」, ≪관악어문연구≫ 10, 1985.
이건청, 「일상세계와의 응전 그리고 아이러니」, ≪현대시학≫, 2002. 1.
이경교, 「윤곤강의 문학사적 자리」, ≪목멱어문≫ 5집, 1993. 3.
이광호, 「에이런의 정신과 시쓰기」, ≪작가세계≫, 1994, 겨울.
이광호 편, 『오규원 깊이읽기』, 문학과지성사, 2001.
이남호, 「김춘수의 『시의 위상』에 대하여」, ≪세계의문학≫, 1991. 8.
이승훈, 「두 시인의 변모」, ≪문학과지성≫ 28, 1977. 6.
_____, 「시적 인식의 문제」, ≪현대문학≫ 275, 1977. 11.
_____, 「우리 시론을 찾아서」, ≪현대시≫, 1991. 4.
_____, 「자기 인식의 세 가지 양상」, 『한국현대시문학대계』 10, 지식산업사, 1984.

______, 「존재에의 해명」, ≪현대시학≫ 62, 1974. 5.

______, 『한국현대시론사』, 고려원, 1993.

이양숙, 「최재서 문학비평 연구」, 서울대 박사논문, 2003.

이어령, 『저항의 문학』, 경지사, 1959.

이 원, 「'분명한 사건'으로서의 '날이미지'를 얻기까지」, ≪작가세계≫, 1994, 겨울.

이재철, 「모더니즘시론소고」, ≪시문학≫, 1976. 9~10.

이 탄, 「새로운 서정의 시도」, 『한국현대시해설』, 문학세계사, 1987.

장사선, 「문덕수론」, 『사라지는 것들을 위하여』, 미래사, 1991.

장윤익, 「비현실의 현실과 무한의 변증법」, ≪시문학≫ 69, 1977. 4

전광진, 『릴케의 두이노의 비가 연구』, 삼영사, 1981.

전기철, 「한국 전후 문예비평의 전개양상에 대한 고찰」, 서울대 박사논문, 1992.

정재찬, 「1920~30년대 한국 경향시의 서사지향성 연구」, 서울대 석사논문, 1987.

정진규, 「시의식의 확대와 시어의 개방」, ≪현대시학≫, 1981. 1.

정태용, 「문제작가 문제작품－박용철」, ≪현대문학≫, 1967. 1.

조건상 편저, 『한국전후문학연구』, 성균관대출판부, 1993.

조남익, 「김광림의 시」, ≪현대시학≫, 1986. 11.

조미영, 「송욱 시 연구」, 서울대 석사논문, 1994.

조병도, 「윤곤강 시의 전개양상 연구」, ≪한국어문학연구≫ 10, 1999. 12.

조연현 외, 『미당 연구』, 민음사, 1994.

조재룡, 「한국 근대시와 프랑스 상징주의시 사이의 상호교류연구」, ≪불어불문학연구≫ 60, 2004, 겨울.

천소화, 「한국 쉬르레알리즘 문학연구」, 성심여대 석사논문, 1981.

최문규, 「근대성과 '시미적 현상'으로서의 멜랑콜리」, ≪현대비평과 이론≫ 23, 2005, 봄, 여름.

최윤정, 「중심 부재의 시와 중심 찾기의 시학」, 『송욱 연구』, 도서출판 역락, 2002.

하현식, 「이미지와 사실 인식」, ≪현대시학≫, 1985. 11.

한계전, 「전후시의 모더니즘적 특성과 그 가능성」, ≪시와시학≫, 1991.

_____, 『한국현대시론연구』, 일지사, 1982.

한국현대문학연구회 편, 『한국의 전후문학』, 태학사, 1991.

한수영, 「1950년대 한국 문예비평론 연구」, 연세대 박사논문, 1995.

한영옥, 「윤곤강 시 연구」, ≪연구논문집≫ 18집, 성신여자대학교, 1983. 8.

한전숙, 『현상학의 이해』, 민음사, 1984.

허시강, 「윤곤강 연구」, ≪호서문학≫ 12, 1986.

황동규, 「감상의 제어와 방임」, ≪창작과비평≫ 45, 1977. 9.

황종연, 「데카당티즘과 시의 음악」, ≪한국문학연구≫ 9, 1986. 8.


2) 국외서

가스통 바슐라르(곽광수 역), 『공간의 시학』, 민음사, 1990.

_____________(정영란 역), 『공기와 꿈』, 민음사, 1993.

도미니끄 랭세(김기봉 · 채기병 공역), 『보들레르와 시의 현대성』, 탐구당, 1987.

뒤플레시스, 이본느(조한경 역), 『초현실주의』, 탐구당, 1993.

자라 트리스탄 · 앙드레 브르통(송재영 역), 『다다 / 쉬르레알리즘 선언』, 문학과지성사, 1987.

Bigsby, C. W. E, 박희진 역, 『다다와 초현실주의』, 서울대학교 출판부, 1979.

D. C. Muecke(문상득 역), 『아이러니』, 서울대출판부, 1980.

Eliot, T. S.(윤지관 역), 「전통과 개인의 재능」, 『20세기 문학비평』, 까치, 1984.

F. 짐머만(이기상 역), 『실존철학』, 서광사, 1977.

Furst, L. R.(이상옥 역), 『낭만주의』 서울대출판부, 1978.

Hobsbawm, E. & Langer, T.(최석영 역), 『전통의 날조와 창조』, 서경문화사, 1995.

I. 칸트(이석윤 역), 『판단력 비판』, 박영사, 1974.

_____(전원배 역), 『순수이성비판』, 삼성출판사, 1990.

Lamping, D.(장영태 역), 『서정시 : 이론과 역사』, 문학과지성사, 1994.

M. 하이데거(소광희 역), 『시와 철학』, 박영사, 1973.

O. F. 볼노브(최동희 역), 『실존철학이란 무엇인가』, 서문당, 1972.

R. M. 릴케(박용숙 역), 『로댕론』, 금성출판사, 1989.

__________(손재준 역), 『말테의 수기』, 서문문고, 1976.

__________(한기찬 역), 『두이노의 비가』, 청하, 1986.

Richards, I. A.(이양하 역), 『시와 과학』, 을유문화사, 1947.

Ruthven, K. K.(김명렬 역), 『신화』, 서울대출판부, 1987.

Shils, E.(김병서 외 역), 『전통』, 민음사, 1992.

Staigers, E.(이유영 · 오현일 공역), 『시학의 근본개념』, 삼중당, 1978.

Todorov, T.(최현무 역), 『바흐찐 : 문학사회학과 대화이론』, 까치, 1987.


Abrams, M. H., *The Mirror and the Lamp*, Oxford Univ. Press, 1979.

Coffman, S. K., *Imagism*, The Univ. of Oklahoma Press, 1951.

Read, H., *Form in Modern Poetry*, Vision Press, 1948.

Richards, I. A., *Principles of Literary Criticism*, Routledge and Kegan Paul, 1924.

**저자 문혜원**

제주 출생으로, 서울대 국문과를 졸업했고 동대학원에서 「한국 전후시의 실존 의식 연구」로 박사 학위를 받았다. 현재는 아주대학교에서 강의교수로 재직하고 있으며, 활발하게 활동하고 있는 문학평론가이기도 하다.

저서 『한국 현대시와 모더니즘』, 『한국 현대시와 전통』과 평론집 『흔들리는 말, 떠오르는 몸』, 『돌멩이와 장미, 그 사이에서 피어나는 말들』, 『우리 시의 넓이와 깊이』, 『문학의 영감이 흐르는 여울』 등이 있고, 그 외 다수의 공저가 있다.

# 한국근현대시론사

인  쇄  2007년 6월 1일
발  행  2007년 6월 8일
지은이  문혜원
펴낸이  이대현
편  집  이소희
펴낸곳  도서출판 역락
　　　　서울 서초구 반포4동 577-25 문창빌딩 2층
　　　　전화 3409-2058, 3409-2060 ㅣ FAX 3409-2059
　　　　이메일 youkrack@hanmail.net
　　　　등록 1999년 4월 19일 제303-2002-000014호
ISBN　978-89-5556-543-0-93810

정  가  16,000원